世界名著名译文库

柳鸣九 主编

泰戈尔集　倪培耕 编选

花钏女

泰戈尔戏剧选

〔印度〕泰戈尔 著　倪培耕　石　真　刘安武 译

上海三联书店

"世界名著名译文库"编委会

主　　编　柳鸣九

编　　委　（按姓氏笔画排序）

王守仁　丹　飞　史忠义　宁　瑛　冯季庆　朱　虹

刘文飞　李辉凡　陈众议　陈绍敏　罗新璋　贺鹏飞

倪培耕　高中甫　黄　梅　黄　韬　谭立德

主编助理　赵延召　乌尔沁　张晓强

"世界名著名译文库"总序

柳鸣九

　　我们面前的这个文库，其前身是"外国文学名家精选书系"，或者说，现今的这个文库相当大的程度上是以前一个书系为基础的，对此，有必要略作说明。

　　原来的"外国文学名家精选书系"，是明确以社会文化积累为目的的一个外国文学编选出版项目，该书系的每一种，皆以一位经典作家为对象，全面编选译介其主要的文学作品及相关的资料，再加上生平年表与带研究性的编选者序，力求展示出该作家的全部文学精华，成为该作家整体的一个最佳缩影，使读者一书在手，一个特定作家的整个精神风貌的方方面面尽收眼底。"书系"这种做法的明显特点，是讲究编选中的学术含量，因此呈现在一本书里，自然是多了一层全面性、总结性、综合性，比一般仅以某个具体作品为对象的译介上了一个台阶，是外国文学的译介进行到一定层次，社会需要所促成的一种境界，因为精选集是社会文化积累的最佳而又是最简便有效的一种形式，它可以同时满足阅读欣赏、文化教育以至学术研究等广泛的社会需要。

　　我之所以有创办精选书系的想法，一方面是因为自己的专业是搞文学史研究的，而搞研究工作的人对综合与总结总有一种癖好。另一方面，则是受法国伽利玛出版社"七星丛书"的直接启发，这套书其实就是一套规模宏大的精选集丛书，已经成为世界上文学编选与文化积累的具有经典示范意义的大型出版事业，标志着法国人文研究的令人仰视的高超水平。

"书系"于1997年问世后，逐渐得到了外国文学界一些在各自领域里都享有声誉的学者、翻译家的支持与合作，多年坚持，惨淡经营，经过长达十五年的努力，总算做到了出版七十种，编选完成八十种的规模，在外国文学领域里成为一项举足轻重、令人瞩目的巨型工程。

这样一套大规模的书，首尾时间相距如此之远，前与后存在某种程度的不平衡、不完全一致、不尽如人意是在所难免的，需要在再版重印中加以解决。事实上，作为一套以"名家、名著、名译、名编选"为特点的文化积累文库，在一个十几亿人口大国的社会文化需求面前，也的确存在着再版重印的必要。然而，这样一个数千万字的大文库要再版重印谈何容易，特别是在人文书籍市场萎缩的近几年，更是如此。几乎所有的出版家都会在这样一个大项目面前望而却步，裹足不前，尽管欣赏有加者、啧啧称道者皆颇多其人。出乎意料，正是在这种令人感慨的氛围中，北京凤凰壹力文化发展有限公司的老总贺鹏飞先生却以当前罕见的人文热情，更以真正出版家才有的雄大气魄与坚定决心，将这个文库接手过去，准备加以承续、延伸、修缮与装潢，甚至一定程度的扩建……与此同时，上海三联书店得悉"文库"出版计划，则主动提出由其承担"文库"的出版任务，以期为优质文化的积累贡献一份力量。眼见又有这样一家有理想追求的知名出版社，积极参与"文库"的建设，颇呈现"珠联璧合"、"强强联手"之势，我倍感欣喜。

于是，这套"世界名著名译文库"就开始出现在读者的面前。

当然，人文图书市场已经大为萎缩的客观现实必须清醒应对。不论对此现实有哪些高妙的辩析与解释，其中的关键就是读经典高雅人文书籍的人已大为减少了，影视媒介大量传播的低俗文化、恶搞文化、打闹文化、看图识字文化已经大行其道，深入人心，而在大为缩减的外国文学阅读中，则是对故事性、对"好看好玩"的兴趣超过了对知性悟性的兴趣，对具体性内容的兴趣超过了对综合性、总体性内容的兴趣，对诉诸感官的内容的兴趣超出了对诉诸理性的内容的兴趣，读书的品位从上一个层次滑向下一个层次，对此，较之于原来的"精选书系"，"文库"不能不做出一些相应的调整与变通，最主要的是增加具体作品的分量，而减少总体性、综合性、概括性内容的分量，在这一点上，似乎是较前有了一定程度的后退，但是，列宁尚可"退一步进两步"，何况我等乎？至于增加作品的分量，就是突出一部部经典名著与读者青睐的佳作，只不过仍力求保持一定的系列性与综合性，把原来的一卷卷"精选集"，变通为一个个小的"系列"，每个"系列"在出版上，则保持自己的开放性，从这个意义上，文库又有了一定程度的增容与拓展。而且，有这么一个平台，把一个个经典作家作为一个个单元、一个个系列，集中展示其文化创作的精华，也不失为社会文化积累的一桩盛举，众人合力的盛举。

面对上述的客观现实，我们的文库会有什么样的前景？我想一个拥有十三亿人口的社会主义大国，一个自称继承了世界优秀文化遗产，并已在世界各地设立孔子学院的中华大国，一个城镇化正在大力发展的社会，一个中产阶级正在日益成长、发展、壮大的社会，是完全需要这样一个巨型的文化积累"文库"的。这是我真挚的信念。如果覆盖面极大的新闻媒介多宣传一些优秀文化、典雅情趣；如果政府从盈富的财库中略微多拨点儿款在全国各地修建更多的图书馆，多给它们增加一点儿购书经费；如果我们的中产阶级宽敞豪华的家宅里多几个人文书架（即使只是为了装饰）；如果我们国民每逢佳节不是提着"黄金月饼"与高档香烟走家串户，而是以人文经典名著馈赠亲友的话，那么，别说一个巨大的"文库"，哪怕有十个八个巨型的"文库"，也会洛阳纸贵、供不应求。这就是我的愿景，一个并不奢求的愿景。

2013 年元月

3

目　录

花钏女

倪培耕　译

人　物

玛德那　　　爱神
伐森特　　　春神
花钏女　　　马尼布尔国王的公主
阿周那　　　俱卢王室的王子。现隐姓埋名，蛰居森林
马尼布尔近郊的村民们

第一场

［郁郁葱葱的净修林。马尼布尔国王的公主花钏女、爱神玛德那、春神伐森特。

花钏女　（对玛德那）

　　　　您是身携五支

　　　　利箭的爱情主宰吗?

玛德那　我就是那位爱神。

　　　　我把整个世上的男女之心,

　　　　在痛苦的桎梏里囚禁。

花钏女　女奴我全然明白,

　　　　那是什么样的痛苦,什么样的桎梏。

　　　　女奴向您致以触脚礼。

　　　　（转向伐森特）

　　　　我主,您是主宰什么的尊神?

伐森特　我是季节之神。

　　　　衰落和死亡之魔鬼无时不在渴求,

　　　　把世界吸吮得形销骨立。

　　　　我尾随他们不间断发起攻击,

　　　　那场战斗旷日持久。

　　　　我就是这个宇宙的永驻青春。

花钏女　我向您匍匐致礼。

　　　　女奴把你们众神瞻仰,

　　　　女奴的心愿才得以圆满。

玛德那　女施主,

　　　　你为何立下如此严酷的誓愿?

5

你现在正用何等苦行的炙热，

使你自己青春花果凋萎。

你这种膜拜神的礼仪值得商榷。

你姓甚名谁？

你把什么来祈愿？

花钏女　你们若对我洒以同情的甘霖，

请把我身世来静听，

我将把自己的意愿再次说明。

玛德那　高贵的女士请叙述，

我们将洗耳恭听。

花钏女　请你们垂听，

我名叫花钏女，

马尼布尔王室的公主。

湿婆大神满意我祖辈的苦行

垂降恩泽，

使我祖辈世代绵延的男储

没有中断，

但我却把那个伟大的恩泽毁灭。

那个世代相传的神旨，

没有把湿婆威力来显示，

把我在娘胎里的孱弱身形，

充任男子汉来铸造，

但我日后却磨炼成一个缺乏

柔情如水的坚强女性。

玛德那　我早就耳闻。

你父亲因而把你当成儿子抚育，

他把拉弓射箭的技艺对你传授，

把王权法典的繁文缛节知识

也对你灌输。

6

花钏女　我因而把男装穿上，
　　　　俨然王子自居把朝务料理；
　　　　我随心所欲四处闲逛，
　　　　我不懂羞涩矫情；
　　　　我从不知畏惧滋味，
　　　　我从不在闺房深居简出；
　　　　我不会以目传情的媚态装扮，
　　　　我不愿把赢得人心的诡计施展；
　　　　我不图情欲乐趣的享受，
　　　　我枯燥无味把拉弓射箭学习；
　　　　我的主，我不仅在学习上滞留，
　　　　还练就一副力大无比的硬朗身躯；
　　　　我可不费吹灰之力，
　　　　把你们男人的弓箭折断。

伐森特　哦，美人儿，
　　　　女人用不着把学识来钻研，
　　　　她们的眼睛不用教授，
　　　　自己天然就会工作，
　　　　它深知击中人心的奥秘。

花钏女　一天我独自去布尔那河畔，
　　　　在一座绿荫遮云的森林里猎鹿。
　　　　我把马在一棵大树上拴住，
　　　　循着牝鹿的足印前行，
　　　　闯入难以通行的曲折幽深的小径。
　　　　蟋蟀唧唧颤鸣，
　　　　蔽日林子漆黑一片。
　　　　我在杂草丛生的古战场上
　　　　　　走出不远几步。
　　　　我蓦然发现，

一个衣衫褴褛的脏兮兮男子，
在前面地上横卧，
把狭隘小径通道挡住。
我颐指气使喝令他起身让道，
他躺在原地纹丝未动不予理睬，
他甚至不转脸瞧上我一眼。
我怒不可遏，
用弓尖在他身上捅戳。
他挺拔伟岸的身躯，
以箭矢速度霍地跃起，
在我面前怒目伫立，
宛同一堆灰烬中的残火，
遇到油星又蹿出火舌。
一瞬间，仅仅一瞬间，
他把我上下打量，
愤怒目光随即消失；
一种温和欢愉的微笑的淡淡线条，
不易觉察地在他嘴角边闪烁，
兴许他发现我一副顽童模样，
　　　付之一笑。
我迄今一直忘记，
自己学着男人的学识，
穿着男人的衣装，
同男人一块厮混。
自看见那张光彩照人的面孔，
看到那副信心十足的形象，
就在那顷刻间，
我恍悟自己是个女人；
就在那瞬间，

我生平第一次亲眼目睹，

一位真正的男子汉在我面前屹立。

玛德那　这就是我的教诲。

在生活的一个吉祥时辰，

普天下男女从我处获得教诲，

女人意识到自己是女人，

男人意识到自己是男人。

请告诉我后来的进程。

花钏女　"你是谁？"

我惧怕且诧异地问道。

"我是俱卢家族的阿周那。"

他高傲且率直地答道。

我听后惊得木雕似的呆立，

我完全忘了向他鞠躬敬礼。

他难道就是赫赫有名的阿周那？

这难道就是我毕生希求的一个

　　　惊奇？

他难道就是我梦寐以求的伟大

　　　偶像？

我早已听说过，

他为了执行真理，

　　　许下要过十二年独身生活

　　　　　的重誓，

他于是在林间游荡不定。

这顶天立地的英雄阿周那！

多少回我受年轻人好胜心的驱使，

心里暗想用自己的臂力，

使阿周那的荣誉暗淡无光；

我立誓准确把目标击中，

我将女扮男装与他挑战；
让他认识我的英雄气度。
天哪，我糊涂透顶！
我那股争胜好强的劲儿，
不知在何处逃逸！
他所站立的土地上，
荆棘荒草不生，
英勇气概化为乌有，
一切都成为他脚底下的死亡同伴！

我已记不清自己当时如何思想，
但当我回过神发现，
他在林中消失无踪影。
我惊讶万分，
我后悔不迭，
我醒悟过来一次次把自己责备；
嗤！嗤！愚笨女人，
你没有说一句话，
你没有向他问候，
你也没有央求他原谅。
当他藐视你离去，
你却像粗野无礼之人痴呆站着。
天哪，
那时刻我若即刻死去，
一切悔恨烦恼将烟消云散。

翌日清晨，
我卸下男装。
我把手钏佩戴，

我把脚镯穿上，

我把腰链系上，

我把紧身围裤套上，

我把紫红色丝绸长衣披上。

不习惯的装束把我身子裹着，

令我觉得羞涩不自在。

但我已全然置之不顾，

急忙动身前往寻觅。

在一座森林的一所湿婆庙里，

我终于把隐居的他寻到。

玛德那　请继续往下说，

不必因我存在而感到害羞。

我是心灵之神，

我对心灵之秘密了如指掌。

花钏女　我已经记不清，

我是如何向他询问，

他又如何回答。

够了，够了，主神，

请不要再追问！

羞愧宛如雷霆在我头上落下，

但没能把我劈成碎片。

我尽管是位女子，

但我有男子那般的坚强生命力！

我不晓得，

我如何回到家里，

我惊慌不定，

宛如做了一场噩梦，

他最后的一句话语，

如同烧红的长矛朝我耳朵刺进：

"美人儿，
我已立下独居生活的重誓，
我没有资格配做你的丈夫！"
哦，男人的独身信誓！
这难道不是对我的诅咒，
这难道不是对我的侮辱？
这难道不是驱使我非设法让
　　他食言不可？
爱神，您懂得，
天下无数圣贤在女人石榴裙下，
把自己毕生的苦修成果毁于一旦。
他那个刹帝利的独身主义！
我一回到家，
把存放在屋里的所有弓箭折毁，
我曾为弓弦压出茧子伤痕的手臂
　　自豪，
而今朝我怀着无奈的愤怒心情把
　　它谴责。
经历这么多日子，
我才恍然大悟，
女人若无法把男人之心征服，
她们的学识都子虚乌有。
女人柔润的手臂比它强千百倍，
依附男人的女子羞涩惊怕，
她那弱不禁风的身姿风情，
值得普天下赞美！
平凡女人的柔情如水温柔，
赢得普天下的倾慕，
她们惊恐不安的目光，

使聪慧刚毅气度黯然失色。

哦，爱神，爱神，

你刹那间把我所拥有的男子

　　虚荣自负夺去，

你把我所有学识化为乌有，

你把我所有力量踩在你脚下。

现在，乞求你把自己爱的

　　本领对我传授，

把女人的柔弱力量对我赐予！

玛德那　你的迷雾终于消失，

我将成为你的挚友，

我助你一臂之力。

我要把征服世界的阿周那战胜，

作为一个囚徒把他带到你跟前。

你将登上女王宝座，

顺遂心意给他褒贬，

让你把这个桀骜不驯者加以统治。

花钏女　只要我有充裕时间，

毋须乞望神的帮助，

我会独自把他的心赢得。

我将作为他的伙伴形影不离，

我将成为他战场上的驭者把战马驾驭，

我将成为他狩猎中的帮手把猎物追捕，

我将成为他的卫士在他营帐守夜，

我将成为他忠诚信徒为他祈祷，

我将成为他的女仆精心把他伺候，

我将作为朋友在维护刹帝利的

　　伟大誓言里对他辅助。

他终有一日带着惊奇目光把我凝视。

他内心会暗自思忖：
"那个孩子姓甚名谁？
难道是我前世的旧仆人：
随着我的丰功伟绩，
同我一块来到今世？"
他心灵的门扉渐渐洞开，
我在那儿获得可靠一席。
我深知，
我的爱不会用哭泣来换取，
我决不会用深夜的泪水，
默然的忍耐把永恒痛苦抚育；
我也决不会用惨淡的微笑，
把心底的痛苦掩饰。
我决不是楚楚动人的佳丽，
但我的愿望不会落空，
只要我能有一次把真我显示，
他一定会落到我手里。
天哪，那日他看到我尴尬模样！
他瞥见，
一个害羞而瑟缩的女子，
一个恐惧而战栗的女人！
一位孤立无援的女子，
一位语无伦次的女人！
难道这是我真实面貌吗？
天下女子在家庭内外，
在世俗环境周围，
成为哭泣的权力者！
我那时难道有更上乘表现？
但我有巨大耐心，

在未来漫长日子，

在认识祭台上把自己提供——

这是今世和来世的誓约，

我毕生孜孜以求的事业。

现在我在你的庇护里踯躅，

我向你们立下重誓。

哦，征服世界之爱神，

哦，伟大美丽季节之神，

乞望垂赐我一定的时间，

只要有一天把我女人的丑陋消除，

这个丑陋是造物主们给予的

　　　毫无疵瑕的诅咒产物。

让我空前绝伦的漂亮?

赐予我如此光辉的幸福一日，

这之后往昔依然把我伴随。

我乍看到他瞬间，

仿佛永恒春天在我心灵永驻。

我萌生一个远大愿望：

我实因青春的骚动，

整个身子迅即进入奇异亢奋状态，

我那个亢奋身子若像吉祥女神脚下

　　　莲花那般争艳开放!

哦，春神，

哦，春神伙伴爱神，

只要一天时间对我垂赐，

我就可把自己这个愿望实现。

玛德那　我们一定会成全你的乞求!

伐森特　我们一定会那样做的!

我们不仅给你一天时间，

我们要赐予你整整一年辰光，

让你肢体绽放出茂盛春花的丽彩！

第二场

[森林的湿婆庙。隐居森林的俱卢王室的王子阿周那、花钏女。

阿周那　我依稀看见了谁的倩影！

难道是真实，

抑或是幻觉？

清澈的池湖坐落在渺无人迹的密林里，

在渺无人迹的荒凉里，

我似乎感到，

一个万籁俱寂的晌午时分，

森林女神洗澡完毕，

飘然而去；

宁静的午夜时分，

在沉睡的池湖湿漉岸畔，

她们无忧无虑，

无拘无束撩开衣裙，

甜蜜惬意沉睡着。

就在那儿，

在黄昏的斜影里我凝神思忖，

童年生活的回忆涌上心头。

冷眼相看这世界的人生游戏，

喜怒哀乐尽情宣泄；

失败的懊丧，

成功的喜悦，

16

生活的不满，

愿望的失落，

贫穷永无止境。

就在这时，

从稠密树丛的浓荫里，

一个无与伦比的倩影款款走出，

在湖池台阶白石上亭亭玉立；

何等令人叹为观止的完美形象！

大地也似乎心醉神迷，

在她莲足下凝住。

宛如朝霞的金色云彩，

把自己绚丽的光彩放射，

旋即在东方雪峰上消失；

她身上披的如雾般轻纱，

实因欢乐激动，

渴望在她玉体温馨中消失。

她朝着湖池岸畔姗姗而至，

她俯着身子，

带着惊奇目光，

在明镜般湖水里，

把自己面影流连忘返观赏。

起初她大吃一惊，

随即她嫣然一笑。

她漫不经心伸展自己左臂，

松开自己的发髻，

让瀑布似的长发摇曳，

在纤足边垂落，

她轻缓地把袖子挽卷，

把自己完美无瑕的玉臂欣赏，

抚触把温和羞怯充盈，
纤臂把无比怜爱倾洒。
她低头凝视，
袒露玉体渴望青春的开放；
她举目端详，
白皙皮肤下的鲜艳红润光泽；
她凝神观赏，
浸入湖水中的双足嬉戏影儿；
她无比惊奇，
仿佛第一次把自己瞥见。
碧空洗净的那天清晨，
宛如洁白荷花闭着羞眼，
把自己蓓蕾年龄默然数清，
她同样沉默无言低垂头颈，
在碧绿湖水里把自己看清，
她整日不无惊喜顾影自怜。
但不知什么痛苦缘故，
唇边的微笑片刻消失，
忧伤的双眼黯然失色，
她把松散发辫绾起，
把轻纱往身子拉上；
她轻轻地长吁短叹，
她拖着步子缓缓离去，
宛如金色美丽的黄昏，
带着沮丧脸色，
向黑茫茫的深夜走去。
我暗自思忖，
大地慷慨解囊，
愿望的满足一闪现，

随即消失得无影无踪。

我暗暗思量，

大千世界的多少纷争，

人世间的多少杀戮，

天上人间的多少阴谋，

对男子英雄气概的苛求，

对引以自豪的名誉渴望，

在无瑕的完美面前，

它们统统归于平静，

没声没息往泥土里归宿。

假如再有一次……

咦，谁在敲门？

（打开了门扉）

哦，原来就是她！

冷静些，我的心啊！

美人儿，不用怕我，

我刹帝利家族的武士，

专门给胆惊的弱者把恐惧驱逐。

花钏女 高贵的刹帝利，

您是我尊敬的客人，

这座庙宇是我的庇护所。

我不知如何尽地主之谊，

好生把高贵客人来款待。

阿周那 美艳无比的小姐，

对客人最隆重的款待，

就是让客人把你的花容来瞻仰。

你若是不见怪，

我启齿询问一个谜题，

它在我心里把巨大惊奇唤起。

花钏女　请您不用多顾虑，

　　　　尽情放心问吧！

阿周那　你把什么重誓立下，

　　　　与普通人群隔绝，

　　　　把自己无与伦比的形象，

　　　　在这座孤寂的庙宇里禁锁，

　　　　任意地让它给摧残？

花钏女　我天天向湿婆大神祈求，

　　　　专注于藏在内心的一个秘愿的实现。

阿周那　天哪！

　　　　你还把什么来希求，

　　　　你就是全世界希望的财富！

　　　　从朝阳留下火焰般足印的极东山巅，

　　　　到夕阳洒下金子般甘霖的极西丛林，

　　　　我都一一走遍。

　　　　世上价值连城的东西，

　　　　世上绝伦无比的人儿，

　　　　世上伟岸称奇的事业，

　　　　我都一一目睹。

　　　　你对什么东西希求，

　　　　你对什么人渴望，

　　　　你只要对我诉说，

　　　　我可尽力为你天涯海角寻觅。

花钏女　我企望寻觅的人，

　　　　天堂人间地狱都认识。

阿周那　是吗？

　　　　这位神的宠儿究竟是谁？

　　　　在你被人们永恒向往的内心王国，

　　　　谁的名声把弥足珍贵的坐垫占据？

　　　　　　你快说，快说！

　　　　　　说出他的尊姓大名，

　　　　　　让我听后心悦诚服。

花钏女　　他在最高贵的王室诞生，

　　　　　　他是世上出类拔萃的无双英雄。

阿周那　　徒有虚名的荣誉在人们嘴里传布，

　　　　　　正如日出前瞬间的黑色云雾

　　　　　　　　把朝霞掩住。

　　　　　　哦，高贵的小姐，

　　　　　　请不要用你稀罕的青春财富，

　　　　　　在施者的膜拜祭台上奉献。

　　　　　　你能否对我诉说，

　　　　　　谁是世上最优秀皇族的无与伦比的

　　　　　　　　英雄？

花钏女　　修道士！

　　　　　　你对别人的盛名似乎无法忍受。

　　　　　　你究竟是谁？

　　　　　　天下无人不晓，

　　　　　　俱卢王室是世上皇朝的珍宝！

阿周那　　俱卢王室！

花钏女　　你从未耳闻，

　　　　　　这个王室有位驰名四海的英雄？

阿周那　　请说吧，

　　　　　　我要从你嘴里听到他的尊姓大名。

花钏女　　阿周那！

　　　　　　宇宙的征服者。

　　　　　　我要从全世界人的口中，

　　　　　　把这个伟大不朽的名字掳来，

　　　　　　使自己少女心扉充盈，

我为此细心地把自己藏匿。

修道士！

你为何神色如此惶遽不安？

我说的难道是虚无缥缈？

阿周那的盛名难道是欺人的光彩？

请对我讲明，

这若是虚假的幻影，

我将决不迟疑把我心匣打碎，

把这块假宝丢弃；

他若徒有虚名，

在人们唇上飞传，

那么在女人心灵的位置上，

他不可能占有一席。

阿周那　哦，美人儿！

原来你指的是阿周那，

那个背负神弓神箭的阿周那，

现在正双膝跪在你足下，

乞望你的庇护。

他的英名，

他的荣誉，

他的英勇，

他的豪气，

不管是真是假，

在自己高贵的心灵里，

你却给予他一席之地。

今天看在慈悲分上，

不要从你心灵上把他驱逐。

花钏女　你就是那位声名显赫的阿周那！

阿周那　我就是那位阿周那。

　　　　　我的女神，

　　　　　我就是在你心灵前渴求爱的客人。

花钏女　我听闻，

　　　　　阿周那正在把长达十二年独身生活

　　　　　　　的重誓履行。

　　　　　那位顶天立地的英雄，

　　　　　现在却要把誓约背弃，

　　　　　把美人儿渴求！

　　　　　修道士！

　　　　　你竟然是那位显赫的阿周那！

阿周那　你把我的重誓打碎，

　　　　　正如月亮高高挂在中天，

　　　　　刹那间把瑜伽者室前的黑暗荡涤。

花钏女　你将会受到诅咒，

　　　　　你将会受到鄙视。

　　　　　阿周那！

　　　　　我是谁？

　　　　　你在我身上发现了什么？

　　　　　你对我了解多少！

　　　　　你竟为之把自己遗忘！

　　　　　阿周那顷刻间把真理毁灭，

　　　　　你究竟为了谁？

　　　　　决不是为了真我，

　　　　　你只不过为了一双美丽的青莲眼睛！

　　　　　你用双手把真理桎梏摧毁，

　　　　　阿周那可悲地在雪白柔润的双臂前屈服，

　　　　　投入其中成为囚徒！

　　　　　爱的尊严在何方消失，

　　　　　女人的尊严在何方抖落！

天哪，天哪！
超越真我的法规，
赐予我令人鄙夷的躯体——
这个美丽的伪装，
这个脆弱的躯壳，
竟使人对不朽的精神唾弃！
我现在恍然大悟，
你的荣誉名声，
你的英雄气概，
统统归于虚无。

阿周那　名声是虚假的，
英勇是虚妄的，
我今日才豁然开朗。
我今日恍如觉得，
人世宛如南柯一梦。
唯独你完美无瑕，
唯独你至高无上，
你就是世界财富！
你虽是位女子，
但尘世间一切苦难就在你处告终，
你就是解脱一切劳作的自由女神。
晨曦，大梵无可比拟的光芒，
从黑茫茫的大海透露放射，
创造的荷花刹那间朝四面八方竞放。
经历漫长岁月，
我只认识少许几人，
但我与你一相遇，
我很快就把你一切窥探。
一次我在狩猎中感到身心疲惫，

我渴望去盖拉斯①修行。

于是在一天晌午，

我来到了玛纳斯湖畔，

那儿盛开着绚丽多姿的鲜花。

我探头窥视，

深不可测的圣湖湖水清澈碧绿，

我清晰地看清了湖中自我。

灿烂的正午阳光的金色，

荷花金色茎枝的光泽，

在无底的深水处相合；

湖波欢乐而战栗，

犹如千百条蛇吐着火信。

太阳神仿佛把千百个手指伸出，

向一生劳作疲惫厌倦的人们暗示，

无限清新且美妙的死亡在何方。

那个纯洁的炼狱，

我在你身上发现！

神的手指从四面八方向我指示，

我为荣誉困惑的生活，

就在你超凡绝伦的光辉里完美结束！

花钏女　不，不！

我决不是如你所说的那般。

天哪，阿周那！

哪位天神把骗局诡计布下！

回去吧，

回转吧，

我的英雄！

_____

① 盖拉斯，喜马拉雅山湿婆和财神居住的山峰。

不要对虚幻顶礼膜拜!

自己的英勇,

自己的豪气,

自己的尊严,

不要在虚幻的脚前奉献!

回转吧,

你回转吧!

第三场

[大树底下。花钏女、玛德那、伐森特。

花钏女 天哪,天哪,

我似乎做不到把他赶回,

英雄心灵的热烈渴望,

战栗不止的焦急不安,

如同跳跃火舌的祭祀火堆!

他狂热的凝视,

仿佛变幻成心灵的手臂,

正来把我抢夺去;

他那颗燃烧的心,

仿佛挣脱了身体躯壳,

极力往外跳跑;

他的哀求哭泣,

仿佛通遍全身响起!

我怎能把他像乞丐一样撵走!

我怎能把那种渴求拒绝?

(伐森特和玛德那上)

哦,爱神

你用美的形体火焰，

把我团团围住，

使我熊熊燃烧，

我也把别人点燃。

玛德那　说吧，说吧，

请把昨晚之情况详尽叙述，

我很想听到，

我的花箭把什么壮举完成。

花钏女　昨日黄昏，

湖池的柔美岸畔，

我把春日的花瓣收集，

把温馨的花床铺成。

我带着倦慵的身子，

忧郁地在那儿躺下，

一副慵怠的模样；

头枕在左手上，

把已逝去的欢乐情景一一回忆；

把阿周那对我倾吐的颂扬仔细品味，

把那天积聚的甘露滴滴吮饮。

往昔生活的历史，

如同过去的诞生一样，

我统统都抛之九霄云外。

我仿佛不是位雍容华贵的公主，

过去和未来仿佛都不属于我。

我像孤傲的一朵花，

蓦然在大地上盛开——

没有亲生父母，

只有短短的一瞬间存在。

就在这稍纵即逝的时刻，

我将聆听林间蜂群的甜蜜嗡嗡赞美，

我将谛听林间树叶的欢乐簌簌声响，

然后在湛蓝的天幕下，

我将垂下仰望的眼睛，

我将垂下自己的头颅；

我将扇起风儿，

我将痛苦地变成随风飘舞的尘埃；

我将不掉一滴泪水，

结束自己短促的故事，

它没有往昔，

没有将来，

没有花香。

伐森特 在一个早晨，

无限的生命自生自灭！

玛德那 仿佛乐曲中一个短促的和声，

升起一缕没有终止的感情。

后来又怎么样呢？

花钏女 我正坠入遐想，

南风轻轻吹拂，

把我身上每一部位抚触，

把催眠的波浪掀起。

从七叶树上绽开芬香四溢的茉莉花，

无声无息把我懒洋洋的白皙肢体

尽情地亲吻，

一些花瓣在我的头发上撒落，

有些花瓣在我脚底下，

在我乳头下把自己死亡花褥铺垫。

我迷迷糊糊睡了一会。

我不知何时在睡态中，

突然觉得，
仿佛谁的迷恋目光，
如同十根手指，
以贪婪心情把我倦慵身体抚触。
我被惊醒。

我看到，
一尊木雕似的修道士，
在我脚边纹丝不动站着。
冬日已徐徐从东方天际，
朝向西方苍穹坠落，
把自己全部目光倾泻，
在我袒露的洁白优美胴体上飘落。
空气中弥漫着芬芳，
夜的宁静从蟋蟀的低鸣声中流出；
夜风已停止吹拂熟睡过去，
月光下寂静的树影在湖上悬挂；
如同图画里的高耸大树，
魁梧挺拔的修道士幻影般伫立。

我完全清醒，
朝四周巡视了一番。
我最初感觉，
真不知何时，
我已在被遗忘的重罪里把生命抛弃，
在迷醉的昏睡世界里回归；
在惨淡月光下的阴曹河畔，
我把迷梦做着。
我把惺忪睡眼轻揉了几下，

霍地下意识地站了起来，
羞怯却像松散的衣裳，
在我脚畔垂落。
我分明听到他的呼唤：
"我爱，我最亲爱的！"
这个庄重的呼唤，
在我身上重又把我的生命唤醒，
唤醒那被忘却千百次的生命！
我答道：
"拿去吧，把我拿去吧！
我生命的主人，
把我一切都拿去吧！"
我把自己的双臂向他伸出。
月亮在林间坠落，
黑暗把大地笼罩。
天堂和人间，
时间和空间，
欢乐和痛苦，
死亡和生命，
难以忍受的狂欢，
使一切丧失了知觉。
天空放出拂晓最初的光线，
鸟儿响起清晨最初的鸣叫，
我依着左臂支撑，
缓缓地从床上坐起。
我看到，
英雄幸福安详地沉睡，
他唇边露出，
清晨新月般的宁和微笑——

夜晚欢乐的余音。

拂晓，

玫瑰红的光辉在他高高额头上照拂，

仿佛人世间，

新的荣誉的日出，

把新生的山冈清涤。

我轻轻叹息了一下，

从床上起身。

我小心翼翼把茉莉花藤叶折弯，

把射在他脸上的流水般阳光挡遮。

我回眸审视，

景色依然。

我蓦然想起自己，

于是，像头害怕自己影子的牝鹿，

穿过清晨撒满木槿花的林径，

飞快地逃之夭夭。

我逃到人迹罕至的荒凉地方坐定，

我用手掩面，

想痛哭一场，

但眼里流不出泪水。

玛德那 哎呀，凡人的女儿！

我用双手把天堂幸福大门打碎，

从天库里把芳醇馥郁的甘露偷窃，

斟满人间的一夜，

让你痛饮，

然而我依然听到不满的哭泣。

花钏女 天神，

你给谁把窃来甘露痛饮？

你究竟给谁痛饮这杯甘醇，

把谁的饥渴来消除？

那个热吻，

那个爱的交媾，

犹同利箭的铿锵嗖嗖声，

现在还在体内不间断抖擞。

那个身体绝对不属于我的！

经历多少日子的亲证①，

我获得瞬间爱的结合。

然而谁又从我身上把这个爱的结合

　　　掳去！

带着永恒珍贵结合的幸福回忆，

我这个女性的甜蜜温柔，

也如同残花上的花瓣凋落。

而那个心灵贫乏的女人，

带着虚空的躯体，

将夜以继日地坐着哭泣。

爱神，

如同幻影的外表，

把恶魔当作女伴与我绑结——

这是怎样的结合！

热吻来到饥渴贪婪嘴唇，

它就把热吻来吸吮！

爱的目光那么执拗，

一落到那个外表上，

仿佛在上面留下了色彩纷呈的线条——

那个目光犹同阳光光线，

朝长夜禁欲的公主心灵荷花猛扑。

———————

① 指苦修的实践，苦修中求得梵我合一。

32

然而现在她已把它全然遗忘。

玛德那　这样你昨日一夜枉费了，
　　　　希冀的船儿已经驰近岸边，
　　　　难道一遇风浪的冲击，
　　　　就退缩驰回原港？

花钏女　天神，
　　　　昨晚的事儿已一点也记不清楚！
　　　　幸福的伊甸园近在咫尺；
　　　　而我却在自我遗忘的欢乐里陶醉，
　　　　没有感觉伊甸园船儿，
　　　　抵达抑或没有抵达此岸。
　　　　今日拂晓，
　　　　我从睡梦中醒来，
　　　　沮丧和诅咒冲撞着我，
　　　　我心灵打从深处破碎。
　　　　昨晚的事儿一桩桩回忆，
　　　　触电似的痛苦使我觉醒。
　　　　我里外与小妾相连，
　　　　无法把这个不光彩的身份忘却。
　　　　我每日当小妾精心打扮，
　　　　然后我被派遣到自己欲望胜地——
　　　　与情人幽会的花褥。
　　　　我每时每刻以小妾身份伺候他，
　　　　他不间断与我拥抱抚摩。
　　　　我的神，
　　　　两个身体接触抚爱，
　　　　使心灵在仇恨的火焰中燃烧，
　　　　世上还有谁会得到如此诅咒？
　　　　啊，天神，

请您收回自己的恩赐吧！

玛德那　我若把它收回——

把这个虚假的伪装抛掉，

你如同冬日没有花叶的干枯藤枝，

明儿清晨，你带着什么样脸孔，

在阿周那的面前出现？

你让他刚刚把第一口快乐的酒饮啜，

你现在却要从他嘴边把酒杯夺去，

把它摔得粉身碎骨！

他面对突如其来的莫名打击，

他将以何等愤怒的目光把你逼视？

花钏女　那也远胜于眼下的尴尬模样，

我将比伪装的美女强百倍，

我将向他把真我显露。

他若对我的真我讨嫌，

愤怒地拂袖离去，

我因而黯然神伤，

抑或忧心如焚，

我也心甘情愿把这一切接受。

主神，

那也远胜于眼下的尴尬处境。

伐森特　听我一句劝告吧，

当开花季节即将结束，

花果季节随之而临，

柔和花壳成熟凋落；

那时你将把自我骄傲显露，

阿周那把你真我见到，

他将庆幸自己的新命运。

走吧，孩子，

现在回到自己青春的欢乐里去！

第四场

[森林。阿周那、花钏女。

花钏女　亲爱的，

　　　　您为何如此把我凝视？

阿周那　我欣赏着你用灵巧的纤手，

　　　　把一枝枝花茎折断，

　　　　心无旁骛地把花环编织。

　　　　灵巧和优雅这一对孪生兄妹，

　　　　怀着轻松愉快心绪，

　　　　在你手尖上翩翩起舞。

　　　　我边观赏边思索。

花钏女　您思索着什么？

阿周那　我正遐想着，亲爱的，

　　　　你用同样的优美抚触，

　　　　同样的甜蜜情调，

　　　　把我漂泊日子编织成花环，

　　　　我将带着永恒欢乐的花环回家。

花钏女　家筑在这爱里吗？

阿周那　难道这不是家室吗？

花钏女　亲爱的，

　　　　这不能配称为家。

　　　　您想把我带回家？

　　　　请永远也不要提及家的事。

　　　　家属于永恒岁月的，

　　　　你要把永恒东西带回这个家。

我可是一朵森林之野花，

当森林之野花枯萎，

你鄙夷地把它丢弃在冰冷的石头上，

还是让它滞留在温馨的家里？

每天在森林的内宫，

野花枯凋着，

败叶飘零着，

枝蔓折断着。

短暂的生命就在那儿——

每时每刻都在盛开，衰败——

当黄昏来临，

我的游戏将全部结束，

我也随同林中千百次瞬间消逝的欢乐，

    凋谢之后回到泥土消失无影踪。

谁的心里都不会存有任何抱憾。

阿周那　我们的爱就是这样结果？

花钏女　就是这样的结局！

英雄，您为什么因此而感到痛苦？

在懒散日子里您感到的美好印象，

请您在闲暇日子里把它抹去。

欢乐超过期限，

将受到莫大的惩罚，

届时欢乐将酿成巨大痛苦。

你把既成的欢乐印象撷走，

将它保留到再不能保留的时刻。

在欲望的清晨里，

您怀着多少的希求，

可在满足的黄昏里，

您不要寄予比它更多的希冀。

太阳已下坠，

您过来，

我把花环给您套上。

我已经疲倦困乏，

请把我倦怠身躯送进你的臂弯。

把装腔作势的忿懑驱逐，

让我们甜蜜地拥抱亲吻。

请来到我臂弯的枷锁里，

在爱的欢乐的永恒失败里，

我俩将相互成为囚徒！

阿周那　我最至爱的，请听，

森林之外的遥远村落，

响起了晚祷的宁和海螺声响。

第五场

[玛德那、伐森特。

玛德那　朋友，

我拥有五支箭：

第一支箭充盈着甜蜜的欢乐，

第二支箭流淌着痛苦的泪水，

第三支箭满怀着迷醉的希冀，

第四支箭传递着胆寒的恐惧，

第五支箭滋润着——

幽会与离别，

希冀与恐惧，

五味俱全。

伐森特　我已疲惫不堪，

我现在请求原谅。
朋友，收拾起自己施展射箭本领的战场！
我白天黑夜戒备着，
我期待的火堆里扇风到何时！
我不时打盹儿，
头耷拉下来，
扇子从手中脱落，
燃烧的火焰从灰烬中暗淡下来。
我又惊醒，
我又吹进新的空气，
在残火里扇起新的光亮。
现在请告别我吧！
朋友！

玛德那　我十分了解你，朋友！
你是位永恒孩子，
你永远没有安定，
你总在天地间，
无拘无束地走动游玩。
你花费多少时日，
你用巨大努力把美塑造；
转眼间，你又把它扔弃，
不回头瞧上它一眼。
现在不会太拖延了，
我们的工作快要结束。
这些轻松欢畅的日子，
喝了你扇子所扇的风儿，
犹如折断枝叶，
不知将飘飞到何方。
因着欢乐而昏厥的一年，

快走到自己的尽头。

第六场

[森林。阿周那、花钏女。

阿周那 清晨从睡梦中醒来，

我仿佛从梦中获得稀世珍宝。

在这块大地上，

我没有获得可安置家的地方；

又没有哪顶皇冠，

我可以把它嵌上；

又没有金钱，

我可以把它串挂。

我又不是那种无赖，

把它任意弃之。

刹帝利的手臂，

无所事事，

把自己职责遗忘，

日夜与她厮混。

[花钏女上。

花钏女 亲爱的，

您在想什么？

阿周那 亲爱的，

我在想今日狩猎之事。

你看，

淫雨洗刷着山坡，

云霾笼罩着林子；

涨溢的泉水像鲁莽的少年，

带着轻佻嘲弄的嬉笑，

发出越过堤岸的咆哮。

我记得，

这样雨季的来临，

我们五兄弟汇合一起，

去齐德拉卡森林狩猎。

在毫无恐惧心情下，

我们在浓密的黑暗里，

狂喜地消磨着整个日子；

我们的心灵应和着乌云雷鸣声，

翩翩起舞。

雨水的淙淙声，

泉水的潺潺声，

使得牝鹿听不见，

我们小心翼翼朝前走的步声；

虎豹五个利爪的抓痕，

在林间小径上印刻——

告诉人们它们走向自己洞穴的道路；

林中回响着孔雀的欢叫；

我们五兄弟从狩猎中解脱，

满怀着雨季带来的激情，

把湍急的河流横渡。

我心里想的，

现在我又出户，

进行那种趣味盎然的狩猎。

花钏女 哦，猎手，

你把业已开始的狩猎完成吧。

你难道拥有完全把握，

把那只金色的幼鹿逮住？

不可能，绝对不可能，
还从没有发生过这类事。
这只林中雌鹿刚要被逮住，
它突然神不知鬼不觉，
梦幻般地一溜烟逃逸。
无法忍受永恒的枷锁，
随同瞬间的游戏。

请看，
乌云与疾风是如何游戏！
乌云刹那间如同万箭对风暴进行攻击，
风暴仍如顽皮牝鹿，
自由自在，
不可驯服地疯跑，
我们之间进行着那样的游戏。
今日雨季来临，
你可尽情地把那只灵巧雌鹿捕捉，
你拥有那么多武器，
你箭壶里满载着弓箭，
你可把它们集中一起，
执拗地向我万箭齐放。
忽而黑云摧城，
顿失光明，
笑容收敛，
忽而雷电轰鸣，
倾盆大雨，
淋漓欢畅；
在乌云滚滚的世界里，
那只幼鹿永远无阻碍地，

自由自在地欢快奔跑。

第七场

[森林。玛德那、花钏女。

花钏女　唉，主神！
　　　　真不知你在我身上施展什么魔术！
　　　　我的血液里仿佛获得烈酒，
　　　　它使我变成疯子，
　　　　我像头迷醉于自己神速骄傲的牝鹿，
　　　　披散着发，
　　　　穿着鲜艳衣裳，
　　　　欢快地跨越地界。
　　　　我使黑色猎人筋疲力尽，
　　　　我使他沮丧不堪，
　　　　我使他在林间小径迷途徘徊。
　　　　我为残忍的胜利而惊喜，
　　　　发出震天欢笑。
　　　　现在我又为收拾这个游戏而害怕，
　　　　游戏若一旦停止，
　　　　我的心不要因痛苦而破碎。

玛德那　不要破坏这场游戏，
　　　　把这场游戏继续下去；
　　　　这是我所制造的美妙无比游戏，
　　　　万箭施放，
　　　　击中情人心胸。
　　　　今天在新雨季，
　　　　我的狩猎将在林间进行，

你要使那个猎手疲劳不堪，

你要他灰心丧气；

你要他在你脚下匍匐，

你要用坚固的枷锁把他锁住。

不要对他显露同情，

取笑间把他制服；

要用甘露和毒药混杂的语言之箭，

把他心胸射中。

这就是狩猎，

这里不存在同情的法则。

第八场

[森林。阿周那、花钏女。

阿周那　亲爱的，

难道你没有那样温馨的家，

当你离别时，

你像坠入爱河的人忧伤地哭泣？

你每日的温柔服务，

那个幸福小窝充满着甘露般的迷人

　　　陶醉，

而现在你把那个家园的灯火熄灭，

来到了这座幽美的森林？

难道没有这样地方，

勾起你对童年生活的温馨回忆，

引发你对逝去旧事挽留的哭泣？

花钏女　你为什么要把这个问题提出？

难道无忧无虑的欢乐时光已消蚀？

你看到的我就是那个模样，

对我不需要特别的认识。

清晨，紫荆花叶尖上挂着露珠，

难道你能按它姓甚名谁唤出？

难道你能把它的归宿猜出？

请问，

对它还需要什么认识？

你所爱的就是那颗露珠，

没有姓名，

没有住所。

阿周那　在这大地上，

它难道没有任何束缚？

难道一滴露珠从天堂滴落到地上，

仅仅是遗忘？

花钏女　就是那种情况，

它仅仅一念间使森林之花，

大放异彩。

阿周那　生命永远忧虑自己随即消失，

因而永远感到不满足，

永远也无法获得安宁。

我捉摸不透的人，

请再紧靠我一些！

我亲爱的，

请你走进千百种形态的束缚罗网——

姓名、住所、家庭、言辞、身心……

我将从四面八方把你围住，

轻轻把你抚触。

我将依傍着你，

无忧无虑生活！

你没有姓名？

我在心灵的殿堂里，

用什么爱的咒语为你念咒祈祷？

你没有家庭？

我能在什么样的荷花茎上把荷花采撷筑成家园？

花钏女　没有，没有，没有！

你想要的束缚东西，

就是种不可知的枷锁；

请你把它理解——

云霞的金色光彩，

花朵的飘逸芬芳，

河流的起伏波浪。

阿周那　那种人是不幸的，

对虚无缥缈的东西那么钟爱。

亲爱的，

请不要用爱之手给予我空中之花，

请在痛苦与欢乐里，

在吉时与倒运里，

给予我心灵持久保存的东西。

花钏女　现在一年还没过去，

你已经如此厌倦？

天哪，现在我恍然大悟：

花儿短命就是神的祝福！

我迷人的身躯，

若与春之花儿一同凋谢，

我死得灿烂荣光。

阿周那，没有更多日子留给我们，

欢乐的日子所剩无几！

在短暂的时光，

消除自己宏愿，

尽情地享受欢乐；

在短暂的时光，

吸吮林中所剩的欢乐甘露，

把它吸吮得不剩一滴。

哦，亲爱的，

你以后不要借着回忆迷惘，

一次次围着这个地方转悠；

像那只干渴的黄蜂，

抱着撷取昨日黄昏坠落的夏花的希冀，

在这儿哭喊着，

徘徊不定。

第九场

[马尼布尔近郊的村民们、阿周那。

众村民 天哪，天哪！

如今谁来把我们拯救保护！

阿周那 发生了什么事情？

什么危险把你们威胁？

众村民 一股强盗想把我们村洗劫，

他们像山洪一般，

从北方山上奔腾而下。

阿周那 在这国度里，难道没有任何保护者？

众村民 花钏女公主永远是这批坏蛋的镇压者，

这个国度只有她的威慑力存在。

我们除了惧怕阎王，

在这国度里不存在任何恐惧。

但听说，

她去远方朝圣，

带着神秘的旅行的誓言，

谁都不晓得她行踪的任何音讯。

阿周那　难道这个王国的保护者是位女子？

众村民　是的，

就在一个身子里，

她既充当热爱庶民的母亲，

又充任保护百姓的父亲；

在慈爱方面，

她是皇后；

在英勇方面，

她是父王。

[众村民下。

[花钏女上。

花钏女　我的主，

你为何独自一人坐在这儿，

冥思苦想？

阿周那　我在思忖，

花钏女公主究竟怎个模样！

我每日从千百张嘴里，

听到她无数的事迹，

一个比一个新奇，

一个接一个闻所未闻。

花钏女　啊，她长相奇丑无比！

她没有像我那样弯弯的细眉，

她没有像我那样漆黑透亮的大眼；

她那结实粗壮的手臂，

能拉弓射中任何目标，

但她无法用柔软圈套，

把英雄的心捆结。

阿周那　但我听人说，

她具备女子的温柔，

她又有男子般的英勇。

花钏女　嗤，嗤！

这就是她的最大不幸！

倘若女人就是女人，

倘若女人就是大地华彩，

倘若女人就是光明化身，

倘若女人就是爱情雨露；

她有时用柔和假象的目光，

使男子生气发愁；

她有时撒娇在男人脚边躺下，

她有时抱住男人脖子亲吻，

也有时纠缠不休抽噎不定，

她有时用玉臂把男子拥抱；

她忽而笑忽而哭，

装扮成各种模样；

她用服务和爱抚的心，

把男人之心温贴，

她永远把男人一切凝视；

那么她的一生才具有成功意义。

女人的事业荣耀，

女人的力量英勇，

女人的渊博学识，

究竟有什么用处？

哦，我至爱的，

你若昨日在这林间小径，

在布尔那河岸畔，

在湿婆庙寺，

看到她，

你就会不屑一顾离去。

天哪，天哪，

如今女人美丽姿色又使你厌倦乏味，

你难道指望在女子身上，

把男子气概的味道寻求？

来吧，我主，

请瞧，

我已经用青枝绿叶，

在漆黑伸手不见五指的山洞，

为你铺好了消除白日倦意的花床，

飞溅的泉水在它四周散放着凉意；

请瞧，

雌鸽在浓密枝叶阴影里栖息，

用充满倦意的声音，

咕咕哭说着：

"晚了，晚了！"

树荫底下，

河水淙淙流淌；

湿漉漉的黝黑岩石上，

温柔滑润青苔散发的凉意，

把男人柔和的嘴唇，

把他的刚毅的眼睛，

亲吻进入梦乡。

我主，来吧，

去那个稀世珍贵的栖息地！

阿周那　亲爱的，

今日我不去了。

花钏女 　我主，

　　　　为什么不去？

阿周那 　我听人诉说，

　　　　一股强盗正来把平民百姓掳掠，

　　　　我必须把武器准备，

　　　　把受苦的寻常百姓拯救！

花钏女 　我主，你不必为他们担忧。

　　　　花钏女公主去朝圣前夕，

　　　　已经在四处把警惕的卫兵布置，

　　　　凡有险不可测的道路，

　　　　花钏女已周密细致给封锁。

阿周那 　亲爱的，

　　　　尽管有花钏女公主周到布置，

　　　　我仍请求你给我短暂时间，

　　　　让我把自己职责履行。

　　　　刹帝利的手臂，

　　　　多日来已闲散不用。

　　　　亲爱的，

　　　　让新的荣光重新把双臂充实，

　　　　然后我把它们再放在你枕边，

　　　　使它们更配你的享用。

花钏女 　我主，

　　　　我若不让你去，

　　　　我若用双臂紧紧把你抱住，

　　　　你会用全力挣脱我绝尘而去？

　　　　一切努力都徒劳枉费，

　　　　那你就去吧！

　　　　伹你要记住，

蔓藤一经被折断，

再也无法被连接。

你的欲望已获得满足，

那就走吧，

我不会横加阻拦。

但请你记住，

你的欲望若没有获得满足，

活泼快乐的女神不会把谁坐盼，

她不是伺候任何人的女奴。

普天下的男人女人，

全心全意为女神服务效力，

把女神高高举过他们头眉之上，

使女神始终高兴满意。

你扔下欢乐的蓓蕾扬长离去，

傍晚从英雄业绩的场所回来发现，

花苞已开放败落，

掉在泥土里；

你那时会痛切感到，

所有的事情都徒劳无益；

那种永恒觉醒着的不满足的饥饿，

在生活中一直焦急不安。

我主，

来稍坐一会?

今日干吗如此心神不宁！

你惦记着谁的事儿?

难道牵挂着花钏女?

今天她为何如此走运?

阿周那　我在思考，

花钏女为何把如此艰难誓言立下?

她还缺乏什么呢?

花钏女　她还缺乏什么!

　　　那个不幸女人身边有什么呢?

　　　她的无比英勇,

　　　在她四周矗立了高耸入云、

　　　　　难以攻破的城堡,

　　　阻止着女人那颗百般无奈哭泣着心灵的

　　　　　袒露。

　　　女人天性是内向的,

　　　女人总掩饰着自己,

　　　谁能看清她那颗心灵呢!

　　　倘若女人身躯的光彩里,

　　　没有心灵影儿的反射,

　　　她会缺乏什么呢!

　　　像稍纵即逝柔和红绛色彩朝霞,

　　　永远被自己灰暗朦胧的雾气所笼罩,

　　　女人孤寂地在英勇的山峰上坐着。

　　　她缺乏什么!

　　　不要把这类事提及。

　　　女人的故事历史,

　　　对男人不会是悦耳甜蜜的。

阿周那　请说,请继续说下去,

　　　不要把你的叙说停顿住。

　　　我越发渴望了解她的一切,

　　　我正用自己心灵,

　　　感受她的心灵。

　　　我仿佛是个陌生旅客,

　　　深更半夜抵达了不知晓的国度。

　　　那儿的河流森林山麓,

仿佛都沉浸在梦幻之中，

它们宛如白色宫殿光顶宝塔，

影影绰绰，朦朦胧胧，

而远处不断传来大海的咆哮声响。

清晨雾开日出，

四周景色仿佛在一种惊奇里消融，

我仿佛渴望把她等待。

请说，请继续说下去，

我今日洗耳恭听她的故事。

花钏女 你还想听什么？

阿周那 我仿佛已看到她的威武英姿，

她骑在白马上，

左手轻松自如地挽缰，

右手执弓箭；

她像位捍卫城市的胜利女神，

给担惊受怕的臣民以无畏的勇气。

王国尊严步入受苦受难人的狭窄门扉，

母亲般的慈爱洒满在那门扉。

她像头警惕的母狮，

从四周把幼狮保护，

不让敌人毫无顾忌地逼近。

她像位战神，

英勇豪迈，

乐观自信，

乘骑在英勇的雄狮上，

在大地四周转悠着。

我倾慕，

气吞山河的力量，

在那双柔软的双臂里充盈；

我蔑视，

手镯声悦耳般声响，

在她滑润手腕上发怒。

美人儿，

我那无价值的生命，

像蛇从漫长的冬眠中苏醒，

对往日无所事事的消沉不安。

来吧，让我俩把这匹疯狂马儿乘骑，

并肩驰骋，

犹如两颗发光的流星，

划过天空；

从这窒息的空气中，

从受到诅咒的花儿浓烈沉醉芬香中，

从森林停滞的盲目胚胎中，

让我们一块走出去！

花钏女 唉，阿周那，

请你好生想想，

倘若我是这诱人的美，

倘若我是这温存的怯懦，

倘若我有像被人抚触而羞怯的

        嫩枝花叶的温柔外表，

倘若它又像借来的衣饰，

我愤怒地把火从身上卸下，

        扔在脚边，

你能忍受得住这种伤害？

倘若把女人的诡计伎俩揭穿，

倘若把幻觉的诅咒去除，

倘若我以一颗英勇心灵的力量，

使自己挺直站立，

倘若我像一棵高山上的年轻充满

　　活力的山杉，

而不像卧躺的蔓藤那般纠缠媚人，

请问，她难道能够取悦于男人眼睛？

把它抛在一旁吧，

不去管它吧，

我眼前胜它一筹。

自己两天的青春，

稀世的财富，

我用珍宝修饰的青春，

一直把你等待。

当你有闲暇时光，

请光临我处；

我将自己甘露，

斟满自己身躯器皿，

请你慢慢品味；

当你对欢乐的享受厌倦而离去，

你就可以去工作场所。

当我衰老时，

给我一个插足之地，

我将谦卑且感激地领受。

倘若夜晚的温柔伴侣，

变成白天的工作伴侣；

倘若左手永远成为右手的追随者，

难道她就能使英雄的生灵满足？

阿周那　我无法把你的心底秘密猜透，

这么长日子，

我与你如影随形，

我依然无法把你摸透。

你仿佛一直在躲藏，

设法把我蒙骗；

你仿佛隐身在金像里面的女神，

你给予我无价之吻宝，

你给予我拥抱之甘露；

而你自己不需要任何回报，

你不捎去我任何的礼物；

缺乏韵律的爱，

每时每刻在生灵里，

唤起忧郁的痛苦，

唤起莫名的追悔。

哦，我的美人儿，

我不时在各种话语，

获得对你的美妙认识。

在你的面前，这个外表不过是美的堆积，

这个外表不过是个毫无生气的泥雕。

我不时觉得，

你的外表现在决不能把你取代，

它摇摇欲坠颤抖不休。

它灿烂欢笑隐含着你的泪水，

你那满盈的泪水，

有时好像要撕破帘幕，

滚滚直下。

你起初想用迷人幻象外衣，

在亲证者面前产生迷惑；

然后你应把内心光亮，

没有修饰的赤裸真实显示。

那个真实在你处的何方存在，

请你给予我这个真实，

我就渴望那个赤裸的真实。

我身上的真实，

你高兴地来把它取走。

那种相会将是永无倦意。

亲爱的，

你的眼里为何泪水直流？

双手掩住的脸面为何激动不安？

我难道使你增添了无比痛苦？

亲爱的，

不要揣摩我的话语，

把它搁在一旁吧！

你的销魂的美貌就是我功德的圆满。

我不时可在和煦春风里，

谛听到穿过青春的朱木拿河畔

　　的音乐，

这就是我的最大造化。

我的痛楚就在这里，

它是比我的幸福还幸福，

它是比我的希望还大的希望，

它是比我心灵还大的心灵，

因为它就好像是心灵的痛楚。

亲爱的！

第十场

[玛德那、伐森特、花钏女。

玛德那　今晚是最后一夜。

伐森特　今晚一消逝，

你躯体的美，

将回到春天的永恒库房。

你鲜红的嘴唇，

将把阿周那的亲吻遗忘，

变成无忧树里的温柔芬芳花蕾；

在百朵洁白无瑕茉莉花里，

你将获得新的身体形态；

而在新的觉醒，

你将把前生如梦幻般的往事抛弃。

花钏女　啊，天神，伐森特神，

请答应我最后一个请求，

今晚的最后时刻，

像行将熄灭的残火发出最后光亮，

让我临近死亡的外貌放出最明艳的光彩。

玛德那　你的那个请求可以实现。

朋友伐森特将用生命激情，

　　　唤醒南风，

让疲惫不堪的流速缓慢的源泉，

　　　再次欢畅奔腾。

今天我将用自己的五支箭，

把夜色的沉睡穿破，

用享受之河的涛水，

把相亲相拥的两位情人浸透。

第十一场

[最后一夜。阿周那、花钏女。

花钏女　（披着斗篷）

我主，

甘醇喝干了吗？

在我无可匹敌的绝伦艳美里，

包含着多少芬香，

盈满着多少甜蜜，

你却把它们品饮完了？

还剩有什么？

你还想要什么？

我所拥有的一切，

都已被吸吮光了。

一切该是结局了吗？

不，不，我主，

不管是好抑或坏，

剩下的所有一切，

今天我都把它们奉献，

作为你脚前的我最后礼物。

我最亲爱的，

只要你因此感到心满意足。

我经历了巨大亲证，

从天堂的森林里，

采撷了美丽的鲜花，

供奉在你脚下。

倘若膜拜已结束，

花儿若已凋谢，

那么我的主，

请你下令，

我把这个已毫无价值的花枝，

扔掷到庙外去。

（花钏女显出原来的男装）

现在请你用满意欢乐的眼光，
把你的服务者仔细察看！
我的主，
我不如膜拜的花儿
那般甜蜜，
那般柔和，
那般艳美。
我身上，
有缺点，
有优点，
有罪孽，
有德行。
天晓得，
我显得多么可怜，
又显得多么饥渴。
我是个旅客，
在大千世界的道上，
行行复行行，
衣服褴褛污垢，
双脚被荆棘刺伤淌血。
我到哪儿获取花儿的优美，
我到哪儿获取暂短生活的无瑕光辉？
但我给你的，
一颗坚贞不渝的充盈温柔的女人之心。
痛苦与欢乐，
希冀与恐惧，
羞惭与袒露，
充盈着一位女人胸怀。
她躺在泥土芳香的土地怀里，

多少迷惘，

多少痛楚，

多少情怀，

在她身上消融。

这颗心尽管有限，

但它是完美的，

它是高洁庄严的。

倘若花儿的芳香已耗尽，

请你仔细观察，

自己永恒的女侍者！

（太阳升起，花钏女揭开自己面纱）

我就是花钏女，

拉琼德拉国王的女儿。

你也许记得，

就是那天在萨勒西湖畔的湿婆庙，

你看见了一位佩戴金饰浑身珠光

　　宝气的女子，

但她是位没有姣容的女子。

天晓得，她那张毫无羞耻的嘴里

　　说些什么，

她以男人模样向男人礼拜求爱。

你不屑一顾拒绝了她。

你做得对，

在任何地方，

你都可遇到那样平凡相貌的女人，

当时懊伤把那个可怜女人心刺痛。

我的主，

我就是那个女人；

然而我也不是那种女人，

她是伪装的，
不是真我。
春神洒下恩泽，
给我一年的最华丽的外貌，
欺骗的伪装却把英雄慑服，
使英勇的人春心荡漾，
心满意足。
我现在决心不做那种女人。
我是花钏女，
我既不是女神，
又不是普通平庸女人；
我又不是让膜拜尊敬的女人，
我更不是随便让人豢养，
而后又被人唾弃的那种女人。
倘若在危难的坦途上，
你把我放置在你身边，
倘若在纠缠不清的思虑里，
让我成为你的参谋；
倘若在你的自己重誓里，
允许我成为你的助手，
成为同甘苦共患难的伙伴，
那时你将会把我真正认识。
倘若我腹里怀孕着你儿子，
我将精心把他培养成才，
让他成为第二个阿周那，
送还到你的脚前。
那天你将把我真正认识，
我最亲爱的！
我是花钏女，

我是拉琼德拉国王的女儿，

今天我在你脚前留下了这些请求！

阿周那　我最亲爱的，

今天我的生命得以圆满。

一八九二年

牺　牲

倪培耕　译

前　言

　　我把这个剧本奉献给那些英雄们。当战争女神要求人类付出牺牲时，他们能够挺身而出，主张和平。

第一幕

第一场

[一座寺院。王后姑娜娃蒂、祭司勒柯帕迪、寺院侍者吉叶·辛赫、国王戈温德·马利盖、乞女阿帕尔娜。

姑娜娃蒂　我的天母，我的天母，

我不知什么地方把你触犯！

你把孩子赐予乞妇，

她却因生活困苦，

把自己怀里的孩子出卖；

你把孩子赐予淫妇，

她却慑于社会的谴责，

把腹胎里孤立无援的生命杀戮。

天哪！

我尽管充任一国的皇后，

天下臣民官兵在我足下匍匐，

但我只能在怀里把生育渴求揣着。

我主！

让我能有一次用自己胸脯把婴儿抚触；

让我在自己生命里感受一个

更心爱生命的躁动；

让我用胸膛、双臂、目光，

把一座充满勃勃生气的鸟巢筑成，

让我生命的一部分，永远在鸟巢里颤动。

在光亮的世界里，一双大眼将第一次睁开，

把我惊奇地瞧望；

在我怀里他头一个光灿的笑容将显露；

他无言语的唇边将把无名状的欢乐荡漾！

天母，

我犯下什么弥天大罪，

把我从圣母的天堂逐出？

（祭司勒柯帕迪上）

唉，我的主母，

我始终如一把你虔诚膜拜，

任何罪孽我没有故意犯下，

我夫君身体犹同湿婆般圣洁；

然而难近母女神竟以莫须有罪名，

你把我的立足地置于无孩墓地！

勒柯帕迪　谁能把主母的游戏猜透！

她似是铁石心肠的石头女，

欢乐与悲哀随她意愿决定。

忍耐吧，孩子！

我们今日将以你的名义膜拜，

只要主母欢愉，

今朝你定会获得神的恩泽。

姑娜娃蒂　今年我将亲自奉上祭礼。

我起誓，

主母娘娘若赐予我子女，

我将年年岁岁向她供奉

一百头水牛，三百只羊羔。

勒柯帕迪　膜拜的礼钟敲响了，

孩子，现在该准备了！

［俩人下。

[国王戈温德·马利盖、乞女阿帕尔娜、寺院侍者吉叶·辛赫上。

吉叶·辛赫　　大王陛下有何吩咐?

戈温德　　一位可怜小姑娘心爱的小羊羔,

听闻被人抢来宰杀,

作为祭品向主母供奉。

难道主母会用圣洁之手,

把沾满鲜血的贡物欣然接受?

吉叶·辛赫　　大王陛下,我怎能晓得,

随从们从哪儿取来兽礼,

向女神膜拜。

(转向乞女阿帕尔娜)

唉,你为什么如此悲恸哭泣?

宇宙母亲高兴亲自把它取走,

难道为此流泪会给你增光添彩?

阿帕尔娜　　谁是你的宇宙母亲?

难道我的孩子能认识她?

它没有母亲,

它无法知道自己的母亲。

我若是回家迟了,

它不啃草,

咩咩叫着把我的归路眺望,

我一回家,

便把它抱在怀里亲抚,

我把讨取的食物分摊给它同吃。

我若说真话,

我却是它唯一的母亲。

吉叶·辛赫　　大王陛下,

我若把自己生命一部分献出,

能够把小羊羔救出,

71

　　　　　　我将心甘情愿去做。

　　　　　　但主母已把它取走，

　　　　　　天哪，

　　　　　　我现在怎能使它回转？

阿帕尔娜　主母早已把它取走了？

　　　　　　彻头彻尾的谎言！

　　　　　　兴许哪个女妖把它吞噬。

吉叶·辛赫　嘘！嘘！

　　　　　　如此亵渎神明的话，

　　　　　　不许从嘴里吐出！

阿帕尔娜　主母，难道你把一个一贫如洗的女人的全部财富抢夺？

　　　　　　大王陛下若偷盗，

　　　　　　我听说站在地上面的宇宙之王将加以制裁，

　　　　　　主母若从事偷盗，

　　　　　　谁来把她制裁？

　　　　　　大王陛下，请告诉我——

戈温德　女儿，我哑口无言——

　　　　　　尘世为啥那么痛苦不安？

　　　　　　寰宇为啥那么残杀流血？

　　　　　　谁能把详情对我诉说！

阿帕尔娜　鲜血从石阶上淌下，

　　　　　　斑斑血迹到处显露。

　　　　　　难道是我爱的鲜血？

　　　　　　天哪天哪，我的孩子！

　　　　　　你不知几多哭啼把我呼唤，

　　　　　　它的心惊恐万分，

　　　　　　焦急恐慌的目光，

　　　　　　朝四周张望寻觅，

　　　　　　我的小生命求救的悲哀呼唤，

为何没有穿过聋者世界，

直扑我心岸激起反响？

吉叶·辛赫　（对着女神像）

主母，我从诞生就对你虔诚膜拜，

我至今无法明白

你播下的幻觉。

当听到小生命令人心碎的哀鸣，

人类之母的心竟然无动于衷！

阿帕尔娜　（对侍者吉叶·辛赫）

你倒不是铁石心肠的无情人，

你亲眼目睹我的悲痛，

泪水从你脸上簌簌滚下。

你赶快把这座寺院抛弃，远走他乡，

请原谅我，我曾经把你当成罪人。

吉叶·辛赫　（对着女神像）

哦，湿婆神之女！

在你的庙宇里何等崭新的音乐响起，

从可怜怯弱的生命中发出惊恐战栗的声音；

虔诚者之心以空前的痛苦，焦急不安；

哦，女主，

我现在抛弃这座寺院，将投奔何方！

哪儿是我的庇护栖息地？

戈温德　（走到稍远处）

庇护处就在爱的驻地。

吉叶·辛赫　但爱在何方！这爱没有显现。

哦，女主，请你到我的小屋栖息，

我今日起誓，

我将把客人作为女神化身，加以膜拜。

　　　　［吉叶·辛赫和阿帕尔娜下。

第二场

[宫廷会议厅。国王戈温德·马利盖、祭司勒柯帕迪、王弟
那卡什特利拉叶、统帅那因拉叶、首相、众朝臣。

[众朝臣站立候着。

众人　国王陛下万岁，万万岁！

勒柯帕迪　我从王国仓库里取来祭礼。

戈温德　从今年起，寺院里牲口祭品禁止供奉。

那因拉叶　牲口祭品禁止供奉！

那卡什特利拉叶　好吧！牲口祭品严禁供奉！

勒柯帕迪　难道我在做梦，

　　　　　　在梦里把这惊人之语听闻？

戈温德　我的主，这不是梦！

　　　　　　我曾经生活在梦里，

　　　　　　今朝我终于醒悟。

　　　　　　主母以女子身份降临人间，

　　　　　　向我诉说，

　　　　　　她对生物的流血无法忍受。

勒柯帕迪　她迄今怎能一贯忍受？

　　　　　　千年来她把生物之血饮用，

　　　　　　她今日为何突然宣称不满？

戈温德　但她从未把鲜血来饮用，

　　　　　　你们在她面前使血流成河，

　　　　　　女神转过脸深感不悦。

勒柯帕迪　大王，你在胡说些什么？

　　　　　　望你好生三思行事，

　　　　　　你此话把经典法律违背。

74

戈温德　女神的旨意胜于一切经典。

勒柯帕迪　一个纯粹的迷惑，

　　　　　愚昧者盲目的骄傲！

　　　　　唯你听到了女神圣旨吩咐，

　　　　　我祭司怎么听不到其音讯？

那卡什特利拉叶　对，对，究竟是怎么回事？

　　　　　首相，你持什么意见？

　　　　　这可是多么令人百思不解，

　　　　　祭司大人竟然没有听闻到！

戈温德　女神的旨意每时每刻在人世间回荡！

　　　　　唯有聋子才会充耳不闻！

勒柯帕迪　陛下，一位固执的不信神的人，

　　　　　一个彻头彻尾的伪善者！

戈温德　祭司！时间正在消逝，

　　　　　现在你该去把寺院事务照看。

　　　　　沿途你要广为宣传：

　　　　　"利用膜拜生物之母名义，

　　　　　在我特利布拉国度从事生物杀戮，

　　　　　我将给予强行驱逐的惩罚！"

勒柯帕迪　这就是你的最后决定？

戈温德　是的，这就是我的决定。

勒柯帕迪　（起身）

　　　　　那可是灭顶之灾！

　　　　　你将遭到毁灭性的打击！

昌德巴尔　（奔跑而来）

　　　　　哦哟！留步！留步！

　　　　　祭司，你正在说什么！

戈温德　昌德巴尔请坐！

　　　　　祭司请继续把你想说的话讲完！

心灵痛苦减轻后再把事务照料。

勒柯帕迪　你心里以为女神是特利布拉国的臣民，

你就有权对她实现自己的统治？

你就有权把她享用的祭品剥夺？

陛下请勿要忘记，

你没有如此能耐。

我现在将以主母捍卫者的面貌出现。

　　[下。

那因拉叶　大王陛下，请宽恕臣下的勇气，

你有什么权力唾弃主母享用的祭品？

昌德巴尔　统帅请安静！

首相　大王陛下，你下达了这个不可置疑的决定，

这个决定难道不可能被撤回？

戈温德　首相，现在不撤回，

在这个国度里现在刻不容缓，

把这个灭绝人性的罪恶消灭！

首相　罪恶难道拥有这么长的寿数？

向女神献祭品是流传千古的典礼，

这个典礼也能被称为"罪恶"吗？

　　[国王沉默不言地思索

那卡什特利拉叶　对，首相，你的话完全正确，

难道千年古风能被定为"罪恶"吗？

首相　我们祖先一直虔诚地维护这个千古传统，

侮辱这个遗风，就是对他们的侮辱。

　　[国王陷入沉思之中

那因拉叶　大王陛下，请仔细寻思，

它世代代获得了千百万虔诚者的尊敬膜拜，

你难道有权朝夕间把它废除？

戈温德　（长长叹了一口气）

76

首相，去向人们宣告命令：

"从今日起禁止祭品供奉！"

首相　禀告陛下，

　　　　皇后供奉的祭品快到寺院门口，

　　　　今日祭祀典礼即将开始。

戈温德　把祭品退回去！

　　　　[国王下。

首相　（惊愕）

　　　　这究竟怎么啦！

那卡什特利拉叶　唉，首相！

　　　　这种结局我早已料到。

　　　　我听说摩羯陀寺院里没有这种祭祀典礼，

　　　　现在摩羯陀人①和印度教徒之间差别已不复存在！

　　　　昌德巴尔，请说说该怎么办，

　　　　你干吗沉默不言呢？

昌德巴尔　我是个怯懦的卑微者，

　　　　缺乏那种大智大勇品性，

　　　　我将不假思索把国王命令执行。

　　　　[众人下。

第三场

　　　　[寺院。侍者吉叶·辛赫、乞女阿帕尔娜、祭司勒柯帕迪。

吉叶·辛赫　主母，这里只有你和我，

　　　　长日里没有谁来寺院参拜。

　　　　白日慢悠悠消逝，

---

　　① 摩羯陀时代即佛教时代，不信奉杀生遗风。

其间仿佛觉得谁在把我呼唤，

但唯有我独自在你身边守护。

[剧院后台响起歌声。

歌曲（1）

世上旅者独自行走，

谁把世间道路指引。

吉叶·辛赫　　主母，你的幻影多么美妙奇特！

它给人类以生命，给神祇以生灵！

现在你却缄默无言，

纹丝不动，

一旦倾听到你子孙的呼唤，

你就觉醒过来，

就生动起来。

[唱着歌儿的阿帕尔娜上。

阿帕尔娜　　（唱）

歌曲（2）

世上旅者独自行走，

谁把世间道路指引？

不要害怕，不用惊惧，

活泼大蜂正把芬芳的

迷惑散布！

世上旅者不定徘徊。

世上旅者独自行走，

谁把世间道路指引？

吉叶·辛赫　　难道永远只身孤影？

南风若不缓缓吹拂，

花香若不轻轻递送，

四周若不掀开疑惑，

幸福欢乐，在何处？

光明道路在何方？

阿帕尔娜你晓得，

你说谁是"孤独"？

阿帕尔娜　　我是洞察一切，

我带着充实的心坐等着，

渴望给予施舍，

但我内心虚空无着落，

无人前来领受我的施礼。

吉叶·辛赫　　正如混沌初开时，

创造神是无比孤寂的！

你说得完全正确，

这生活似乎是无比广阔，

然而它越是无垠，越是空寂，越是无意义。

阿帕尔娜　　吉叶·辛赫，

我仿佛觉得你也是孤寂的，

我从这里发现，

你比贫穷人还穷困，

你仿佛正在寻觅夺取你所拥有一切的人，

你为此在所有不幸人的门槛徘徊。

我多少日夜在四处流浪乞讨，

我见过形形色色的人群，

我瞭望着多少张表情变幻的脸孔——

人们认为我仅仅为了乞讨，

他们于是远远地洒以少许同情。

但是我哪儿都无法获得无形的他，

倘若今天获得了他，

我就会忘记自己的赤贫。

吉叶·辛赫　　真实施主以布施身份，

朝着贫穷人方向在地上陡落。

正如乌云化作大雨从天空倾泻，

女神化作人在荒野降落，把爱洒向人间；

穷人与施主，神与人，那时刻都是平等的。

你瞧，我的导师正朝这儿蹒跚而来。

阿帕尔娜　　我去寺院深处把身藏，

我对婆罗门向来诚惶诚恐。

他的目光严厉尖锐！

他的额头坚硬恍如寺院石阶！

吉叶·辛赫　　坚硬？不错，

但这种坚硬成为生物与无生物的

一所坚固的庇护所，

犹同世界的创造者。

（阿帕尔娜下。勒柯帕迪上，吉叶·辛赫为他端上洗脚水）

师尊！

勒柯帕迪　　滚开，滚开！

吉叶·辛赫　　我端来了水。

勒柯帕迪　　把水搁下。

吉叶·辛赫　　要衣服穿？

勒柯帕迪　　谁要衣服！

吉叶·辛赫　　我犯了什么弥天大罪？

勒柯帕迪　　又是那句话！

谁说你犯了大罪！

严重的迦梨时期①在这个世界上降临，

权力像日蚀一般把婆罗门神来吞没！

今日王位在祭坛面前使自己的头颅高高扬起！

天哪！迦梨时期众神何等孤立无援！

你们也像朝廷谄媚者在大王命令面前低头屈从？

---

　　①　印度教传说，世界分成四个时期，迦梨时期是最后一个时期，这个时期充满罪恶。

天哪！毗湿奴，你也张开四肢把阴谋施展？

难道魑魅魍魉又在兴风作浪，把天堂掳掠？

难道众神在地狱四处窜逃把身藏？

如今妖魔与人类联合一起，在整个世界傲视一切，享

受生活馈赠！

不见神灵显现，但还有婆罗门在，

今天王权和王位像祭祀劈柴一般在婆罗门愤怒祭祀火堆

里燃烧！

（慈爱地走近吉叶·辛赫）

孩子，今天我对你十分粗鲁，

今天我内心异常纷乱。

吉叶·辛赫　我主，发生了什么事？

勒柯帕迪　发生了什么事？

我能说什么呢！

天堂之母含垢忍辱，

我能用嘴道出？

吉叶·辛赫　谁把主母来侮辱？

勒柯帕迪　戈温德国王自己！

吉叶·辛赫　是国王？

把谁侮辱了？

勒柯帕迪　侮辱了谁？

把你和我侮辱了，

把所有经典，所有时空侮辱了，

把最高时空的统治者迦梨女神侮辱了！

国王今天坐在低贱王座上，

把所有一切都侮辱了，

他以极端忌恨心情把对主母的膜拜祭祀加以禁止！

吉叶·辛赫　一切都是戈温德·马利盖干的？

勒柯帕迪　是的，是的！

就是你的国王戈温德肆无忌惮地把一切都侮辱了，

就是你心里至高无上的，

芸芸众生的帝王对一切都加以蔑视侮辱！

你这个忘恩负义的家伙！

从童年起，我把你抚养长大，

花了多少心血，多少慈爱，

今天你却爱戈温德胜于我！

吉叶·辛赫　我主，卑微的沉醉的婴儿

在父亲怀里坐着，

把手伸向天际把圆月摘取。

父亲是我的神，是我的天空，

戈温德国王只不过是小小月儿！

我饶舌什么呢！

现在我听到了什么？

国王下令禁止对主母祭祀供献！

谁能服从他的命令？

勒柯帕迪　不服从者将受到被驱逐的惩罚。

吉叶·辛赫　我主，在禁止对主母膜拜的国度里

被放逐不算什么惩罚，

只要我生命存在，

我将完成对主母的祭祀供献膜拜。

[俩人下。

第四场

[内宫。姑娜娃蒂王后、女侍从、戈温德·马利盖国王、勒
柯帕迪祭司。

姑娜娃蒂　你说什么？

我王后的祭品从寺院门口被遣送回！

他身上生有几个脑袋？

你告诉我，谁那么胆大包天？

女侍从　我没有说出他姓甚名谁的勇气。

姑娜娃蒂　你为什么没有这个胆量？

你说需要什么胆量能告诉我？

你怎么怕他比我还多三分？

女侍从　王后，请宽恕奴婢！

姑娜娃蒂　昨日傍晚我仍是一国王后，

直至昨晚女奴们向我唱赞歌，

婆罗门向我洒下祝福，

手下人双手合十听我吩咐。

难道一夜之间全部生活规律被弄颠倒？

主母今日不能领受膜拜，

王后的尊严被销毁！

难道特利布拉是一个虚无缥缈的梦国？

快把祭司叫唤！

　　　　[女侍从下。戈温德上。

姑娜娃蒂　国王陛下，您曾否听到？

我的牲口祭品从主母寺院被退回！

戈温德　我晓得，王后！

姑娜娃蒂　您已知道？

那么您为什么对这种狂妄举止不加以阻止？

您故意忍受对王后的这种侮辱！

戈温德　亲爱的，请你把他宽恕，

你可是天下宽恕的偶像。

姑娜娃蒂　您的龙体是同情的象征，

但您对这种侮辱默许容忍，

双手合十不是怜悯的表现，

而是怯懦的表露！

您被怜悯迷惑而变得软弱无能，

您若不亲手给以惩处，

我就出面施以严厉制裁。

请告诉我这个罪人是谁？

戈温德　这个罪人就是我，王后！

没有其他罪恶，

给你蒙受痛苦，

这就是我的罪过。

姑娜娃蒂　大王陛下，您胡诌什么？

戈温德　从今日起在我这国度里，

禁止以神的名义对活物的戮杀。

姑娜娃蒂　谁下达的禁令？

戈温德　主母娘娘自个儿下达的。

姑娜娃蒂　谁听见这个禁令？

戈温德　敝人听见了。

姑娜娃蒂　敢情您听见了？大王陛下，

我听了忍俊不禁，

女神降临王国门槛，

把自己的意愿来宣布！

戈温德　王后，请先别见笑！

主母自己降临，

把她子孙心灵里的痛苦来唤醒，

这可不是主母的意愿！

姑娜娃蒂　大王陛下，请留住自己这些话别再出口！

你的王国在寺院外面，

寺院里你的命令不通行，

请不要在那儿发号施令。

戈温德　这个命令不是我的，

主母娘娘下达的。

姑娜娃蒂　您怎么晓得？

戈温德　在昏暗的烛光世界里，

　　　　　有一个地方是黑暗的。

　　　　　灯火可以照亮一切地方，

　　　　　但它无法把自己黑暗消除。

　　　　　人类的智慧正如"灯烛下的黑暗"，

　　　　　布施照亮到什么地方，

　　　　　自己疑惑的阴影也紧步随着。

　　　　　而当知识从天堂里降落，

　　　　　疑惑片刻就驱逐得无踪影，

　　　　　现在我心里不存有一星半点儿的疑惑。

姑娜娃蒂　听说善有善报，恶有恶报。

　　　　　你带着自己的无虑待着，

　　　　　请不要把我的路挡住，

　　　　　我带着自己膜拜的祭品，

　　　　　奔赴主母的门槛处。

戈温德　王后，我无法把主母命令超越。

姑娜娃蒂　我也无法把自己说的话推翻，

　　　　　我曾在主母面前宣过誓，

　　　　　我根据她的经典礼仪，

　　　　　对她进行供奉膜拜。

　　　　　供奉主母三百只小羊，一百头水牛，

　　　　　大王陛下，请您走开，走开！

戈温德　听从你的命令。

　　　　　[国王下。

　　　　　[勒柯帕迪上。

姑娜娃蒂　祭司尊者，我的膜拜祭品，

　　　　　从主母门槛处被退回。

勒柯帕迪　女王陛下，被退回的祭品，

　　　　　　不是你的，

　　　　主母娘娘的膜拜祭品今日被退回！

　　　　女王陛下，穷人乞讨来的供奉祭品不比你的祭品少。

　　　　但遭到灭顶之灾的是，

　　　　主母的膜拜祭品被退回！

　　　　国王骄傲的无限膨胀是最大的毁灭，

　　　　它把走近女神门槛的膜拜者统统阻拦住，

　　　　它把世上王权界限来超越，

　　　　它用愤怒发红的眼睛，把女神的虔诚者来监视。

姑娜娃蒂　祭司尊者，现在将会发生什么意料之外的事？

勒柯帕迪　唯有女神难近母了如指掌，

　　　　我只晓得，王座的阴影落在

　　　　　　主母娘娘的门槛上；

　　　　那个高傲王座犹如喷泉四溅

　　　　　　向空中飞逸而去。

　　　　世世代代，祖先父王凝视着天空，

　　　　把王国的尊严高高扬起，

　　　　　　直刺云霄。

　　　　但如今一霎间，

　　　　王国的尊严被雷电击燃，

　　　　　　燃烧成一坏灰烬。

姑娜娃蒂　主，怜悯我们吧，

　　　　垂怜赐救我们吧！

勒柯帕迪　是，是，我一定设法把你拯救。

　　　　在天堂和人间，

　　　　　　一个强有力国王扩展着

　　　　　　　　自己的统治，

　　　　而你就是这位强劲国王的王后！

国王使天上众神，人间婆罗门，

无以复加地受辱唾弃！

他把迦梨时期的婆罗门统统加以鄙弃！

现在婆罗门的诅咒在何方？

婆罗门的智慧才干变得迟钝无用，

它今朝像毒蝎把自己心灵蜇伤，

婆罗门的依赖是多么虚假！

　　　　　[他企图折断自己的圣线。

姑娜娃蒂 （阻止他折断圣线的企图）

我的神，你在干什么！

安静些！

我的主，请在无辜者身上洒以同情之甘霖！

勒柯帕迪 哦，我的主，

把婆罗门应有的权力归还吧！

姑娜娃蒂 我将把婆罗门的一切权力归还，

我的主，去吧，

去寺院从事膜拜，

现在在你的膜拜里决不会有任何障碍。

勒柯帕迪 王后把膜拜的懿旨下达，

众神从你纯洁的凝视里感到心满意足，

你的懿旨恢复了婆罗门的智慧，

人们将对你感恩戴德，

直至神真正显灵。

　　　　　[勒柯帕迪下。国王上。

戈温德 我亲爱的，

你愤怒的面孔，

正把整个世界的全部光明，

　　全部幸福消融！

我为此带着近似癫狂心灵，

回到你的身边，我的女神。

姑娜娃蒂　走开，走开，不许你回到王国九重深宫，

　　　　　　不要把诅咒带进这块净土。

戈温德　我亲爱的，

　　　　　你的爱可把诅咒来消解，

　　　　　你的同情可把不幸化为乌有，

　　　　　爱若从贞妻心灵中消遁，

　　　　　诅咒就会在夫君家里永驻，

　　　　　那时我将弃家远走。

姑娜娃蒂　你走开，现在不许回来，

　　　　　　再也不要在我面前露面。

戈温德　当你想念我，

　　　　　我就回来，我的皇后！

　　　　　[国王欲下。

姑娜娃蒂　（伏在国王足上）

　　　　　　请宽恕我，宽恕我，我主！

　　　　　　您竟变得如此残忍无情，

　　　　　　您竟鄙视女人的自尊扬长而去？

　　　　　　我最亲爱的，您知道吗，

　　　　　　我的爱装扮成愤怒来显示？

　　　　　　好吧，我服输，

　　　　　　我因自己自尊把自己侮辱，

　　　　　　请宽恕我！

戈温德　我最亲爱的，

　　　　　信念一旦从你那儿升起，

　　　　　这个生活桎梏就会被折断。

　　　　　亲爱的，我深知，

　　　　　乌云是暂时的，

　　　　　太阳却永恒照耀。

姑娜娃蒂　乌云转瞬即逝，

造物主的闪电回到自己的归宿，

云开天晴，

永恒的太阳升起，

把永恒的荣耀唤醒，

整个世界又将获得无畏，

瞬间的噩梦将被遗忘。

请您发出这样的命令！

婆罗门将重新把权力归己，

女神又将开始取得膜拜祭品。

让王权又寻觅到大地的归宿，

那儿狂妄的权力将受到限制。

戈温德　损害宗教职责不是婆罗门的权力，

无辜"生物的流血"不是主母的祭品，

国王和婆罗门对维护神的圣旨负有同样的职责。

姑娜娃蒂　我在您足下匍匐，

诚恐诚惶向您乞讨，

望主垂怜赐救！

自古以来的习俗，

像自由清风永恒飘动着，

它不是国王的私有财富。

你的王后双手合十，

以全体臣民的名义向您乞求开恩。

亲爱的，请您把爱的呼唤来接受！

造物主也会对您实行宽恕，

当您曾经对爱犯有拒之门外的过错。

戈温德　这难道合适吗？女王！

我如何更好地向你把我心意表述？

我独自要同成百上千的人——

卓微私利、暴力傲慢、盲目无知、

古老的饮血的野蛮陋俗——战斗，

我带着疲惫不堪的身心回到家，

渴望吮吸从女人心灵流淌出来的甘露。

但那儿为什么没有同情的甘露？

家里应该有爱的纯洁之水流淌，

但为什么家与血河沆瀣一气呢？

哪位魔鬼使血泉漂流，

致使虔诚和爱被鲜血浸透！

残忍的流血屠杀，

在富有同情心的美女生命里，

烙上了血腥的印记！

难道我不该去把这种流血的陋俗阻拦？

姑娜娃蒂　（双手捂脸）

好，好，您走吧，

您离开我走吧！

戈温德　哦，王后！

职责是严酷的！

当您转脸不予理会。

[国王下。

姑娜娃蒂　（哭泣着）

天哪，我这个可怜的女人，

你迄今把何等模样的迷惑，在自己心里抚育！

毋庸置疑，今朝任何请求，任何乞怜和自尊都无济于事。

嗤嗤，无法怀孕的妇人，

如何向夫君把自己的尊严显示；

你铭刻的自尊只能被尘埃埋葬！

命运熊熊燃烧，

"女皇"的尊严烧成灰烬！

爱情的游戏徒劳枉然，

婚嫁的哭泣无济于事。

现在我明白了自己的位置——

在尘土里把自己头颅低垂；

抑或像青蛇把蛇信吐出，

把自己的凶残面貌显示！

第五场

[寺院。一些臣民。

纳巴尔　先生，你的三百只羊和一百头牛在哪儿？

这儿连壁虎被割断的尾巴踪影都不见！

所有车队鼓手跑到哪儿去了？

四周一切寂静无声！

我可是解囊花钱来观看膜拜祭祀，

我竟然得到如此惩罚！

格莱什　请瞧，你站在寺院面前，

请别把如此亵渎的话语从口中说出！

主母娘娘得不到祭品，

主母娘娘醒觉，

把你们一个个抓住，

往自己的肚里塞满填饱！

哈鲁　请说，去年你们这些老爷在何方？

当时王后娘娘立誓祭祀供奉，

难道你们脚被针刺入？

谁都没有来把膜拜祭祀观看。

那时高姆迪河①被血染红！

现在你们却像品行恶劣的人涌来，

---

①　高姆迪河，在贝拿斯与迦吉布尔接壤处与恒河相汇的一条河。

91

当主母娘娘的膜拜被禁止。

我恨不得把你们一个个逮住，向主母娘娘供献，

以把我心头怨恨消除。

庚海亚　　喂，老弟，你可别假装发火。

难道现在我们连张口说话的嘴都没有？

不然，我们干吗乖乖站着，

洗耳恭听你的话！

哈鲁　兄弟，你说得完全正确，

我真有些生气光火，

那天有人说了"坏蛋"之类话，

她若再往前多说一句话，

抑或把我身体触碰，

我就——

纳巴尔　好，好！我们去瞧瞧，

谁的骨头里究竟有多少力量！

哈鲁　走吧，你不晓得，

这儿的长官就是我的表兄弟！

纳巴尔　把你的长官与舅舅一块带来，

我不让你的长官头脑清醒，不叫纳巴尔！

哈鲁　你们大家听到了吧！

格莱什和伽奴　不要吵嘴了，

走，回家去。

今天感觉不好，

结束这种调侃吧！

哈鲁　这种调侃是我舅舅的调侃！

我长官父亲大人的调侃……

格莱什和伽奴　去你的，

你与你舅舅一块去见阎王吧！

看那边，谁来了？

[众人下。

[勒柯帕迪、那因拉叶、吉叶·辛赫上。

勒柯帕迪　统帅，难道你对主母娘娘也不虔诚？

那因拉叶　谁有对我如此说话的胆量！

　　　　　我出身于虔诚的望族。

勒柯帕迪　好啊，好啊，

　　　　　你是主母娘娘的仆人，

　　　　　你是属于我们的人。

那因拉叶　祭司，

　　　　　我就是主母娘娘虔诚的仆从。

勒柯帕迪　好啊，

　　　　　虔诚将使你永垂不朽，

　　　　　虔诚将使你臂力增添不可战胜的力量，

　　　　　虔诚将使你的刀刃无比锋利，

　　　　　虔诚将给你万钧般的分量，

　　　　　虔诚将在你心坎里永驻，

　　　　　使你的地位荣誉能与天公媲美。

那因拉叶　婆罗门的祝福不会付诸东流。

勒柯帕迪　统帅听着，

　　　　　你聚集起自己全部力量，

　　　　　奉献在主母娘娘的脚上，

　　　　　把主母的叛逆者彻底消灭！

那因拉叶　教父，您下达命令！

　　　　　谁是主母娘娘的敌人？

勒柯帕迪　戈温德·马利盖。

那因拉叶　我们的国王？

勒柯帕迪　带着自己的军队，

　　　　　向他发动进攻。

那因拉叶　呸！这个罪恶的建议！

我主，你难道想把我考验？

勒柯帕迪　这就是对真实的考验。

你是谁的仆从，

现在就以此进行考验。

不要有其他担忧，

不要踌躇不前，

现在没有时间了。

女神的命令，

犹如毁灭的号角响彻着！

今天要把全部的桎梏粉碎。

那因拉叶　我没有任何忧虑，

我没有任何踌躇。

主母委我重任，

我将坚定不移地履行这个重任。

勒柯帕迪　赞美你，赞颂你的无畏胆识！

那因拉叶　我竟是主母娘娘仆人中的如此恶棍，

她因此对我下达这样的命令，

我将成为国王信念的破坏者！

宇宙之母自己站在心灵信念的力量上，

她怎么亲口指示，

捣毁我不可动摇的坐毡？

倘若今朝国王遭到厄运，

明儿女神将会愤然离去；

人性恍同建筑在沙滩上的宫殿，

　　　轰然倒塌，

消失得无影无踪。

吉叶·辛赫　赞美您统帅，赞颂您统帅！

勒柯帕迪　肯定要赞颂的，

但你脑瓜怎么还迷糊！

国王已经成为主母娘娘的逆子叛臣，

哪儿还存有他信念的束缚？

那因拉叶　无谓争论有何裨益？

我不想陷入理智的旋涡。

我知道，只有一条道路，

那就是信念道路。

无知卑贱的仆从将永远从那条笔直道路行走下去。

　　　［下。

吉叶·辛赫　教父，为何事忧心忡忡，

我们依赖自己的信念从事工作。

还害怕谁？

军事力量有什么作用？

武器算什么东西！

只要他肩负重任，

他就有完成重任的力量，

我们果真是主母娘娘的真实仆从，

我们就将始终如一对主母膜拜。

教父，走，

让我们把主母的大鼓擂起，

把普天下的臣民呼唤，

把寺院大门打开。

哦，大家快来！

向无畏顶礼膜拜！

大家无惧无畏地来吧，

你们都是主母娘娘的子孙，

臣民们快来啊！

　　　［吉叶·辛赫和勒柯帕迪下。

　　　［臣民们上。

阿卡鲁尔　哦，我们一块走啊，去祈祷！

众人　主母娘娘万岁！

哈鲁　来吧，主母娘娘的子孙，

　　　举起双手跳舞唱歌！

歌曲（3）

　　　圣母陶醉地跳舞，

　　　我们紧随她跳舞！

　　　陶醉的圣母向四周散布黑暗，

　　　火焰在她红色舌头上燃烧，

　　　飞蛾慌乱地扑向灯火，

　　　眼看着它们向死亡奔去。

　　　她的黑发在空中飘拂，

　　　太阳惊恐地在何方藏匿，

　　　血流从她黑石般肢体下淌出，

　　　三界的人神鬼在她足下战栗。

　　　圣母陶醉地跳舞，

　　　我们紧随她跳舞！

众人　圣母娘娘万岁！

格莱什　现在没有什么可惧怕！

伽奴　哦，南方的人群逃向何方？

格莱什　那些小子无法忍受主母的威严，向四处逃窜。

哈鲁　不仅仅是主母的威严，

　　　我也给他们恫吓，

　　　那班小子吓得尿屁直流，

　　　如今他们小心翼翼行动。

　　　阿卡鲁尔兄弟明白吗，

　　　一听到我表兄弟达帕达尔的名字，

　　　那班小子吓得面如土色！

阿卡鲁尔　那天，我们的尼达依严厉地对他们训斥，

　　　有一位脸相犹如麝香鼠，

　　　他跳出来回答。

我们的尼达依说:"喂,你这
　　　小子快给我滚开!
　　　你南方人怎么知道北方事儿!"
　　　听后,我们笑得前俯后仰。
格莱什　尼达依有副菩萨心肠,
　　　　但舌战中谁也甭想把他战胜。
哈鲁　尼达依活佛是我的姑父!
伽奴　你们听一下他的话,
　　　　尼达依在何时成为他姑父?
哈鲁　你们总在我的每句话里找碴,
　　　　好吧,不是我的姑父,而是你的姑父,
　　　　你就是这个意思吧?
　　　[勒柯帕迪和吉叶·辛赫上。
勒柯帕迪　听说军队正开来,
　　　　　吉叶·辛赫,你拿起武器,
　　　　　坚守在这儿。
　　　　　你们大家也一块过来,
　　　　　在这儿坚守。
　　　　　大家联合起来把寺院保卫,
　　　　　我分发给你们武器。
格莱什　武器!
　　　　武器有何用?祭司大人。
勒柯帕迪　国王军队正朝这儿开拔过来,
　　　　　为了禁止向主母娘娘膜拜祭祀。
哈鲁　军队正往这儿开来?
　　　　我们大家得快离开!
　　　　祭司大人,向你致以跪拜礼!
伽奴　我们人单势薄,
　　　　军队即将开到,
　　　　我们能做什么?

哈鲁　大家什么都能做，

　　　　但军队抵达后，

　　　　这儿还会留有我们待的地方？

　　　　不用说战斗，

　　　　我们插足之地将在何方？

阿卡鲁尔　不用饶舌了，

　　　　没有瞧见，

　　　　祭司大人愤怒得全身战栗！

　　　　好吧，祭司大人只要一声令下，

　　　　我们将去召唤自己家人一块儿来。

哈鲁　对，这完全正确。

　　　　我也带自己表弟来，

　　　　但现在事不宜迟。

　　　　　　〔大家都想溜走。

勒柯帕迪　（愤怒状）

　　　　你们大家都站住！

吉叶·辛赫　（双手合十）

　　　　教父，让他们走吧，

　　　　这些蠢人因害怕牺牲生命而颤抖，

　　　　他们死亡之前早已死了。

　　　　我是主母娘娘的唯一战士，

　　　　我有千军万马的力量独自战斗，

　　　　没有必要携带武器，

　　　　放胆怯者走吧。

勒柯帕迪　（自言自语）

　　　　那个时代已经消逝，

　　　　现在需要武器，

　　　　只有虔诚并不顶用，

　　　　（向吉叶·辛赫）

　　　　　拿住祭品，吉叶·辛赫！

　　　　　膜拜活动将开始。

　　　　[外面传来奏乐声。

吉叶·辛赫　教父，不是军队，

　　　　　　王后的牲口祭品正朝寺院运来。

　　　　[王后、随从和臣民上。

众人　哦，不用任何惊惧！

　　　　不是军队，

　　　　而是主母的祭品正送来。

哈鲁　军队似乎已获悉消息，

　　　　我们在这儿聚集。

　　　　现在军队已没有勇气朝这儿赶赴。

伽奴　祭司大人，王后娘娘送来了祭品。

勒柯帕迪　吉叶·辛赫，快安排祭祀活动。

吉叶·辛赫　教父，一切准备就绪。

勒柯帕迪　以我的名义请亲王那卡什特利拉叶

　　　　　　快马加鞭赶到这儿。

　　　　[吉叶·辛赫下。

　　　　[臣民们跳舞唱歌，戈温德·马利盖国王上。

戈温德　你们从这儿离开，离开！

　　　　　勒柯帕迪把牲口祭品拿开！

　　　　　你难道没有听到我的命令？

勒柯帕迪　没有听到。

戈温德　那你不是这国度的人！

勒柯帕迪　我就算不是这国度的人！

　　　　　　但我待的地方，

　　　　　　国旗正从国王手中滑掉，

　　　　　　王冠在大地尘埃里失落，

　　　　　　你们是谁，国民们，来啊！

　　　　　　把供奉圣母祭品朝这儿带来!

　　　　[鼓乐又齐鸣。

戈温德　　停止你的一派胡言乱语!

　　　　(向他的侍从)

　　　　统帅在哪儿,快把他叫来!

　　　　唉,祭司,

　　　　你最终迫使我把军队动用,

　　　　把寺院包围。

　　　　召集军队举动使我感到羞愧,

　　　　臂力让我一次次痛苦地回忆。

勒柯帕迪　背教者,

　　　　　难道你果真这样认为,

　　　　　迦梨时期婆罗门神威已不复存在?

　　　　　你由此铤而走险下了赌注?

　　　　　不,婆罗门神灵依然在人间光照,

　　　　　从内心燃烧的火焰,

　　　　　将把你的王座烧成灰烬!

　　　　　不然,我将把全部经典,

　　　　　婆罗门的全部自尊,

　　　　　千千万万尊虚假神像,

　　　　　投到内心燃烧的火堆中去,

　　　　　将它们烧成灰烬!

　　　　　今朝你已不配"大王陛下"称号!

　　　　　你将永远不会把今日的耻辱忘记!

　　　　[那因拉叶、昌德巴尔上。

国王　　(对那因拉叶)

　　　　统帅,请率领军队在这里守卫,

　　　　严禁生物的祭祀!

那因拉叶　大王陛下,乞望对这卑贱的下人宽恕,

100

在女神寺院里大王仆从也无能为力。

大王的八面威风在哪儿伸延，

我们也如影儿一样把您跟随，

但……

昌德巴尔　　统帅请留步，

灯焰只在一个地方滞留，

但它的光亮却能向远方辐射，

大王陛下的意愿抵达到哪儿，

我们也将随之抵达那儿。

戈温德　　统帅，请停步！

你对我的命令存有怀疑。

职责与非职责，损害与利益

一切都由我来承受。

你的职责，

仅仅应把我命令执行。

那因拉叶　　大王陛下，

我心灵对这些话不予认同，

我确是您的仆从，

但我也是个人。

我有理智，有职责，有国王，

但我也拥有神。

戈温德　　那么你现在把所有武器放下，

昌德巴尔，从现在起你是统帅。

现在你同时肩负起两个职务，

你带军队把寺院保护，

以免寺院被血玷污。

昌德巴尔　　大王陛下，我一定把大王命令执行。

戈温德　　那因拉叶，请把自己武器向昌德巴尔缴付。

那因拉叶　　大王陛下，

我为啥要把武器对昌德巴尔缴付，

你祖先把这把宝刀对我祖先托付，

你若想收回，亲自取回吧。

唉，先辈们，

你们在天堂栖息，

请你们做证人，

我们始终以巨大努力

勇敢使用这把祖传宝刀，

像维护祭祀神火一般，

维护着对国王的忠诚；

今朝这把宝刀毫无玷辱，

我将向国王把它完璧归赵！

昌德巴尔　兄弟，请把我的话仔细听明白。

那因拉叶　呸！

住嘴！

大王陛下，我现在告辞！

[鞠躬离去。

戈温德　朝廷的事务里怜悯没有任何位置，

神的职责全部落在卑贱人身上，

天哪，职责实现是多么艰难！

勒柯帕迪　婆罗门的诅咒正获得成功，

值得信赖的心灵缓缓地远走他乡，叛教者站立的地方

眼看着正往下陷落。

[吉叶·辛赫上。

吉叶·辛赫　祭祀活动一切准备就绪，

所有祭品都送到！

戈温德　是给谁的祭品？

吉叶·辛赫　大王陛下，您在这儿！

请把我的一个恳求倾听，

大王陛下，请收回您高傲的命令，

　　　　　　作为人不应把圣母遮蔽。

勒柯帕迪　　呸，吉叶·辛赫！

　　　　　　你在谁的脚上匍匐？

　　　　　　起来，起来！

　　　　　　你把我作为自己的导师，

　　　　　　你的头颅就只有在一个地方——我的脚上低垂！

　　　　　　蠢人，抬起头，

　　　　　　往这儿瞧，在我足下匍匐，

　　　　　　把宽恕重来乞求。

　　　　　　逝去日子多么可怖，

　　　　　　你竟然堕落到如此地步，

　　　　　　寄望予大王的命令，

　　　　　　我们才能对女神进行祭祀？

　　　　　　在这儿把这些祭品留下，

　　　　　　就在这儿膜拜！

　　　　　　我倒要瞧瞧，

　　　　　　国王的高傲存在到何时日。

　　　　　　吉叶·辛赫快走，

　　　　　　从这儿跟我一块离去。

　　　　　[勒柯帕迪和吉叶·辛赫下。

戈温德　　难道在这世上不存在谦和？

　　　　　　唉，我的主母！

　　　　　　日夜在您脚下行走的人，

　　　　　　至今没有获得这个教诲，

　　　　　　他们是多么卑微孤立！

　　　　　　他们吸吮了您的威严，

　　　　　　在自己心里，语言里，行动里，

　　　　　　把多少妄自尊大注入！

　　　　　　[国王下。

第二幕

第一场

[寺院。勒柯帕迪、吉叶·辛赫、那卡什特利拉叶。

那卡什特利拉叶　教父，您为何把我叫来？

勒柯帕迪　昨晚，女神托梦对我诉说，

　　　　　你将成为这个国度的国王。

那卡什特利拉叶　我将成为国王！

　　　　　嗨，嗨，嗨！

　　　　　你在胡说什么？

　　　　　我将成为国王，

　　　　　你在制造一条新闻！

勒柯帕迪　千真万确，千真万确，

　　　　　你将成——为国王。

那卡什特利拉叶　我完全不敢置信，

　　　　　这怎么可能发生呢？

勒柯帕迪　女神托梦完全是真的，

　　　　　你将获得加冕，

　　　　　不要有任何置疑。

那卡什特利拉叶　不用任何置疑？

　　　　　我若没获得加冕，

　　　　　那……

勒柯帕迪　你连我的话也不相信？

那卡什特利拉叶　祭司大人，我不是完全不信，

　　　　　　倘若命运不济，

　　　　　　没有获得加冕，

　　　　　　那——

勒柯帕迪　这断然不可能。

那卡什特利拉叶　断然不可能？

　　　　　　祭司大人，我们等着瞧，

　　　　　　一直到诺言出现。

　　　　　　在我登基之前，

　　　　　　一定把首相驱赶掉，

　　　　　　他一直对我监视，

　　　　　　他好像是我父亲的长辈！

　　　　　　我对他十分惧怕，

　　　　　　明白吗，祭司大人？

　　　　　　我将封你为一国之首相。

勒柯帕迪　我对首相位置蔑视。

那卡什特利拉叶　那我将委任吉叶·辛赫为首相，

　　　　　　您若洞察一切，

　　　　　　请把一切指明，

　　　　　　我何时登基成为国王？

勒柯帕迪　女神渴望饮吸国王的鲜血。

那卡什特利拉叶　女神对国王的鲜血渴求？

勒柯帕迪　你首先要把国王的鲜血献上，

　　　　　　那时你就能成为国——王。

那卡什特利拉叶　我从哪里获取国王的鲜血？

勒柯帕迪　女神想喝戈温德·马利盖的血。

那卡什特利拉叶　女神想喝他的血！是真的吗？

勒柯帕迪　（对吉叶·辛赫）

　　　　　　镇静些，吉叶·辛赫，不要激动。

　　　　　　（对那卡什特利拉叶）

明白个中原委吗？

听我指教——

秘密地把他杀害，

把他滚烫的鲜血带来，

在主母娘娘足上把鲜血奉献。

（中间停了一下）

吉叶·辛赫，你若不能镇静，

就到什么地方躲藏一下。

那卡什特利拉叶，明白吗？

这是女神的吩咐，

在五月的深夜，

她想喝国王的血！

你们俩是皇族亲兄弟，

你哥若获救，摆脱厄运，

你的血就成为对圣母祭祀的血，

迦梨女神渴望饮血，

现在已没有思考时间了。

那卡什特利拉叶　祭司大人，你的建议是多么可怖！

我不需要加冕登基，

让国王的血在他身体内驻留，

我对我现在处境心满意足。

勒柯帕迪　不行，不行！

你现在任何情形下都无法获得自由，

你必须去把国王的血取来，

这是女神对你的命令。

那卡什特利拉叶　祭司大人，你说吧，

我该如何行动？

勒柯帕迪　你随时准备着，

当我下达命令，

106

　　　　　你应该很快执行，

　　　　　在行动实现之前，

　　　　　你必须守口如瓶，

　　　　　好吧，现在你走吧。

那卡什特利拉叶　　啊，主母娘娘，

　　　　　　　　　比海还深的痛苦！

　　　　[那卡什特利拉叶下。

吉叶·辛赫　　今朝我亲耳听到了什么！

　　　　　大慈大悲的主母娘娘，

　　　　　这是怎么回事？

　　　　　这是你的命令？

　　　　　弟弟亲手把哥哥杀戮？

　　　　　你可是宇宙之母！

　　　　　教父，你把如此酷令称为主母的圣旨？

勒柯帕迪　　还有什么其他法子，请说？

吉叶·辛赫　　方法？

　　　　　教父，什么方法？

　　　　　谁的方法？

　　　　　天哪，可怕的责难！

　　　　　主母，你手上不是有尚方宝剑？

　　　　　你盛怒时不是可以把霹雷施放？

　　　　　你为了实现"意愿"，

　　　　　还要到处寻觅其他方法！

　　　　　还要像盗贼一般藏在地下凿壁洞？

　　　　　这是什么样的罪孽！

勒柯帕迪　　孩子，

　　　　　你知道什么是善恶？

吉叶·辛赫　　我可是从您那儿知晓一切的。

勒柯帕迪　　孩子，你过来，

我再给你一个教诲，

世上实际没有什么善恶之分。

谁是谁的兄弟？

谁是谁的亲朋？

谁是谁的陌路者？

谁说过杀戮是罪过？

整个世界就是一座屠杀寓所。

难道你不晓得，

每个瞬间，

世上千百万生物往死亡口里走去，

这是谁的幻影游戏？

这世间的尘土被杀戮的血浸透，

每一步踩踏，

千百条蠕虫被碾死，

难道它们不是生命？

年迈的湿婆神用血的字母，

在世界书页上，

不间断把生物的短暂历史书写。

森林里存在着杀戮，

尘世里有着屠杀，

鸟巢里存有杀戮，

虫穴里有着残杀，

深邃的海洋里存在凶杀，

碧蓝的天空里有着厮杀，

杀戮的游戏到处进行着。

为生存而杀戮，

为游戏而杀戮，

有无为的杀戮，

有非本愿的杀戮，

整个世界为逃避杀戮的惩罚，

在与生命搏斗里屏息静气地跑着，

它一刻也没停止奔跑，

犹如小鹿在猎虎猛追下奔突。

迦梨女神似永恒精灵巉石站立着，

她伸出渴求饮血的红色舌头！

在她手托永恒钵里，

生命血流从世界四面八方流入，

宛如从葡萄里挤出的汩汩汁水。

吉叶·辛赫　　我的主，请不要说了，

够了，请停止，停止，停止！

天哪，女魔鬼，女骗者，

你步入没有母亲的世界，

装扮成主母娘娘，

怀着饮血的贪婪。

天啊，在毫无保护的鸟巢，

嗷嗷待哺的雏鸟怀着希冀，

把母亲归途痴痴盼等。

贪婪的乌鸦飞到巢边，

盲目的雏鸟用焦急嗓音，

把母亲来呼唤。

单纯的可怜雏鸟，

在嗜血如命的老鸦啄击下，

把自己柔软的小生命丧失。

你那举止犹同老鸦那样残忍！

慈爱、怜悯、爱惜，

一切都是虚假！

唯一真实是无休止的杀戮！

但为什么从乌云罗网中，

瓢泼大雨往蒙受痛苦煎熬的大地胸脯上倾泻？

为什么从坚硬的岩石缝隙里，

渗透怜悯的溪水往荒漠大地上消去？

为什么姹紫嫣红的鲜花，

在荆棘丛生中争斗竞放？

我主，你在把我欺骗！

你想看到我对母亲的虔诚，

我将剖开胸膛取出心血，

您可把我心血的祭品在主母脚上奉献。

您看，

主母，她因着我爱的坦然而狞笑着！

真的，主母你就是铁石心肠的女魔！

主母你就是我心歌颂的女吸血鬼！

主母你想把我的心取走？

主母你将在这一生中把子孙生命消灭？

难道我用矛箭把我心刺穿，

让这子孙血从心脏中流淌出来，

你就觉得那么有滋有味？

哦，我的母亲，

你确是铁石心肠的女魔！

教父，你在把我呼唤？

你这个阴谋诡计，

我如今全然明白，

你为渴求虔诚者的血，

把他的心撕裂。

主母的慈爱在你所制造的苦痛上倾洒，

这里幸福比痛苦胜百倍！

但国王的血！

嗤，嗤！

主母是位虔诚者的拯救者，

你却称她为渴血者！

勒柯帕迪　那么停止祭品供奉！

吉叶·辛赫　停止祭祀！

不，不，教父，

您一切世故熟知，

不会良莠不分。

"经典"的法规不是单纯的虔诚者法则，

眼睛不能从自己光中见到什么，

光只能从天际而来。

我主，乞望给我宽恕！

宽恕我这个奴仆的鲁莽，

宽恕我在痛苦冲动下的迷乱胡语，

我主，请告诉我，

女神果真想品饮"国王的血"？

勒柯帕迪　唉，孩子，

末了你对我也不信任？

吉叶·辛赫　不信任？

不，从来没有对你动摇过信任！

我若把你背弃，

我信任将在何处驻足呢？

犹如毗湿奴大神脱离毗湿奴神自己的头颅，

由于虚无他将在虚无中消失。

迦梨女神若想品饮国王的血，

我亲自取国王血奉献，

决不能让兄弟之间残杀。

勒柯帕迪　孩子，神的指示决不会成罪孽！

吉叶·辛赫　那就是积德，

我就将获得那个善德。

111

勒柯帕迪　　我也就如实对你讲述，

孩子，我爱你胜过自己生命，

从襁褓起，我以比母爱还多的慈爱，把你抚育长大，

我不能忍受丧失你的痛苦。

吉叶·辛赫　　我不会使"罪恶"的阴影，

投落到那个慈爱上，

我不会使"诅咒"的烙印，

在那个慈爱上镂刻。

勒柯帕迪　　好，好，这些事往后放一下，

明儿我们再把这些事敲定。

[俩人下。

第二场

[寺院。阿帕尔娜、勒柯帕迪。阿帕尔娜哼着歌进场。

阿帕尔娜　（唱）

歌曲（4）

哦，世界臣民听着，

我斋戒者在你门槛前站立。

阿帕尔娜　　吉叶·辛赫，在哪儿？

在哪儿，吉叶·辛赫？

寺院里不见任何人影。

是谁在那儿站立，

哦，原来是纹丝不动的雕像！

缄默不语，丧失感觉站立着，

你竟然把世界的整个财富鲸吞！

世界瘦骨嶙峋的穷光蛋到处流浪，

他们来到你脚下把自我奉献！

但你究竟对他们有何意义？

你像守财奴把他们在寺院底下埋葬，

让他们躲避开这穷困世界的所有烦恼？

吉叶·辛赫，那石头神像给你什么幸福？

她能对你说什么话？

她能在你心的深奥器皿里，

夜以继日把什么样慰藉甘露灌注？

唉，斋戒之心，

你在谁的关闭门槛上安坐？

歌曲（5）

哦，世界臣民听着，

我斋戒者在你门槛上伫立，

观望着幸福的集会，

死亡的优美游戏。

生灵独自把死亡战胜，

不用耗费半个铜板。

财富的圈套引来不堪痛苦，

我整日把秘密的芦笛来倾听。

［勒柯帕迪上。

勒柯帕迪　你是谁，在这寺院里滞留？

阿帕尔娜　我是女乞丐，

吉叶·辛赫在哪儿？

勒柯帕迪　哦，你这个女恶魔，

你立刻走开，

离这座寺院远远的！

你整日把这座寺院缠绕，

痴心妄想把吉叶·辛赫从圣母身边夺走。

阿帕尔娜　难道圣母惧怕我？

我惧怕她，

她可别把我所有一切吞噬。

(阿帕尔娜唱着歌下)

歌曲（6）

财富要死亡，

生命要死亡，

为啥又要开始杀戮的战斗？

仿佛雷电不时闪耀，

心灵眼睛打开着。

我一直把甜蜜芦笛吹奏，

唱着"走吧，不要停留"。

把兽性面具抛掉，

这里痛苦弥漫着，

鱼儿在水里口渴。

唉，世界臣民听着！

第三场

[寺院前的道路。吉叶·辛赫、勒柯帕迪、阿帕尔娜。

吉叶·辛赫　　把思虑罗网撕开，

把疑惑迷团消除，

行动胜于思虑的地牢，

不管它是多么残忍，

多么粗鲁！

行动有个尽头，

虑惧没个边际，

它像蒸汽变幻莫测；

它越是从四面八方把道路寻觅，

道路越是到处隐匿不见。

"一"肯定胜于"多",

教父,你就是真理,

你的教诲就是真理,

你暗示方向就是真理道路。

"杀戮"不是罪过,

"同室操戈"不是罪孽,

"杀戮国王"不是罪恶!

这就是教父的真理,

善与恶纯属子虚乌有,

这就是真理。

把忧虑消除,

把自我烦恼遁去,

从心里把理性思维剔除。

(突然转向路人)

弟兄们,你们正往哪儿走去?

难道庙会正在尼什布尔举行?

下贱的舞女正在狂舞?

我也随同你们前往。

(自言自语)

在这大地上有着何等欢乐!

这儿的人们无忧无虑,

尽情欢乐地歌舞。

身体优美线条在四周摇曳着

犹同河水的涟漪层层涌现。

所有人无忧无虑,

尽情欢乐地从四面八方涌来,

歌声喷泉向高处飞溅,

欢笑声响的涌泉向四处奔流,

仿佛大地的华丽幻化成光彩夺目的形象,

跳着优美欢畅的舞蹈！

我也抵达了那儿。

（唱）

歌曲（7）

谁把我施舍领走？

我将自己身心生命献上。

我将把自己完全充实，

把日常事务遗忘，

让心灵尽情欢乐。

谁把我一块儿带走，

生命与生命交融。

你置身于什么样的形式市场，

你大步流星走在世界道路上，

我大汗淋漓紧随后面追赶，

看到众人充满欢笑脸容，

我由衷心花怒放。

旅者把一切阻碍打破，

就在今日你把我掳走，

心灵重负在所有家门口落上，

瞬间百川向大海疾迅汇合。

在这世上人们熙来攘往，

谁与谁相识？

哪位兄弟拥有尊严，

哪位嘴唇把微笑绽开，

在他的生命里就有甜蜜和声响起。

谁在把我呼唤，

"我认识你，与

我一块结伴同行？"

你是谁，你是人上人，

引起这生命对他奉献。

谁把我施舍领走?

我将把自己身心生命献上。

[阿帕尔娜从远处进场。

吉叶·辛赫　谁,阿帕尔娜!

你为什么在远处伫立,

你目瞪口呆地倾听,

吉叶·辛赫今天把歌唱!

一切都是虚假,

一切都是欺妄,

我由此而戏谑狂笑,

我为此而放声歌唱!

请瞧!

人们由此无忧无虑,

从道上悠闲地行走,

由此对这一琐碎之事而嬉笑而惊奇,

无数姑娘因此精心梳妆打扮,

叮当作响在道上蹒跚行走。

倘若"真实"存在,

为什么会显现这样情况?

这里如此欢乐怎么会轻易地漂流?

那时在毁灭的土地上,

人们不安哭泣,

因着无可名状的痛苦,

惊愕地成为哑巴至绵绵无期。

芦笛若真的因痛苦而哭泣,

阿帕尔娜,

芦笛将会断裂,

它的音乐将会是无言无声。

一切都是虚妄，

因而其中充满着欢乐，

游戏在墓地怀里静坐，

歌声在痛苦身边安睡，

日常事务在残忍虎豹利爪下进行；

"真实"若存在，

这样怎么会可能发生呢？

对，阿帕尔娜，

我与你都没有一丝真实，

明白这个真理，

你就会欢乐幸福。

今朝，你为什么抬起惊奇柔顺的眼睛，

对我目不转睛地凝视？

女友，来吧，

我俩一块从这世界上走向永恒，

犹如两片小小云朵在虚空里飘游。

[勒柯帕迪上。

勒柯帕迪　　吉叶·辛赫。

吉叶·辛赫　　我不认识你，

今天我走向自己盲目溪流里，

任它东西漂游，

正如千百万旅者在自己道上行走；

你是谁，叫我停步！

不，不，

你走开，走开！

我也将离去。

勒柯帕迪　　吉叶·辛赫！

吉叶·辛赫　　面前笔直道路伸延，

我手托乞钵，

携带自己女乞友

一块在笔直道上行走。

谁曾经说过，

王道是世上最艰难最曲折之路！

我如何行走，

一旦日子行将结束，

我将抵达生命的最后刹那。

思想和行为，争辩和探究的罗网，

不知消失到何方！

我把卑微且疲惫人的诞生，

托付给大地的怀抱。

自己拥有的二三天生命期限，

二三天里的迷误和恐惧，

欢乐和痛苦，

心灵渺茫的希冀，

衰弱且破碎生活的重负，

一切都托付给永恒时间，

然后我将获得深沉休憩。

这就是世界！

经典法则有何用？

教父教诲有何用？

（惊愕了一会儿）

我主，父亲，教父！

我正胡言乱语什么！

我仿佛在做白日梦！

这就是那座寺院，

它像一场绵绵冬雨冷酷地直泻着，

它像残酷粗暴的现实屹立着。

我的神，什么指令？

我没有把自己职责忘掉，

我记得"该做什么"！

（亮出凶器）

擎着这把发出寒光的匕首！

我从内到外把你命令记忆，

永远鲜活地保持！

我主，还有别的命令吗？

勒柯帕迪 把这个姑娘从寺院里驱赶，

女孩子，我知道你的幻术。

（转向吉叶·辛赫）

吉叶·辛赫，就在现在把她驱赶，

把她驱逐得远远的！

吉叶·辛赫 我把她驱逐？

她像我那般穷困，

在寺院庇护所栖息；

她像我那样孤立无伴，

她像无刺的花卉那么无瑕；

她漂亮，天真，温柔，

她忧伤而胆怯。

我将把她从寺院里驱赶？

我主，我将驱赶，驱赶，

我将把你的指令执行！

走，走，走开，阿帕尔娜，

从这儿离开，走！

怜悯，仁慈，抚爱，

一切都是虚假！

一切都是幻影！

去死，去死，阿帕尔娜！

倘若世界外面什么地方，

　　　　　　你不拥有任何东西，

　　　　　　那也不完全确切，

　　　　　　你还拥有令人垂怜的死亡，

　　　　　　走吧，阿帕尔娜，

　　　　　　你从这儿走开吧！

阿帕尔娜　　吉叶·辛赫，你也走吧！

　　　　　　你抛弃寺院离走吧，

　　　　　　我俩一块走，

　　　　　　不管天涯海角……

吉叶·辛赫　我们一块离去，

　　　　　　这是不是一场梦！

　　　　　　我曾经明白梦是什么，

　　　　　　这个世界就是梦，

　　　　　　我因此快活地欢笑，

　　　　　　我因此幸福地歌唱。

　　　　　　但这可是现实，

　　　　　　现在你别提及任何欢乐之事，

　　　　　　现在你别显示人心的诱惑，

　　　　　　在现实的牢狱，

　　　　　　我仅仅是个囚徒！

勒柯帕迪　　吉叶·辛赫！

　　　　　　这不是甜言蜜语的时刻，

　　　　　　现在刻不容缓，事不宜迟，

　　　　　　把这个女妖驱逐！

吉叶·辛赫　走开，阿帕尔娜！

　　　　　　走，走，离开这儿！

阿帕尔娜　　我为何要离开？

吉叶·辛赫　这难道是你女人的尊严？

阿帕尔娜　　现在我女人自尊亘古享有。

吉叶·辛赫，

你的痛苦远胜于我的全部痛楚，

你的痛苦远胜于我的全部骄傲，

你现在没有丝毫的自尊。

吉叶·辛赫　那么我离开，

当你在这儿盘桓，

我不愿瞧见你的脸容。

走吧，阿帕尔娜，走吧。

阿帕尔娜　（对勒柯帕迪）

残忍的婆罗门，

让你的婆罗门德行去见鬼吧！

我这个低贱的女人，

把你来诅咒，

吉叶·辛赫决不会就范于你的桎梏，

你的罪恶桎梏永远也不可能把吉叶·辛赫套住！

[下。

勒柯帕迪　孩子，抬起头，

现在听我说。

我的爱，我的生命，

难道在我心里不存在对你似海深的爱？

我是你终生的保护者，

除外我还想索取什么？

稍纵即逝的幻影骗局被拆穿，

你为此而感到无比痛苦？

吉叶·辛赫　够了，我主，

现在您不要再把慈爱之言唠叨。

我心里只存有职责！

慈爱犹如大地上的蔓藤花叶，

生长，枯萎，

开花，凋谢；

它如同一场场新梦，

周而复始地消失。

冷酷无情的石塔夜以继日

在大地上矗立，

压在我心灵绵绵无期的重负！

〔下。

勒柯帕迪　天哪！吉叶·辛赫，

我一直用力量、圈套，

对你做了多少亲证，

但总没有把你的心赢得！

究竟是怎么回事，

我始终无法猜透。

〔下。

第四场

〔寺院庭院。臣民们。

格莱什　老兄，你瞧瞧，

这次庙会不如从前熙熙攘攘，人山人海。

阿卡鲁尔　当今庙会怎会人声鼎沸？

如今印度教王国已不复存在，

莫卧儿帝国已取而代之！

主母娘娘的祭祀已被禁止，

人们来庙会干什么？

伽奴　兄弟，我们的国王已把理智丧失，

我觉得他的头脑越来越发昏。

阿卡鲁尔　倘若他头脑发昏，

他一定被鬼魅纠缠，

不然他为什么把祭祀禁止？

格莱什　兄弟，不管你说什么，

如今这个国度的祥和已不复存在。

伽奴　祭司大人亲口说过，

三个月内，瘟疫将蔓延，

国家将被毁灭。

哈鲁　谁说要三个月，

正如我发现的征兆，

三天都难以维持。

你们没有发现，

我兄弟玛桃已病了两年半，

至少能凑合活着，

但一旦祭祀停止，

他马上咽了气。

阿卡鲁尔　妙哉，妙哉！

他已经死去三个月了！

哈鲁　老兄，三个月不错，

但他可是在今年死去的。

琼达默利　喂，不用提他的事，

就拿我侄子做例子吧，

谁能料到他会暴死？

他连续三天发烧！

当他还没吃那医生丸药，

他眼皮就翻转，一命呜呼！

格莱什　那天，默吐尔市场的货栈失火，

烧得精光，一头小羊也不剩。

琼达默利　喂，这些芝麻绿豆小事有什么好吹嘘。

你们没有看到，

今年稻米价格是多么低廉，

谁都不过问。

谁知道，今年农民该是多么倒运！

哈鲁　静些，静些，

瞧呀，国王正在走来。

一大早，见到国王阴沉的脸，

真不晓得，今日将如何打发，

走，我们大家趁早从这儿溜之大吉！

　　［众人下。

　　［昌德巴尔和戈温德上。

昌德巴尔　大王陛下，请您小心警惕。

我眼观八方，耳听四面，

突发事的任何蛛丝马迹，

都逃避不过我的耳目。

我亲耳听到，

有一个谋杀你的秘密计划正在酝酿。

戈温德　谋杀我？

谁想把我谋杀？

昌德巴尔　我不敢对你诉说，

我怕那残酷信息

比真刀真枪，还要厉害地刺伤你。

戈温德　昌德巴尔，不用犹豫害怕，

请如实告诉我。

国王的心随时准备忍受打击，

谁密谋要把我杀害？

昌德巴尔　亲王那卡什特利拉叶。

戈温德　那卡什特利拉叶？

昌德巴尔　大王陛下，

我亲耳听到的，

125

勒柯帕迪和那卡什特利拉叶，

在寺院里把这件事密谋筹划。

戈温德 哦，我的天！

毕生的坚固亲骨血肉维系。

顷刻间就要烟消云散。

昌德巴尔 他们要取你的血，

在女神脚上供奉。

戈温德 哦，对女神祭献？

这里没有那卡什特利拉叶的过错。

我一切都明白了，

人类多少次以神的名义，

把自己的人性丧失。

去吧，去做你的事。

不用害怕，

我将警惕戒备。

（昌德巴尔下。国王对女神石像致礼）

女神，我不拿鲜血，

我取鲜花把您供奉。

我心里只存有虔诚，

不是杀戮、恫吓，

只有虔诚、膜拜。

主母，在这世上，

怯懦的人是如此孤立无援。

强者是如此冷酷残忍，

自私者是如此无情无义，

贪婪者是如此可怕狰狞，

无知者是如此狂妄自大；

骄横者把弱者放在自己脚下践踏；

慈爱者在异常细柔枝头上垂挂，

一经自私抚触，

他们即刻脱落入土。

主母，您若也举起刀子，

伸出流血的舌头，

四周一切将陷入黑暗之中。

今日兄弟反目，同室操戈，

今日妻室反君，同床异梦，

今日视友朋为敌，血流成河，

人类休息养身之地，被鲜血玷污。

今日杀戮成为积德，

怜悯心被洗劫一空！

主母，现在没有把自己伪装卸下！

难道现在还不到时候？

难道现在你还以毁灭面目出现？

他正从四面八方举起刀，

向我头颅上方挥舞。

难道这种情况就是你所企盼？

倘若可能，我愿以血祭奠，

愿血腥屠杀顷刻停止。

杀戮国王！兄弟残杀兄弟！

它将给全体臣民的心灵以打击，

世上所有兄弟的生灵将为之哭泣！

我的血将把怀有杀戮的主母伪装揭去，

让女魔原形毕露！

倘若这就是你的同情法则，

那就让它这样兑现吧，

你的愿望即将会圆满！

[吉叶·辛赫上。

吉叶·辛赫　迦梨女神，请说，

你真想喝国王的血?

请说,这是个千载难逢的机会。

快说,现在就说,

你亲口说,

以人的语言说,快说!

你真的要喝国王的血?

从后台传来声音　我要喝国王的血!

吉叶·辛赫　那么国王陛下请向家神祈祷,

你的最后时刻即将来到。

戈温德　吉叶·辛赫,

你怎么啦!

谁让你说触犯王规的这番话?

吉叶·辛赫　难道您没有亲耳听到?

当我向女神询问:"你真的要国王的血?"

女神亲口说:"我要喝国王的血。"

戈温德　吉叶·辛赫,

女神什么也没有说!

勒柯帕迪装成女神声音说的,

你没有听出他的熟悉声音?

吉叶·辛赫　躲在阴暗角落,

勒柯帕迪装作女神声音说的?

不,不,

我现在将不会从一个疑惑坠入

另一个疑惑。

一旦我抵达岸畔,

竟不知道谁把我推进漩涡中心,

他一定是个制造疑惑的魔鬼。

他现在不可能,

无论是教父还是女神,

　　　　　结果都是一样。

　　　　　[拔出匕首，又扔在地上。

戈温德　　静听你孩子的哭泣，

　　　　　主母，请你拿取鲜花！

　　　　　主母，拿取鲜花！

　　　　　我匍匐在你足下向你致敬，

　　　　　作为祭品的鲜花将使你满足。

　　　　　现在没有祭祀的血，

　　　　　现在没有杀戮的血。

　　　　　我的主母，

　　　　　献上如血一般殷红的古苏姆花；

　　　　　人类子孙血腥屠杀给大地带来痛楚，

　　　　　而鲜花仿佛感受到大地这种

　　　　　　　慈爱般的痛心疾首，

　　　　　它们冲破大地母亲胸怀为爱而竞放。

　　　　　主母，请您把它们领走吧，

　　　　　您应该接受它们！

　　　　　我不因把您的愤怒来触犯，

　　　　　而感到担惊受怕，退缩畏惧，

　　　　　我将不把祭血奉献。

　　　　　你的双眼充满血腥愤懑，

　　　　　我对此不介意，不害怕；

　　　　　你举起弯刀利剑，

　　　　　带领自己的队伍。

　　　　　我对此不介意，不害怕！

　　　　　[下。

吉叶·辛赫　发生了什么，天哪！

　　　　　女神，教父，

　　　　　我已在一瞬间，

129

把我所拥有的一切埋葬，

在世上我现在已一无所有！

[勒柯帕迪上。

勒柯帕迪　我已听到一切，

一切努力都付诸东流，

一切都毁于一旦。

你这个忘恩负义的，

你干下了什么勾当！

吉叶·辛赫　我主，请把我惩罚！

勒柯帕迪　一切都让你毁了，

你把梵天诅咒从半途撤回，

你把教父教诲胆大包天违背！

女神的命令付之一炬，

视自己理智比谁都高明，

你就这样把我一生慈爱债务偿付！

吉叶·辛赫　父亲，给我惩罚！

勒柯帕迪　我给你什么样惩罚？

吉叶·辛赫　索取我生命的惩处！

勒柯帕迪　不，你将领受比它还要大的惩罚，

向女神致以触脚礼，发个重誓！

吉叶·辛赫　我向女神致以触脚礼。

勒柯帕迪　现在你起誓说："我将取国王的血，

在斯拉万月的最后一个夜晚，

把国王的鲜血在女神脚上供奉！"

吉叶·辛赫　我把国王的鲜血取来，

在斯拉万月的最后一个夜晚，

把国王的鲜血在女神脚上供奉！

勒柯帕迪　现在你走吧，

主母将赐予你万钧的力量。

第三幕

第一场

[寺院。众人、勒柯帕迪、吉叶·辛赫。

勒柯帕迪　你们大伙为什么来这儿？

众人　我们大伙为瞻仰女神而来，

　　　　为把女神瞻仰而来！

勒柯帕迪　好，好，

　　　　　　你们要把女神瞻仰？

　　　　　　迄今你们还有雪亮眼睛，

　　　　　　明白祖先们的幸运！

　　　　　　如今这儿哪儿有女神？

　　　　　　女神把这个国家抛弃离去，

　　　　　　你们大伙能把女神在哪儿安置？

　　　　　　女神已经离去，已经离去。

众人　大人，您说些什么！

　　　　我们将面临灭顶之灾！

　　　　我们犯了什么过错？

尼什达利尼　我的外甥病了，

　　　　　　　昨日没能来这儿膜拜敬献！

高次尔敦　数日前我把两头羊准备，

　　　　　　向女神贡献祭品，

　　　　　　这期间国王对牲口祭品严禁，

　　　　　　我有什么过失呢？

131

哈鲁　　哦，兄弟们，请看肯塔玛登，

　　　　他对女神发了进献誓言，

　　　　随即又对女神食言背叛。

　　　　女神因此对他加以惩罚，

　　　　他脑瓜胀得如小鼓，

　　　　已六个月卧床不起，

　　　　这是罪有应得的报应，

　　　　他尽管是我们的大人，

　　　　也不能对女神欺骗！

阿卡鲁尔　　你们大伙要安静，

　　　　不要无谓的喧哗。

　　　　好吧，祭司大人，

　　　　请告诉我们，

　　　　女神为什么要离去，

　　　　我们犯了什么过失？

勒柯帕迪　　你们连一滴血也不能对女神供献，

　　　　这难道就是你们虔诚的表现。

大多数人　　国王有令，

　　　　我们能怎么办？

勒柯帕迪　　谁是国王？

　　　　难道主母宝座比国王宝座低下？

　　　　倘若你们这样认识，

　　　　你们簇拥着国王，

　　　　在无女神的国度里居住。

　　　　我倒要瞧瞧，

　　　　国王如何把你们来保护。

　　　　　[众人惊慌一团，窃窃私语。

阿卡鲁尔　　大家安静，不要作声！

　　　　祭司大人，

132

孩子若有什么闪失，

妈妈将给他以处罚。

但妈突然拂袖离去，

这仿佛不是妈的合乎情理的举止。

现在请祭司大人告诉我们，

我们做什么能使主母回来？

勒柯帕迪　只有当你们国王弃国出走，

女神才能踏入这个国度。

（大伙呆若木鸡，面面相觑）

你们想瞻仰女神吗？

请随我过来！

你们从很远地方，

怀着巨大希冀，

赶来瞻仰女神。

现在我向你们显示女神形象。

你们睁大眼睛仔细瞧望。

[寺院大门渐开，显示神像背部。

众人　这怎么搞的！

女神的脸在哪儿？

阿卡鲁尔　哦，不幸的人们！

主母转脸不理人！

众人　哦，女神娘娘！

转脸过来，主母娘娘！

转向我们伫立，主母娘娘！

转过来站住，

请宽恕孩子的过错，主母娘娘。

主母娘娘您在哪儿？

我们一定请您回来，

我们绝对不把您弃离。

我们不需要国王。

让国王滚开，

让国王去死！

    [吉叶·辛赫走到勒柯帕迪身旁。

吉叶·辛赫　我主，我不能说一句话吗？

勒柯帕迪　不行。

吉叶·辛赫　难道没有怀疑的任何理由？

勒柯帕迪　没有。

吉叶·辛赫　难道我被迫相信所发生的事？

勒柯帕迪　是。

    [阿帕尔娜上。

阿帕尔娜　（走到吉叶·辛赫附近）

      吉叶·辛赫，过来！

      快离弃寺院，快走！

吉叶·辛赫　我的心正在破碎。

    [勒柯帕迪、阿帕尔娜、吉叶·辛赫下。

    [国王上。

众人　乞望大王陛下保护，

      对我们大家垂恩乞怜，

      保护我们芸芸众生，

      让主母娘娘回来！

戈温德　孩子们，请听我的话，

      请大家注意倾听。

      你们这个要求也是我的祈愿，

      我以生命起誓，

      我为主母娘娘回来殚精竭虑。

众人　大王陛下万岁，万万岁！

      祝您万寿无疆！

国王　我问你们一件事，

134

你们难道不是从母胎中诞生？

你们在自己柔软心里一定感受，

母亲慈爱甘霖沐浴。

那么请你们说说，

母亲难道不在这儿吗？

世上最伟大的、最古老的、

最神圣的东西就是母爱。

在创造的最初刹那，

母爱就被唤醒，

独自低垂着眼睛坐着，

把年轻世界在自己怀里拥抱；

今朝古老母爱也那般安详坐着，

俨然一尊忍耐的雕像。

她把多少叛乱杀戮忍受，

她把多少痛苦悲伤忍受，

她把多少哀愁凄凉忍受，

她把多少凌辱污蔑忍受，

她把多少迫害暴行忍受。

就在眼前，她目睹着，

手足亲情间的流血冲突，

她目睹着，

残酷无情，猜疑忌恨的令人发指情景！

然而母亲把无言痛楚埋在心底，

依然那般安详地坐着，

依然不为所动地为孱弱者敞开自己的胸怀，

依然对普天下孤立无援者敞开自己完整心扉！

今天，我们犯下什么弥天大罪，

那无限慈爱消逝了，

使世界成为永远丧失母亲的孤儿。

孩子们，母亲们，

请你们抛开疑惑明白地说，

我们究竟犯了什么罪过？

一些人说 您禁止对主母膜拜祭祀，

您关闭通向膜拜的大门！

戈温德 我禁止血的祭祀，

难道主母对我这种自尊讨嫌？

瘟疫蔓延，

饿殍遍野，

赤旱千里，

血流成河，

难道主母娘娘希望我们陷入那种处境！

每时每刻，

母亲用乳头把孱弱婴儿抚育，

她难道有饮血的贪婪？

你们在自己心里对母亲的侮辱如此容忍，

难道不会给你们终身母爱的记忆，给以沉重打击？

难道你们已经对母亲的怜悯脸容全然遗忘？

主母娘娘吼声道：

"我要饮血，我要饮血！"

哑巴的无援的孱弱生物，

吓得灵魂出窍，浑身抖动，

毫无怜悯心的男女老少，

热血沸腾地狂舞！

难道这就是我们母亲抚育的大家庭？

孩子们，难道这就是母爱的光彩？

众人 我们愚昧透顶，

我们无法知晓那么多道理。

戈温德 你们无法理解！

136

刚刚坠地的婴儿什么也不懂，

但他也知道自己的母亲，

他也晓得害怕。

他懂得，

在妈妈的怀里他将获得无畏庇护；

他知道，

当他饿得嗷嗷乱叫时，

妈妈乳头有着他喝的奶。

当受到某种折磨侵袭，

他会望着慈母的脸，

泪流满面，乞求垂怜。

而你们却不懂这个道理，

坠入把母亲遗忘的迷惑罗网里。

难道你们不明白，

母亲是富有怜悯心的？

难道你们也不明白，

生物祭血是无法对主母膜拜的？

只有爱才能对主母进行膜拜。

你们也不明白，

哪儿有恐惧，

哪儿就没有母亲；

哪儿有杀戮，

哪儿就没有母亲；

哪儿有流血，

哪儿就没有母亲，

哪儿只有母亲的不止眼泪！

我的孩子们，

我如何向你们昭示，

我从母亲的脸上看到的痛苦神情！

我如何向你们解释，

她眼里含有何等的哀愁怜悯！

她眼里流淌着自尊泪水，

责备的泪水！

我若能向你们显示，

你们即刻就会认识自己的母亲。

当母亲以受苦贫穷装扮站在寺院门口，

用自己的泪水把宝座上的污斑洗刷干净，

母亲因我的罪过，

愤然地拂袖离去，

孩子们！

你们曾经对母亲境况深思熟虑过吗？

[阿帕尔娜上。

众人　大王陛下，请瞧，瞧！

请走进里面瞧望，

主母娘娘今日对她子孙规避。

阿帕尔娜　（走到寺院门阶）

主母娘娘规避我们！

主母娘娘请到我们大家面前来！

（转动神像）

请看，主母正注视着自己子孙。

众人　（齐声说）

主母看着我们啦！

主母娘娘万岁，万岁！

我们的主母娘娘，万万岁！

（众人齐唱）

歌曲（8）

万岁，万岁，主母娘娘万万岁！

我们大家的恐惧烟消云散。

母亲不会甘于把我们抛弃，

母亲不会忍受怀抱孩子的分离。

你的眼睛仿佛扔开了自己愤怒，

对我们的过错给以了宽恕；

你不会把我们足礼的权利剥夺，

你永远不会把我们加以唾弃；

母亲的心灵是怜悯的仓库，

今日我们都感到无比幸福。

万岁，万岁，主母娘娘万万岁！

我们大家的恐惧烟消云散。

[众人下。

[吉叶·辛赫和勒柯帕迪上。

吉叶·辛赫　主人，说真话，

难道这就是您的事业？

勒柯帕迪　不是真的，难道我在说假话？

我为什么怕说真话？

这就是我的事业，

我曾转动了神像的脸孔。

你还想说什么，请说！

今朝你仿佛成为教父之父，

竟然来把我谴责？

你给以什么教训，请给予！

吉叶·辛赫　我不该说三道四。

勒柯帕迪　一点也不想说？

不对我提出什么问题？

你不想把心中滋生的疑惑驱除，

向教父讨取教诲？

你为什么走得那么远？

今朝在教父与门徒心里，

为什么有如此大的裂痕?

蠢货，听着!

女神真的生气地规避，

但神像的脸因此不会转动，

我们在寺院里杀生流血，

女神把它的血饮喝，

但祭血不会流入神像的嘴里。

女神的愤怒从来不在神像脸上显示，

但我用什么方式向愚笨人阐明?

他们想亲眼目睹平时见不到的东西，

这样他们才能把不真实的视为真实。

蠢人，真实不掌握在你我之手，

现实的神像不是真实，

话语不是真实，

字母不是真实，

雕像不是真实，

思想也不是真实。

真实在哪儿，

谁也说不清，

谁也无法把它掌握，

那个真实以千千万万虚幻的形式，

在四面八方散布，

真实因而用了一个巨大幻影的名字，

它的含义就是巨大虚无。

真实的国王在王国内院待着，

他是千千万万"虚无"代表，

这些虚无向四周奔波。

你把手放在额上坐着三思，

我走了，许多事等着我，

　　　　　　　百姓的心已改变。

吉叶·辛赫　　波浪拍击着河岸，

　　　　　　　它随即被拽回到河心。

　　　　　　　没有真实，

　　　　　　　什么都不是真实，

　　　　　　　一切都是虚无，

　　　　　　　一切都是虚妄！

　　　　　　　女神不在神像里，

　　　　　　　那她在哪儿？

　　　　　　　任何地方都没有她，

　　　　　　　女神不在任何地方。

　　　　　　　一切都是虚无，

　　　　　　　你是虚无，

　　　　　　　赞美虚无，

　　　　　　　祝贺虚无！

第二场

　　[皇宫一间屋。戈温德·马利盖国王、昌德巴尔。

昌德巴尔　　庶民们正在密谋。

　　　　　　莫卧儿军师正为战争朝阿萨姆挺进，

　　　　　　他的军队已兵临城下，

　　　　　　三两天就会进驻这儿。

　　　　　　庶民正密谋把您从宝座上拉下，

　　　　　　庶民已把这个建议传送到军队。

戈温德　　让我退位？

　　　　　　他们对我如此不满？

昌德巴尔　　大王陛下，

> 请听听随从的哀求，
>
> 残忍的庶民若觉得，
>
> 祭上牲口的血为吉祥，
>
> 您不妨给他们牲口祭血，
>
> 让女魔嗜血愿望实现。
>
> 我内心一直感到担惊受怕，
>
> 不知何时会发生什么。
>
> 乞望这种忧虑即刻消除！

戈温德　我明白，昌德巴尔，

　　　　四周充满了恐惧，

　　　　但国王职责的重负落在我头上。

　　　　大海汹涌可怖，

　　　　我应把小舟靠岸。

　　　　难道庶民使者已到莫卧儿那边？

昌德巴尔　是，现在恐怕已抵达莫卧儿那边。

戈温德　昌德巴尔，

　　　　你即刻就去，

　　　　潜伏在莫卧儿本营卧底，

　　　　那儿发生的一切事情，

　　　　从速把消息送到这儿。

昌德巴尔　大王陛下，

　　　　　在这儿你千万小心谨慎。

　　　　　内外充满了大王的敌奸，

　　　　　处处警惕行事，

　　　　　我告辞了。

　　　　　[昌德巴尔下。姑娜娃蒂上。

戈温德　亲爱的，

　　　　这个世界异常无情，

　　　　这个世界无比虚伪！

内外到处是仇敌。

亲爱的，过来，

坐在我身边一会儿，

带着你的笑容！

用自己充满爱意的眼睛，

朝我凝神注目！

你富有生气地出现在布满黑暗、

阴谋、痛苦的仇恨之上，

宛如皎洁月儿升起在漆黑的夜空上。

亲爱的，你为何沉默不语？

难道这就是思考我罪过的时刻？

我的饥渴心今天像荒野里死亡意识一样，

手端着空空的甘露杯子来到你身旁，

难道你把这个空杯送回？

（姑娜娃蒂下）

她离去了！

天哪，我那不堪负重的生活！

[那卡什特利拉叶上。

那卡什特利拉叶 （自言自语）

我到任何地方，

人们都对我唱喏：

"您将成为国——王！"

"您将成为国——王！"

这是件多么令人惊讶的事。

当我独自坐着，

我也听到："您将成为国——王。"

鹦鹉仿佛在我身畔筑巢，

反复一句话："您将成为国王。"

好事，我将成为国王，

但难道他们将取来国王的血？

戈温德　那卡什特利拉叶！

（那卡什特利拉叶大吃一惊，猛醒）

那卡什特利拉叶，

难道你想把我置于死地？

你说实话，

你想把我杀害？

难道这件伤天害理之事，

日夜在你耳畔回荡着？

难道你心里隐藏着这个祸心，

却与我笑着谈话？

你一直对我施触脚礼，

你正经地向我祝福，

与我一起修身养性，

那时这个祸心却始终藏在你心里？

想用匕首把我心刺穿？

哦，我的兄弟，

当你最初把脚踩在坚硬的死亡土地时，

我就用胸脯紧紧地把你拥抱；

当主母娘娘把慈爱的心洒在你头上，

使大地虚无而离去时，

我用这个胸脯把你深深拥抱；

而如今你用利剑要把那个胸膛刺透！

我们俩身体内淌着同一条血流，

那条血流从祖辈兄弟血骨里一直畅流着，

而今天你却要撕破这条血管，

让鲜血汩汩从血管里流到地上！

我把寺院大门关闭，

你手执我的宝剑，

144

向我敞开的胸脯刺去!

使你心愿圆满成全!

那卡什特利拉叶 兄长,乞望宽恕,

赐予我宽恕!

戈温德 兄弟,来吧,

回到那胸膛里。

你要求宽恕,

我在那时就把你宽恕,

当我听到了那个痛苦的消息,

倘若我不能宽恕,

我就是位软弱无能的人。

那卡什特利拉叶 勒柯帕迪向我使出了这个坏主意,

请把我从他手里拯救出来。

戈温德 兄弟,你不用害怕,

你的兄长会把你保护。

第三场

[内宫的一间屋。姑娜娃蒂、塔鲁沃、那卡什特利拉叶。

姑娜娃蒂 我做了应做的一切,

但什么结果也没有捞到!

我原本心里希望,

只要我数日态度生硬,

他会因爱的渴望,

他会束手成为我爱的囚犯。

我内心原存在着多大高傲,

我一直对他不理不睬,

我不与他谈话,

我不掉一滴泪，

我只有无情的愤怒，

一次次对他不屑一顾，

我干了违反女人本能的一切，

但多少日子过去了，

没有任何结果产生。

听说女人的盛怒对男人是一种光泽，

犹如熠熠生辉的宝石光彩一般。

去它的光泽！

我的盛怒要像霹雳，

在这座宫殿上陡落，

让大王从睡梦中惊醒，

让大王高傲碾成齑粉，

让王后的尊严圆满。

我是王后！

为什么产生这个虚假的想象，

虚假的信念！

我是你"心灵的主宰"，

这个咒语为什么每天在我耳畔回荡？

为什么不对我明说，

我仅仅是购来的女奴，

我仅仅是国王的女仆，

我根本不是位女王！

今天我遭受着这个打击，

这个痛苦再也无法忍受。

[塔鲁沃上。

姑娜娃蒂 你去哪儿？

塔鲁沃 国王把我召唤。

[塔鲁沃下。

146

姑娜娃蒂　　这个孩子是国王的掌上明珠!

哦，孩子!

你把这个坐毡窃取，

这个坐毡原应归于我子女，

而我的宝宝没有降世，

你乘虚把他们的父爱夺去!

你捧着棕榈叶杯，

国王心灵的甘露把它来斟满!

王子一旦降生，

难道他将把你的祭品获取!

迦梨女神，主母娘娘!

你是多么不公平，

您的游戏，您的创造，

它们是多么不可思议!

主母娘娘!

在您众多的游戏与创造里，

赐予我一个小宝宝!

我的主母，

只要把一个小男孩投入我怀里!

您想要什么，

我就把它供奉在您足上!

（那卡什特利拉叶上）

那卡什特利拉叶，去哪儿?

你为什么空手而归?

你害怕谁?

我是个女人，

是个手无寸铁的女人，

是个软弱无力的女人，

是个一筹莫展的女人，

是个孤立无援的女人，

难道我是那么阴森可怖？

你害怕地对我躲避？

那卡什特利拉叶　不，不，你不要把我理睬。

姑娜娃蒂　为什么，

发生了什么事？

那卡什特利拉叶　我不愿做帝王。

姑娜娃蒂　就算你不愿做帝王，

你干吗慌慌张张抱头乱窜？

那卡什特利拉叶　国王将永垂不朽，

上帝保佑，

我将作为王太子死去。

姑娜娃蒂　你若要死，

你就快点死，

你的愿望会实现。

难道我向你伏地触脚乞求你活着？

那卡什特利拉叶　你想说什么，请说！

姑娜娃蒂　盗贼正把你的王冠窃取，

你应把他从道上驱赶，

明白吗？

那卡什特利拉叶　我一切都明白，

唯有这点蒙在鼓里，

谁是盗贼？

姑娜娃蒂　那个盗贼就是塔鲁沃这孩子，

他正投入大王的怀抱，

他正一天天长大，

一天天走向夺取王冠之道。

那卡什特利拉叶　哦，现在我恍然大悟！

我曾见到，

塔鲁沃头上戴着玻璃王冠，

我原以为那仅仅是游戏！

姑娜娃蒂　游戏？去，去，去！

与王冠游戏！

那是一种巨大死亡的游戏，

从现在起你应奋起把那游戏消灭，

不然终有一日，

你将无奈地成为那场游戏的玩偶，明白吗？

那卡什特利拉叶　你说得无比正确，

那种游戏不是好征兆。

姑娜娃蒂　今日深更半夜，

你以我的名义把他秘密地送到女神足下，

用他祭血平息女神的愤怒，

使王朝的宝座巩固。

祖先将会对你的功德加以歌颂，明白吗！

那卡什特利拉叶　明白。

姑娜娃蒂　那你去吧，

我怎么吩咐你怎么做，

你必须记住，

你以我的名义在女神脚上献上祭血！

那卡什特利拉叶　我将会遵命去做。

这是场争夺王冠的游戏！

这是一场怎样毁灭性的游戏！

一切都全然明白，

女神的渴求，

王国的捍卫，

祖先的颂赞，

我对一切都大彻大悟。

第四场

[寺院的石阶。吉叶·辛赫、阿帕尔娜。

吉叶·辛赫　你是女神吗?

你必定是女神!

女神,你存在着,

你若像神圣毕钵罗树,

在无限茫茫黑夜的尽处坐落,

你就在那儿以最细微声音回答,

对我诉说:"亲爱的孩子,是我。"

不,不,不是女神,

女神不存在吗?

你洒下慈悲之甘露吧,女神!

哦,虚幻的女神,

洒下怜悯的甘霖,

乞望给吉叶·辛赫以怜悯,

你是真实无瑕的!

我以童年起的虔诚,

我毕生的爱,

不能给你以生活的颤抖?

你是那么大的虚幻?

吉叶·辛赫!

你给谁把自己生命投入!

你把自己所有一切,

扔进这真实虚无的、怜悯虚无的、

母爱虚无的荒野里!

(阿帕尔娜上)

阿帕尔娜,你又来了?

你一次次在寺院里被逐出，

然而你熟视无睹，

不断地在寺院四周徘徊。

在穷人的心坎里，

唯幸福憧憬似的幻想存在着，

真实与虚无唯一区分在这儿。

我十分努力地把虚无在寺院内安置，

然而它尽管不在也不驻足，

我藐视地把真实一次次从寺院逐出，

然而它一次次回转。

阿帕尔娜，你现在不要走，

现在我不会把你逐走。

你过来，

让我俩一块在这儿并膝而坐。

大半夜已消逝过去，

惨白的月儿，

已在树梢上冉冉升起；

渺茫无垠的土地上，

一切生物与无生物都已沉睡，

唯有我俩没有睡意。

阿帕尔娜，

你显得那么愁眉不展的悲戚，

难道虚幻的神把你来蒙骗？

我们为啥需要神祇？

我们为何把他召唤进自己温馨的小家庭里？

他难道熟知我们的痛苦？

他仅仅像岩石冷漠地把我们凝视，

他把我们兄弟间手足之情剥夺，

而我们把爱在他足下供奉！

我们这种至诚至真的爱，

难道对他有什么作用？

我们对美丽动人、令人愉悦的大地规避，

我们却始终如一对他专注；

但他凝视何方？

大地对他来说可能是肤浅渺小，

但大地却是我们的母亲；

在他眼里可能是蠕虫类卑微的生物，

他们对我们却是亲如手足的兄弟；

他把那些被蔑视的一切投在自己盲目车轮下碾轧，

然而那些被蹂躏的却是我们自己的亲人。

阿帕尔娜，来吧，

我们大家没有因为无神而恐惧，

我们大家肩并肩走到一起，

用爱线把我们连在一起。

女神，你渴求饮血吗？

你因此弃绝天堂的丰饶，

降临这贫瘠的大地？

天堂那儿没有人蛰居，

没有任何生物栖息，

没有生物的鲜血流淌，

没有任何痛苦的哀鸣，

难道你就因此对天堂讨嫌？

人类无数个小家庭，

在这块土地上怀着无畏自信幸福信念筑巢，

女魔，你来这儿狩猎？

阿帕尔娜，这儿没有女神，

我说了，这儿没有女神。

阿帕尔娜　那么你应离去，吉叶·辛赫！

把这座寺院弃绝，

你与我一块远走高飞。

吉叶·辛赫　　我一定远走，

弃绝这座寺院离开！

唉，阿帕尔娜，

我最终不得不离开。

然而我将把毕生生活在这个世上的债务偿付，

那时我才能远走天涯。

抛开这一切烦恼事儿！

现在你凝神细看，

圣河的涟漪踩着月光欢乐起舞！

波涛声仿佛反复说着同一句话。

一抹细弯月挂在天空，

慵倦地泛着昏黄光晕，

仿佛因多日未合眼，

它的双眼因不堪忍受睡意，

正闭合着。

世界是何等美妙！

对，阿帕尔娜，

在如此美好的夜晚，

女神是子虚乌有的，

去他的女神！

阿帕尔娜，你晓得，

何种语言像充盈幸福的甘露？

请你轻柔地向我耳畔细语，

听后刹那间，

我将心旌摇曳，

我将在地狱把一切悲痛遗忘。

死亡是多么甜蜜，

　　　　　　　　我首先将把它的滋味品尝。

　　　　　　　　阿帕尔娜，

　　　　　　　　今日你用甜蜜声音对我低语细诉，

　　　　　　　　用含情脉脉的眼睛把我凝视，

　　　　　　　　在这万籁俱寂，静谧无人的夜晚，

　　　　　　　　在全世界都沉浸于沉睡里，

　　　　　　　　阿帕尔娜，你细细吐露衷肠，

　　　　　　　　我听得神情恍惚，仿佛觉得，

　　　　　　　　四周什么也不存在，

　　　　　　　　唯有爱河在四周漂流；

　　　　　　　　在望月的沉睡夜晚，

　　　　　　　　处处散发着夜色的柔和芳香。

阿帕尔娜　哦，吉叶·辛赫，

　　　　　　　我无法开口说什么，

　　　　　　　我一切都明白，

　　　　　　　今朝我心里千言万语涌现！

吉叶·辛赫　让我们更挨近些，

　　　　　　　让我们心灵对心灵倾诉。

　　　　　　　我在说着什么呢！

　　　　　　　阿帕尔娜，阿帕尔娜，

　　　　　　　你把寺院弃绝走吧，

　　　　　　　走，走，这是教父的指令！

阿帕尔娜　吉叶·辛赫，

　　　　　　　你不要那么残忍。

　　　　　　　你一次次把我逐走，

　　　　　　　我把巨大痛苦忍受，

　　　　　　　唯有至高无上灵魂察明。

吉叶·辛赫　那么我就走开，

　　　　　　　我现在在这儿一刻也不能逗留。

（走远了几步，又回来）

　　阿帕尔娜，

　　"我是残忍！"难道这句话在你心里永驻？

　　"吉叶·辛赫是残忍的人，冷酷心肠的人！"

　　我怎么永远也不会微笑，不会柔声细语说话呢？

　　难道我永远也不会把你呼唤在自己身边亲昵吗？

　　难道我永远也看不到你脸上挂满哀怨的泪水吗？

　　阿帕尔娜，你会遗忘所有事情，

　　唯有"吉叶·辛赫是残忍的，是铁石心肠的人"这个

　　记忆在你心里永远被唤醒了。

　　难道我正如那寺院的雕像那么铁石心肠？

　　从前，我们曾把这石像称之为女神，

　　天哪，你若是女神，

　　你一定会晓得我内心燃烧的情焰！

阿帕尔娜　这个低微女人的心灵，

　　充满无知的痛苦，

　　吉叶·辛赫，请你宽恕她。

　　来吧，吉叶·辛赫，你来吧，

　　让我们俩一块把这寺院弃离，

　　远走天涯海角。

吉叶·辛赫　阿帕尔娜，

　　乞望你把我保护，

　　乞望你对我洒以怜悯的甘露，

　　乞求你把我弃绝离去。

　　我这一生中还有一件事要做。

　　他是我生命的主人，

　　你无法把他的位置剥夺！

　　这就是我的乞求。

　　　[急下。

阿帕尔娜　　我曾经把难以数计的打击忍受，

今日我为何难以忍受？

今日我的心为何彻底碎了？

第五场

[寺院。那卡什特利拉叶、勒柯帕迪、塔鲁沃（睡状）。

勒柯帕迪　　塔鲁沃哭着哭着睡去了。

像他一样丧失双亲的吉叶·辛赫，

从褓褓时期就投入了我的怀抱。

那时候，他也是那般哭泣，

他瞧望着自己四周，

觉得一切都是新奇。

傍晚时分他疲倦了，

他带着沮丧情绪睡在女神的脚旁。

一见塔鲁沃模样我不由想起，

那张诱人的婴儿的脸庞，

那个叫人怜爱的婴儿恸哭！

那卡什特利拉叶　　祭司先生，现在再也不能耽误，

我感到心惊肉跳，

国王可别获得消息突然降临。

勒柯帕迪　　国王怎能把个中秘密探知？

四周夜色茫茫，

万物昏昏沉睡。

那卡什特利拉叶　　我仿佛觉得，

一个阴影在我后面跟踪而来！

勒柯帕迪　　它就是你恐惧的阴影！

那卡什特利拉叶　　哭泣声仿佛在我耳畔灌满！

勒柯帕迪　　　这是你心的突突跳动，

　　　　　　　你把自己无谓的惧虑去除，

　　　　　　　我们俩一块来把壮胆酒痛饮。

　　　　　　　（二人痛饮烈酒）

　　　　　　　当密谋在心里酝酿，

　　　　　　　它显得硕大可怕，

　　　　　　　但实行时它却变得异常渺小，

　　　　　　　正如蒸汽成团飞腾弥漫，

　　　　　　　化成水滴便显得微不足道。

　　　　　　　这不算什么惊天动地的大事，

　　　　　　　只是一蹴而成的小事；

　　　　　　　它所需耗费的工夫，

　　　　　　　犹如吹灭烛火的瞬间，

　　　　　　　他生命光亮在深夜刹那间消失，

　　　　　　　犹同夏季风雨之夜霹雳一闪即逝。

　　　　　　　唯有它的雷声会在国王骄傲心里永远回荡！

　　　　　　　亲王，来吧，

　　　　　　　你为什么沉默不语？

　　　　　　　在一角隅沮丧坐着？

　　　　　　　脸上不挂一丝笑容！

　　　　　　　来吧，让我们一块把这欢乐之酒痛饮！

那卡什特利拉叶　已经很迟了，

　　　　　　　夜色即将告退，

　　　　　　　今日把这事暂且搁下，

　　　　　　　明儿再举行祭祀膜拜吧。

勒柯帕迪　　　是的，已经延误良久，

　　　　　　　夜色即将退去。

那卡什特利拉叶　你听，你听，

　　　　　　　有人走来的脚步声！

157

勒柯帕迪　在哪儿?

　　　　　　我怎么一丝也没有听到?

那卡什特利拉叶　请瞧,谁来了,

　　　　　　　　请看,那儿有光亮!

勒柯帕迪　国王准已获知消息,

　　　　　　现在事不宜迟,刻不容缓。

　　[勒柯帕迪喊着"迦梨女神万岁",举起宝剑。那时刻,戈温
　　德和卫兵急速闯入。在国王的命令下,卫兵们把勒柯帕迪和
　　那卡什特利拉叶逮捕。

戈温德　把他们投入监狱,

　　　　　明儿再从长计议。

第四幕

第一场

[宫廷审议厅。戈温德·马利盖、勒柯帕迪、那卡什特利拉叶、众朝臣、若干卫兵。

戈温德 （对勒柯帕迪）

你有什么要辩说的？

勒柯帕迪　没有，我没有什么要辩说的。

戈温德　你服罪吗？

勒柯帕迪　犯罪？不错。

我犯下了不可饶恕的罪，

我没能完成对女神的膜拜，

我愚蠢怯懦而耽误了，

女神给了我如此惩罚，

你不过是其中一个因素而已。

戈温德　所有在场的朝臣和百姓听着，

这个王国的法规：

"他把神圣的膜拜作为圈套，

鼓动愚昧无知百姓，

用生物祭品对女神进行膜拜供祭；

他对国王的命令胆敢蔑视，

他应领受被流放的惩罚！"

勒柯帕迪，你将被流放八年，

四个卫兵在国境外将把你放逐。

勒柯帕迪　除女神外我从不在他人面前屈膝讨饶，

我是婆罗门，你是刹帝利，

然而我今日双手合十向您请求，

给我夏季的最后两天的空余，

接踵而来的秋日头天清晨，

我自个儿将对您那个被诅咒的国度离弃，

我将远走他乡决不回头。

戈温德　我给你两天时间。

勒柯帕迪　（含有讽喻口吻）

大王陛下是王中王！

你的尊严似海深，

你的仁慈如甘霖！

我只不过是尘土里的蠕虫，

一个不折不扣的可怜的蠢货。

［勒柯帕迪下。

戈温德　那卡什特利拉叶，

现在你认罪吧。

那卡什特利拉叶　大王陛下！

我是罪人，

我没有勇气，

乞望请您宽恕。

［跪在国王脚下。

戈温德　告诉我，

你听从谁的罪恶谗言，

决意插手如此邪恶的阴谋？

你的天性是软弱的，

你自己不可能如此居心叵测。

那卡什特利拉叶　我能把罪归于谁？

我不想通过这罪人的嘴，

把别人的名字泄露；

　　　　　　　　我就是唯一的罪人，

　　　　　　　　我自个儿陷进邪恶的渊薮。

　　　　　　　　您曾经不止一次宽恕，

　　　　　　　　你自己的这个愚昧无能兄弟的千百次罪过，

　　　　　　　　今朝您再一次对我罪过给以宽恕吧！

戈温德　　那卡什特利拉叶，

　　　　　　　　起来，离开我足边。

　　　　　　　　听我说，

　　　　　　　　难道宽恕在我手里掌握！

　　　　　　　　我是坐在法庭席上的法官，

　　　　　　　　我受自己统辖的束缚。

　　　　　　　　我受缚甚于囚犯的受缚，

　　　　　　　　在同一罪行里，

　　　　　　　　一个人受了惩罚，

　　　　　　　　另一个却逃脱惩罚，

　　　　　　　　造物主也没有那样的宽恕。

众人　　大王陛下，

　　　　　　　　请给以宽恕，

　　　　　　　　赏赐恩泽，

　　　　　　　　那卡什特利拉叶毕竟是大王陛下兄弟。

戈温德　　你们大家安静些，

　　　　　　　　不管是我手足亲朋，

　　　　　　　　只要我还在这个法律坐毡坐着，

　　　　　　　　我只能铁面无私断决。

　　　　　　　　现罪证如山，

　　　　　　　　那卡什特利拉叶必须离开特利布尔，

　　　　　　　　在布拉马普德特拉河畔，

　　　　　　　　王国圣浴处被谪居，

　　　　　　　　在那儿度过八年流放生活。

（卫兵们正欲把那卡什特利拉叶带走，戈温德从宝座上走下）

我的兄弟！

过来向我做辞别的拥抱！

这个惩罚不仅你领受，

我也永受这个惩罚！

从今日起你留下宫廷空屋，

犹同针刺从四面八方直刺我心窝，

我的祝福将永远把你伴随，

这个祝福直到你回归我身旁。

神明将会保佑你！

（那卡什特利拉叶急下，国王对众朝臣讲）

现在你们离开王国议会，

我想找个僻静地方独自待一会儿。

[众人下。

[那因拉叶上。

那因拉叶　大王陛下，灾难！险情！

　　　　　可怕险情正从四面八方围来！

戈温德　难道王国空无一人？

　　　　天啊，造物主，

　　　　难道你不把他们的灵魂塑造，

　　　　正同你给他们带来贫困？

　　　　你给他们带来沉重痛苦，

　　　　难道你不给他们机会落泪？

　　　　怎样险情？

　　　　如何灾难？

　　　　快说！

那因拉叶　昌德巴尔带领莫卧儿军队开来，

　　　　　使特利布尔城毁于一旦！

戈温德　那因拉叶，

这样说恐怕对你不适宜，

昌德巴尔可能成为你的敌人，

但你能把羞辱落在他的名下？

那因拉叶　大王陛下，

您可以给这个可怜臣属以许多惩罚，

但今日这个不信任已超过以往的所有惩罚，

我确实远离您足下的莲花座，

但它决不意味着，

我是如此堕落！

戈温德　好吧，你再向我把全部真相叙述明白，

让我正确地理解判断。

那因拉叶　昌德巴尔想联合莫卧儿人，

把您从特利布尔王位上拉下。

戈温德　你如何截获这个消息？

那因拉叶　大王那天把我武装解除，

我带着被解除武装的羞耻，

我远离祖国去了他乡。

在那儿听说，

莫卧儿人马与阿萨姆人开战，

我马上奔赴那儿加入了军队。

我在军队开拔途中发现，

一支庞大莫卧儿军队朝特利布尔方向进发，

还发现昌德巴尔跟随着！

我经多方探听获悉，

这全然是昌德巴尔施展的阴谋。

我于是设法奔跑到你的足下。

戈温德　难道世上突然发生了这种破天荒的事？

三四天里蛇蝎从大地隙缝中倾巢而出！

它们从地牢钻到土地的四周吐信寻衅！

163

难道劫难时刻果真来临?

但现在不是惊慌失措的时刻,

统帅, 你赶快担负起召集军队的重任,

开拔出征!

第二场

[寺院庭院。吉叶·辛赫、勒柯帕迪。

勒柯帕迪　　我的荣誉骄傲被辱没,

　　　　　　我的聪明才智被挫伤,

　　　　　　我的婆罗门德性被羞侮,

　　　　　　孩子, 我如今已不是你的教父!

　　　　　　我昨儿以教父的骄傲,

　　　　　　给你下达不容置疑的命令,

　　　　　　而今朝我只有带着哀求,

　　　　　　向你乞求恩泽。

　　　　　　我内心自尊的光亮已被熄灭,

　　　　　　而往昔我曾借助它的力量,

　　　　　　把昌盛繁荣的光彩唾弃,

　　　　　　把英勇威武的国王鄙夷。

　　　　　　天上的星辰陨落坠地,

　　　　　　地上的光亮因而放彩。

　　　　　　萤火虫在尘埃里到处寻觅它,

　　　　　　再也无法把它捉住。

　　　　　　地上的灯火熄又燃,

　　　　　　但天上的星辰若熄匿,

　　　　　　天际永远呈现黑暗。

　　　　　　我就是那颗永远失去光泽的星辰,

是最大寿数的极其短暂，

它只是神明的极其低微礼物，

除外它什么也不是！

我跪在王国大门槛上乞讨，

仅仅获得了"两天"的宽恕期限。

吉叶·辛赫，

我不想眼睁睁看着，

两天时间白白消逝。

我要两天时间内把耻辱消除，

我要在两天时间内用国王祭血把我的黑脸洗刷成红脸，

那时两天才能逝去，

除外我再不需要其他东西。

孩子，你为什么缄默不语？

这已不是教父的指示，

然而那个教父从小把你抚育，

难道我的请求得不到你的回应？

难道我不是孤儿你父亲？

难道我不是胜于你生父的父亲？

今天我无奈地用自己这种痛苦，

唤醒你的记忆良知！

同情的乞求可以被忍受，

爱的不幸乞求者也许比乞丐还低贱。

孩子，你还保持沉默不语！

我再次向你下跪乞求！

那时你在我臂弯里，

犹如我膝头那般高，

今天我却在你面前下跪！

我的孩子，我向你乞求。

吉叶·辛赫　父亲，

不要用五雷把这颗脆弱的心轰击，

女神想把国王的血品饮，

我自己将把它在女神脚上献斟，

你有什么渴求，

我就把这一切贡献上。

今朝我将把生活中的全部债务付清，

最终就是那个结果，

女神就是要索取那个结果！

[下。

勒柯帕迪　好吧，就这样吧！

女神渴求饮国王的血，

你就遵照吩咐把它奉献。

我如今已不是你的教父，

天啊，这个忘恩负义者！

女神向你做了些什么？

从童年起女神天天把你抚育，

患病时女神怎么把你侍候？

饥饿时女神如何把粮食往你嘴里送？

女神如何给你对知识渴求以满足？

最终女神敞开心扉发慈悲，

把你这忘恩负义的痛苦吞下？

天哪，迦梨女神！

一切随它去吧！

第三场

[皇宫的侧厅。戈温德·马利盖、那因拉叶、卫兵、使者。

[戈温德坐着，那因拉叶上。

那因拉叶 大王陛下，

　　　　　为把叛乱军队驱赶回去，

　　　　　我已把咱们军队召集完毕。

　　　　　请大王下达我军挺进命令，

　　　　　请大王给我们以胜利祝福！

戈温德　统帅拔寨出发，

　　　　　我跟随大家一同把战场奔赴。

那因拉叶 只要我一口气尚存，

　　　　　大王您尽管放心，

　　　　　我们将赴汤蹈火……

戈温德　统帅！

　　　　　我渴望分享你们的冒险，

　　　　　在万分英勇中有我国王一份。

　　　　　战士们来吧，

　　　　　把我带到你们之中去，

　　　　　你们可把国王从王位驱逐到最遥远地方，

　　　　　但你们千万别剥夺他战士的荣誉，

　　　　　他将跟你们一样投入殊死战斗中去！

　　　　　[探使上。

探使　莫卧儿军队在我们护送亲王去流放的半途上，

　　　　　把亲王那卡什特利拉叶抢走，

　　　　　然后使他坐上皇帝宝座，

　　　　　他正带领军队向首都进发。

戈温德　骚乱已经消除，

　　　　　现在还害怕什么，

　　　　　战争的可怖性也会随之消失。

　　　　　[卫兵上。

卫兵　大王陛下，

　　　　　从敌人垒营里发来一封信束。

167

戈温德　　让我看看，

　　　　　那卡什特利拉叶的手迹！

　　　　　也许送来的是和平信息，

　　　　　这就是仁爱的呼唤！

　　　　　这可不是那卡什特利拉叶的语言，

　　　　　他们想把我流放，

　　　　　不然将把沉睡的特利布尔推入血泊中，

　　　　　任其漂流，

　　　　　将把这个国家烧成灰烬，

　　　　　将使无数特利布尔妇女成为女囚，

　　　　　把她们送入莫卧儿人的闺房……

　　　　　我完全能辨认，

　　　　　这断然是那卡什特利拉叶的字迹，

　　　　　"大王那卡什特利拉叶·马利盖署名！"

　　　　　统帅请看！

　　　　　他曾遭受发配流放的惩罚，

　　　　　他如今摇身一变要把国王流放发配，

　　　　　法则的游戏是何等的奇妙！

那因拉叶　　流放发配的惩罚！

　　　　　多么胆大包天！

　　　　　现在战争还没结束！

戈温德　　这支军队不是莫卧儿人的，

　　　　　特利布尔的亲王已成为国王！

　　　　　为什么就此还要发动战争？

那因拉叶　　国家的美好前途……

戈温德　　难道还存有国家的美好前途？

　　　　　兄弟面对面对峙着，

　　　　　用死亡的利刃向兄弟的心刺去，

　　　　　这里有国家的美妙前途？

168

难道国家只有王位，

没有家庭，

没有人民乐园，

没有兄弟手足之情的束缚？

让我再一次仔细辨识，

难道这是他的真笔手迹？

不，这决断不是那卡什特利拉叶自己的杰作，

说我是掠夺者，

说我是上帝的坏人，

说我是不主持公正的暴君，

说我是这个国家的灾星！

不，不，这些指责决不是他发出的！

不管这个杰作是谁指使制作的，

这杰作的手迹却是他的，

确是他亲手写的。

仿佛有着蛇毒液，

他把它涂抹在自己的嘴上，

他把那些毒箭朝我心胸射来！

天啊，命运的法则，

这是你给的惩罚——流放！

我将被发配流放！

我将从他那儿默默地把这流放惩罚谦恭地领受！

第五幕

第一场

[寺院。勒柯帕迪、阿帕尔娜、吉叶·辛赫。

[外面狂风刮着。勒柯帕迪端着祭祀物品进场。

勒柯帕迪　经历多日的磨难，

女神今朝突然苏醒。

她愤怒地咆哮！

她朝漆黑城市上空奔驰而来，

她向这座亵渎神灵城市投以诅咒的霹雳。

你突然以毁灭的化身出现，

你用骇人可怖的火焰，

将把世界之林焚烧。

啊，啊，啊，啊！

我今朝将把你女神的朝斋成规打破！

你把虔诚者投入疑惑之中，

你女神在哪儿把自己躲藏？

你若不亲自把自己的大鹏扶起，

我们怎能把它扶起呢？

今朝看清了难近母脸，

何等快乐把我们心灵骤然充盈！

我们的疑虑如今荡然无存，

那个曾经丧失尊严的头颅，

今朝又获得新的力量高高扬起！

对，对，她正在走来，

听，听，他的脚步声！

你的膜拜物已送至，

伟大的女神，万岁万万岁！

[阿帕尔娜上。

阿帕尔娜　吉叶·辛赫在哪儿？

勒柯帕迪　滚开，罪恶女你从这儿滚开！

女魔你从这儿滚得远远的，

你也寻找吉叶·辛赫！

哦，你这个毁灭者，

你这个十恶不赦者，

从这儿滚开！

（阿帕尔娜下）

何等不吉祥的征兆！

吉叶·辛赫若不归回？

这是绝对不可能的，

他决断不会食言的。

迦梨女神万岁！

恐怖万岁！

吉叶·辛赫若陷入某种险境，

他受到某种阻碍，

他被捉拿投入死牢？

卫兵若把他生命夺去？

不，不，

无畏的圣母万岁！

虔诚者的救世女神万岁！

苏醒的女神万岁，万岁！

战无不胜的女神万岁！

不要使这世上的虔诚之爱丧失，

不要使仇敌把你无猜忌的惊奇嘲弄！

倘若子孙的母亲骄傲被泯灭，

谁来对你把"圣母"呼唤，

谁来把你的胜利旗帜高擎？

对，对，我听见了脚步声，

吉叶·辛赫正走来，

但他为何如此快回转？

难道他刺杀计谋失败？

不，不会的！

带着恐怖的骷髅女神万岁，

伟大女神的可怖力量万岁！

　　〔吉叶·辛赫急上。

勒柯帕迪　　吉叶·辛赫，

　　　　　　国王的祭血在哪儿？

吉叶·辛赫　　国王的祭血就在我身上。

　　　　　　放开我，放开我！

　　　　　　让我走进大殿，

　　　　　　亲自把国王的血献上！

　　　　　　大慈大悲的圣母，

　　　　　　养育尘世的天母，

　　　　　　你渴望国王血的品饮？

　　　　　　不然你的渴求就无法消除？

　　　　　　我也是位刹帝利，

　　　　　　我祖先也曾是位国王，

　　　　　　我的母辈家族现在还统治国家，

　　　　　　我的身上有着国王的血缘，

　　　　　　我将把自己皇族血奉献，

　　　　　　但这是最后的皇族之血，

　　　　　　它将把你无止境的饮血渴望消除！

172

[吉叶·辛赫用匕首刺向自己心胸。

勒柯帕迪　　吉叶·辛赫，吉叶·辛赫！

　　　　　　你何等残酷无情，你把我彻底毁了！

　　　　　　吉叶·辛赫，

　　　　　　忘恩负义者！

　　　　　　背叛教父者！

　　　　　　你的心肠比钻石还要坚硬，

　　　　　　你的心肠比雷电还要凶猛，

　　　　　　你随意任性，

　　　　　　把父亲心血来背叛。

　　　　　　吉叶·辛赫，

　　　　　　你是我唯一的生命，

　　　　　　你的生命重于芸芸众生，

　　　　　　你是我生活的无价之宝！

　　　　　　吉叶·辛赫，

　　　　　　我的孩子，

　　　　　　我亲爱的门徒！

　　　　　　你快醒来，快醒来！

　　　　　　除了你我再也不乞求其他，

　　　　　　自尊，骄傲，婆罗门，刹帝利，神明，

　　　　　　天地人间的一切都任其消亡，

　　　　　　唯有你一定要回来！

　　　　　[阿帕尔娜又上。

阿帕尔娜　　你使我发疯了，

　　　　　　吉叶·辛赫，你在哪里？

勒柯帕迪　　来，女儿，令人愉悦的！

　　　　　　用自己甜蜜的嗓音把他呼唤，

　　　　　　用自己焦虑的声音把他呼唤，

　　　　　　用自己生命的赌注把他呼唤，

你把吉叶·辛赫唤醒，

你来把他带走，

你把他带在自己身边。

女儿，我什么也不想了。

（阿帕尔娜见吉叶·辛赫躺在血泊之中，昏厥过去。

勒柯帕迪用头撞在女神雕像的脚上）

还我吉叶·辛赫！

女魔，还我吉叶·辛赫！

第二场

[宫殿。戈温德、那因拉叶、姑娜娃蒂。

[戈温德和那因拉叶上。

戈温德　从现在起欢乐之声响起，

恬不知耻的宫殿把一排排新灯挂起！

凯旋门在首都门口矗立，

它仿佛沉浸于欢乐之中把双臂举起，

我至今没有走出宫殿外一步，

我至今没有把王座放弃。

我已做了多日的国王，

难道我对谁没有做过积德之事？

难道我没有对不公之事做过处理？

难道我没有对罪恶之举加以惩处？

被流放的国王，

今日你却受到了谴责。

今日你在自己悲哀中闭门思过，

你把伤感的泪掉落，

死神王国的统治已经消亡，

但我依然是自己的主人，

今朝在我内心深处把伟大节日庆贺！

[姑娜娃蒂上。那因拉叶下。

姑娜娃蒂　我最亲爱的，

　　　　　我最心爱的，

　　　　　现在还有什么迟疑？

　　　　　我听说没有女神的禁令！

　　　　　我主，你来吧，

　　　　　今晚举行最后的膜拜，

　　　　　让我们俩像罗摩、悉多，一块去流放。

戈温德　我最亲爱的，

　　　　今日是我"吉祥日子"，

　　　　我的统治尽管已失却，

　　　　但我再一次把你获得！

　　　　亲爱的，来吧，

　　　　我俩一块去女神寺院——

　　　　我们只带着爱，

　　　　我们只捧着鲜花，

　　　　我们只含着结合的欢乐泪水，

　　　　我们也携带离别的圣洁悲戚；

　　　　今朝没有流血，

　　　　今朝没有杀戮，

　　　　今朝没有其他什么事发生，

　　　　唯有爱，

　　　　唯有爱的存在！

姑娜娃蒂　我的主人，

　　　　　我有个乞求！

戈温德　我的女神，说吧！

姑娜娃蒂　你从今不要成为铁石心肠的人，

把王国的骄傲放弃，

你不要在神明前不承认失败，

你是我的痛苦，

你的心将融化，

你永远也不要冷酷，

我的主！

谁使你拥有铁石之心？

谁从我命运手中把你抢夺？

谁让我成为没有国王的王后？

戈温德　亲爱的，

望你再次把我信任；

尽管不理解，

你把我再次凝视就会明白，

你见到我眼泪就会洞察；

你从对我爱中就会恍悟——

现在没有流血杀戮。

我的女神，

不要对我不理睬，

不要把我抛弃，

不要使我灰心，

赋予我信心！

你若要离去，

请原谅我，走吧，

我最亲爱的！

（姑娜娃蒂下）

她终于离去了！

这个世界多么冷酷无情！

是谁？

谁也不是？

我走吧！

唉，昔日做伴的王座告辞了！

唉，神圣巍峨的宫殿告别了！

唉，我祖辈的怀抱告退了！

你们被流放的儿子向你们致礼，

今日向你们作揖辞别！

敬礼，敬礼，

唉，王座！

第三场

[内宫一屋。姑娜娃蒂。

姑娜娃蒂　奏乐，奏乐！

今晚将举行膜拜，

今朝我的践约将兑现。

把祭品送来！

把生命之花送来！

大家还原地站着？

没有听到我的命令？

现在我已一无所有！

统治失去，

难道一丝"王后"气数都不剩？

男女随从还把她的命令听从？

拿走这些手镯，

取走这些项链，

把所有首饰都掠走，

快去把女神膜拜安排，

今朝将举行女神的膜拜！

主母娘娘，迦梨女神，

把这女奴放在你自己脚边！

第四场

[寺院。勒柯帕迪、姑娜娃蒂、阿帕尔娜、戈温德。

勒柯帕迪　　瞧，瞧，

无生命的石塔如何矗立！

它完全像个没有感觉的傻瓜！

喂，哑巴！

跛脚！

瞎眼！

刽子手！

整个痛苦世界走到你跟前，

哭得死去活来！

在你岩石脚边，

伟大心灵把自己撕裂，

昏迷不醒！

啊哈，啊哈，啊哈！

多么残忍的笑声。

什么样的魑魅魍魉会议，

在宇宙中心大地举行，

占据着何等高的坐毡！

世上所有生物多少次把主母呼唤，

你却发出多少无情的狞笑声！

你还我吉叶·辛赫！

你快点还我吉叶·辛赫！

你这个女恶魔！

吃人妖魔！

（使劲把神像摇撼）

聋子你听见了什么吗？

你有耳朵吗？

你晓得你干了什么？

你知道你在喝谁的血？

你晓得你摄取谁的生命祭品？

伟大心灵的源泉从慈爱——同情——

爱情中潺潺流淌出来！

（沉默了一会儿）

滚，滚！

你永无期限地这样待着，

你永远这样在这寺院的宝座坐着，

你对淳朴的虔诚者发出窃窃嬉笑！

我天天对你"膜拜"，

我天天对你致触脚礼仪，

我永远把大慈大悲的"主母"呼唤，

我不在任何人面前把你真相揭示。

你却要把我的吉叶·辛赫送回，

我能在谁的面前哭泣！

滚开，滚得远远的，女魔鬼！

把没心没肝的石像从这儿扔开！

让世界胸膛减轻压力。

[勒柯帕迪举起神像扔到戈姆边河水里。姑娜娃蒂跟随着火把，乐声上扬。

姑娜娃蒂　　万岁，伟大女神万岁！

　　　　　　祭司，女神在哪儿？

勒柯帕迪　　现在任何地方都没有女神。

姑娜娃蒂　　教父，

把女神叫唤回来，

把她叫回来。

今朝我将使女神的愤怒平息，

今朝我带来了膜拜祭品，

我把统治、夫君一切都给抛弃，

我今朝将把自己践誓兑现，

祭司给我以同情，

让女神回来，

只要今天晚上一个时辰。

女神在哪儿？

勒柯帕迪　任何地方都没有女神，

女神不存在。

今朝女神不在天上，

在这块大地上不存在女神，

她永远不会在任何地方呈现。

姑娜娃蒂　难道女神不在这里？

勒柯帕迪　你把谁称为"女神"？

倘若这世上什么地方真有女神在，

难道女神何时能够忍受人间痛苦，

把嗜血女魔称为"女神"，

难道它意味着，

撕开心胸让无辜血在愚蠢石像脚下流淌？

你把她称为"女神"，

那个大女魔鬼喝足了祭血，

胀大了肚子而死去，

永远长眠于地下。

女神不存在，

你走开，走开！

姑娜娃蒂　教父，不要这样把我戏弄，

180

　　　　　　　您说实话，

　　　　　　　究竟发生了什么事？

　　　　　　　女神不存在？

勒柯帕迪　　女神不存在。

姑娜娃蒂　　女神不存在？

勒柯帕迪　　不存在。

姑娜娃蒂　　女神不存在？

　　　　　　　那谁在那儿？

勒柯帕迪　　谁也不是，

　　　　　　　什么都没有。

　　　　　　　走吧，

　　　　　　　从这儿离开吧——

姑娜娃蒂　　你们来取走"膜拜祭品"！

　　　　　　　你也从这儿回去。

　　　　　　　快说，大王陛下从哪条路走的？

　　　　　　[阿帕尔娜上。

阿帕尔娜　　父亲！

勒柯帕迪　　我的女儿，唉，我的女儿！

　　　　　　　"父亲"！

　　　　　　　这可是一种谴责，

　　　　　　　"父亲"！我的女儿，

　　　　　　　把杀害儿子的人称呼为"父亲"，

　　　　　　　被你称呼的充满甜蜜的名字，

　　　　　　　在你的嗓音里保存着，

　　　　　　　它对我洒下了怜悯的甘霖，

　　　　　　　啊哈，呼唤吧，

　　　　　　　你再一次甜蜜地呼唤吧！

阿帕尔娜　　父亲，走吧，

　　　　　　　我们把这座寺院弃离走吧。

[戈温德执着花束上。

戈温德 女神在哪儿？

勒柯帕迪 她不在。

戈温德 地上怎么流着血？

勒柯帕迪 在这座寺院里是最后一次祭血，

充满着罪恶之血。

吉叶·辛赫用自己的血，

把流血冲突之火熄灭。

戈温德 哦，天上人间把他赞美，

我把膜拜鲜花对他供献。

姑娜娃蒂 大王陛下！

戈温德 亲爱的！

姑娜娃蒂 今朝不存在女神，

你是我唯一之神。

戈温德 人间的罪恶涤荡，

女神再次在我心灵宝座回归。

阿帕尔娜 父亲，我们走吧。

勒柯帕迪 神像石块被打碎，

我主母再次展示生机勃勃面貌，

母亲永恒不朽！

阿帕尔娜 父亲，我们走吧。

一八九〇年

182

摩克多塔拉①

石真　译

---

① 摩克多塔拉，这里用作一个瀑布的私名，原字的意义是"自由的瀑布"。

［巫多尔古特——北岭——山地，有一条路通向山上的湿婆①庙。远方天际显出高耸入云的钢铁机器的尖顶，它的对面是湿婆庙顶的闪亮的三叉戟。路旁杧果林中搭着一座帐篷，那是国王罗那吉特的行宫。今天是初一，在没有月光的夜里，湿婆庙里要举行庄严的燃灯祭。国王必须步行到庙里去，他现在正在帐篷里休息。

　　罗那吉特的皇家技正比菩提经过多年的努力，费尽心血，终于利用钢铁制成的机器的功能把摩克多塔拉瀑布的水源闸住了。为了对他的这一特殊功勋表示敬意，巫多尔古特的居民正陆续来到湿婆庙前的广场上准备举行盛大的庆祝仪式。湿婆的信徒们一边整日不停地唱着赞颂湿婆大神的歌词，一边游行着。他们有的捧着香炉，炉里香烟袅袅，有的吹着法螺，有的敲着铜锣，打着节拍。

［湿婆信徒们唱赞歌上。

　　　赞颂那

　　　　恐怖的毁灭之主

　　　　和平幸福的缔造者

　　　　　大神湿婆！湿婆！

　　　赞颂那

　　　　涤清疑虑的

　　　　扯毁枷锁的

　　　　驱逐恐惧的

　　　　　大神湿婆！湿婆！

　　［下。

---

①　湿婆，印度教三大天神的毁灭神。

[一个异乡的旅客带着献神的供养上。他向巫多尔古特的市民询问。

旅客　请问，那个插在天空里、又高又大的东西是什么呢？看来怪可怕的。

市民　你连那个都不晓得？大概你是个外乡人？那是机器。

旅客　机器？什么机器？

市民　我们的皇家技正比菩提花了二十五年的工夫修造的机器呀！如今，总算完工了。今天是举行庆祝大会的日子。

旅客　那机器有什么用处呢？

市民　把摩克多塔拉的水源闸住。

旅客　哎呀！它简直像个阿修罗①的骷髅头，没有血，没有肉，颧骨高耸，露着锐利的牙齿。它站在天空，张开大嘴，日日夜夜窥伺着你们巫多尔古特这座酣睡的城市。你们这些活生生的人啊，眼看着就会像一段枯木似的凋萎、僵硬、失掉生机啦。

市民　我们精力旺盛，不是那么容易被毁灭的，你倒不必替我们担忧。

旅客　也许是这样吧。不过，那样的怪东西真不适宜在太阳和星光之下出现，隐藏起来会更好些。你还看不出来它好像惹得整个青天日夜都在生气吗？

市民　那么，你今晚不到庙里去看燃灯大祭了吗？

旅客　正是要看燃灯祭我才到这里来的。每年在这个季节里我都前来瞻拜湿婆大神，可是，我却从来没有看见过庙宇上面的天空竟被这个怪物塞得黑压压地透不过气来。今天，突然看见了这种景象，我感到一种无名的恐惧，我的全身战栗。它狂妄地压低了庙顶，那是对神的不敬。我现在就去献上我的供养，可是我却失去了喜悦和宁静的心情。

[一妇人上。她头上蒙着一条雪白的披肩，遮盖了全身，一直拖到地面。

---

① 阿修罗，魔鬼。

妇人　苏曼！我的苏曼！（向市民）伯伯，你们全都回来了，可是我的苏曼一直到现在还不曾回来啊！

市民　你叫什么名字？

妇人　我是周奈村的安巴。他……他是我眼睛里的光亮，我生命中的呼吸，我的苏曼。

市民　他怎么啦？小姑娘！

安巴　他们把他带走啦——我不知道他们把他带到哪里去了。我到庙里去礼拜湿婆大神，等我回到家里，他们已经把他带走啦。

市民　我想他们一定是把他捉去修筑摩克多塔拉的水闸去啦。

安巴　我听说他们是从这条路上把他带走的，一直带到古里峰的西边——远哪，远得我都看不见了，而且，我也看不见那边有路啊！

市民　光是哭哭啼啼的有什么用处！我们正要到湿婆庙里去看燃灯祭。今天是我们的大节日，你也跟我们一块去吧！

安巴　不，伯伯，那天我也是到庙里去礼拜湿婆大神的啊！从那天起我就怕去献上我的供礼了。听，我告诉你们：我们的祈祷、我们的供养，从来没有到达我们的天神，我们的父亲的身边，在半路上就被人抢去了。

市民　谁把我们的祈祷抢去了？

安巴　把苏曼从我的怀里抢走了的那个人。到现在我还不知道他是谁。苏曼！我的苏曼！我的孩子苏曼啊！

　　　　[全下。

　　　　[巫多尔古特的太子阿比吉特派遣的一位使者上，他要见皇家技正比菩提，比菩提正向湿婆庙那边走去，这时使者、比菩提相遇。

使者　比菩提老爷！太子特意派我前来见你。

比菩提　他有什么吩咐？

使者　这些年来你一直努力修建水闸，想把我们的摩克多塔拉水源闸住。可是，它一次又一次地崩溃了，无数的生命埋葬在崩坍的泥沙里，无数的生命被湍急的奔流卷得无影无踪。今天，到底——

比菩提　他们的性命并没有白白地牺牲，我的水闸总算完工了。

使者　可是，西布特拉伊的居民直到现在还没有听到这个消息。他们决不会相信有谁能够把天神赐给他们的水源控制住。

比菩提　天神赐给他们的只是水，但是赐给我的却是控制水的能力。

使者　他们安心地生活着，他们绝没有料想到会有什么灾难来临。他们还不知道一个星期之后，他们的肥沃的田地……

比菩提　你怎么和我谈起他们的田地来了？他们的田地和我有什么相干？

使者　怎么？你修筑水闸的目的不就是为了——为了让他们的田地干裂，谷物旱死吗？

比菩提　不是的。我的目的只是想要证明人类的智慧能够战胜那些在他们的周围摆着阵式的泥沙、岩石和水流的威力。我没有闲工夫考虑什么农民的玉蜀黍田的干旱和损失。

使者　太子问你，难道现在还没有到你应该考虑的时候吗？

比菩提　是的。我默想的是那机器的伟大威力。

使者　那饥饿的哭唤竟不能打破你的沉思？

比菩提　不！洪水的怒涛冲不毁我的水闸，眼泪的压力也不会使我的机器颤抖。

使者　你不害怕诅咒？

比菩提　诅咒！你看，当我们在巫多尔古特征调不出劳工的时候，我们奉了国王的命令，到钱德帕德纳地区，挨家挨户地把十八岁以上的青年男子全都抓了来。他们有许多人再也不能回到他们家里去了，可是，我的机器却在千万个孩子的母亲的咒骂声中胜利完工。一个和天神的威力抗衡的人，人们的诅咒他何曾理会？

使者　你已经为你的声誉建立起纪念碑，这荣耀完全归于你自己。现在，王子吩咐你，要你自己把亲手建起的荣誉的碑石打碎，它会带给你更伟大的声誉。

比菩提　当那个纪念碑还不曾完工的时候，它只属于我自己；现在，它是整个巫多尔古特的财产，我已经没有毁坏它的权力。

188

使者　太子说，他自己要行使这种权力。

比菩提　什么？巫多尔古特的太子竟会说出这样的话吗？他莫非不是属于我们的？难道他是西布特拉伊的人？

使者　他说：巫多尔古特不仅仅是机器统治的王国，那里还有天神，他要证明这一点。

比菩提　在机器的神奇的威力面前，天神会自动退避三舍。这，我个人就可以负起提供证据的责任。告诉太子，在我那机器的铁掌中，我并没有留下任何可以从它掌心里逃脱的道路。

使者　毁灭之主却不是常常只在大路上巡行的呀！人们肉眼看不见的漏洞和罅隙在悄悄地等待着他的光临呢！

比菩提　（吃惊地）罅隙！你说什么？你知道什么罅隙？

使者　我怎么能知道呢？那个需要发现它的人，他一定会知道的。

　　　[使者下。

　　　[巫多尔古特的市民们上，他们正要到庙里去参加庆祝大会。他们发现了比菩提。

市民甲　喂，大技正！你真能干！什么时候你偷偷一溜，就跑在我们前面了？喏！我们连晓得都不晓得呢。

市民乙　这是他的老习惯！他总是悄悄地一步一步向上爬，你还没有注意呢，他却赶过别人去了。他就是我们查布瓦村里的秃头比菩提呀！我们常常一块儿去上学，我们也常常一起被我们的老师凯拉斯拧耳朵。可是，现在他可把我们都给丢在后面了，并且做出这样惊天动地的大事情，真是了不起！

市民丙　嘿，哥伯瑞！你拿着花篮、张着大嘴、呆呆地站在那里干什么啊？莫非你从来没有见过他？把花环拿出来，我来给他戴上。

　　　[他们给他套上花环。

比菩提　算啦，算啦，够啦……

市民丙　什么？够啦？不行。你忽然变成一个伟大的人物了，你的脖子要是能够一下子长得像骆驼那样长该多好！整个巫多尔古特的人们都来向你的长脖子上套花环，一直埋到你的鼻子尖，那才合

189

适呢。

市民乙 我说，老弟，哈里斯那个打鼓佬怎么直到现在还不见他露面呀？

市民甲 那个懒骨头！非得把他脊背的皮肉当作鼓敲打一通，才算……

市民丙 瞎讲这些做什么！要是单讲打鼓的话，他的手可比我们有劲儿。

市民丁 我本来想：我们今天应该把比沙伊·塞孟特的彩车借来，让我们的比菩提坐在里面出去巡行一番，可是，今天就是连国王也必须步行走到庙里去。

市民戊 你倒是做对了。塞孟特的车子呀，简直是"达沙罗特①"！在路上走着走着它就破成十辆车子了。

市民丙 哈！哈哈哈！"达沙罗特"！我们的伦布有时候说话可真俏皮。"达沙罗特"！

市民戊 不是开玩笑。我儿子结婚的那天，我借用过他那辆彩车。嘿，我拉它的时候比我坐它的时候还要多得多！

市民丁 让我们这么办吧！我们把比菩提抬到庙里去。

比菩提 哎！你们干什么，你们干什么哪！

市民戊 没有什么，没有什么，应该这么办。你虽然生长在巫多尔古特的怀抱里，可是，如今你已经骑到巫多尔古特的脖子上去了，你的头、你的肩膀当然也非得比一般人突出不可了。

　　　　[他们把木棒捆好搁在肩上，把比菩提抬了起来。

众市民 （欢呼）皇家技正万岁！比菩提万岁！

　　　　（合唱）嗨！机器！嗨！机器！我们向你鞠躬，膜拜，顶礼！

　　　　你的机轮不停地发出庄严的麦鸣，

　　　　天上震耳的雷霆也羞惭地向你致敬。

----

　　① 达沙罗特，十车王，印度史诗《罗摩衍那》中英雄罗摩的父亲的名字。此处是用作形容车子太破旧的俏皮话。

你可怖的巨齿咬穿了世界万物的胸膛，

你鹰隼似的利爪撕破了大地的心脏——

　　攫出散布在地心中的矿藏。

你的烈焰如千百攻坚摧固的炮火，

具有销熔钢铁，粉碎岩石，撼山摇海的力量。

有时你臃肿如土丘，高峻像杉木，难移如砖墙，

有时你轻如掠过大地，闪在海洋，飘在空中的一缕

　　浮光。

你统治世界的魔术家机器哟！

我们向你膜拜，鞠躬，顶礼！

[国王罗那吉特和大臣从帐篷所在的那一方向上。

罗那吉特　你从来就没有能够把西布特拉伊的人民制服过。现在到底还是由比菩提借着控制摩克多塔拉的水源，找到了一个迫使他们驯服的方案。可是，你呢，好像并不十分热心。你是妒忌他吗？

大臣　不，请陛下原谅。我们的职责并不是拿着斧子、铲子与泥土和岩石作斗争。我们的工具是政治，我们交往的对象是人们的心灵。我曾经提出过派太子去治理西布特拉伊的建议，太子与当地人民之间的感情的牢固联系，实际并不弱于摩克多塔拉钢铁水闸的力量啊。

罗那吉特　可是结果如何？拖欠两年的租税！西布特拉伊过去也曾经常闹严重的灾荒，可是却从来没有人拖欠过皇家的租税。

大臣　太子正为陛下获取比租税更有价值的东西。可是，正在紧要关头，陛下却把他召回来了。要知道治理一个国家，对于广大的群众决不应该忽视。陛下必须记住：在忍无可忍的情况下，痛苦的力量会逼使这些下等的顺民不顾一切地抬起头来。

罗那吉特　你的政治论调总是时时在变换。你曾经不止一次地告诉我，国王统治人民应该像骑士管束他的马匹——骑在它的身上，给它以压力，就会占优势；统治异族人民尤其需要采取高压手段。你没有说过这样的话吗？

191

大臣　是的，我曾经这样讲过。当时的情况不同，在那种情况下，我的建议是合理而又及时的。不过，现在……

罗那吉特　我简直一点儿也没有把王子派到西布特拉伊去的意思。

大臣　为什么呢？陛下。

罗那吉特　那里的人民不是我们自己人，我们如果过分和他们接近，他们就会不怕我们。我们或许可以用情感赢得自己的人民，对于异族只有用恐怖使他们永远畏惧我们。

大臣　陛下，你忘掉把太子派到西布特拉伊去的真正原因了。因为太子不久以前似乎精神十分不安，我们怀疑太子对于自己的身世也许从旁了解了一些真情——他并不属于皇家血统，而是从摩克多塔拉瀑布脚下捡来的弃儿。为了使他忘怀……

罗那吉特　对于这一切我完全明了——最近他差不多每天夜里都跑出去独自躺在瀑布脚下。当我听到这个消息的时候，有一天夜里我在瀑布脚下找到了他，我问他：“阿比吉特，这是怎么回事？你为什么要到这里来呢？”他说：“在这瀑布冲击的水流声里我听到了母亲的声音。”

大臣　我也曾经问过他到底是怎么啦，为什么在皇宫里总看不见他。他说：“我得到启示，我是为开辟道路才来到世界上的。”

罗那吉特　我现在对于这个孩子将来会成为一个伟大帝国的统治者的预言，可完全失掉信心了。

大臣　说这个预言的可是陛下的太师的太师阿毗罗摩斯瓦弥啊！

罗那吉特　他准是算错了。我捡来这个孩子，我所得到的只有损失。为了制止西布特拉伊的毛织品到外地市场销售，从我的祖父执政时起一直封锁着南迪山口。现在阿比吉特把那条路开放了，我们巫多尔古特的粮食和布匹的价格一定要高涨了。知道吗？

大臣　太子还年轻，不是吗？他只是站在西布特拉伊的立场上……

罗那吉特　但是，这是对自己人民的叛逆行为！还有那个西布特拉伊的苦行者叫作什么塔南乔耶的坏家伙，专门干那惑乱人心，到处挑起不满情绪的勾当。我相信这件事里面一定也有他。现在非要把他脖子上挂的念珠勒紧，惩办他一下不可了。我要逮捕他。

大臣 我没有胆量来反抗陛下的意旨。可是，陛下知道，在风暴将起，
四方孕育着灾难的时期，放任比压制来得安全啊。

罗那吉特 在这方面你倒不必担心。

大臣 我不是要担忧，我是希望陛下多加考虑。

　　　　〔禁卫上。

禁卫 陛下，摩罕格尔的维斯瓦吉特皇叔驾到。

罗那吉特 好，又是一个！这个把阿比吉特教坏了的罪魁！唉！一个
离心离德的亲属简直等于驼子背上隆起的驼峰，永远黏在背后，
你想甩可是甩不掉，背着又真麻烦。啊，那是什么声音？

大臣 那是湿婆大神的信徒们在绕寺游行。

　　　　〔信徒们歌唱上。

信徒们 （唱）

　　　　　　湿婆，湿婆大神啊！

　　　　　　你的无情的烈焰

　　　　　　刺穿了黑暗的心脏，

　　　　　　惊动了荒凉的火葬场。

　　　　　　你的雷霆宣示了真理，

　　　　　　惩罚了邪恶与不义。

　　　　　　愤怒的湿婆大神啊，

　　　　　　你引领我们渡过死亡的海洋。

　　　　〔众下。

　　　　〔罗那吉特的叔父摩罕格尔的大王维斯瓦吉特上。他须发皆
　　　　白，穿白色衣，裹白色头巾。

罗那吉特 叔父，我向您致敬。你居然肯赏光来参加我们为湿婆大神
举行的祭祀大典，这真是我意想不到的荣幸。

维斯瓦吉特 我特意来告诉你：湿婆大神决不会领受你的供养。

罗那吉特 你的这种恶意的诅咒，对于我们今天的节日简直是……

维斯瓦吉特 节日？有什么值得庆祝的呢？为了解除世间众生的干

193

渴，众神之神从天堂把自己水罐里的水倒下来。那川流不息、一泻直下的自由奔腾的活水，你们为什么把它监禁起来？

罗那吉特　为了控制敌人。

维斯瓦吉特　你就不怕与全能的湿婆大神为敌吗？

罗那吉特　湿婆大神就是我们巫多尔古特的保护神，我们的胜利也就是他的胜利。因此他加入我们的阵营，把自己的恩赐收回了。他要用饥渴的长矛去刺穿西布特拉伊的胸膛，使它俯伏在巫多尔古特的宝座之下。

维斯瓦吉特　那么你的供养并不是对神的礼拜，只是付给雇工的工钱！

罗那吉特　叔父，你，你和异邦人是同党，你是自己人的仇敌。阿比吉特也因为受了你的挑唆不忠于自己的国家而失职。

维斯瓦吉特　受了我的挑唆？我从前难道不是你的同党？在钱德巴特纳，那次由于你的高压而惹起的大暴动，不是我用无情的屠杀把叛乱镇压下去的？后来，不知道什么时候阿比吉特那个孩子来了，占据了我的心，并且给我带来了光明。于是我才发现我在愚昧无知里盲目杀害的人们的确是我自己的血肉。你呢，是因为听了阿毗罗摩斯瓦弥在他身上发现了转轮王的异相的预言才收留了他的啊！这样的人，你想你能够把他捆绑在你的那个巫多尔古特的小小的宝座上？

罗那吉特　他是从摩克多塔拉瀑布下面捡来的孩子，我想，一定是你把这件事告诉了他的吧？

维斯瓦吉特　是的，是我。是在灯节那天，他在我的宫里做客，黄昏时分，我看见他独自站在阳台上凝望着古里高峰出神。我问他："孩子，你在看什么？"他说："我在端详着道路，那现在尚未开辟、蜿蜒在不可攀登的高山上的未来之路——那使遥远变为邻近的道路。"我一边在听一边在想：是那样一个斩断了家庭羁绊的母亲把他生在摩克多塔拉瀑布脚下的，有谁能够把他关在家里呢？我不能保持缄默了，我忍不住对他说："孩子，你是生在路边的，从你降生起，这山林的主宰就欢迎你到四通八达的道路上来，那家庭里的红纹法螺并没有呜呜地吹着招呼你回家去。"

罗那吉特　我终于明白了。

维斯瓦吉特　明白什么？

罗那吉特　正是因为听了你的话，阿比吉特对于巫多尔古特皇家的感情便渐渐淡漠了。他打通了南迪山口的道路就是这种淡漠与疏远的公开表示。

维斯瓦吉特　那又有什么关系！一条路要是打开了的话，就变成大家的了——既是巫多尔古特的，也是西布特拉伊的。

罗那吉特　叔父，你是我的亲族，又是我的长辈，因此我一直忍耐着。不过，我再也不能忍受了，你是你自己人里面的奸细、叛徒！我命令你马上出境，离开这国土！

维斯瓦吉特　不过，我可绝不能丢开你不管，你们如果舍弃我，那么，我将忍耐。

　　　　[维斯瓦吉特下。

　　　　[安巴上。

安巴　（面向国王）喂，你们都是些什么人哪？太阳快要下山了，我的苏曼还没有回来！

罗那吉特　你是谁？

安巴　我，谁也不是。他……他是我的一切！可是他们顺着这条路把他带走啦。莫非这路竟没有尽头？莫非我的苏曼现在仍旧在长途跋涉，一直不停地走啊，走啊——向西方古里峰走去？山背后，太阳沉没在那里，星星沉没在那里，一切都沉没在那里。

罗那吉特　曼特里①！我想一定是……

大臣　是的，陛下，在修筑水闸的工程里……

罗那吉特　（向安巴）别伤心啦。我知道，你的儿子在今天已经获得世界上最伟大的礼物了。

---

①　曼特里，大臣名。

195

安巴　如果这一切是真实的,他在今天傍晚一定会把礼物带来交给我,
　　　我是他的妈妈。

罗那吉特　他一定会带给你的。可是现在还不到黄昏时候。

安巴　但愿你的话是真的,伯伯。我要在这条通往湿婆神庙的大路上
　　　等着他。啊,苏曼!

　　　　　[下。

　　　　　[巫多尔古特的小学教员率领着他的一队学生从不远的树荫
　　　　　下走来。

教员　我看,我看你们非挨一顿藤条不可!扯开喉咙喊:万岁!万王
　　　之王万岁!

学生们　万岁,万王……

教员　(打了一两个离他较近的学生的嘴巴)之王万岁!

学生们　之王万岁!

教员　伟大,伟大,伟大,伟大,伟大的……

学生们　伟大,伟大,伟大的……

教员　(推了学生一把)喊五次。

学生们　喊五次。

教员　你们这些混账的小猴子!喊!伟大,伟大,伟大,伟大,伟大
　　　的……

学生们　伟大,伟大,伟大,伟大,伟大的……

教员　巫多尔古特的统治者万岁!

学生们　巫多尔古特的……

教员　统治者……

学生们　统治者……

教员　万岁!

学生们　万岁!

罗那吉特　你们到哪里去?

教员　陛下,你要褒奖皇家技正比菩提,所以我也带着学生来参加庆
　　　祝。他们从小就学会崇拜那些给巫多尔古特带来荣耀的人物,而

我也从没有让他们丢掉实际学习的机会。

罗那吉特　比菩提干了些什么，我想他们全都知道吧？

学生们　（一边跳，一边拍掌）知道，知道，把西布特拉伊人喝的水截断啦！

罗那吉特　为什么截断呢？

学生们　（兴高采烈）为了管教他们。

罗那吉特　为什么要管教他们？

学生们　因为他们是坏人。

罗那吉特　怎么坏法？

学生们　大家全知道，他们坏透啦，他们坏得可怕！

罗那吉特　你们好像不知道他们怎样坏法。

教员　知道，他们当然知道，陛下！哎呀，你们不是念过吗？你们不是在你们的课本上读过吗？（低声）他们的宗教顶糟糕，要不得。

学生们　是的，是的，他们的宗教顶糟糕，要不得。

教员　还有哪，他们和我们不一样……（指自己的鼻子）说呀！

学生们　他们没有高鼻子。

教员　对啦！接着说：我们的著名的学者因此证明了什么？高鼻子表示什么？

学生们　表示我们民族的伟大。

教员　高鼻子的人干什么？说呀，他们要征服……说呀，他们要征服全世界！对吗？

学生们　对！他们要征服全世界。

教员　你们听说过巫多尔古特人在战争中吃过败仗吗？

学生们　没有，从来没有。

教员　我们的祖先帕拉格吉特老王陛下不是曾经有一次只率领了二百九十三名兵丁就打退了三万一千七百五十个南方蛮族的军队吗？

学生们　是的，是的，打退了他们。

教员　陛下，您当然明白，等到这些孩子长大了的那天，那些在巫多尔古特之外从倒霉的母亲的肚子里爬出来的家伙们，一定要尝到心惊胆战、走投无路的滋味了，错了的话，我就不是一个真正的好教员！我们的责任是这样重大，我每时每刻都不敢忘怀，培养人才的是我们这样的人，您的大臣们却只会使用人才。可是，他们拿多少俸禄，我们又收入多少薪金？陛下，您应该比比看啊！

大臣　可是，这些孩子们的成长，就是你们的奖品啊！

教员　您真善于辞令，大臣老爷！这些孩子们就是我们的奖品！哎，可是，吃的东西太贵了，物价上涨，您看，牛油以前是……

大臣　好啦，好啦，我会考虑关于你的牛油的问题。现在，走吧！差不多要到举行大祭的时候了。

　　　　［教员率学生欢呼万岁下。

罗那吉特　你的这位教员老师的头脑里除了装满了牛油之外，似乎别的什么也没有了。

大臣　他倒还装了一些牛身上的东西，至少牛身上产的五种东西①，他装了一种。不过，陛下，这种人也有他的用处。你要他们做什么，他们就老老实实地去执行，一成不变，天天如此。如果他们稍微聪明一点的话，他们就不会像机器一样被人利用，事情也就不会这样顺利进行了。

罗那吉特　曼特里！那边，那插入云霄的是什么东西？

大臣　陛下，您不记得了？那是比菩提的装置着机器的楼顶。

罗那吉特　啊！它从来也没显得这样清楚过。

大臣　清晨下了一阵暴雨，天空像洗过一样的清朗，因此我们才能更清楚地看见它。

罗那吉特　它看来真像一只高举着握紧拳头的妖魔的长臂。它背后的太阳，不是脸儿涨得通红，好像在生气吗？把它修得这样高得出奇，怕不太好吧！

大臣　我却以为它像一支长枪刺进了我们苍穹的胸膛。

---

　　① 牛身上产的五种东西，牛奶、乳酪、牛油、牛尿和牛粪。后两种被虔诚的印度教徒认为是去秽涤罪的圣物。

罗那吉特　现在该是我们到神庙里去的时候了。

　　　　[同下。

　　　　[巫多尔古特的另一群市民上。

市民甲　你们当然注意到喽，如今比菩提总是拼命地躲避我们。他从骨子里想要把他是我们中间的一个的这一事实一笔抹杀。可是，有那么一天他会明白，剑要是比剑鞘还大的话就不妙了。

市民乙　不管你怎么说，老兄，比菩提总算为我们巫多尔古特挣来了荣誉。

市民甲　算了吧！你们现在就开始替他吹嘘了。他费尽平生之力修建的那座水闸，哼，至少崩坍了十次。

市民丙　谁晓得它会不会再被水冲坏呢？

市民甲　你们看见过水闸北面的那一道堤岸吧？注意了没有？

市民乙　怎么？它怎么啦？

市民甲　它怎么啦！你连这个都不晓得？没有一个人看见了不说……

市民乙　他们说什么？老兄！

市民甲　他们说什么？你是傻子，还是装糊涂？这还用问吗？简直是……不必多说啦！

市民乙　不，到底是怎么一回事，告诉我们一点儿，说啊！

市民甲　朗玖！你为什么张大嘴望着我？等一等，你知道，有一天，它会突然一下子……

　　　　[做手势。

市民乙　哎呀，老兄，你说什么，突然一下子？

市民甲　是的，老兄，你到恰格鲁那里打听打听去吧！他亲自上那儿去量了又量，算了又算，实地调查过的。

市民乙　恰格鲁有这种本领，并且头脑冷静。当别人全都在欢呼喝彩的时候，他却不声不响地把测量竿子亮了出来。

市民丙　我听人说比菩提的学问全是……

市民甲　我自己就知道，他是从班克特·瓦尔玛那里偷来的。班克特·瓦尔玛倒真正像个有学问的人，嘿！他的头可真大！唉，算了吧！

如今比菩提成名啦，一切都归功于比菩提，而他，那个可怜的老家伙反而吃不上饭，饿死了。

市民丙　仅仅是饿死的吗？

市民甲　好啦，好啦，讨论这些干吗？没有饭吃，也许有人给了他一点什么吃下去了，也许有人过甚其辞……我们这里并不缺乏散布流言的人。这个地方的人哪，简直就忍受不了听人说别人的好话！

市民乙　话尽管由你说，不过，这个人……

市民甲　哦，这并不新鲜。当然有人说他的坏话。想想他生在哪个国土上吧！我的曾祖父就是那个查布瓦村里的人，你们听说过他老人家的名字吧？

市民乙　当然，当然，在巫多尔古特居住的人，谁不久仰他老人家的大名？他就是那位……那位……那位什么……

市民甲　对，对！那位帕斯卡尔。像他老人家这样著名的配制鼻烟的能手，在我们这个县里再找不出第二个。输各拉吉特大王离开了他老人家亲手配制的鼻烟一天也活不下去。

市民丙　将来谈鼻烟的时候还多着呢，现在我们一同到庙里去吧。无论如何，我们总是比菩提同一个村子里的人，我们应该最先给他戴上花环，并且我们还要坐在他的右边呢。

声　（幕后）弟兄们，别去，别去啊！回来吧！

市民乙　听！老巴杜来了。

　　　　[巴杜上。他身披破烂毛毯，手执弯曲的树枝作为手杖，头发乱蓬蓬的。

市民甲　喂，巴杜，你到哪里去？

巴杜　小心，小兄弟们，小心啊！别走上那条路，还来得及回头啊！

市民乙　告诉我们为什么不要去？

巴杜　那里要举行血祭，拿活人做牺牲的血祭啊。他们抢去了我两个健壮的孙子，我的孙子再也回不来了。

市民丙　叔叔，为谁举行生人祭，供献牺牲啊？

200

巴杜　为干渴嗜血的魔鬼。

市民乙　干渴嗜血的魔鬼？她是哪一个？

巴杜　她贪得无厌，她攫取的越多，她的欲望也随着增长。她的干渴的舌头像舔了油的火焰一样越伸越长。

市民甲　疯子！我们是到湿婆神庙去的，那里怎会有嗜血的女魔？

巴杜　你没有听到消息？今天他们要把湿婆大神推出神庙，嗜血的阿修罗要登上祭坛的宝座。

市民乙　安静些，别说下去了，疯子。巫多尔古特的人们如果听见你说的这些话，他们会把你撕成碎片的。

巴杜　是的，他们向我身上撒泥土，孩子们也向我抛掷石块。他们全都说："你的两个孙子献出了生命，那是他们的光荣。"

市民甲　真的，他们并没有撒谎。

巴杜　真的？如果生命的牺牲不能换回生命。如果死亡仅能召来死亡，湿婆大神怎能容忍这极度的损失？当心啊！孩子们，别走上那条路吧！

　　　　[下。

市民乙　我怕，我心惊肉跳，汗毛直竖。

市民甲　朗玖！你胆子太小了。来，我们走吧。

　　　　[全下。

　　　　[太子阿比吉特与王子善乔耶上。

善乔耶　我不明白，你为什么一定要离开皇宫呢？

阿比吉特　有些事情你还不能够理解。"我的生命的激流，必须越过那石筑的宫墙"，是那耳边轻轻的召唤，把我带进露天的世界。

善乔耶　我发现你最近忧郁不安，那把你维系在我们中间的纽带，在你的心中已经松弛了，现在它是否已被扯断？

阿比吉特　善乔耶，看，看一看远方古里峰上日落的景象吧。它好像一只吐着火焰的飞鸟，展开彩云的双翅向黑夜飞去。那就是我生命旅程的写照，是被落日画在天上的。

善乔耶　但是，你没有看见那机器的尖顶正把自己刺进落日彩云的胸膛里吗？它正像一只胸前带箭的飞鸟，垂着翅膀，挣扎着投向暗夜的幽谷。不，我不喜欢这一切。现在是休息的时候，让我们到皇宫里去吧！

阿比吉特　在自由受到限制的地方，哪里会有休息？

善乔耶　为什么在长久的岁月过后，你才感觉到皇宫是拘禁你的藩篱？

阿比吉特　当我听到他们把摩克多塔拉用水闸囚禁起来的时候，我便明白了一切。

善乔耶　我不懂你这句话的意思。

阿比吉特　我们的神在我们周围的事物上到处写下了人类内心的秘密；我的灵魂的呼声寄托在自由倾泻的摩克多塔拉瀑布里。当他们在她的舞蹈着的双脚上加上铁链的时候，我被惊醒了，我忽然觉得那巫多尔古特的王位正是我生命的活流的桎梏。于是我走出皇宫，寻找从铁链的捆绑中解放出来的道路。

善乔耶　带我去作你旅途中的同伴吧。

阿比吉特　不，我的小兄弟，你必须找出自己应走的道路。你如果跟随着我，那么，我就会挡住你的去路。

善乔耶　请不要这样冷酷吧，你的冷酷刺伤了我。

阿比吉特　你了解我的心灵。你受了打击，你会更加了解我。

善乔耶　我不想问你：你从什么地方得到感召和你要到哪里去。但是，你看，黄昏来临了，宫门的阁楼上传出了晚歌声。难道那歌声竟不能吸引你吗？艰苦的事业里寓有光荣，但是甜蜜的生活也有它的价值。

阿比吉特　正是为了生活的甜蜜和它的价值，才更需要艰苦奋斗啊，我的好兄弟！

善乔耶　你记得有一天，当你看见你每天坐在上面晨祷的席子前面放着一朵白莲而惊讶的事吗？没有人告诉你，是谁在你起床之前，天将破晓的时候，悄悄地为你采来一朵白莲。但是，今天你竟能忘记那小小的甜蜜的举动是多么动人吗？把自己隐藏起来，却隐藏不了他奉献的胆怯的形象是不是还萦绕在你的心头？

阿比吉特 我当然记得。正因为爱，我才不能忍受那弄哑了大地歌声的、露出钢铁的巨齿仰天狂笑的魔鬼。正因为我爱天堂，我才毫不迟疑去和威吓天堂的阿修罗决斗。

善乔耶 看，黄昏的光辉已经晕倒在那边绿色的山峰上了，它没有给你心里带来一个哀伤的影子吗？

阿比吉特 是的，我忘不了那个忧郁的形象，我的心里也充满忧愁。别以为我是无情的，我并不歌颂冷酷。你看，那只小鸟，独自歇在苍松的最高枝头，我不知道它要归巢呢，还是要越过黑暗飞向远方陌生的树林？我只知道它静静地歇在树枝上，默默地凝望着天边的落日。那默默的凝望在我的心中歌唱着：世界是多么的美丽！我向那使我的生活变为甜蜜的一切敬礼。

　　［巴杜上。

巴杜 他们不许我向前走，他们把我打回来了。

阿比吉特 发生了什么事？巴杜，你的额头受了伤，流着血呀！

巴杜 我去警告大家，告诉他们：不要走上那条路，要赶快回头。

阿比吉特 为什么？怎么一回事？

巴杜 太子，你不晓得吗？他们要为饥渴的女魔举行登上机器祭坛的大礼。他们要举行生人祭。

阿比吉特 你说什么！

巴杜 当他们为祭坛奠基的时候，已经浇灌了我的两个孙子的鲜血。我曾想罪恶的祭坛会自己倒塌，但是，它并没倒塌，湿婆大神还没有睡醒。

阿比吉特 它就要倒了，到时候了。

巴杜 （走近太子，低声说）那么，我想你听到啦？你听到湿婆大神的召唤？

阿比吉特 听到啦。

巴杜 哎呀，你不会逃避吧？

阿比吉特 不，不会。

巴杜 你没有看见血从我的头上流了出来，我的全身被抹遍了泥沙？

太子，你能忍受吗？当你的心被撕碎的时候？

阿比吉特 由于湿婆大神的福佑，我能忍受。

巴杜 当四面都成了你的敌人的时候？当自己人诽谤你的时候？

阿比吉特 我将忍受到底。

巴杜 那么，也就无所谓恐惧了。

阿比吉特 没有，没有什么可惧怕的。

巴杜 好！好！那么别忘了老巴杜吧。我和你走的是一条路。湿婆大神亲手在我额头点上了血的圣痣①，即使在黑暗中，它也会使你把我认出来。

　　　　[下。

　　　　[禁卫乌塔布上。

乌塔布 太子，你为什么要把南迪山口的道路打通呢？

阿比吉特 为了把西布特拉伊的人们从连续不断的灾难中解救出来。

乌塔布 国王准备救济他们，他也有恻隐之心。

阿比吉特 右手悭吝，左手慷慨，一方面堵塞了他们走向繁荣的道路，一方面又来救济，是解救不了他们的。因此，我把他们的那条可以把粮食自由运出运入的道路打通了。我看不出贫困依靠救济会产生什么效果！

乌塔布 国王说：南迪山口的打通，等于你敲掉了巫多尔古特盛粮食的桶底。

阿比吉特 我把巫多尔古特从一向是西布特拉伊的寄生虫的这一可耻可悲的地位中解救出来了。

乌塔布 您做了一件轻率、大胆的事情！国王已经得到报告……除此之外我不能再多说什么。如果您能够，现在就赶快逃跑吧！连站在街上和您谈话，如果被别人看见都不太安全了。

　　　　[下。安巴上。

安巴 苏曼！我的孩子苏曼！你们有谁在他们把我的孩子带走的那条

---

　　① 圣痣，印度人在额上点涂檀香末儿或朱砂表示宗教派别或庆祝喜庆大事。

路上经过呢?

阿比吉特　他们把你的孩子抓走了吗?

安巴　是的。从这儿一直向西,太阳落下的地方,白昼完结的地方。

阿比吉特　我正要走上那条路。

安巴　那么请您记住这个忧愁的女人的一句话吧。当您看到他的时候,告诉他,他的妈妈在路边等待着他回来呢!

阿比吉特　我会告诉他的。

安巴　那么,祝福你,愿你长寿。苏曼!我的苏曼!

　　　　[湿婆的信徒们唱赞歌上。

信徒们　(唱)

　　　　　　赞颂那

　　　　　　　恐怖的毁灭之主

　　　　　　　和平幸福的缔造者

　　　　　　　　　大神湿婆!湿婆!

　　　　　　赞颂那

　　　　　　　涤清疑虑的

　　　　　　　扯毁枷锁的

　　　　　　　驱逐恐惧的

　　　　　　　　　大神湿婆!湿婆!

　　　　[维佳耶帕尔将军上。

维佳耶帕尔　敬礼,太子!敬礼,王子!国王派我前来。

阿比吉特　国王有什么吩咐?

维佳耶帕尔　我只能秘密地告诉你。

善乔耶　(握紧阿比吉特的手)为什么要秘密地?对我都要保守秘密吗?

维佳耶帕尔　这是命令。太子!我请您到帐篷里来。

善乔耶　我也跟你一同去。

维佳耶帕尔　国王不希望如此。

善乔耶　那么,我就在路旁等候着。

[维佳耶帕尔带阿比吉特向帐篷走去。

　　["巴乌尔^①"歌者上。

歌者　（唱）

　　　　　　他再也不会回来了，

　　　　　　他再也，再也不会回来了，

　　　　　　那迎着风暴撑出去的小船哪，

　　　　　　它再也，再也不能够靠岸。

　　　　　　他响应了那疯狂的召喊，

　　　　　　把哭泣留在后面……

　　　　　　你呀，你的双臂怎能再把他环抱在胸前？

　　　　[卖花女上。

卖花女　先生，请问谁是巫多尔古特的比菩提呀？

善乔耶　哦，你找他做什么？

卖花女　我是一个外乡人，我是从德欧达里来的。听说所有巫多尔古特的人都在他走过的路上向他撒着如雨的鲜花。我想他是一位圣人。为了瞻仰他的风采，我特意从自己的花园里采了鲜花来。

善乔耶　他？他也许不是圣人，可真是个聪明人。

卖花女　他做了些什么伟大的事呢？

善乔耶　他把我们奔腾的瀑布囚禁起来了。

卖花女　人们就是为了这个崇拜他？难道囚禁是神的事业？

善乔耶　不，在神的手里一切枷锁都将剥落。

卖花女　因此人们就向他撒花吗？我不明白。

善乔耶　你不明白倒好。不要对那不值得崇敬的人浪费神的鲜花，回去吧！……不，等一等，你肯把那朵白莲卖给我吗？

卖花女　我要献给圣人的花，我不能卖掉它。

善乔耶　我要把它献给一位我最崇敬的圣人。

卖花女　好，拿去吧。不，我不要钱。只请你把我虔诚的敬礼带给那

---

①　巴乌尔，行吟弹唱的宗教乞食者。

206

位神圣的父亲。告诉他，我是德欧达里的一个可怜的卖花女。

　　　　　　[下。维佳耶帕尔上。

善乔耶　我的哥哥在哪里？

维佳耶帕尔　他成了帐篷里的囚犯。

善乔耶　太子成了囚犯！你真狂妄大胆！

维佳耶帕尔　看，这是国王的圣旨。

善乔耶　这是谁的阴谋？请你放我去看看他。

维佳耶帕尔　请原谅。

善乔耶　那么，逮捕我，我也是叛徒。

维佳耶帕尔　没有这样的指示。

善乔耶　好，我立刻就去，把指示给你带来！（走了不远，又转了回
　　来）维佳耶帕尔，把这朵白莲交给哥哥吧！说是我送给他的。

　　　　　　[分下。

　　　　　　[西布特拉伊的塔南乔耶上。

塔南乔耶　（唱）

　　　　　我要渡过这苦难的海洋，

　　　　　在狂暴的飓风里

　　　　　　　撑出我无畏的小船。

　　　　　怀抱着坚定的信念

　　　　　　　勇敢地扬起了破碎的白帆，

　　　　　我要把小船靠拢在

　　　　　　　你榕荫下的岸边。

　　　　　你既在前面指引道路——

　　　　　　　又怎肯把我弃置不管？

　　　　　我只是不顾一切风险

　　　　　　　撑出我脆弱的小船。

　　　　　日落黄昏，小船泊岸——

　　　　　　　我将在你的慈悲的脚前

　　　　　献上我苦难日子的一朵红莲。

（西布特拉伊的群众上）怎么？你们的脸色像石灰一样的惨白啊！

群众甲　师父，我们再也不能忍受国舅钱德帕尔的殴打了。尤其不能忍受的是他蔑视我们的太子。

塔南乔耶　哎呀，直到今天你们还不能战胜暴力？直到今天他还能够伤害你们？

群众乙　不过，把我们拉到宫门口殴打，真是奇耻大辱！

塔南乔耶　不要把尊严堆在自己身上，你的内心有神在，把一切光荣放在他的脚边吧，那里，侮辱是打不进去的。

　　　　［群众领袖加奈希上。

加奈希　我受不了！我非打他不可！我的手痒得难受。

塔南乔耶　那么，你是约束不了你的两只手了？

加奈希　师父，只要您说一句话，我就会把那个蠢驴钱德帕尔的手杖夺过来，打个样儿给他看看，让他尝尝挨打的滋味。

塔南乔耶　你就不会做个不打的样儿给他看看？你的力气没处使了？不是吗？双桨拼命打击着波涛，波涛并不停息它的咆哮，把稳了舵，就会战胜它的凶暴。

群众丁　那么，请告诉我们怎么办吧！

塔南乔耶　给暴力以致命的还击。

群众丙　师父，那又该怎么办呢？

塔南乔耶　当你能够抬起头来敢说没有任何力量足以伤害你的时候，暴力就连根铲除了。

群众乙　说没有任何力量足以伤害我们，那可不太容易。

塔南乔耶　没有任何暴力能够伤害你们内在的人格，因为它是一团光焰；只有动物的本性才可以被伤害，因为它还只有血肉之体，受了打击，只能哀鸣着死去。哦，为什么张口呆立着呢？不懂我的话吗？

群众乙　我们了解你，可是不了解你所说的。

塔南乔耶　那可真要大祸临头了。

加奈希 领悟师父的教诲需要时间，而现在已经迫不及待了。我们了解你，仅仅为了这个，就足以使我们得救了。

塔南乔耶 那么，当你们看到那将要靠岸的援救之船在你们眼前沉没的时候怎么办呢？随之而来的将是一阵骚乱？如果你们不能在内心深处理解我所说的一切，不能把它变成坚定不移的信念，那就十分危险了。

加奈希 师父，请不要说那样的话吧！当我们在你的脚下找到了隐避之所的时候，这就证明我们已经明白了一切，还有什么可怕的呢？

塔南乔耶 你们还没有明白，这是不容怀疑的了。你们的眼睛里燃烧着愤怒的火焰，你们的喉咙里唱不出歌曲。让我为你们唱个歌好吗？

（唱）沉重地，沉重地，我的主啊，

沉重地打击加上打击吧！

哦，胆怯的人啊，你们为了避免打击，不是反抗，就是逃避，其实两者是一样的。那就是说你们还只是兽群之中的野兽，不能面对群兽的主宰。

（唱）我悄悄地逃亡在外，把自己藏起来，

我遭到洗劫，如今一无所有。

我躲避你，只是为了我满怀恐惧。

看，孩子们，我要去同摩里顿乔耶——死的征服者，湿婆大神算一次总账，我要告诉他：暴力与打击究竟有没有伤害我的能力，请你亲自考验并加以审判吧。我再不背负着惊恐或是威吓的重担前进了。

（唱）现在，你有什么本事就完全使出，使出来！

看一看，到底是我碰壁还是你失败？

我四海遨游，

我欢度岁月，

看谁能逼出我的眼泪来！

众 （齐声）妙啊，师父！真的——

"看谁能逼出我的眼泪来"!

群众乙　可是，请告诉我们，你要到哪儿去呢？

塔南乔耶　参加国王的盛会去。

群众丙　在国王那方面说来，它是一个盛会。可是对你说来，谁知道它将会是什么呢？你去那里干什么呀？

塔南乔耶　在宫廷里留下我的名字。

群众丁　如果你落在国王的手里……不，不，这种事是不会发生的。

塔南乔耶　为什么不会？一定会的！

群众甲　你不畏惧国王，可是，我们怕他。

塔南乔耶　是的，因为在你们的心里寓有伤害的意念，所以你们害怕。我从没有想到使用暴力，我也就不知道什么叫作害怕。心怀杀机的人，一定会被恐惧所吞噬。

群众乙　好吧，我们和你一同去。

群众丙　我也拜见一次国王。

塔南乔耶　哦，你对他有什么要求呢？

群众丙　要求可不少，问题是他会给我们什么。

塔南乔耶　你是否要求做国王呢？

群众丙　师父，您在开玩笑？

塔南乔耶　为什么开玩笑？你知道跛了一只脚走路该是多么痛苦！如果王位只属于国王一个人，而不属于人民，那才是真正的跛脚王位。你们看见了那跛脚王位的跳跃也许会吃惊，但是，神的眼睛里却充满了泪水。啊呀，为了国王，你们也应该要求他让出王位。

群众乙　他要是把我们赶走呢？

塔南乔耶　当那比国王更高的神允准了你们的要求的时候，国王的驱逐只能赶走国王自己。

　　　　（唱）我们时常把你的邀请忽略，
　　　　　　你呼喊着我们的名字
　　　　　　要我们登上你的宝座。

　　　孩子们，要我把最简单的真理告诉你们吗？当你还不曾认识到那只是神的宝座的时候，无论什么人，国王也好，普通人也好，都不能久占王位。它不是趾高气扬、傲慢蹲踞的胡床，它只是低头合掌祈祷的席座。

（唱）守门人，他不认识我们，

我们被阻在路中间，

我们伫守在大门外边——

唤我们，唤我们走进他的门槛吧！

是守门人对我们有意不相认吗？我们额上画着的国王的圣痣已经消失在沙尘里模糊不清。不能控制内心的王国，怎能追逐外在的暴力？国王的确是要坐在宝座上的，但是坐在宝座上却不一定都是国王。

（唱）你亲手赋予我们生命，

也赐给我们崇高的地位，

在贪婪、恐惧和羞愧中

我们有时失去了尊荣，

我们的生命蒙上了灰尘，

一天天地失去了光辉。

群众甲 无论您怎么解释，我总不明白您为什么要到国王那里去？

塔南乔耶 我告诉你们为什么吧！因为我的心里充满不安和怀疑。

群众甲 什么？

塔南乔耶 知道吗，你们越是围着我、依赖我，你们就越难自立，而我也因为被你们拦阻而不能达到目的。因此我要到一个没有人尊敬我的地方获得自由与休息。

群众甲 可是国王不会轻易把你放走！

塔南乔耶 为什么他要放我走？如果他能够把我囚禁起来，那还有什么可担心的呢？

群众乙 可是，亲爱的师父，即使他的手在你的身上碰一下，我们也不能忍受啊！

塔南乔耶 我的身体已经奉献在神的脚前，如果神能忍受，你们也必

211

须忍耐。

群众甲 好,师父,让我们一同走吧,我要去见识见识这位国王。以后呢,一切就都听凭命运的安排。

塔南乔耶 那就坐在这里稍等一会儿吧。这个地方我从来没有来过,我要到附近去打听一下。

〔下。

群众甲 朋友,你看,看一看巫多尔古特人的这副尊容吧!好像造物主拿了一团肉开始造人,而没有工夫把它完工似的。

群众乙 还有,他们的衣服紧绷绷的多么可笑!

群众丙 他们把自己捆成一个小包裹,唯恐丢掉一点什么似的。

群众甲 他们是天生的苦力,因此他们必须把衣服裹紧。他们什么也不会,只会从市场到市场,从码头到码头,到处奔波,当苦力,找饭吃。

群众乙 他们没有文化,他们的所谓"文学"里面到底有些什么呢?

群众甲 什么都没有!简直什么都没有!你没有见过他们那些歪歪扭扭的字母,像爬行的白蚂蚁似的?

群众乙 真像白蚂蚁!他们就是一群白蚂蚁!他们的文化所到之处,这群白蚂蚁就把当地的一切,一点一点地咬个精光。

群众丙 然后,再埋在他们的蚂蚁窠里。

群众甲 他们用武器杀害我们的身体,又用书籍毒害我们的心灵!

群众乙 罪恶!滔天的罪恶!我们的师父说过踏着他们的影子都会变为污秽不洁。你知道为什么?

群众丙 不知道,为什么呢?

群众乙 你连这都不知道?当天神和天魔从乳海里搅拌出甘露之后,天神得到了甘露,他喝着喝着,从他的杯子里溅出了几滴甘露落在地上,我们西布特拉伊族的祖先就是用那沾染了甘露的泥土做成的。天魔把天神喝过甩掉的杯子拿来舔了又舔,随后把它扔在臭沟里,巫多尔古特人的祖先是用那浸在臭沟里的杯子的破片捏成的。因此他们强壮有力,但是——呸!他们污秽!

群众丙 你从哪里听来的?

群众乙 我的师父亲口告诉我的。

群众丙 师父! （肃然起敬，合掌行礼）你就是真理!

　　　　　[巫多尔古特市民上。

市民甲 一切都很圆满，只是国王把铁匠的儿子比菩提一下子提升为
　　　　　刹帝利种姓，那似乎不太……

市民乙 那是我们国家内部的事，等回到我们的村庄里再讨论吧! 现
　　　　　在是喊口号的时候。皇家技正比菩提万岁!

市民丙 比菩提把刹帝利种姓的武器与吠舍种姓的机器结合起来了。
　　　　　比菩提万岁，皇家技正万岁!

市民甲 喂，朋友，看那边有几个西布特拉伊人!

市民乙 你怎么知道是……

市民甲 你没有看见他们戴的帽子一直把耳朵都盖上了? 瞧那怪样
　　　　　子! 矮个子! 好像是给谁突然从头上使劲拍了一巴掌，于是就再
　　　　　也长不高啦。

市民乙 那帽子到底是怎么一回事? 为什么非把耳朵盖上不可呢? 难
　　　　　道他们以为神给他们安上耳朵是错了?

市民甲 也许他们怕自己那一点点智慧从耳朵里跑出来呢!

　　　　　[众大笑。

市民丙 不对，他们是怕智慧突然钻进去呀!

　　　　　[笑。

市民甲 是怕巫多尔古特的拉耳朵鬼拧他们的两只耳朵! （笑）喂!
　　　　　你们这群西布特拉伊的蠢东西! 你们是哑巴吗? 你们一声不响，
　　　　　是怎么啦?

市民丙 你们不知道今天是我们的大节日吗? 喊! 喊"比菩提万岁!
　　　　　皇家技正万岁!"

市民甲 你们一声不响，你们的喉咙堵死啦? 非要我们掐着脖子把你
　　　　　们的声音挤出来吗? 喊! 喊"比菩提万岁!"

加奈希 为什么要喊"比菩提万岁"? 他干了什么了不起的事?

市民甲 你说什么？他干了什么了不起的事？这样重大的消息，直到现在居然还没有传到他们那里去！这真该归功于他们的掩耳帽了。

市民丙 你们喝的水掌握在他的手里，他如果不发慈悲，你们就会像缺水的癞蛤蟆一样干瘪瘪的啦！傻瓜！

群众乙 我们喝的水握在比菩提的手心里？他忽然摇身一变，成了天神啦？

市民乙 他让天神休假去了，天神的职务于是就由他自己来执行。

群众甲 执行天神的职务！拿出证据来！

市民甲 当然，向那边看——摩克多塔拉水闸！（西布特拉伊人齐声哄笑）你们以为这是开玩笑吗？

加奈希 难道不是开玩笑？摩克多塔拉瀑布的水会被闸住？湿婆大神亲手赠给我们的礼物，你们铁匠的儿子有本领把它抢去？

市民甲 睁开眼睛亲自看看吧——那边天空里！

群众甲 哎呀，那是什么呀！

群众乙 好像一个螳螂，一个跳在天空里的巨大的铁螳螂！

市民甲 哎！就是那螳螂用它的双臂就把你们的水给夹住了。

加奈希 少说废话吧！也许有一天你们会告诉我们，你们铁匠的儿子坐在螳螂的翅膀上飞到天上捉月亮去了呢！

市民甲 看，这就是他们掩耳帽的好处！他们有耳朵，可是什么也听不进去，所以，他们非灭亡不可！

群众甲 我发誓，我们决不会灭亡。

市民丙 很好！好得很！可是谁来拯救你们？

加奈希 你们没有看见过我们的神？我们的活着的眼睛可以看见的神——我们的师父塔南乔耶？他的一个身体在神庙里，一个身体在外边。

市民丙 你听这些掩着耳朵的说些什么呀！他们非灭亡不可——没有人能够改变他们死亡的命运。

　　　　[巫多尔古特市民下。

　　　　[塔南乔耶上。

214

塔南乔耶　刚才你们说些什么？愚蠢啊！只有我自己背负着拯救你们的重担吗？如果你们这样想，那么你们早已死了七次，变了七次鬼魂了。

加奈希　巫多尔古特的人们狂妄地恐吓我们，说是比菩提已经闸住了摩克多塔拉的水源。

塔南乔耶　闸住了水源！是他们说的？

加奈希　是的，师父！

塔南乔耶　我想这些话并没有引起你们的注意？

加奈希　那难道值得一听？我们一笑置之。

塔南乔耶　你们所有的耳朵全交由我一人保管吗？你们所有的听闻也必须由我来听取吗？

群众丙　师父，他们的话里面有什么值得听取的地方吗？

塔南乔耶　你说什么？有人说把那难以制服的力量约束起来了——无论是从内心或是从外界——这难道是一件不值一听的小事吗？

加奈希　师父，如此说来，我们的饮水真会被断绝吗？

塔南乔耶　那是另一回事。那是湿婆大神所不允许的。你们等一等，我去探听一下真相。宇宙间到处布满了消息啊，那死亡的箭经常是从我们所忽略了的方向射来的。

　　　　　〔下。

　　　　　〔西布特拉伊另一居民上。

群众丙　啊，比善来了！有什么消息吗？

比善　国王把太子从西布特拉伊召回，并且不再让他复职了。

众　那不行，绝对不行！

比善　你们怎么办呢？

众　我们要把太子带回西布特拉伊去。

比善　用什么方法？

众　用武力！

比善　用武力对付国王？

众　我们从来没有把国王放在眼里。

[国王罗那吉特与大臣上。

罗那吉特　是谁？你们没有把谁放在眼里？

众　敬礼！陛下。

加奈希　我们是来向你请愿的。

罗那吉特　为了什么？

众　我们要求太子回去。

罗那吉特　什么？

群众甲　是的，我们要陪太子回西布特拉伊。

罗那吉特　然后,你们就舒舒服服地把缴纳租税的事忘个干净,是吧？

众　我们没有饭吃，快饿死了。

罗那吉特　你们的领袖在哪里？

群众乙　（指加奈希）他，加奈希是我们的领袖。

罗那吉特　不是他，我说的是你们的师父，那位出家人！

加奈希　看，他来了。

　　　　　[塔南乔耶上。

罗那吉特　是你把这些人弄得疯疯癫癫的？

塔南乔耶　是我。连我自己也是疯疯癫癫的呀！

　　（唱）啊！天空里弥漫着醉人的曲调，

　　　　　　是哪个狂人在弹奏高歌？

　　　　他引我出门，疯狂地到处奔波。

　　　　黄昏来临，天色已晚，

　　　　　　疯子啊！看你如何再嬉戏忘返！

　　　　他急切地向我召唤，我却不肯露面，

　　　　唉，后来我寻遍高山密林，

　　　　　　我只有惊惧地哭喊。

罗那吉特　别指东说西，装疯卖傻！说！租税到底缴纳不缴纳？

塔南乔耶　不，陛下，不缴！

罗那吉特　不缴！好大胆！

塔南乔耶　不是你的东西，我们不能给你。

216

罗那吉特　不是我的？

塔南乔耶　我们多余的粮食才是你的，可是我们用来填饱饥饿的肚皮所需要的粮食不属于你。

罗那吉特　那么，是你阻止我的人民缴纳租税？

塔南乔耶　他们由于恐惧倒是想缴税的，是我阻止他们说：生命只能献给那赐给生命的人。

罗那吉特　你的鼓励只能暂时掩盖或遏止他们的恐惧，除此之外，还有什么用处呢？外在的鼓励如果稍微放松一些的话，那内心的恐惧便会以七倍的力量冲出去，那时候他们就会一败涂地。出家人，你应该知道，你的额头上写下了不幸的命运。

塔南乔耶　那命中注定的不幸，我已经把它迎接在心坎上，因为在我的心里居住着战胜一切不幸的天神。

罗那吉特　（向群众）我命令你们回西布特拉伊去。出家人！你留在这里。

众　那办不到，只要我们还活着，你办不到。

塔南乔耶　（唱）

　　　　你叫他留下，他就会留下？

　　　　你的命令几时有过结果？

　　　　兄弟们呀！别以武力相威逼，

　　　　该留下时，他不愿逃脱。

　　国王，强制、威胁不会使你有任何真正的收获，那甘心情愿献出的一切才真是属于你的。

罗那吉特　这是什么意思？

塔南乔耶　那给予一切的，他保有一切。贪婪带给你的，只是偷来的财物，你不会永远保有的。

　　　　（唱）你想干什么，你就可以干什么，

　　　　你有武力，你可以把人来鞭打！

　　　　那被你折磨的人啊，

　　　　　神能忍受的，他就不会说话。

217

陛下，你的错误就在于你以为可以用暴力夺取整个世界，而整个世界也就因此归你所有。你不知道那抓紧在手心里的东西会从你指缝间悄悄溜走，只有放松，你才能占有。

（唱）你幻想一切都会被你占有，

　　　宇宙也要按照你的韵律跳舞，

　　　等你忽然睁开眼睛一看啊，

　　　你要的是甜，偏偏来的是苦。

罗那吉特　曼特里，立刻逮捕他。

大臣　陛下……

罗那吉特　我的命令似乎不合你的心意？

大臣　一个最恐怖的惩罚机器已经建立起来，在它的上面如果再加上更多的恐怖的话，那么我们将要冒着总崩溃的危险啊！

众　我们不能忍受这一切。

塔南乔耶　走开，我吩咐你们回去。

群众甲　师父，我们已经失去了我们的太子，你没有听说吗？

群众乙　如果我们再失掉了你，谁还能鼓舞起我们的内心的力量呢？

塔南乔耶　你们的力量真是只寄托在我的身上吗？如果你们这样说，那可确实使我变得软弱了。

加奈希　师父，不要试探我们吧！我们所有的力量，的确只在你一个人的身上。

塔南乔耶　那么，我失败了。我必须离开你们。

众　为什么？师父！

塔南乔耶　因为得到我而丧失了你们自己的意志，你们幻想我有可能支付这样巨大的一笔损失？我真惭愧啊！

群众甲　师父，您怎么说出这样的话来了？好吧，我们一定依照师父的吩咐去做。

塔南乔耶　离开我，回去。

群众乙　我们回去又怎么办呢？您能够离开我们吗？您不爱我们了吗？

塔南乔耶　爱你们，为使你们获得心灵的自由而离开你们，比爱你们
　　　　而使你们精神窒息要好得多啊！不要再多说了，回去吧！

众　　　是，师父，我们走啦，但是……

塔南乔耶　但是什么？不要"但是"！扬起头来，走！

众　　　是，那么我们走啦。

塔南乔耶　那样也叫"走"吗？打起精神，踏稳脚步。

加奈希　我们回去啦，可是我们的心留在这里。

　　　　　[下。

罗那吉特　怎么啦？出家人！为什么这样沉默呢？

塔南乔耶　国王，他们太使我放心不下，太使我担忧啊！

罗那吉特　为什么？

塔南乔耶　我所做的是你的钱德帕尔的棍棒也办不到的事。我一直认
　　　　为我是在激励他们的精神，坚定他们的意志，可是今天他们却当
　　　　面对我说，是我把他们的意志偷去了。

罗那吉特　怎么会变成了这个样子？

塔南乔耶　只不过是我越鼓舞他们，他们越不能成熟罢了。欠债过多
　　　　的人，仅只是催促并不能使他偿清债务。他们想象我比神还要伟
　　　　大，以为他们亏欠神的债，可以由我替他们一笔勾销，因此他们
　　　　盲目地依附于我。

罗那吉特　听说他们认为你就是他们的神。

塔南乔耶　是的，因此他们只停留在我的面前，永远不能和真正的神
　　　　会面。那真正能够指导他们内心的神，反倒因我而被蒙蔽。

罗那吉特　他们来向国王缴纳租税的时候，你阻拦；他们把你当作神
　　　　明来崇拜的时候，你又痛苦。不是吗？

塔南乔耶　哦，真的，我感到我在沉沦，如果能够飞也似的逃开，我
　　　　才能生存。他们把所有的一切都奉献给我，那么他们在神的面前
　　　　便宣告破产、无可奉献了。偿还这笔亏欠神的债务，便会落在我
　　　　的头上，神是不会放松我的。

罗那吉特　那么，现在你应该怎么办呢？

塔南乔耶 躲开他们。如果我真的束缚了他们的意志，变为他们心灵上的枷锁，湿婆大神会给我和比菩提同样的惩罚，因为我们犯的是同样的罪恶啊！

罗那吉特 那么你为什么还在拖延？马上躲开。

塔南乔耶 我现在要是躲开的话，他们立刻就会骚动起来，把你的钱德帕尔的脖子扭断，那么，应该归到我身上的责罚就会落在他们的头上。考虑到这一切，我不能马上躲开。

罗那吉特 你不能够自动躲开的话，我会使你躲开。乌塔布，把他带进行宫监禁起来！

塔南乔耶 （唱）

　　　　　你的铁链不会使我惊慌失措，

　　　　　我不会在你暴力下伤心畏缩。

　　　　　我的心中，我的心中啊，

　　　　　藏有他亲手签字的通行证，

　　　　　你的拘捕决不能把我擒获！

　　　　　我所来去的道路，

　　　　　你的禁卒啊，他怎能找得出？

　　　　　我已经迈进他的宫门，

　　　　　你的牢狱，怎能把我囚禁？

　　　　　你的恫吓，震动不了我的心！

　　　　[乌塔布带塔南乔耶下。

罗那吉特 曼特里，去到囚室看看阿比吉特去。如果他对自己的行为有悔恨的意思，那……

大臣 陛下如果亲自去……

罗那吉特 不，不！他是国家——他自己的国家的叛徒，除非他认罪，我决不见他的面！我回宫去了，有消息送到宫里去。

　　　　[下。

　　　　[湿婆大神的信徒们上。

信徒们 （唱）

湿婆，湿婆大神啊！

你的无情的烈焰

刺穿了黑暗的心脏，

震惊了荒凉的火葬场。

你的雷霆宣示了真理，

惩罚了邪恶与不义。

愤怒的湿婆大神啊，

你引领我们渡过死亡的海洋。

[乌塔布上。

乌塔布 怎么？国王不和太子见面就回宫去啦？

大臣 他害怕，他怕一见太子的面，他的决心就会消失。他和塔南乔耶故意谈得这样久，就是因为他心中犹豫不定，他既不能走进帐篷，离开帐篷他的脚又抬不动。算啦，我要瞧瞧太子去。

[下。两个女人上。

女人甲 姨母，为什么大家全都在发怒？为什么他们说太子犯了错误呢？对于这一切，我不能理解，也不能忍受。

女人乙 你，巫多尔古特的姑娘，连这都不明白！他打通了南迪山口的道路。

女人甲 我不明白这样做会有什么罪过，可是，我一点也不相信太子会做坏事。

女人乙 你还年轻，等到有一天你吃过许多苦头、历尽辛酸之后，你就会明白，越是外表上十分善良的人，越应该引起怀疑。

女人甲 可是你们怀疑太子什么呢？

女人乙 人人都说他现在就想要借着西布特拉伊人民的帮助来夺取巫多尔古特的王位，他已经不能等待了。

女人甲 他要王位做什么，他已经获得了全体人民的衷心爱戴。我竟会相信那些毁谤太子的人们而不相信太子！哼！

女人乙 闭嘴！年轻轻的毛头小姑娘，简直不配谈这些。全国的人都在咒骂他，只有你对他……

女人甲　我要站在全国人的面前，告诉他们……

女人乙　别说啦，别说啦！

女人甲　为什么不让我说？眼泪要从我的眼睛里滚出来啊！我相信太子甚于相信一切——我一定要想尽一切办法把我的信念表白出来。今天我要用我长长的头发在湿婆大神的面前发誓，我要向他祈求说："父亲，请你揭露人们毁谤太子的谎言，显示出太子的伟大吧！"

女人乙　别说啦，还是悄悄的，别说下去啦！有人会听见的。咳，你这丫头，非惹出是非不可！

　　　　　[同下。

　　　　　[巫多尔古特一群市民上。

市民甲　我们决不放松，走，见国王去。

市民乙　那会有什么好结果？太子是国王最心爱的宝贝，国王决不能对他的罪行给以公平裁判，只能在我们的头上出气、发火。

市民甲　让他发火去吧！要说的话总要说个明白，管它什么结果。

市民丙　太子一方面对我们表示非常关心和亲近，简直要把天上的月亮摘给我们，可是，暗中他又干着这样的好事！怪不得他突然把西布特拉伊看得比巫多尔古特还重呀！

市民乙　这样一来，世界上还有天理存在吗？你说，老兄！

市民丙　简直是知人知面不知心，什么人都不能信任。

市民甲　国王要是不惩罚他，那就由我们来办吧！

市民乙　怎么办？

市民甲　巫多尔古特没有他的立脚之地，叫他顺着他开辟的那条道路滚出去！

市民丙　可是，那个从查布瓦村来的人说太子不在西布特拉伊，这里皇宫里也没有他的影子。

市民甲　一定是国王把他藏起来了。

市民丙　藏起来了？哼！推倒了宫墙也要把他拉出来。

市民甲　放火把他烧出来。

市民丙　想欺骗我们！拼出性命，也要……

　　　　　[乌塔布和大臣上。

大臣　怎么一回事？

市民甲　别和我们装糊涂！躲躲闪闪的行不通！把太子交出来。

大臣　哎呀，我是谁？胆敢把他交出来！

市民乙　你可以向国王建议——不过，你办不到！我们要自己去把
　　　　他拉出来。

大臣　很好！那么先把法律抓在你们的手里，从国王的监狱里把他拉
　　　　出来吧！

市民丙　从监狱里？

大臣　国王已经把他囚禁起来了。

众　国王万岁！巫多尔古特万岁！

市民乙　走！我们到监狱里去，到那里……

大臣　到那里干什么？

市民乙　先把我们献给比菩提的那些花环上的花朵扯掉，再把那些绳
　　　　索套在他的脖子上。

市民丙　为什么套在脖子上？捆在手上！修造水闸的人承受了鲜花的
　　　　献礼，那残余的绳索正好做开路人手上的枷锁。

大臣　太子把路打通了，你们说他有罪；你们破坏了法律和秩序就没
　　　　有罪吗？

市民乙　啊？那完全是两回事。好吧，就算我们破坏了法律，又怎么
　　　　样？

大臣　你们不满意脚下的土地，说是要跳在天空里，可是我告诉你们，
　　　　就是跳在天空里你们也仍然会感到不满意。你们应该先准备好一
　　　　套法律，再去破坏原有的秩序。

市民乙　好啦，把监狱丢在一边，我们先到皇宫前面喊"国王万岁"去。

市民甲　看哪！看那边：太阳已经落山了，天也慢慢地黑啦，可是比
　　　　菩提的机器尖顶上仍然闪耀着一片红光——红得像喝太阳光的
　　　　酒，喝醉了似的。

市民乙 还有那湿婆庙顶上的三叉戟也是一样，它紧紧抓住落日的余光不撒手，而那落日的最后的光辉也像怕沉没似的留恋着它迟迟不肯离去。多么奇怪的神气！

　　　　〔同下。

大臣 现在我才明白国王为什么要把太子监禁在帐篷里了。

乌塔布 为什么？

大臣 为了把他从群众的手里救出来。但是，情形不太乐观啊！群情激昂，人心越来越骚动了。

　　　　〔善乔耶上。

善乔耶 我不敢在国王的面前显露出过分急切的心情，因为那只能促使他的决心更加坚定。

大臣 王子，请镇静些。不要把事情闹得更复杂了！

善乔耶 我也犯了叛逆之罪，我也应该被你们监禁！

大臣 你留在外面设法恢复他的自由比待在监狱里好。

善乔耶 我已经怀着这样的心愿去到人民中间，我知道他们爱护太子甚于他们的生命，太子的被捕，他们一定不能忍受。可是，我去了，却发现他们因为得到了打通南迪山口的消息正在愤怒不息。

大臣 那么你就该明白，只有在牢狱里太子才是最安全的啊！

善乔耶 我永远是他的追随者，让我也追随着他到监狱里去吧。

大臣 那有什么好处？

善乔耶 世界上没有一个孤独的人是个完整的人，他只是一半。只有当他和另一个人以赤诚的心，互相结合起来的时候，才能得到完整。我和太子的关系正是这种真诚的结合。

大臣 王子，这话不错。但是这种真正的结合却并不需要随时随地形影不离啊！天上的云和海洋里的水本质上是一体，因此它们表面上的分离只不过使它们的结合变得更有意义。如今太子虽然不在这里，他却可以从你的身上显示出自己。

善乔耶 哦，曼特里，这话听来不像你自己的，倒像是太子说的话呀！

大臣 他的话散布在我们呼吸着的空气里，现在我来引用它，却忘记了是他的还是我自己的。

善乔耶　　不过，你倒真的提醒了我，当他不在的时候，我要做他的工作。现在我就到国王那里去。

大臣　　做什么？

善乔耶　　请求国王把治理西布特拉伊的责任委托给我。

大臣　　局势很紧张啊，现在……

善乔耶　　正是因为如此，我的请求才是及时的。

　　　　　　　［同下。

　　　　　　　［维斯瓦吉特上。

维斯瓦吉特　　谁在这儿呢？是乌塔布吗？

乌塔布　　是的，大王。

维斯瓦吉特　　我一直等待着天黑。你收到我的信了吧？

乌塔布　　收到了。

维斯瓦吉特　　我的命令你照办了？

乌塔布　　等一会你就晓得了。不过……

维斯瓦吉特　　不必犹疑。国王虽然自己不准备释放他，如果有人悄悄地想办法完成了这件事，对他说来却是极大的安慰。

乌塔布　　不过他决不会饶恕那个完成这件事情的人。

维斯瓦吉特　　我的士兵在这里，他们会把你和你的守卫们当作俘虏带走。一切完全由我负责。

幕后声　　失……火啦！失火……啦！

乌塔布　　啊？是啦！他们在囚室旁边做厨房用的帐篷里放了火，趁这好机会我去把太子和塔南乔耶放出来。

　　　　　　　［跑下。

　　　　　　　［不久，太子阿比吉特上。

阿比吉特　　老爷爷！是你！

维斯瓦吉特　　我是来捉你的，你一定要跟我到摩罕格尔去。

阿比吉特　　今天什么都不能把我捕获了——无论是爱情，还是愤怒。你们以为是你们把火点起来的吗？不，这火无论在什么情况下都

225

会燃烧起来的。今天我还不能享受被监禁的清福。

维斯瓦吉特 为什么？孩子，你还有什么事情需要办理？

阿比吉特 去偿还我降生时候所欠下的一笔债务。摩克多塔拉瀑布曾是抚育我的保姆，我要打开"她"的枷锁，恢复"她"的自由。

维斯瓦吉特 那将来有的是时间，不必忙在今天哪！

阿比吉特 我只知道，现在是时候了。时间会不会再来，谁又能够知道？

维斯瓦吉特 我们和你一同去。

阿比吉特 不，大家的任务并不一样，该我做的事，只能由我独自承当。

维斯瓦吉特 西布特拉伊的人民是你虔诚的信徒，他们迫切地等待着分担你的工作，你不准备召唤他们来吗？

阿比吉特 如果他们也听到了我所听到的召唤，他们就不会等待我了。我的召唤只能引他们走入迷途。

维斯瓦吉特 孩子，如今天色已晚，黑暗已经笼罩了我们。

阿比吉特 但是光明也会由那召唤发出的地方来临。

维斯瓦吉特 阻拦你走上你所选择的道路的那种力量我是没有的。虽然我知道你要独自在黑暗中跋涉，我也只好和你告别，任你前去。留下一句安慰我的话再走吧，孩子，说："我们还能再相见！"

阿比吉特 记忆着这句话吧——"我和你永远不会分离"。

　　　　[分下。

　　　　[塔南乔耶上。

塔南乔耶 （唱）

　　　　烈火啊！我的朋友，

　　　　我歌唱你的胜利。

　　　　我赞美你赤色形象的壮丽！

　　　　你扯断了手铐

　　　　　向青天高举着双臂，

　　　　你踢开脚镣

　　　　　狂舞在无畏的大地。

226

朋友啊！总有那一天：

　　生命的禁期会终结，

　　牢门上的铁闩会打开。

那天啊！捆人的绳索

　　会被你烧成灰！

那天啊！我和你欢舞在自由的舞台，

　　我的热力，你的猛火，

　　会把一切的苦难焚毁！

　　　　[巴杜上。

巴杜　师父，白天过去了，黑暗已经笼罩了大地。

塔南乔耶　我们过分习惯于依赖外面的光亮了，因此，黑暗一来，我们眼前只看见一片漆黑。

巴杜　我曾经想到，湿婆大神的健舞一定会在今天开始的，可是……难道连他的手脚也被比菩提的机器捆绑起来了吗？

塔南乔耶　湿婆的舞蹈在最初开始的时候，我们的眼睛是看不见的，只有在它快结束的时候，我们才能得到启示。

巴杜　赐给我们希望和信心吧——我生命的主宰，因为我们十分恐惧。醒来吧，湿婆，醒来吧！光明已经消失，我们已经迷失了路途，我们哭唤，却得不到你的回应。哦！死的征服者，湿婆大神，用你降临的恐怖来制服我们的恐惧吧！醒来啊，湿婆，醒来啊！

　　　　[下。

　　　　[巫多尔古特市民上。

市民甲　骗人！太子不在监狱里，他们把他藏起来了。

市民乙　哼！看他们能把他藏在哪里！

塔南乔耶　不会的，孩子们！任何地方都不能够把他隐藏起来。墙壁会倒塌，门户会破裂，阳光会迅速地照射进来——一切都会显示出来的。

市民甲　哎呀，这是谁？吓了我一跳。

市民丙　好哇，出家人，是你！把他捉住，捆起来。

塔南乔耶 对于一个等待被捉的人又何必费事捉他呢?

市民甲 把你那套"圣人腔"收起来吧!我们根本不在乎那个!

塔南乔耶 不在乎的好!你不想尊敬我,神就会亲手取得你们的尊敬,你们是幸福的。我深知那些不幸的人们,他们由于盲目崇拜以致失去了他们真正的师父。

市民甲 他们的师父是谁?

塔南乔耶 那鞭打他们的人就是他们的师父。

市民甲 那么,我们为什么不在你头上玩玩做师父的把戏呢?

塔南乔耶 我同意,孩子们!我要看看我是否真正能够在这门功课上考试及格!来!考验我吧!

市民乙 我疑心,是你玩了一些鬼把戏来煽惑我们的太子。

塔南乔耶 你们的太子比我聪明,是他鼓动我呢!

市民乙 你们听见了吗?他的话倒不可不注意。他们两个准是在进行什么阴谋诡计。

市民甲 不然的话,为什么天都晚了他还在这里绕来绕去?他要设法把太子带回西布特拉伊。让我们先把他捆起来丢在这里,等我们找到太子,然后再来和他算账。嗨!昆丹,捆紧了他,绳子在你手里呀!

昆丹 给你绳子,你自己捆。

市民乙 哎呀,你还算个巫多尔古特人吗?给我,把绳子给我!(捆塔南乔耶)怎么样?师父,还有什么话说吗?

塔南乔耶 他把我捆得真紧啊,他不会轻易放松我。

　　　　　　[湿婆信徒们上。

信徒们 (唱)

　　　　　　　　湿婆,湿婆大神啊!

　　　　　　　你的无情的烈焰

　　　　　　　　刺穿了黑暗的心脏,

　　　　　　　　震动了荒凉的火葬场。

　　　　　　　你的雷霆宣示了真理,

228

　　　　　惩罚了邪恶与不义。

　　　　愤怒的湿婆大神啊，

　　　　　你引领我们渡过死亡的海洋。

昆丹　你们看，天色越暗，我们的机器高楼也变得越加黑漆漆的了。

市民甲　白天它和太阳比赛，晚上它又想要胜过夜晚的黑暗了，简直
　　是个鬼怪。

昆丹　为什么比菩提要把它筑成这个样子呢？在巫多尔古特无论你跑
　　到什么地方再也躲不开它，它像一声凄厉的尖声长啸，把你吓得
　　昏头昏脑。

　　　　〔市民丁上。

市民丁　我刚得到消息，太子在国王的行宫里呢，就在那边杜果园的
　　后面。

市民乙　哦，现在我才明白，怪不得那个出家人在这条路上走来走去
　　不肯离开！好吧，让他就这么捆着待在这里，我们到那边瞧瞧去。

　　　　〔同下。

塔南乔耶　（唱）

　　　　莫非你只扭紧了琴弦就算完成了你的工作？

　　　　　哦！师父，我聪明的弹唱者哟！

　　　　那调准了弦索的竖琴就听凭它这样哑默着？

　　　　　哦！师父，我聪明的弹唱者哟！

　　　　那么，你失败了，你失败了啊！

　　　　弦丝已经扭紧，音调已经调准，

　　　　　哦！师父，我聪明的弹唱者哟！

　　　　如果你的手轻轻触抚一下琴弦，

　　　　　哦！师父，我聪明的弹唱者哟！

　　　　那被禁锢的音乐就会发出自由的声音，

　　　　　哦！师父，我聪明的弹唱者哟！

　　　　不然啊，缄默的羞惭会损坏了你的竖琴！

　　〔巫多尔古特市民重上。

市民甲　真糟！这算怎么回事！

市民乙　国王的叔父带领着卫队把太子劫到摩罕格尔去啦。这，这到底是什么意思呢？

昆丹　因为他是巫多尔古特人，他的血管里有着巫多尔古特的血液！他怕太子在这里得不到公平的裁判，因此，他用武力劫持了太子。

市民甲　真是太专横了。这简直是强奸民意！难道我们就不配惩罚太子？

市民乙　现在最好的办法是……明白吗？老兄！

市民甲　对！对！他们的金矿……

昆丹　还有，你们知道，他们的牛栏里至少至少也有五万头牛。

市民甲　没有问题，我们会一头一头地把它全部数出来，并且……哼！他太无法无天了！实在是无法忍受的蛮横！

市民丙　还有，他们出产的香料，每年至少收入……

市民乙　当然，当然，那要当作罚款。可是，现在我们怎样处置这个出家人呢？

市民甲　哦！扔下他，叫他在这里待着吧！

　　　　　[同下。

塔南乔耶　（唱）

傻子啊！那被你们弃置在尘埃的，

　　你以为它便没有人理睬？

那知道他的价值的

　　会从泥土里把它拾起来。

"啊，这是一粒珍珠，"他说，

　　"占有它的不配是尘土。"

他的项链失去了光彩，

　　因为失落了这颗无价的珠粒。

为寻找它，你们竟不知道

　　他的使者走遍了大地？

被你们轻视遗弃的

　　　　　将得到他更亲切的爱抚，

　　　　被你们羞辱折磨的

　　　　　会忍受他所分担的痛苦！

　　　　〔昆丹再上。

昆丹　师父，请不要生气。我来把绳子解开，你赶快逃回家去吧！谁
　　　晓得今天晚上……

塔南乔耶　谁又晓得今天晚上那召唤会不会传来？因此，我不能回家去。

昆丹　你的召唤从哪里来呢？从这里？

塔南乔耶　从盛节的结束里。

昆丹　你是西布特拉伊人，巫多尔古特的节日……

塔南乔耶　这是湿婆的节日，如今所欠缺的是西布特拉伊还没有献上
　　　它的燃灯祭。

幕后声　醒来啊，湿婆大神，醒来啊！

昆丹　我不明白，我不能理解。我怕。师父，再见吧。

　　　　〔分下。

　　　　〔巫多尔古特的两个皇家使者上。

使者甲　现在我们往哪儿走呢？纳巫萨奴的牧羊人说，他们看见太子
　　　一个人顺着这条小路一直往西去了。

使者乙　今天晚上一定要把他找到，这是国王的命令。

使者甲　有谣言说太子被捉到摩罕格尔去了，可是听了疯子安巴的话
　　　之后，我却以为她所看见的人毫无疑问地是我们的太子，并且太
　　　子是沿着这条路走下去的。

使者乙　可是，我可真不明白在这样的黑夜里他独自一个会到哪儿
　　　去呢？

使者甲　没有灯，我们可一步也走不了啦，我们到村寨里的更夫那里
　　　找个灯来再说。

　　　　〔同下。一旅客上。

旅客甲　（喊）喂，布……丹！桑……普！桑普！好，他们把我丢下
　　　不管啦，叫我一个人为难！他们让我先走，说是他们马上会从小

路上追上我。现在一个也不露面啦。瞧，那座黑压压的机器还在暗夜里向我做鬼脸，简直吓掉了我的魂！有人来啦，谁？谁呀？为什么不答应？是布丹吗？

　　　　[另一旅客上。

旅客乙　我是尼姆库，卖灯的。今天大节日，京城里要整夜灯光灿烂，他们需要灯盏。你是谁？

旅客甲　我是胡巴。流动戏班的唱戏的。路上你可遇到我们的剧团？我们的戏班主人安杜？

尼姆库　来来往往的有那么许多人，我怎么能认出他们呢？

胡巴　在千万人的中间你也不会迷失了他。我们的安杜是个出类拔萃的人——他不会消失在人海里，他会自己叫你把他认出来的……我说，大哥，你的筐子里似乎有不少灯盏，给我一盏吧！行路人比在家里的人更需要灯火啊！

尼姆库　你给多少钱？

胡巴　要是有钱给你的话，我就会像老爷似的和你大嚷大叫了，何必还和你花言巧语、低声下气呢？

尼姆库　哦，你倒真是个滑稽大王！

　　　　[下。

胡巴　好嘛，他不肯给我一盏灯，倒是给了我一个"滑稽大王"的鉴定。这也不简单！滑稽家有这样的一种才能，就是在漆黑的黑暗中也能叫人把他认出来……唉！听这蟋蟀的鸣声，青天都被它们给叫得昏昏沉沉要瘫痪了。喏，我要不和卖灯的来一通诙谐，直接了当，干脆——抢！一定解决问题！

　　　　[一个行路人上。

路人　喂！

胡巴　哎哟！吓我一跳，干什么？

路人　向前走！

胡巴　正是因为要向前走我才出来的呀！脱离群众的队伍，想独自一人前进，结果是一步也挪不动——我正在心里仔细玩味这个真

232

理呢!

路人　队伍早就准备好了，你去参加就是。

胡巴　你说什么？我们丁·莫赫纳人有个坏习惯——话要是讲不清楚，我们就是不懂。你说队伍都准备好了，什么队伍呀？

路人　我们查布瓦村的人也有一个习惯——我们专门会让人把事情搞清楚。（打了他一拳）现在懂了吧？

胡巴　唔，明白啦！它的意思是：我必须走，不管我愿意不愿意。到什么地方去呢？这一次请你温和一点回答我吧，你的第一次的回答，一拳就把我头脑打清醒了！

路人　到西布特拉伊去。

胡巴　到西布特拉伊去？在这漆黑的夜里？到那里唱哪出戏啊？

路人　唱把已经打通的南迪山口重新堵起来的那出戏！

胡巴　哦，叫我去堵塞南迪山口？哎，老兄，黑暗里你不能够看清楚我长的这副模样，否则你就不会说这样的废话了！我是……

路人　管你是谁，你总有两只手吧？

胡巴　我不能说我没有手，不过，我不是干这种活的一把手！不然的话，我……

路人　别废话！到时候我们自然会发现你到底长了一双什么样的手！现在，走！

　　　　［第二个路人带罗查曼上。

路人乙　嗨，甘加尔，我又抓到了一个人！

甘加尔　他是谁？

罗查曼　先生，不是别人，是罗查曼。巫多尔古特湿婆庙里的打钟的。

甘加尔　好！手膀子上有劲！走！到西布特拉伊去！

罗查曼　去就去，不过庙里的钟……

甘加尔　让湿婆自己打自己的钟去。

罗查曼　哎呀！求求你们，可怜我吧，我的老婆有病啊！

甘加尔　你走，她的病不是治好了，就是死了；你在，也是这样。

胡巴　罗查曼老兄！别多说啦，走吧！被他们抓走，这事固然不妙，可是，你要反对的话，危险也不少，我已经得到一点经验了。

甘加尔　听，纳尔辛格的声音！喂，纳尔辛格，事情顺利吗？

　　　　[纳尔辛格带着三四个人上。

纳尔辛格　看，我带了一队人来啦！还有几批已经被我先打发走啦！

甘加尔　那么，马上动身！路上也许还能抓到几个。

队中一人　我不去！

甘加尔　干吗不去？你怎么啦？

队中一人　不怎么，我不走！

甘加尔　纳尔辛格，这人叫什么名字？

纳尔辛格　他叫布努瓦里。是个做莲子念珠的。

甘加尔　好，我来和他交涉，说，为什么不去？

布努瓦里　不愿意。我从来没有和西布特拉伊的人吵过嘴，打过架，他们不是我们的仇敌。

甘加尔　好，就算他们不是我们的仇敌，可我们是他们的对头，你应该为国家尽你应尽的责任。

布努瓦里　我不愿做不合理的事。

甘加尔　思想上你有认为哪是合理和哪是不合理的自由！可是现在，不合理就是不合理！巫多尔古特是个大的整体，你不过是它其中的小小一分子，它需要你做的事，错不错完全不要你去负任何责任。

布努瓦里　另外还有比巫多尔古特更大的，在它的面前巫多尔古特和西布特拉伊处于同等地位。

甘加尔　嗨，纳尔辛格！你听见了吗？这家伙在狡辩呢！对国家说来有这类狡辩家是再危险也没有的了。

纳尔辛格　罚苦力，做笨重活儿，专门治"辩论"这种毛病。因此，我才把他抓来的。

布努瓦里　我只能累赘你们，与你们的工作没有一点好处。

甘加尔　你简直是巫多尔古特的累赘！我正好找到了铲除你、消灭你的办法。

234

胡巴　布努瓦里老叔！你是一切都讲道理的人，他们偏不讲理，你和他们争执什么呢？要么，按他们的规律办事，要么，就冷静地放弃自己的主张完事。

布努瓦里　你打算怎么办呢？

胡巴　我唱歌。我想在这里它也许不合适，因此我发不出声音来，不然我早就唱了。

甘加尔　（向布努瓦里）现在你打什么主意？

布努瓦里　我一步也不走。

甘加尔　那么我们叫你走，捆起他来！

胡巴　我说句老实话，甘加尔老兄，你可别生气。你背着他走，要消耗气力，不如保存你的力量办你的正事去。

甘加尔　惩办那些不愿为巫多尔古特效力的人也是一件大事！懂吗？花点工夫想想去。

胡巴　是啦，我懂啦，我现在就明白啦！

　　　　[除纳尔辛格和甘加尔之外，全下。

纳尔辛格　啊，比菩提来啦！皇家技正比菩提万岁！

　　　　[比菩提上。

甘加尔　事情办得很顺利，人也抓了不少。可是，你到这里来干什么呀？大家都等着为你举行庆祝会呢！

比菩提　我没有参加庆祝会的心情。

纳尔辛格　为什么？怎么啦？

比菩提　打通南迪山口的消息恰巧在今天传来，这正是为了转移人们对我的功勋的注意。有一个敌人在和我暗地竞争。

甘加尔　谁在和你竞争？皇家技正！

比菩提　用不着提他的名字，你们大家都知道。竞争的目的是要搞清楚，巫多尔古特人们是更尊敬他，还是更尊敬我，如此而已。有一件事我没有告诉你们，某有关方面曾经派出使者来叫我改变主意，并且给了我要破坏摩克多塔拉水闸的恐吓的暗示。

纳尔辛格　好大胆！

甘加尔　　你能忍受吗？比菩提！

比菩提　　狂言谵语不值一驳！

甘加尔　　可是，比菩提，你这样的过分自信不太好吧？你自己不是说过水闸上有一两处地方造得并不坚固吗？有谁知道的话，就会很容易地……

比菩提　　可是知道的人也都晓得，谁要去扩大那个裂缝的话，他就会立刻被洪流卷去。

纳尔辛格　派人看守起来不是更好吗？

比菩提　　不必为水闸担心，死神阎摩亲自看守在那里。现在如果我能够把南迪山口重新封锁起来，我便没有任何忧虑了。

甘加尔　　这对你来说并不困难。

比菩提　　当然，我的工具全都准备好了。困难的是那条山路太狭窄，防御它是很容易的，只消几个人就可以把我们挡回去。

纳尔辛格　保卫它，阻拦我们？拼出性命，死也要把它堵塞起来。

比菩提　　要牺牲许多人啊！

甘加尔　　有该牺牲的人在，就不会缺少人去死。

幕后声　　醒来啊！湿婆！醒来吧！

　　　　　[塔南乔耶上。

甘加尔　　看，谁来啦！真是不祥之兆。

比菩提　　喂，出家人，像你们这样的有道的修行人直到现在也没有把湿婆唤醒，倒是我，一个你们所谓亵渎圣灵的无神论者要把湿婆给吵醒了。

塔南乔耶　这话我相信，唤醒他的责任是在你们的身上。

比菩提　　可是我们不像你们似的用敲钟、燃灯来唤醒他。

塔南乔耶　是的，你们会用锁链把他捆起来，可是，为了扯断那捆绑着他的锁链他也会很快地觉醒起来。

比菩提　　我们的锁链不同寻常，它是拧了又拧，绞了又绞，一环套着一环不易扯断的。

塔南乔耶　当痛苦达到顶点，忍无可忍的最后关头，那就是他觉醒的时候。

[湿婆信徒们上。

信徒们　（唱）

赞颂那

恐怖的毁灭之主

和平幸福的缔造者

大神湿婆！湿婆！

赞颂那

涤清疑虑的

扯毁枷锁的

驱逐恐惧的

大神湿婆！湿婆！

[罗那吉特与大臣同上。

大臣　国王陛下，行宫里一片荒凉，许多帐篷都烧光了。那里的几个卫士也……

罗那吉特　先别管他们。我要知道阿比吉特现在在哪里！

甘加尔　陛下，我们要求您惩办太子。

罗那吉特　当一个人应受处分的时候，难道我还会等待你们的提醒才去惩罚他？

甘加尔　太子还没有找到，人们的心里已经产生了怀疑。

罗那吉特　什么！怀疑！怀疑哪一个？

甘加尔　陛下，请原谅。您必须了解您的属民心里所想的，越是迟迟找不到太子，大家也越发变得不能忍耐，大家已经愤怒到这样的程度，那就是说，如果一旦找到了他，大家就不会等待您来惩办他了。

比菩提　陛下，现在我们没有等您下命令，就自己动手去修建南迪山口的碉堡了。

罗那吉特　为什么不由我来处理？

比菩提　因为您自己的家族中有人做出这样不名誉的事情，人们自然会怀疑您也在暗中同意的。

大臣　陛下，今天人民的心情一方面是矜夸自负，一方面又愤怒填胸。
　　　希望您不要以烦躁挑起他们更为烦躁的骚动。

罗那吉特　谁在那边站着呢？是出家人塔南乔耶吗？

塔南乔耶　我知道陛下还没有把出家人忘记。

罗那吉特　你一定知道太子阿比吉特在哪里！

塔南乔耶　不，陛下！对于我所确知的，我从不保持缄默，因此，我
　　　常落在危险之中。

罗那吉特　那么你在这里干什么？

塔南乔耶　等待着太子出现。

幕后声　苏曼！我的孩子苏曼！天黑了，一片漆黑啊！

罗那吉特　谁？她是谁？

大臣　那个疯子安巴。

　　　　［安巴上。

安巴　怎么？他还没有回来！

罗那吉特　为什么还要找他？时间到了，湿婆大神把他叫走啦！

安巴　难道湿婆只会把人叫去？难道湿婆从来不曾把他们送回来？还
　　　是悄悄儿的？在漆黑的深夜里？……苏曼！苏曼啊！

　　　　［下。信使上。

信使　报告陛下，千千万万的人从西布特拉伊过来了。

比菩提　这是怎么回事？我们早已决定要出其不意地把他们解除武
　　　装，全部歼灭。无疑地是你们中间有不忠的叛徒把消息透露给他
　　　们了。甘加尔，除了你们几个人之外，再没有任何人参与机密而
　　　知道内幕的，那么，怎么会……

甘加尔　什么！比菩提！你连我们都怀疑了吗？

比菩提　怀疑并无止境！

甘加尔　那么，我们也怀疑你！

比菩提　你们有这种权利。不过，无论如何，有时间的话，总要彻底
　　　清算的。

罗那吉特　（向信使）你知道他们此来的目的吗？

信使　他们听说太子被监禁，他们发誓要把他救出去。当太子恢复自由的时候，他们就会拥戴他做西布特拉伊的国王。

比菩提　我们也在寻找太子，他们也在寻找太子，看他究竟落在谁的手里。

塔南乔耶　你们双方都能找到他，在他的心里没有偏爱。

信使　啊，西布特拉伊的领袖加奈希来了！

　　　　[加奈希上。

加奈希　（向塔南乔耶）师父！我们能够得到他吗？

塔南乔耶　是的，你们能够。

加奈希　肯定地告诉我们吧！

塔南乔耶　一定能够得到他啊！

罗那吉特　你们在寻找什么人？

加奈希　哦，陛下！您必须释放他！

罗那吉特　释放谁？

加奈希　我们的太子。你不需要他，我们需要他。你们阻塞了我们的生机，夺去了我们的一切，难道连太子也不能例外吗？

塔南乔耶　傻子，你真不识人啊！谁有那种力量能够拘禁太子？

加奈希　我们拥护他做我们的国王！

塔南乔耶　一定会。他会穿着国王的礼服来临。

　　　　[湿婆信徒们上。

信徒们　（唱）

　　　　　　湿婆，湿婆大神啊！

　　　　　　你的无情的烈焰

　　　　　　　　刺穿了黑暗的心脏，

　　　　　　　　震动了荒凉的火葬场。

　　　　　　你的雷霆宣示了真理，

　　　　　　　　惩罚了邪恶与不义。

　　　　　　愤怒的湿婆大神啊，

你引领我们渡过死亡的海洋。

[众下。

幕后声 苏曼！妈妈在喊你！妈妈在唤你啊！回来吧，苏曼！回来吧！

比菩提 听！那是什么？那是什么声音？

塔南乔耶 那是暗夜心中发出的遏止不住的哧哧的欢笑。

比菩提 嘿！安静些！你们可能告诉我，声音是从哪一方向传来的？

幕后声 胜利归于湿婆大神！

比菩提 这清清楚楚的是流水轰鸣的声音。

塔南乔耶 是为开始起舞所敲的第一声鼓。

比菩提 声音越来越响，越来越响了！

甘加尔 这似乎是……

纳尔辛格 我想它是……

比菩提 是的，是的，毫无疑问，是摩克多塔拉的水在自由地奔流！我的水闸啊，谁把它破坏的？哪一个破坏的？他逃不脱死亡的魔掌！

[甘加尔、纳尔辛格与比菩提急下。

罗那吉特 曼特里！这是怎么一回事？

塔南乔耶 那是邀请赴宴的召唤，邀请赴挣脱了锁链的自由欢宴的召唤！他来了——

（唱）在我的脉搏的跳动里，

他敲起了、敲起了长鼓。

大臣 陛下，这一定是……

罗那吉特 是的，这一定是他的……

大臣 除了他谁会……

罗那吉特 谁会有这样的胆量？

塔南乔耶 （唱）

在我生命的呼吸里，

他的双脚、他的双脚在跳舞！

罗那吉特 如果必须惩罚他的话，由我来惩罚他吧。可是，可是从这群疯狂了的属民手中，他……哦，我的阿比吉特是天神的宠儿，愿天神保护他吧！

加奈希 师父！我不明白究竟发生了什么事？

塔南乔耶 （唱）

> 他踏着天上的星辰，
>
> 那暗夜的守望者，已经来临。

罗那吉特 听，我好像听见有脚步声！是阿比吉特！阿比吉特！

大臣 是他！他来了！

塔南乔耶 （唱）

> 那爆炸了的内心的痛苦，
>
> 扯断了锁链，打开了桎梏！

　　　　　［善乔耶上。

罗那吉特 是善乔耶！阿比吉特在哪里？

善乔耶 摩克多塔拉的水把他带走了，我们永远失掉他了。

罗那吉特 你说什么？孩子！

善乔耶 太子把摩克多塔拉的枷锁打开了。

罗那吉特 哦，我明白了！在摩克多塔拉的解放里他获得了自己的自由。善乔耶！他带你一同去了吗？

善乔耶 没有，但是我心里知道他一定会到那里去的，于是在黑暗里我在半路上等他，可是到此为止，再没有什么了——他阻拦了我，不许我陪他同归于尽。

罗那吉特 再多告诉我一些你所知道的情形吧！

善乔耶 他终于在水闸上找出了罅隙，他从那裂缝里打击着魔鬼机器，魔鬼机器也给他以致命的反击，于是摩克多塔拉的自由的洪流像慈母似的把他受伤的身体抱在怀里带他走了！庄严地把他带走了！

加奈希 我们是来寻找太子的，现在，我们恐怕再也找不到他了吧？

塔南乔耶 不，现在他永远属于你们了。

［湿婆信徒们上。

信徒们　（唱）

　　　　赞颂那

　　　　　　恐怖的毁灭之主

　　　　　　和平幸福的缔造者

　　　　　　　　大神湿婆！湿婆！

　　　　赞颂那

　　　　　　涤清疑虑的

　　　　　　扯毁枷锁的

　　　　　　驱逐恐惧的

　　　　　　　　大神湿婆！湿婆！

　　［落幕。

一九二二年

242

国　王

刘安武　译

第一场

[暗室。

[王后苏德尔希娜和她的官女苏伦格玛。

苏德尔希娜　　光！光在哪里？这房间里难道永远没有光吗？

苏伦格玛　　王后娘娘，您的每一间房间都有光。为了避开光难道一间暗室也不行吗？

苏德尔希娜　　为什么一定要有黑暗呢？

苏伦格玛　　要不怎么能辨别出有光和无光呢？

苏德尔希娜　　正像你是这间暗室的女仆一样，你的话也是暗黑的，使人不了解是什么意思。不过你倒说说，这间房间是在哪里？我从哪儿来？又从哪儿走出去？每天都使我感到像迷魂阵一样。

苏伦格玛　　把覆盖的土层挖开，在大地的中心建造了这间房间。国王特别为您建造了它。

苏德尔希娜　　国王难道缺少房间，非要特别建造这样一间暗室？

苏伦格玛　　在有光的一些房间里，所有的人都来来往往。在这黑暗中才可以和你单独相会。

苏德尔希娜　　不，不，我需要光！为了光我正焦急不安。如果你在某一天为我带来了光到这里，我要把我的项链赏给你。

苏伦格玛　　娘娘，我哪有这种权力！国王陛下保持黑暗的地方，我岂能让它放光明！

苏德尔希娜　　你这样忠心耿耿？但我听说，国王惩罚了你的父亲，是真的吗？

苏伦格玛　　是真的。父亲好赌，好多青年聚在我家里喝酒、赌博。

苏德尔希娜　　那你做什么呢？

苏伦格玛　　娘娘，那您不是都听说了吗？我当时正走在毁灭的道路上，我的父亲有意让我走那条路。我没有了母亲。

苏德尔希娜　国王流放你的父亲时你没有感到不满吗？

苏伦格玛　我感到很不满。我心里想，如果有人杀死了国王，那才好呢！

苏德尔希娜　国王把你从你父亲手里解救出来，以后把你安置在哪里了呢？

苏伦格玛　我怎么知道，安置在哪里？但是我受了很多苦，好像有人用针扎我，在火上烤我。

苏德尔希娜　为什么？你是因为什么事而受这么多的苦呢？

苏伦格玛　我正走着毁灭的路，这条路一被堵死，我就感到好像我的任何依靠也没有了。我像被关在笼子里的野兽吼叫着围着笼子转着，心里想：不管抓着什么人，撕扯他，咬啃他，把他撕成碎片扔掉。

苏德尔希娜　那时你是怎么看国王的呢？

苏伦格玛　啊，他多么残忍，多么残酷无情！多么没有一点儿宽容的凶残。

苏德尔希娜　那么你对这样一位国王为什么这么忠心了呢？

苏伦格玛　娘娘，我怎么知道呢？他是这样坚定、这样严厉，所以我能这样依靠他、信赖他。要不，像我这样堕落的人还能有什么依靠？

苏德尔希娜　你的心什么时候转变的？

苏伦格玛　娘娘，我怎么知道我的心是什么时候转变的？我的全部反抗情绪终于有一天承认失败而消失了。我看到：他有多么可怕，也有多么美。我得救了，得救了，终身得救了。

苏德尔希娜　那好，苏伦格玛，你向我起誓，真正地告诉我：我们的国王看起来怎么样？我从来没有亲眼看见过他，他在黑暗中走到我身边来，又在黑暗中走去。我问过多少人，没有一个人明确地回答我，所有的人都有所隐瞒。

苏伦格玛　我说真的，王后娘娘，我还真说不准他有多美。不，他不是人们所说的那种美。

苏德尔希娜　你说什么，他不美？

苏伦格玛　不是，娘娘，说他美是作践他了。

苏德尔希娜　你的话全部令人不可理解。

苏伦格玛　娘娘，怎么办呢？所有的话不都是可以解释清楚的。我小时在父亲的家里，看见不少的男子，我说他们美。他们日日夜夜强迫我听命于他们，他们扰乱我生活中的幸福和痛苦，这一切至今我未能忘记。我们的国王陛下难道像他们一样吗？像他们一样美吗？从来不是。

苏德尔希娜　不美！

苏伦格玛　对，应该这么说，不美。正因为不美，所以充满了一种惊异和奇特。当我从我父亲的家里被抢来带到他面前的时候，那时他显得多么可怕啊！我的心整个儿都憎恶他，甚至我即使瞎了眼睛，也不愿意用瞎了的眼睛看他。从那时起，已经变成现在这个样子，当我早晨向他行礼时，我只看着他脚底下的泥土。而我自己感觉到，就是这样，对我来说已经够多了，我的两眼已经很有意义了。

苏德尔希娜　你的话我都不理解，不过听起来还是好听的。但是你所说的，我一定得看到才放心。我是什么时候结婚的，都记不起来了，那时也不如现在懂得多。听母亲说过：看相的对她说，她的女儿所得到的夫君，像他那样的男子在世界上不会有第二个。我也曾多次问过母亲：夫君看起来怎么样。她根本不想准确地告诉我。她说：我哪里看见过？从面纱里面根本看不清。一个优秀男子中的杰出者，我怎么能放弃看见他的贪欲呢？　　.

苏伦格玛　娘娘，请看，微风吹来了！

苏德尔希娜　微风？哪里有微风？

苏伦格玛　这股香气，难道你没有闻到？

苏德尔希娜　没有，什么香气？我没有闻到。

苏伦格玛　大门已经打开，他来了，他进来了。

苏德尔希娜　你怎么发现动静的?

苏伦格玛　娘娘,我怎么知道呢?不过我感到好像我的胸口里面听到了脚步声。我不是他的暗室的宫女吗?所以我内心的一种感觉苏醒了,我不需要亲眼见到就能理解。

苏德尔希娜　如果像你一样,我也有这种感觉的话,那我就达到彼岸了。

苏伦格玛　会的,娘娘,会的。您一直想"要看见他",想得这样焦灼不安,于是您的心已经全部集中到看的方面来了。当您放弃这种聚精会神的思索时,一切就会自然而然地简单多了。

苏德尔希娜　我作为王后,对我尚且不简单;而你作为宫女,对你为什么简单了呢?

苏伦格玛　正因为我是宫女,所以就这么简单了。那天他把管理这暗室的担子交给我后说:"苏伦格玛,你每天要把这间房整理好,这就是你的任务。"我诚心诚意地接受了他的旨意。我打内心里都没有这样想过:一些人在您的有光亮的房间里点灯,也给我他们那样的工作吧。自从我担了这项工作,工作的动力自然而然地在内心苏醒了,没有遇到任何障碍。不过现在他来了,就站在房间外边。陛下……

国王　(歌声)

　　　　　请打开房间,不要让我久站在房外边,

　　　　　请示意,请注意我,伸开你的双臂。

　　　　　白天的事已经结束,傍晚的星星已经出现。

　　　　　太阳已经消失在大洋的彼岸。

　　　　　我来到了房门口,不要让我久站在房外边。

　　　　　是否用水罐打了水?是否已披上夜晚的衣衫?

　　　　　是否梳理了发髻?是否摘来了鲜花?

　　　　　用半开的花编制的花环是否编完?

　　　　　飞鸟已经回巢,牛已经回到牛栏。

　　　　　世界上所有的路,在黑暗中都合为一片。

我来到了你的房门口，不要让我久站在房外边。

苏伦格玛 国王陛下，您的门谁又能关上呢？门没有关上，仅仅虚掩着，一碰就自然而然地敞开，难到这一点您也做不到？只要娘娘自己不起身把门打开，您就不进去吗？

国王 （歌声）

这是我的遮盖物，去掉它还要多久！

如果你愿意，呼出来的气就会把它吹走。

如果我继续躺在地上，吻着泥土，

那你就继续站在门口，这难道就是你的誓愿？

用车轮的轰鸣震醒所有的人。

充满活力回到自己的家里来吧，光荣地归来吧！

愿我的睡意消失，让我认识我的主人，

我跪在门口，让我将自己呈现在你的脚前。

苏伦格玛 王后娘娘，您去吧，把房门打开吧，不然，国王陛下不会来了。

苏德尔希娜 我在这暗室里什么都看不清楚，房门在哪儿，我哪里知道？你知道这里的一切，您就代我打开门吧！（苏伦格玛打开门后行礼。下）你为什么不在有光亮的地方在我面前露面呢？

国王 你想在有光亮的地方和其他千百种东西混在一起看我吗？为什么不让我在这深沉的黑暗中作为你唯一的一个存在呢？

苏德尔希娜 所有的人都能看到你，而我作为王后却不能看到你。

国王 谁说都能看到我呢？那些愚蠢的人自以为能看到我。

苏德尔希娜 不管怎样，你一定得在我面前露面。

国王 你会受不了的，你会痛苦的。

苏德尔希娜 会受不了，还有这种事吗？你有多么美，你又多么使人惊叹，这在这种黑暗中也是可以理解的，那怎么会在有光亮时还不能理解呢？当你的维那琴在外边奏响时，不知道我变成什么了，我开始感到，我就是你那维那琴的一首歌。你的含香味的披肩接触我的身体时，我感到好像我的整个身子由于极度的愉快而和空气混合在一起了。看到你以后我竟会受不了，这怎么可能呢？

国王　难道我没有任何形象进入你的内心吗？

苏德尔希娜　从一方面来说是进入了呀，不然的话，我又怎么能活下来呢？

国王　是哪一种形象？

苏德尔希娜　那也不是某一种形象。雨季刚来临的日子，当被饱含雨水的乌云覆盖的天空尽头，森林的轮廓和线条更为深沉的时候，我坐着一直在想：我的国王的形象也会是这个样子，这样起伏徘徊，这样覆盖大地，这样撩人眼睛，这样使人心满意足，那如嫩叶的眼睛这样充满幻影，那微笑是这样沉于严肃之中。在秋季的时光，当天空的覆盖物全都散去的时候，那时使我感到，你沐浴后行走在谢帕莉森林的路上，你的脖子上戴着茉莉花花环，你的胸口上有着白色檀香末的印迹，你的额上缠着轻盈而又闪光的头巾，从你的两眼中射出的目光消失在天边的尽头。那时我感到你是我同路的伴侣，如果我能和你同行，那么在天涯海角，有石雕雄狮守护的金碧辉煌的宫门将会打开，我将能走进那清白的后宫。如果我不能这样做，我将坐在这窗前为一个遥远的理想而始终长吁短叹，我的内心将日以继夜地，夜以继日地为某一未知的森林小道，为某一尚未被嗅过的花朵的香味而不断悲伤啜泣，最后走向死亡。在春季里，当所有的森林都变得万紫千红的时候，我看到了你两耳戴着耳环，双手戴着手钏，身上披着淡黄色的披肩，手里拿着无忧树的花蕾，你的维那琴的每一根金黄色的弦都随着每一首曲调而急促不安。

国王　你看到了这么奇特的形象！那你为什么把这些都抛开，只想看到一个特别的形象呢？如果那一形象不是你内心所想象的，那么你的内心不是被破坏了吗？

苏德尔希娜　不过我敢肯定，会是我内心想象的。

国王　如果内心是属于他的，那么他就会是你内心所想象的，首先该是这样。

苏德尔希娜　我说真的：在这黑暗中，当我看不见你时，虽然我知道你就是我想象的，可是有时不知道为什么，有一种恐惧使我内心不时地发抖。

国王　有一种恐惧为什么不好呢？在受惊中如果没有恐惧，那就索然无味了。

苏德尔希娜　那好，我也想问你，在这黑暗中，你难道能看到我吗？

国王　那当然能看到啦！

苏德尔希娜　那你怎么能看到呢？又看到什么呢？

国王　我看到好像广阔无垠的太空的黑暗，由于受到我的欢乐的吸引旋转着，集中了许许多多星星的光亮在一个地方屹立着，其中有多少个时代的沉思，多少个宇宙空间的激情，多少个季节的赠礼！

苏德尔希娜　这就是我的形象！从你的嘴里听到后我的心很激动，但是不完全相信，我自己看不到我有这一切。

国王　把自己作为一面镜子，从中是看不清自己的，而且显得渺小了。如果在我的心中看你自己，那是多么巨大，因为在我心中你不仅是你，而且成了我的形象。

苏德尔希娜　你说下去，你再说一遍，你的话我听起来像歌曲一样，像远古的歌曲，好像我世世代代一直在听着，那就是你唱的吗？就是你唱给我听的吗？不，不，你所唱给那位听的人，她比我伟大，比我美丽得多。你的歌曲中那位看不见的美人，我却能看见，她是在我的内心里面呢还是在你内心里面？你所看到的我的形象，你只一次用顷刻间的工夫让我也看到吧！对你来说，难道黑暗根本算不了什么？因此，我从你那里不知为什么感到一种恐惧，而这种严酷的像黑铁一样的黑暗，它在我头上像睡意那样，像昏迷那样，像死亡那样笼罩着。在你旁边难道它根本不算一回事吗？那样在这种场合我和你相会怎么可能呢？不行，不行，不能相会，不能在这里相会，在这种场合不行。要在我能看到树木花草，飞禽走兽，石头泥土等一切的地方，在那也能看到你的地方。

国王　好吧，那你看吧！但是你得自己辨认出来，没有人会告诉你，而且如果有人告诉你，难道你会相信吗？

苏德尔希娜　我会识别出来，会认出来的，在千千万万的人中间也会认出来的，决不会错。

国王　今天是三月十五，一个春天的节日，你站在后宫的屋顶上，从那里看，在我的花园中成千上万的人中间仔细辨认我。

苏德尔希娜　你一定会在他们中间吧？

国王　我会一次又一次在各个方向显示自己。苏伦格玛！

　　　　[苏伦格玛上。

苏伦格玛　陛下有何吩咐？

国王　今天是三月十五，春天的一个节日。

苏伦格玛　我需要做些什么？

国王　今天是你装饰的日子，不是工作的日子。今天在我的花园里你要协助我们行乐。

苏伦格玛　一定照办，陛下。

国王　王后今天想亲眼见一见我。

苏伦格玛　在哪儿见呢？

国王　就在那笛声吹响、番红花花瓣抛洒、月光和阴影相合的南边的小丛林里。

苏伦格玛　在那迷魂阵一样的地方能看到什么呢？在那里连风都急促不安，一切都是那样不稳多变，不会眼花缭乱吗？

国王　王后好奇呢！

苏伦格玛　满足好奇的东西千千万万，难道您和王后一起共同消除她的好奇心？您不是这样的国王啊！王后娘娘，您的好奇心最终要哭着返回的！

　　　（歌声）你那双不安的眼睛像小鸟，

　　　　　　飞向何处遥远的森林？

　　　　　　今天心中如果吹响了爱的芦笛，

252

于是它就会自然地被手臂搂紧，

它会滞留下来，会一再徘徊，

啊，今天那双眼睛像小鸟飞回森林，

你没有看到心扉中进进出出的是谁。

你没有听到，南风在你耳边怎么说，

今天在花香中，在幸福的微笑中，在惊恐的歌声中，

永恒的春天为了寻找你显露出勃勃生机，

你那不安的眼睛像林中小鸟，

像疯了一样在外边寻找，在林中徘徊。

第二场

[道路。

[行人和卫兵。

行人甲 啊，先生！

卫兵 请说有什么事？

行人乙 路在何方？我们是外地人，请为我们指路！

卫兵 到哪里去的路？

行人丙 听说今天在举行节日的盛会，我们该向哪儿走？

卫兵 这里到处都是路，不管走哪条路，都会走到那里。从前面走吧！

[卫兵下。

行人甲 你听听他说的话，他说的意思是许多路都是一条路。如果是这样，那这样多的路有什么必要呢？

行人乙 啊，老兄，有什么值得不高兴的？一个地方有一个地方的制度。我们那地方可以说就根本没有道路，曲曲折折的小巷，好像迷魂阵一样。我们的国王说没有公共的道路才好呢，因为有了道路，老百姓就可以外出。而这个地方正好相反，走的人也没有阻拦，来的人也没有被挡住，可是还有这么多的人。要是我们那里

有这种公开的自由，那早已荒无人烟了。

行人甲　杰那尔登老兄，这就是你的一大缺点。

杰那尔登　什么缺点？

行人甲　你尽力谴责自己的王国，公开的大道有什么好处呢？龚蒂尔雅老兄，你说说看，刚才他说，公开的道路好。

龚蒂尔雅　帕沃德特老兄，你不是一直看到杰那尔登的这种歪理吗？总有一天，他要陷入困境的，这种话一旦传到国王的耳朵里，那死后要找到抬尸体到坟场的人都会困难的。

帕沃德特　老兄，自从我们来到这个公开道路的地方，我们的起居可没有得到一点儿便利。谁来了谁走了，任何人也没有一个准。成天老是憎恶自己的身体，唉，我的老天！

龚蒂尔雅　我也是听了杰那尔登的意见以后来这里的。我们那儿的社会可从来不是这个样子。你知道我的父亲吧，他是多么大的伟人！根据经典，他量了四十九手臂长的圆周的地方，他就住在这里面一辈子，一天也没有伸出脚走出来一步。过世后产生了一个问题：火化也要在这四十九手臂长的圆周范围内进行，这是很困难的问题，最后精通经典的人裁决，不能超过四、九两个数字之外。所以把四十九颠倒过来成了九十四，这才能够把他从家中运了出来，不然火化得在家中进行。啊呀！天哪，多严格的风俗习惯，我们那个地方可不是普普通通的地方。

帕沃德特　你说得对，过世后的事也要考虑到，这种事难道还简单！

龚蒂尔雅　这位杰那尔登也是那个地方的水土孕育成长的，可是他偏要说，公开的道路就是好！

　　　　［下，一位老大爷带一群孩子上。

老爷爷　孩子们，你们得和南风竞赛，承认失败是不行的。今天要让所有的道路都沉入在歌声中。

　　　　（歌声）来啊，我的春天，来啊！

　　　　　　　　今天，南大门已经敞开，

　　　　　　　　我要让你在内心的秋千上摇摆，

在崭新的青色光泽的车上，在铺着花的道路上，

在激动的芦笛声响起时，在花浸透花粉时。

来啊，我的春天，来啊！

来啊，在浓密的嫩叶丛中，来啊，在野茉莉花丛中，

带着温柔、甜美、迷人的微笑，在如痴如狂的风

飘拂的地方，

把自己的迫不及待的披肩抛向天空。

来啊，我的春天，来啊！

[下，一群市民上。

市民甲　老兄，不管怎么说，今天我们的国王露面是恰当的。住在一
个国王统治的国家里，从来没有见过这个国王，这难道不是令人
遗憾的事吗？

市民乙　这其中的奥妙你们任何人也不知道，如果你不对别人说的话，
我可以告诉你。

市民甲　我们都住在同一街区，我曾把一个人的话传给另一个人吗？
对了，你的拉哈格大爷打井时曾挖到埋藏的财宝，那件事我可不
是有意编造的，你全都知道得很清楚。

市民乙　对，对，我都知道。所以我才说，如果能保守秘密的话，我
就对你说，要不，可能带来灾祸。

市民丙　你也是一个好人，维鲁巴格夏，如果可能带来灾祸，那你为
什么这么急着要把灾祸请来呢？又有谁会成天为你保守秘密呢？

维鲁巴格夏　唉，提起了这件事嘛，所以……好吧，算了吧，我不说了，
我也不是说废话的那种人。国王不露面，这是你们提起的，我才
说，不是有意要露面的。

市民甲　唉，维鲁巴格夏，你就说了吧！

维鲁巴格夏　对你们说也不是什么过错，你们都是自己人。（轻声地）
国王看起来很丑，所以他曾发誓，决不在任何人面前露面。

市民甲　那一定是这么回事。我们也老在想，所有国家的老百姓一看
到国王就像树叶一样簌簌发抖，而我们的国王为什么不露面呢？

不管怎样，如果有那么一次只露出眼睛来这么说："砍掉所有孩子的脑袋！"那也会让我们知道："是呀，毕竟还有国王存在。"所以维鲁巴格夏的话是可信的。

市民丙　什么也不可信，我是一点儿也不相信的。

维鲁巴格夏　你说什么？维希瓦沃苏？你想说我是撒谎吗？

维希瓦沃苏　我也不是想说你撒谎，但也不是就这样相信你说的。不管你是生气也好，或者想做其他什么也好。

维鲁巴格夏　你为什么会信呢？你就连你的父亲祖父也不相信，你就是这种德性。在这个王国里，如果国王不隐藏起来的话，那么这里就没有你容身之地了，你完全是一个什么也不信的人。

维希瓦沃苏那　好，你这个什么都信的人！如果是另一个国王统治的国家，那会把你的舌头割掉喂狗的，你竟说我们的国王看起来很丑。

维鲁巴格夏　维希瓦沃苏，说话可得克制点。

维希瓦沃苏　谁说话该克制点，这难道还得说出来吗？

市民甲　别说了，别说了，这样不好。看来你们要把我拖进灾难中去的，我不能陷进去了。

　　　　　[都下，有几个人拉着老大爷上。

甲　大爷，今天谁把你打扮成这个样子？你的这花环是哪个巧手编制的呀？

老大爷　啊，蠢材，所有的事都要公开说出来吗？那就没有一点儿保留了。

乙　算了吧，老大爷，你的一切早就暴露了。我们那像雄狮一样的诗人为你写了一首歌，看来你还没有听到，就是在家家户户相传的那首歌。

大爷　在一个家里传就够了，家家户户谁有空闲传呢？

丙　老大爷，你这是在说多余的话呢！老大娘就好像用纱丽的边把你捆着似的，直到街区的什么地方，都可以发现你在场，你什么时候待在家里呢？

老大爷　唉，你的老大娘的纱丽边很长，到街区的任何地方去，都不可能摆脱她的纱丽边。不过诗人说的什么，让我听一听吧？

丙　　诗人说：

>　（歌声）在那容光诱人眼睛的地方，
>　　　　那儿像你一样徘徊的有谁呢？（老大爷）
>　　　　在那风流人士聚会的最热闹的地方，
>　　　　那儿这样沉于享受的人是谁呢？（老大爷）

老大爷　喂，住嘴，住嘴，在这春天的日子你为什么开始唱这样的歌？

甲　　为什么开始唱这样的歌，你知道吗？

>　（歌声）在那儿搂着脖子，搂着腰身，
>　　　　在那儿不沾染市场的一丝灰尘，
>　　　　在那儿只有爱争吵的人在喧闹，
>　　　　在那儿有纯洁、坦白、直率和真诚，
>　　　　在那儿还有谁像你一样敞开心扉？（老大爷）

老大爷　如果你们问过你们的那位诗人，那就会知道，在这春天的日子像老大爷这种旧事物是完全不适宜的，不要把自己的歌和我联系在一起而浪费了曲调，而且这样会使智慧之神的维那琴的弦生锈的。

乙　　老大爷，你在路上就像开起讨论会来了，什么时候去参加节日的庆祝？走吧，到我们那南边的小丛林里去吧！

老大爷　老弟，我的情况就是这样，我在路上一边走一边品尝，最后总会找到食物的。

乙　　老大爷，你看，今天这个日子有一件事总是使人心里不安。

老大爷　那是什么事，说给我听一听。

乙　　这一次从本国和从外国来了好些人，他们都说，所有的地方都很美，不过国王为什么不露面？我们不能给任何人以回答，这是我们国家留下的很大的缺陷。

老大爷　缺陷？在我们国家里国王不在一个地方露面，所以整个王国突然一下子到处都挤满了国王，而你所说的缺陷，却使我们都成

了国王，至于另一个国王，他把节日糟蹋得不成样子了，好像春天都要被窒息了。不过我们的国王自己却不圈地，把地都留给了大家，诗人格谢利的一首歌你知道吗？

　　（歌声）在这个王权的国度里，我们都是国王，

　　　　　　不然我们有什么权利要和国王会面？

　　　　　　我们愿做什么就做什么，可是仍然在他意愿支配下生活，

　　　　　　在奴隶国王的恐惧中，我们没有受束缚，

　　　　　　不然我们有什么权利要和国王会面？

　　　　　　国王尊重大家，他自己也得到那种尊重，

　　　　　　谁也没有把我们卷入某种谎言，鄙视我们。

　　　　　　不然我们有什么权利要和国王会面？

　　　　　　我们按自己意志行事，但是最后还是相会在那一条路上，

　　　　　　我们没有一个人会消失在失败的旋涡中，

　　　　　　不然我们有什么权利要和国王会面？

　　　　　　我们都是国王！

丙　　但是，老大爷，你所说的，还有一些人由于未能见到国王，自然产生对国王的一些议论，这都是不能忍受的。

甲　　你看一看，如果有人骂我，那我会处罚他，但是有人骂了国王，却没有一个人来堵住他的嘴。

老大爷　　这是有原因的，国王在老百姓内心中的那部分，是可以受到伤害的，在老百姓内心之外的那部分，是不能碰的。就像太阳的热力以灯的形式出现的时候，吹一口它都忍受不了，但是千千万万的人一起对着太阳吹，那太阳是绝不会熄灭的。

　　　　　[维希瓦沃苏和维鲁巴格夏上。

维希瓦沃苏　　老大爷，请看，就是这个人，他一再唠叨说，我们的国王很丑，所以才不在人前露面。

老大爷　　那干吗这样生气呢？维希瓦沃苏，他的国王可能就是很丑

的，要不，在国王的国度里像维鲁巴格夏①那样的面孔为什么会有呢？他的父母自己也没有给他取名为美丽的战神的名字呀！正如他在镜子中看到了自己的面孔一样，他也那样想象国王的面孔。

维鲁巴格夏　老大爷，我不指名道姓，但我这个信息是从这样一个人那里听来的，这个人是没有怀疑的余地的。

老大爷　相信别人比相信自己还更多，你说是不是？

维鲁巴格夏　不是，我可以向你提供证明。

甲　这个人不知羞耻，一方面是他说了不该说的话，另一方面还想提供证明。

乙　让他和他的证明都见鬼去吧！

老大爷　老弟，请不要生气。他的国王长得很丑，为了传递这个信息，可怜他今天出来庆祝节日了。维鲁巴格夏老弟，你会碰到许多相信你的话的人，带着他们一起去吧，一起享乐去吧！

　　　　[都下。一群外国人上。

龚蒂尔雅　老兄，说真的，我们已经这样习惯了，一旦到这里哪儿也看不到国王时，就感到虽然是站在这里，可是脚底下好像没有土地一样。

帕沃德特　龚蒂尔雅老兄，你看，事实是他们这里的人就根本没有国王，所有的人一起传播一种谣言。

龚蒂尔雅　我也是这种感觉，我们都知道，在一个国家里露面最多的就是国王，不让人把自己仔细地看个够是不罢休的。

杰那尔登　但是在这个王国里，从一端到另一端所表现出来的章法，没有国王是根本不可能的。

帕沃德特　这些天在国王的王国里待过之后你才知道这一点吗？章法如果可以存在的话，那还有国王的必要吗？

杰那尔登　现在你来看看，今天有这么多的人一起欢度节日，如果没有国王，他们是不可能这样联合在一起的。

---

①　维鲁巴格夏，在原文里的意思是眼睛长得难看的人。

帕沃德特　好啊，杰那尔登！实际情况是你正在回避问题呢！有章法，这是可以看出来的，也在庆祝节日，这也是明显的，这都没有人表示怀疑。但是国王在哪里？在什么地方看见了国王？你说说看。

杰那尔登　我不正在说吗，你们只知道这样一种王国，即王国中要有用眼睛看得见的国王，要是得不到国王的动静的话，就认为那里只有鬼走动。你们看这里……

龚蒂尔雅　可是你还是转弯抹角的那句话。你为什么不回答帕沃德特的实际问题呢？是还是不是呢？看见过国王没有？看见过吗？

帕沃德特　龚蒂尔雅，我的朋友，撇开不谈吧。你和他谈的都是废话。他的公正的理论都已经和这个国家一模一样了，他已经不用眼睛开始看事物，那还能谈其他什么呢？现在唯一可能的是，让他吃几天没有粮食的饭，那时他的理智也许会和普通人一样醒悟的。

　　　　〔下，一队唱歌者唱着歌上。

一队歌者　（唱）

　　　　　　我生命的人在生命中，
　　　　　　于是我到处都能看到他，
　　　　　　他在眼珠中，他在光芒中，
　　　　　　他这才不会失去。
　　　　　　我因而不管在哪里，不管朝哪里看，都能看到他，
　　　　　　为了听到他口中的言辞，我到处走，但没有听见。
　　　　　　今天回国后细听，他的声音原来在自己的歌中。
　　　　　　谁？你在找他，像乞丐那样挨家挨户？
　　　　　　他不会在那里露面。
　　　　　　奔跑吧，请在我心中看他，请在我的双眼中看他。

　　　　〔下，一队步兵上。

步兵甲　闪开，闪开，让出路来！

行人甲　哈，很大的人物呀——迈着方步走路嘛！为什么？先生，

为什么要让出路来？难道我们是路上的狗不成？

步兵乙　我们的国王要来了。

行人甲　国王？哪里的国王？

步兵甲　就是我们这个国家的国王！

行人甲　你难道疯了？我们国家的国王是要避开步兵，而且不让路上
　　　　有人才走路的。

步兵乙　大王现在不再躲起来了，今天他亲自来庆祝节日。

行人乙　啊，是真的吗？

步兵乙　你看吧，旗帜在飘呢！

行人乙　呀！对，是真的，那真是国王的旗帜。

步兵乙　是绘有紫铆花的旗帜，没有看到吗？

行人乙　对，是绘有紫铆花的图，说得一点也不假，完完全全的红色
　　　　在摆动呢！

步兵甲　那怎么样？刚才还不信我说的话呢！

行人乙　不是，老总，我没有不相信，是龚帕在制造混乱呢，我一句
　　　　话也没有说。

步兵甲　龚帕①真是一个空罐，才这么响呢！

步兵乙　这个人是谁？是你们的什么人吗？

行人乙　不是我们的什么人。我们村里不是有个收税官吗，这就是收
　　　　税官的叔伯丈人，住在村街道的另一边。

步兵乙　对，对，面貌完全像他叔伯丈人一样，而头脑也完全和丈人
　　　　一个样。

龚帕　受了许多苦，头脑才成了现在这个样子。前不久的一天，不知
　　　　道从哪儿来了一个国王，名字前面冠了三百四十五个称号，吹吹
　　　　打打地在全城游逛了一遍。我紧跟其后也没有少奔波，搞了多少
　　　　祭祀，膜拜了多少神，甚至出现了拍卖家产的情况，最后他那国
　　　　王的身份还剩下什么呢？当人们向他要求封地或领地时，他打开

---

　　① 　龚帕，在原文里即是罐子之意。

历书看了看，没有找到吉利的日子，但向我们征赋税时却不考虑什么灾星会造成障碍。

步兵乙 龚帕，你为什么把我们的国王说成是那样假的国王呢？

步兵甲 你这个叔伯丈人，你和那叔伯丈母娘告别后再来吧，看来你最后的时间来临了。

龚帕 老总请息怒，我认罪，我认罪，我哀求你，你要我退多远我就准备退多远站着不动。

步兵乙 好吧，那就算了，在这儿排成队站好，就当着国王已经来了。我们再往前整顿好路上的秩序。

　　[步兵们下。

行人乙 龚帕，你的这张嘴总有一天要害了你的。

龚帕 不，马特沃，这不是嘴的过错，而是脑袋的过错，当着假的国王出现的时候，我什么也没有说，完全像一个善良人那样克制自己。可现在这一次当着真的国王要来时，不知怎么一些错话就从我的嘴里出来了，这一切都是脑袋的过错。

马特沃 我认为什么国王是真的，还是假的，这种看法是不对的。反正承认他跟着走得了，我们难道认识国王吗？能判断出来吗，这就好像在黑暗中扔土块，扔得多了，总会有扔中目标的。老兄，我是从头开始一律都承认，是真的那有好处，不是真的有什么害处呢？

龚帕 你说土块，如果是纯粹土块的话，那也没有什么值得考虑的，但是这里可是一些贵重的东西，挥霍了是要出问题的。

马特沃 国王来了，啊，真像国王样子的国王，看他那副面孔，就像奶油做的，龚帕，怎么样？你有什么看法？

龚帕 看来是很英俊的，老兄，怎么知道，也可能是国王。

马特沃 正好像造的一尊国王的像树立在那儿，真令人担心，可别让阳光一照融化了。（穿着王服的人上）大王万岁。为了朝见你我们从早晨一直站在这里，愿国王开恩。

龚帕 看来有点麻烦，去找老大爷来吧。

　　　　　[下，另一群行人上。

行人甲　啊，国王来了，要见一见的，上来吧！

行人乙　国王陛下，我是古谢利沃斯杜地方乌德耶德特的孙子，我名
　　　　叫维拉杰德特。请陛下不要忘记我，我一听说国王来了就跑了来，
　　　　人们讲的什么话，谁讲了什么，我都没有在意，我认为陛下是高
　　　　于一切的。

行人丙　（对行人乙）听听他讲的话，我一大早就一直站在这儿，那
　　　　时凌晨的鸟都还没有叫呢，从那时起到现在你在哪儿呢？（转身）
　　　　国王陛下，我是维格拉姆斯特利的帕德尔塞纳，请不要忘记忠于
　　　　你的人。

维拉杰德特　大王陛下，我们这些人都很穷，这么多日子都没有能朝
　　　　见您，这该向谁诉说呢？

着王服者　我会消除你们的贫穷。

　　　　　［下。

行人甲　落在后面是不成的，要消失在群众中，国王就不会注意到我
　　　　们。

行人乙　你们看，看一看那罗德门的行动吧。我们有这么多的人，可
　　　　他把大家推到一边，不知从哪里拿了一把棕榈叶扇子，开始给国
　　　　王扇风了。

马特沃　是呀！他的胆量可不小！

行人乙　有人抓着他强行推到一边去了，他难道配站在国王旁边吗？

马特沃　呀，国王难道这也不懂，这是对他极大的忠诚啊！

行人甲　不，国王们一般是不懂的，他们接受人家给扇风后，可能上
　　　　当受骗。

　　　　　［大家下。龚帕带老大爷上。

龚帕　刚才从这条路走过的。

老大爷　只要从路上走过就是国王吗？

龚帕　是，老大爷，是完完全全清楚地见到的，不是一两个人，道路
　　　　两边所有的人都是看见了的。

老大爷　正因为这样才值得怀疑，我们的国王什么时候让过路人的眼睛看到他走路呢？这样的轰动事件国王从来没有制造过。

龚帕　那也许国王今天愿意这么做，那也是很难说的。

老大爷　肯定能够说。我们国王的意愿是一贯的，不是随时改变的。

龚帕　不过，老大爷我怎么给你说好呢！完全像是奶油做的，当时我想变成一片阴影，整个地罩在他的上面。

老大爷　好呀，你的想法！我们的国王是奶油做的，你要变成阴影为他遮阳。

龚帕　不管你怎么说，老大爷，是显得很英俊。今天我们有这么多的人聚集在这里，但是像他那样的一个也没有。

老大爷　我们的国王如果露面，你们的目光也不会碰上他的，他处在十个人中间，你就不可能把他和其他九个人区别开来，因为他和所有的人完全融和在一起了。

龚帕　但是我们看见了他的旗帜了。

老大爷　看到旗帜上的什么啊！

龚帕　旗帜上绘有紫铆花呢，很耀眼的。

老大爷　我们国王的旗帜上是莲花，莲花的中间是闪电。

龚帕　人们说，在节日里国王外出了。

老大爷　肯定地外出了。但是他身边没有步兵，没有鼓乐，也没有光，什么也没有。

龚帕　那样一来，谁也识别不出来。

老大爷　个别的人也许能识别出来。

龚帕　那能识别出来的人，也许他想什么，就可以得到什么。

老大爷　不，能识别的人，根本不会想要什么。识别国王不是乞丐所能干的事，小乞丐把大乞丐就理解成王。今天那个全身戴满首饰向着道路两边聚集的人群的乞求的眼睛来回走动的人，你们那些贪心的人把他当作国王而惊慌失措了！我的那位疯子来了，来吧，老兄，来吧，再不能讲废话或闲话了，说点开心的话吧！

[疯子上。

疯子　　（歌声）

正如你说，我需要那只金鹿，

它吸引人，行动轻快，

它一闪就隐避起来，锁它不住，

听到一点动静，它就耍个花招跑掉。

可是我将在它后面奔跑，在田野里，在森林里，

不管能不能把它找到。

你得到的东西从市场上买来，把家填满，

那得不到的东西，为什么把我沾染？

我有的已经交出，没有的，任它耗损。

我的本钱已经付出，但你为什么想到我会为此伤心？

我很幸福，我笑，我没有苦恼，

我随心所欲地在田野里在森林里自由地奔跑。

第三场

[通向曲女城森林的大门口。

[老大爷和庆祝节日的孩子们。

老大爷　　我们已经来到门口了，现在狠狠地打门吧！

（歌声）今天朵朵莲花已经半开，在轻轻摇曳，

圣洁的莲池泛起令人心旷神怡的波纹。

天空在香味中沉醉了，

微风因高兴而昏迷，

蜜蜂嗡嗡地唱着赞歌，

整个世界都这样欢乐迷人。

[众下。阿温蒂、高谢尔、冈吉等国王上。

阿温蒂　　这里的国王难道在我们面前也不露面？

265

冈吉　他统治的一套办法该是怎样的呢？国王的御花园中举办节日，竟然对普通老百姓没有任何限制。

高谢尔　对我们来说，完全安排另一个地方难道合适吗？

冈吉　那我们应该用自己的力量争得我们的地位。

高谢尔　看了这里的一切，使人产生怀疑，这里根本就没有国王，有一个骗局在形成。

阿温蒂　对，这是有可能的。不过这里的王后苏德尔希娜不纯粹是个骗局。

高谢尔　就是贪图这点而来的呀！那看不到的，我们并不特别热心，但是那值得看的，如果不看到就回去，那就有上当的感觉。

冈吉　那就设一个圈套吧！

阿温蒂　圈套是不错，但是要是自己陷了进去，那怎么办？

冈吉　这是怎么一回事？是谁打着旗帜来了？这是哪里的国王呢？（步兵上）你们的国王是哪里的？

步兵甲　就是这个国家的国王，今天他来参加节日盛会。

　　　　[下。

高谢尔　这是怎么一回事？这里的国王到外边来了！

阿温蒂　不是这么一回事吗？那你看到他以后就该回去了，其他值得看的就看不成了。

冈吉　但是我们干吗听他的？这里并没有国王，所以他大胆地把自己说成国王后向人表白自己，没有看到他把自己打扮成了怎么一副样子？打扮过分了。

阿温蒂　但是看起来很不错，只从外表上看，眼睛有时要上当的。

冈吉　一次是可能上当的。但是仔细地观察后，就会暴露的，我在你们面前立刻就揭穿他。

　　　　[着王服者上。

着王服者　国王们，欢迎！欢迎！在这里，在款待你们方面没有什么差错吧？

国王们　（假装谦虚地致敬）没有任何差错。

266

冈吉　不足的部分也因见到大王的面而得以弥补了。

着王服者　普通老百姓是不能看到我的，但是你们是我的追随者，所以来和你们见一次面。

冈吉　要承受这么大的恩典是太困难了。

着王服者　我不会在这里停得太久。

冈吉　这我早就是这么看的，也没有停留太久的迹象。

着王服者　如果这时你们有什么要求，那……

冈吉　是有要求要提出来，但是当着你的随从们的面提却不好意思。

着王服者　（对随从们）你们稍退后一会儿，（转身）现在你们可以毫不局促地说话了。

冈吉　我们将毫不局促地说，不过你也应该一点儿没有局促。

着王服者　是，请不必担心。

冈吉　那就来吧！那你就在地上向我们每个人磕头致敬！

着王服者　看来我的随从们在王室的帐篷里斟酒太慷慨了。

冈吉　喂，你这伪装的国王，要说谁喝醉了的话，那是你喝得太多了，所以现在出现了你要在泥土里打滚儿的局面。

着王服者　国王们，开这种玩笑是不合乎国王身份的。

冈吉　有权利开玩笑的人，他们就在身边。司令官在吗？

着王服者　没有什么必要。现在可以明显地看出：你们是值得我崇敬的人，我的头自动地低了下来，没有必要通过尖锐的手段使我的头低得着地吧。当你们识别出我来时，我也识别出你们来了，所以请接受我对你们的敬礼。如果你们开恩，让我逃走的话，那么我是不会拖延的。

冈吉　为什么逃走？我们要让你成为这里的国王，让这个玩笑最后开完吧，你总会有些同伴和合作者吧？

着王服者　有，有。凡是行路的人，见到我后就跟在我的后面了。开头的时候，我的这个队伍还不大，那时所有的人都心有疑惧，但是随着人的增多，疑惧也就慢慢消除了。现在成群的人看到自己成群结队的情景时，都感到很高兴，我就一点不感到苦恼了。

冈吉 那好，从现在起，我们帮助你，不过你也得为我们干点事。

着王服者 我愿意接受你们的旨意和给我的王冠。

冈吉 现在倒不需要其他什么，我们想见到王后苏德尔希娜，这件事你得办到。

着王服者 我将尽量努力，不会有什么问题的。

冈吉 不能依赖你的尽量努力，还是应按照我们提出的办法去做。现在你到御花园中的树丛中仍然还是装作国王庆祝节日吧。

   [国王们和着王服者下。老大爷和龚帕上。

龚帕 老大爷，我还不理解你的意思，但我理解你本人。现在我不需要国王了，我已经跟在了你的后面，不过该不会受骗吧?

老大爷 只要和我在一起，你的事情可以圆满完成，那也就不会受骗了。但是如果你的需要比我更多，那你就一定会上当受骗。

龚帕 老大爷，现在节日的庆祝已经开始了，进里面去吧!

老大爷 不，先处理一下大门口的事，然后再去里边。我要会一会所有来的人，那边我们的一群乞丐来了。

一群乞丐 老大爷，我们找你，找得这么晚了。

老大爷 今天我一直站在门口，到其他地方怎么会找到我呢?

乞丐甲 你是我们节日的主持人呀!

老大爷 所以才一直站在大门口。

乞丐乙 今天你将和龚帕、斯肯、穆萨尔、多斯尔等在一起吗?本国的和外国的许多国王都来了，不想和他们认识认识?

老大爷 老兄，龚帕他们都是直率和诚实的人，只和他们不声不响地站一会儿，他们就会认为，已经为他们尽了很大的力了。可是在大人物面前，即使你把头砍了献上去，那他们也会认为胡乱地给了点东西而骗取了很多。

乞丐甲 老大爷，现在走吧!

老大爷 不，老兄，今天我就站在这里。我的心跟着人们进进出出，现在还有……那再重新开始吧!

（集体歌声）

> 我们一无所有，我们在家里和外边到处唱歌。
>
> 过去了很多日子，我们在这些日子里愉快地唱歌。
>
> 那些在流动的金沙上用砖石建造家庭的人们，
>
> 我们唱着歌在他们面前走过。
>
> 当小偷不时地窥视我们的包裹时，
>
> 我们唱着歌打开空空如也的包裹。
>
> 当死亡老妪来到大门口，我们拒绝了她，
>
> 拉长声调高声唱歌。
>
> 当春天来临的时候，外边装点很美，
>
> 但苦行者从中唱起了歌。
>
> 节日里付出豪情、洒落花瓣、风干大地，
>
> 空着手拍掌打着节拍唱歌。

[下。一群妇女上。

妇女甲 老大爷！

老大爷 有什么事？

妇女甲 今天随着春天节日，月圆之夜圆月的升起，我要换我的花环，我起了这个誓才从家里走出来的。

老大爷 要实现这个誓言看来是困难的。

妇女甲 为什么？说给我们听听？

老大爷 因为你们的老大娘仅仅在我脖子上戴了一个花环。

妇女丙 你们看到了吧？看看老大爷的顺从吧！

妇女乙 唉，这真是从天空落下了月亮！

老大爷 你们设下的圈套，怎么能够避开呢？

妇女甲 那你说说我们的圈套的高明之处是什么？

老大爷 月亮也是有眼力的，看到适合自己的圈套就自己甘愿受缚。

妇女丙 那好，老大娘的打算怎么样？如果今天不是节日，那一定会多给两个花环。

老大爷 不管给多少，都是不够的，所以今天只给了一个花环，一个

就引不起任何麻烦。

妇女乙 老大爷,你就不离开大门吗?

老大爷 对,让大家都往前走,我跟在所有的人们后面走。（妇女们下。*一群跳舞的人上*）啊,来吧,来吧!

舞蹈者甲 我们的舞王就是你,我们一直在找你呢!

老大爷 我一直站在门口,我知道所有的人都要经过这儿,一看到你们我的两只脚就抖动起来了,你们跳一次吧,跳后再走。

一群人 （跳舞,歌声）

> 在我内心谁一直在跳舞?
>
> 随着舞蹈,鼓一直在敲,
>
> 哭和笑,随着钻石、宝石在额上飘摇。
>
> 优与劣,在随着韵律和节奏颤抖,
>
> 生和死跟在后面跳跃,
>
> 多么愉快、多么欢乐,
>
> 解放和束缚,日日夜夜,
>
> 在舞台中按其抑扬顿挫在舞蹈。

老大爷 去吧,兄弟们,你们就跳着舞去吧。

　　　　[一群跳舞者下。一群市民上。

市民甲 老大爷,我们没有国王,这一点我要说两百次。

老大爷 仅仅两百次? 有什么必要这么克制呢? 说它五百次吧!

市民乙 你们欺骗人,要把人蒙蔽到什么时候为止呢?

老大爷 老兄,我们也蒙蔽了我们自己呀!

市民丙 我们要到处宣传,说我们没有国王。

老大爷 你说,你是在和谁争吵啊? 你的国王也没有抓住谁的耳朵说,我就是国王,他只是说你们才是国王呢,他的一切是为了你们的。

市民甲 这样吧,我们到大街的中心大声喊叫说,没有国王。如果有国王,他将做些什么,那就等着瞧吧!

老大爷 他什么也不会做。

市民乙 我的一个二十五岁的儿子,由于日夜不停地发烧,死了。国内如果有一个有道之主，我儿子难道会这样夭折吗？

老大爷 唉，你却还有两个儿子在呀！我呢，我的五个儿子一个个都死了，一个也没有留下。

市民丙 那怎么……

老大爷 那怎么？儿子死了就死了，难道因此我就闹起来，还把国王也丢掉吗？我是这样的蠢人吗？

市民甲 那些家里连粮食也没有的人，他们的国王又算什么？

老大爷 你说得对，那你就去把那能给粮食的国王找出来呀！坐在家里大喊大叫，他是不会露面的。

市民乙 我们的国王是如何公道，请考虑一下吧！我们的那位帕德尔森，他嘴里老是念叨着国王，人都快要死了，可是他家里一幅什么样的景象呢？可以说连蝙蝠生活在那里都很困难。

老大爷 还看看我的情况吧！整天都在国王的宫门口受累，到今天连两个钱的赏钱也没有得到。

市民丙 那？

老大爷 那什么？我还以此骄傲呢！有人还给自己的兄弟以赏钱吗？算了吧，你们去吧！去愉快地喊叫没有国王吧！今天是我们所有各种各样的调子的节日，各种调子准确地汇成一股谐音。

（歌声）难道春天只是盛开的花朵的聚会？

难道你不看枯叶和落花的游戏？

难道只从升起的波涛的调子中奏海洋的歌？

下落的波涛的调子也是时刻苏醒着。

在我主的脚下难道只有红宝石在燃烧？

千千万万的土块也在他脚下躺着抽泣。

我的师尊的座前聪明的孩子有多少？

他把幼稚无知的孩子抱在怀里，

于是我成了他的门徒，

节日的国王正注视着，落花的游戏。

第四场

[后宫的屋顶。

[苏德尔希娜和她的女友罗赫妮。

苏德尔希娜　啊，罗赫妮，难道你从来没有看见过我们的国王？

罗赫妮　听说所有的百姓都看见了，但是认出是国王的人却极少，所以当我看见某一个人后内心震动的话，我就想也许他就是国王，可是一两天后又觉得是错了。

苏德尔希娜　你们是可能看错的。我作为王后是不可能看错的，他就是我的国王啊！

罗赫妮　他多么尊重你！他是很快能被你认出来的。

苏德尔希娜　一看到那个形象，我的心就会自然而然地像笼中小鸟一样活跃起来。关于他，你是打听很清楚了才来的吧？

罗赫妮　的确是打听后才来的。不管是问谁，他都说是国王。

苏德尔希娜　哪里的国王？

罗赫妮　就是我们的国王。

苏德尔希娜　是不是额前有花的华盖的那位，你现在说的就是他吧？

罗赫妮　是，他的旗帜还绘有紫铆花的图案。

苏德尔希娜　我一看就认出来了，而你却还曾怀疑过。

罗赫妮　我们的胆量很小，那时感到害怕，谁知道一旦错了，还会因而获罪的。

苏德尔希娜　唉，如果有苏伦格玛在场，那就没有任何怀疑了。

罗赫妮　苏伦格玛好像在我们中间最老练。

苏德尔希娜　不管你说她什么，她能准确地认出国王来。

罗赫妮　这点我决不能承认，她不过是那样感觉。说她认识，其实这么说并没有什么，任何人也不可能检验一番。如果我们也像她那样厚脸皮的话，我们说起来也不会吞吞吐吐。

苏德尔希娜　不，不，她倒什么也不说。

罗赫妮 她的那种神态,比说的还要多呢!她知道多少鬼花招,所以我们中谁也没有看见她。

苏德尔希娜 不管怎么样,要是她在旁边,是可以问问她的。

罗赫妮 她是从来不外出的。今天我却看到她装饰打扮一番后,去庆祝节日了,看到她的那副样子,真把我笑得要死。

苏德尔希娜 今天国王陛下有旨意,所以她装饰打扮一番走出来了。

罗赫妮 那倒也是,王后娘娘,那我们有什么好说的呢?如果您愿意,我可以把她叫来,让她的话消除你的怀疑,她有福气,由她来向王后娘娘介绍国王陛下。

苏德尔希娜 不,不,不需要任何人作介绍。可是我愿意从任何人的口里听到有关他的事。

罗赫妮 所有的人都在说呢。请看,对他的欢呼声已经传到这里来了。

苏德尔希娜 那你做一件事,把这些用荷叶盖着的花献给他。

罗赫妮 如果他问,这是谁给的呢?

苏德尔希娜 不必对他说什么,他自己会理解的。他的看法是:我不能把他识别出来。他被抓住了,不说明我是不会放过他的。(罗赫妮拿着花下)今天我的心这样不宁,这是过去从来没有过的。满月的这种月光像美酒的泡沫一样充溢四方,好像要把我灌醉似的。啊,春天,那所有胆怯又害羞的花朵,在深沉的夜里,在叶子的掩护下开放,正如你把它们的香味窃走他处一样,也把我的一颗心强行弄得郁郁寡欢,使它不能站立在大地上。守门宫女!

　　[守门宫女上。

守门官女 王后娘娘,有何吩咐?

苏德尔希娜 那些唱歌者正从杜果园的路离去,你去把他们叫来,我要听他们唱歌。(守门宫女下)

　　啊!月神,今天你对我的激动不安好像不屑一顾,你那饱含好奇的微笑好像充满了整个天空。对我来说,好像再没有其他地方可隐藏了,我好像看到我自己后感到羞愧了,恐惧、羞怯、幸

273

福、痛苦，所有这一切好像会合起来在我内心跳舞，身上的血液在跳舞，周围的世界在跳舞，一切都在暗淡下去……

（孩子们上）来吧，来吧，你们所有这些少年形象就是春天的化身，开始你们的歌唱吧，我的身心都在唱歌，但是我的喉咙里没有发出声调，你们就代表我唱着歌走吧！

孩子们 （歌声）

今日春天的夜晚，离愁变得迷人，

深沉的音调在痛苦中奏鸣。

我对会晤的渴望笼罩了圆月之夜，

在眼中添满了多么可怜的蜃景。

远处阵阵幽香弥漫了空间，

徘徊飘荡着泯灭于我的生命。

谁的声音协同谁的调子节奏在嫩叶中簌簌作响？

和这些响声一起也响起了我的脚镯声。

苏德尔希娜 好了，好了，已经唱了很多了，听了你们的歌令人伤心落泪，而且使人感到要得到的东西，没有办法把它拿到手里，也根本没有必要把它抓在手里。好像就在这样寻求中，一切都变得令人陶醉。是哪一位出家修行人教给了你们这样美妙的歌曲呢？我真想：什么用眼睛看啦，用耳朵听啦，都通通让它毁灭掉。而我内心的那黑暗小丛林，我就在它的阴影里失意地徘徊逡巡。苦行的孩子们啊！我能给你们什么呢？你们说吧，我的脖子上仅有的这宝石的花环，它是这么坚硬的项链，只会给你们的脖子增加痛苦，而你们脖子上所戴的那种花环我却没有！（孩子们敬礼后下。罗赫妮上）

我搞糟了，罗赫妮，我搞糟了。在听你叙述前我就感到羞愧，我刚刚还不得不感到，要获得最大的东西，却不是接触后得到的，同样要给予最大的东西，也不是交给手里的。可是尽管如此，你说说看，发生了什么？

罗赫妮 我是自己把花交到国王手里的，可是他是不是懂得了，这还很难说。

苏德尔希娜　你在说什么？他没有懂？

罗赫妮　他没有懂，他目瞪口呆地像木偶一样坐着，他没有懂。为了使这点不暴露出来，所以他一声不响。

苏德尔希娜　唉，就像我表现得那么大胆一样，我得到了惩罚。你为什么没有把我的花取回来？

罗赫妮　怎么取回来呢？他身边还有冈吉国王，那是一个很狡猾机灵的人。他一看就全明白了，他扭头微笑着说：国王陛下，王后娘娘苏德尔希娜今天用膜拜春神的花朵在盛情地欢迎你。国王听后突然恢复知觉似的坐了起来说："我的王国的荣誉已经遍播四方了。"我正羞愧地往回走时，冈吉国王用手取下了国王脖子上的珍珠项链，对我说："娘娘的女友，你所传递来的幸运，在它面前承认失败后，娘娘的珍珠项链自我呈现在你的手里。"

苏德尔希娜　话还不得不由冈吉国王理解后说了出来，今天圆月之夜的节日把对我的侮辱完全暴露无遗。好吧，已经发生的事，就让它发生好了，你去吧，我希望独自一人待一会儿。（罗赫妮下）今天我的傲慢被彻底粉碎了，可是还不能使我的一颗心从那个迷人的形象方面转移开来。我的自大受挫了，失败，到处都是失败，连转过脸去置之不理的力量也没有。我只希望向罗赫妮索取那珍珠项链，不过她会怎么想呢？罗赫妮！

罗赫妮　（上场以后）有什么事，娘娘？

苏德尔希娜　今天你的工作该获得什么奖赏呢？

罗赫妮　按照您的意见，我不配得奖赏。不过有人给了我，我是配从他那里得到奖赏的。

苏德尔希娜　不，不，这不叫给，这是强要。

罗赫妮　可是我没有这么大的勇气，敢轻视国王脖子上的不受尊重的项链。

苏德尔希娜　看到你脖子上戴着这不受尊重的项链，我感到难受，拿

来吧，从脖子上取下来给我，作为交换，我把我手上的手钏给你，你拿去吧！（罗赫妮下）

失败了，我失败了，本来应该把这项链打碎扔掉才合适的，可是我没有那么做。这像针刺一样的项链正扎着我，可我仍然不能抛弃它，从节日的神手里难道我得到的就是这一条不光彩的项链吗？

第五场

[丛林的入口处。老大爷和几个人。

老大爷 老兄，怎么样？有点意思吧？

甲 老大爷，太有意思啦！你没有看见，把我完全染红了吗？没有一个漏掉的。

老大爷 真的？把一些国王难道也染上颜色了？

乙 啊，没有，那儿谁又让进去？一些人围成圈子站着呢。

老大爷 哎，那对你们太糟了，在他们身上一点颜色也没有染上？那本该挤进去的。

丙 老大爷，给他们染色应该有另一种颜色！那种颜色存在于他们的眼里，存在于他们的步兵的头巾上。当看到他们那些出了鞘的宝剑的弯刃的时候，使人感到如果我们再尽力往里面挤的话，那剑刃就会被鲜红的颜色染红。

老大爷 那你们没有挤进去是做对了。他们都是受了惩罚被流放到大地上，所以同他们必须保持一定距离行走。现在你们正走回家吧？

丙 是的，老大爷。已经过了半夜了，你可一直还没有进去。

老大爷 到现在还没有叫我呢！我一直在门口。

乙 你的辛普、松肯他们到哪里去了？

老大爷 他们的瞌睡来了，都去睡觉了。

甲 对，他们难道都能像你一样这样不睡一直站着吗？

[众下。一群毗湿奴教派的信徒上。

信徒 （歌声）

那黑色的，那白色的，

一切都被你染成了红色的。

正像你的脚心的颜色一样。

两者已经没有什么差异。

衣着首饰成了红色，

床铺梦境成了红色，

请看这一切怎么样了？

就像一池红莲在摇曳。

老大爷 好啊，老兄，玩得很不错！

信徒 很好！什么都是红色，只有天上的月亮骗了人，它仍然是白色。

老大爷 从外表看来，它显得是一片好心，如果能把它的白色披巾揭开看时，那它的狡猾就会被捉住。今天它悄悄地不断洒下色彩，我在这里站着一直看得很清楚，可是现在它自己却显得多么洁白！

（歌声）啊！我亲爱的，我的生命与你一同游戏，

今天它焦急不安，难道会在游戏中承认失败？

难道只有你要把我染成这个样子后离开？

你有意捉住我，把我的色彩放在胸上，

用我心中的莲花的花粉，

把你的披肩染成红色。

[毗湿奴教派的信徒下。一群妇女上。

妇女甲 我的妈呀，我们曾经见过待在那儿的，现在还仍然待着呢！

妇女乙 我们春天望日的月亮，这样晚了，至今还没有向西方移动一点呢！

妇女甲 为什么？我们的不动的月亮，它是在等着谁呢？

老大爷 等着那驱使它在道路上走的人。

妇女丙 抛开家庭难道要到外边寻找？

老大爷 对了，为了毁灭，心在焦躁不安。

　　　（歌声）我带着我所有的一切，

　　　　　　坐着等待着毁灭，

　　　　　　我正等待着那样一个人，

　　　　　　他让行人在急流的中心沉没。

妇女乙 我们没有按道路行走的力量，把道路抛开行走更好，那自己不愿意被捉住的人，一定要把他捉住有什么好处？

老大爷 捉住，被捉住，得到释放都是一回事。

　　　（歌声）那不露面的，但看得见的，

　　　　　　躲藏着相爱，

　　　　　　在那严肃的悄悄的爱恋中，

　　　　　　我的一颗心在下沉。

　　　（一群妇女下。一群跳舞者上）已经半夜过了，但是看来内心的醉意并没有减少，你们正要回家去，跳了最后一次舞再回去吧！

　　　（歌声）在你后面跳得我的头都已发昏，哒丁，哒丁……

　　　　　　我的脚协同你的节拍，谁说什么我一概不闻。

　　　　　　你的歌声使我生命中那疯狂的部分已经苏醒，

　　　　　　哒丁、哒丁……

　　　　　　我的羞愧的束缚，我的装饰的束缚都已经解除，

　　　　　　只有颂神的工具尚存，

　　　　　　舞蹈的快速动作使一切焦虑都无踪无影。

　　　　　　哒丁、哒丁……

　　　〔一群舞蹈者下。苏伦格玛上。

苏伦格玛 你一直在做什么呀，老大爷？

老大爷 在门口自己的岗位上。

苏伦格玛 那种工作已经结束了，现在一个人也没有了，都回家了。

老大爷 那我进到里面去？

苏伦格玛 里面正传来笛声，注意听就可以明白了。

278

老大爷 对，当所有的人用棕榈的叶子做成喇叭吹起来的时候，那太喧哗了。

苏伦格玛 在节日里，是他主张安排喇叭的。

老大爷 他的笛子不会压倒任何乐费，不然，出于羞愧所有的调子都会停下来。

苏伦格玛 老大爷，请注意，在今天的节日里，我打心底里总是感到，现在国王要给我痛苦了。

老大爷 给你痛苦？

苏伦格玛 是，老大爷，现在他会把我流放很远。多少日子以来，我在他身边，这他是不能忍受的。

老大爷 那么，今后要经过充满荆棘崎岖的森林，通过你的手索取神树了，我们要是能够得到那条困难道路的信息，该多好！

苏伦格玛 你现在难道还想得到什么地方的消息？为了国王的事你什么道路没有走过？一旦有了什么新的旨意，我们就要到处奔忙寻找道路。

　　（歌声）何处丛林鲜花开放？多么深的奥秘中！

　　　　　　香气四溢的南风沉醉了。多么深的奥秘中！

　　　　　　困乏的春夜和伴侣们一起在外边庭院里度过。

　　　　　　在那节日之王的地方，谁带进那住宅里？多么深的奥秘中！

　　　　[苏伦格玛下。着王服者和冈吉国王上。

冈吉 你就完全按照给你说的去做，别出失误！

着王服者 是，国王陛王，我已经看到了，不会有失误的，王后的后宫就在花园的正中间。

冈吉 就在花园里放火，然后就在火灾的混乱中达到我们的目的。

着王服者 不会有错。

冈吉 你这冒牌国王，你说，我一次一次感受到，我们提心吊胆，走来是大可不必的，这个国家里根本就没有国王。

着王服者 我正努力要消除这种无政府状态呢。对普通老百姓来说，真的也好，假的也好，总得有个国王，要不，是很有害的。

冈吉 啊，好心的先生，为了人民的福利，你的这种奇特的奉献精神对我们大家来说是一个范例，我倒正在考虑，由我来做这种有益的事。（忽然发现老大爷）干吗，你是谁？你是藏在哪儿的？

老大爷 我没有藏在哪儿。我很渺小，所以没有被您看见。

着王服者 这个人介绍自己说，国王是他的朋友，老实人都相信他的话。

老大爷 聪明人的怀疑是无论如何也消除不了的，所以我们只和老实人打交道。

冈吉 你听到我们的话了吗？

老大爷 你们刚才正商量放火的事呢！

冈吉 那你就成了我们的俘虏了，走，到营房里去。

老大爷 那今天使我感到以这种形式来召唤我了！

冈吉 你废话什么？

老大爷 我是说，由于对国家的感情，怎么也割不断，所以也许为了把我拉进后宫，派来了管账的听差。

冈吉 这老头子疯了？

着王服者 这个人说的尽是无头无尾的话，听不懂。

冈吉 越是听不太懂的话，老实人越是深信不疑。但我们面前这种滑头是不能得逞的，我们只理会明白无误的话。

老大爷 遵命，大王，我保持沉默。

第六场

[花园。

罗赫妮 这是怎么一回事，一点也弄不明白。（对园丁们）你们这样匆匆忙忙到哪儿去啊？

园丁甲 我们到外边去。

罗赫妮　　到外边哪儿去？

园丁乙　　这我们不知道，国王陛下召我们了。

罗赫妮　　国王就在花园里，还有什么国王？

园丁甲　　这我们不能说。

园丁乙　　就是我们一直侍候的那位国王。

罗赫妮　　你们都去？

园丁甲　　是，我们都去，现在就要去了，要不，会大祸临头的。

　　　　　[众园丁下。

罗赫妮　　这些人说些什么，一点也弄不明白。我感到害怕，就像大河
　　　　　的堤岸在溃决以前，树林中的动物弃它而去一样，这些人也在逃
　　　　　离啊！

　　　　　[高谢尔国王上。

高谢尔　　你们的国王和冈吉国王哪儿去了，你知道吗？

罗赫妮　　他们都在这座花园里，但在什么地方我一点也不知道。

高谢尔　　他们商量的什么，我弄不明白，我轻信了冈吉国王，大约搞
　　　　　糟了。

　　　　　[高谢尔下。

罗赫妮　　国王们中间在进行什么勾当啊？可能很快要有什么坏事发
　　　　　生，我该不会陷进去吧？

　　　　　[阿温蒂国王上。

阿温蒂　　罗赫妮，国王们都到哪里去了，你知道吗？

罗赫妮　　他们谁到哪儿去了，这很难说清楚，高谢尔国王刚从这儿走
　　　　　了。

阿温蒂　　高谢尔国王没有什么可担心的。你们的国王和冈吉国王在哪
　　　　　里？

罗赫妮　　我好长时间没有看到他们了。

阿温蒂　　冈吉国王一直在回避我们，肯定是会耍花招的，我陷了进去，
　　　　　把事情搞糟了。罗赫妮姑娘，从这花园出去的路在哪里呢？你知
　　　　　道吗？

罗赫妮　我不知道。

阿温蒂　难道就没有一个人能够指明道路吗?

罗赫妮　园丁们都离开花园走了。

阿温蒂　为什么走了?

罗赫妮　他们的话我没有听得很清楚,但他们说了,国王吩咐他们马上离开花园。

阿温蒂　国王?哪个国王?

罗赫妮　他们没有能说清楚。

阿温蒂　这可不是好事。不管怎样,要找到走出去的道路,这儿一刻也不能待了。

　　　　　[阿温蒂下。

罗赫妮　我一直生活在这花园里,但是今天我感到好像是被束缚在这里了,不到外边去是解脱不了的。如果能看到国王,那也是一种安慰,但是当我把王后的花交给他时,他好像处于一种忘我的状态,只是要给我奖赏,这种无缘无故的奖赏使我更害怕了。深夜了,鸟儿们为什么飞呢?为什么突然害怕了?现在不是飞的时候啊!王后养的鹿在向哪儿逃呢?杰布拉,杰布拉,它不听我的呼唤呢,这是从来没有过的。四周突然像醉鬼的眼睛发红了,周围好像不合时宜地出现了日落时的景象。老天爷,你今天怎么啦?我感到很害怕,哪儿能见到国王啊!

第七场

　　　　　[王后后宫的门口。

着王服者　冈吉国王陛下,您这是干了什么?

冈吉　我不过想在这后宫旁边的地方放火,可是我未曾想到火这么快就蔓延到周围了。从这园子里出去的路在哪里呢?快告诉我!

着王服者　路在哪里,我根本不知道。那些把我们引来的人,现在一个也不见了。

冈吉　你是这个国家的居民，你是肯定知道道路的。

着王服者　我从来没有走进过后宫的花园。

冈吉　这一些我不清楚，你得告诉我去路，要不我会把你砍成两截扔掉的。

着王服者　那样我的命是完了，但是找出道路的办法也就完了。

冈吉　那你为什么反复地说，你就是这里的国王？

着王服者　我不是国王，我不是国王，（躺在地上合掌求告）我们的国王啊，您在哪里？保护我吧！我是罪人，保护我吧！我是叛逆，惩罚我吧，不过，请先救我吧！

冈吉　这样对空喊叫有什么好处？还是努力寻找出去的道路吧！

着王服者　我就躺在这里了，我会怎么样，就让那种局面到来吧！

冈吉　那不成，如果要烧死，那我也不会一个人死，我要带着你一同烧死。（幕后的呼声：救人啊，国王，救人啊！周围都着火了！）啊，你这个蠢材，起来吧，别拖延时间了！

苏德尔希娜　（上场）请保护我吧，国王，火已经把我包围了。

着王服者　国王在哪里？我不是国王。

苏德尔希娜　你不是国王？

着王服者　我是下流的人，我是骗子。（把王冠扔进尘埃）让我的欺诈见鬼去吧！

　　　　　［着王服者和冈吉齐下。

苏德尔希娜　不是国王？他不是国王？那么火神啊，把我焚毁吧，我把自己交付给你手里，啊，火啊，把我的羞耻，把我的欲望都烧成灰吧！

罗赫妮　（边上场）王后娘娘，您往那边到哪里去？后宫周围都着火了，请不要进去吧！

苏德尔希娜　我要进到里面去，那是烧死我的火呀！

　　　　　［进入宫殿。

第八场

［暗室。

国王 不要害怕，火烧不到这个房间。

苏德尔希娜 我不害怕，但我羞愧。羞愧像火一样跟随着我，我的幸
　　福，我的两眼，我的一颗心被火烧烤着。

国王 这种烧烤的感觉过些时间就会消除的。

苏德尔希娜 绝不会消除的，永远不会消除的。

国王 别失望，王后。

苏德尔希娜 国王陛下，我不对你说假话，我脖子上戴了另外一个人
　　的项链。

国王 那项链也是我的。不然，他从哪儿得到项链？他是从我房间里
　　偷走的。

苏德尔希娜 但是这项链是他亲手给的，而我又没有能把它扔掉。
　　现在四周都是火正向我包围过来，我曾经想过，把项链投进火
　　里，但是我没有这样做。我这颗有罪的心这样说：就戴着这项
　　链让火烧死吧！我又想到在外边光天化日之下看到你，所以像
　　风筝一样投入火中，可是我没有死，而那竟不是火，这是怎样
　　的火焰啊！

国王 你的愿望倒是实现了，因为今天你已经看见我了。

苏德尔希娜 难道我曾愿意在这彻底毁灭之中看到你吗？看到了什
　　么，我也不知道，但是心至今还突突跳个不停。

国王 王后，怎样看到的呢？

苏德尔希娜 可怕，那是可怕的，一想起我就感到害怕。黑的，你是
　　黑的，我只是看了一刹那工夫，火光正照在你的脸上，我感到就
　　像彗星出现在天空，你就像那天空那么黑，于是我闭紧了双眼，
　　没有再看了。就像乌云那么黑，就像无边大海那样黑，而在乌云
　　上泛起了晚霞的一道红光。

国王　我早对你说过，那事先对此没有思想准备的人，他突然看到我后是受不了的，会把我当作灾星，想一口气就从我身边跑掉，这种情况我见过好多次了，所以我想让你避免那种苦难，慢慢地让你知道我的情况。

苏德尔希娜　但是罪孽来破坏了这一切，现在还是那样认识你，我想都不敢想。

国王　还是可能的，王后，今天你看到那种黑后发抖了，你的心还会被那种黑所感动的，要不，我的感情还有什么用呢？

　　（歌声）我不会用相貌，而会用爱情迷惑你。

　　　　　　我不会用双手，而会用歌声推开大门。

　　　　　　我既不会用首饰，也不会用鲜花装饰你，

　　　　　　而要用吉祥幸福的项链戴上你的脖颈。

　　　　　　不会有人知道，是哪一阵暴风雨掀起了波涛，

　　　　　　我会像月亮一样通过看不见的引力让生命涨潮。

苏德尔希娜　不会的，不会的，仅仅有你的爱算什么？我的爱已经变冷漠了，我醉心于相貌，而且我不能摆脱这种迷醉的状态，这种醉心好像在我的两眼中放了火，将我的梦境都照亮了。现在我已经把所有的都对你说了，你惩罚我吧！

国王　惩罚已经开始了。

苏德尔希娜　但是如果你不丢开我的话，那我也会丢开你的。

国王　那努力试试看。

苏德尔希娜　不必做什么努力，我不能忍受你，打心里对你气恼。为什么你对我……我不知道。对我做了什么呢？你为什么是这样呢？为什么人们对我说，你长得英俊呢？你长得黑，这么黑，我决不会感到你好的。我所爱的人，我见到了，他像奶油那样细腻，像花那样温柔，像蝴蝶那样美丽。

国王　那像蜃景一样不真实，像泡沫一样空虚！

苏德尔希娜　可能吧，这我不知道。我不可能站在你的身旁，我只有离开这里，和你见面对我来说是绝不可能的。这种见面是不真实

的，是虚幻的，我的心将飞向另一方。

国王　一点儿努力也不做吗？

苏德尔希娜　从昨天起做了努力，但是越努力，我的心越反感。由于待在你身边，一种憎恶的心情将不断地伤害着我，我是不圣洁的，我是不贞的，所以我希望走得远远的，远得在那里我根本再也不会把你记起来。

国王　那好，你能走多远，就走多远吧！

苏德尔希娜　你不伸手拦住我的路，所以从你身边逃走也有很多不便。你为什么不强迫抓着我的头发阻挡我呢？你为什么不打我呢？打我吧，打我吧，你也不说我什么，这更使我无法容忍。

国王　我不能说什么，这是谁对你说的？

苏德尔希娜　不要这样，不要这样，你叫喊吧！你像霹雳的雷声那样发吼吧！能灌进我的耳朵的所有的话都往我耳朵里灌吧！别这么容忍地把我抛弃了，别让我走了！

国王　我会抛弃你，但不让你走！

苏德尔希娜　你不让我走，我一定要走！

国王　那好，你走吧！

苏德尔希娜　请注意，请别怪我了，你本来可以强迫抓住我，让我留下的，但你没有留我，你也没有捆住我，那我走了，你下命令给守门人拦住我吧！

国王　没有人阻拦你，就像暴风雨时片片的云无障碍地飘走一样，你也那样无障碍地走吧！

苏德尔希娜　速度慢慢地加快了，现在锚索已经断了，也许要沉入水了，但是永远不回来了。

　　　　　［急下。苏伦格玛上并唱。

苏伦格玛　（歌声）

　　　　　啊，湿婆大神，请毁灭我的恐怖，

　　　　　严厉地让我的心屈服于你的双足。

　　　　　我被墙包围，束缚在日常事务中，

286

一些金银饰品经常把我捆住。

来吧，大神，四面八方团团包围，

顷刻间将这种生活领向解脱的道路，

然后你那慷慨而又含笑的双眼，

还有你那无畏、平和、古老的形态将大放光明！

苏德尔希娜　（再上）国王陛下，国王陛下！

苏伦格玛　国王走了。

苏德尔希娜　走了，那好吧！那他就完全把我抛弃了。我回来了，但他并没有等我，算了，这也好，那我现在是解放了。苏伦格玛，他是不是对你说了要阻拦我？

苏伦格玛　没有，他什么也没有说。

苏德尔希娜　他又为什么会说呢？没有要说的话啊！那我是自由人了，那好，苏伦格玛，我曾想要问国王一个问题，但是在嘴边又缩回去了。你说，对那些囚犯国王是不是判了死刑？

苏伦格玛　死刑？我们的国王从来没有通过毁灭肉体而给以安宁。

苏德尔希娜　那他们怎么了？

苏伦格玛　国王把他们放了，冈吉国王承认失败回国去了。

苏德尔希娜　听你这么一说我放心了。

苏伦格玛　王后娘娘，对您我有一个请求。

苏德尔希娜　难道你以为口头说了请求还要明说吗？直到今天我从国王那里所得到的装饰品，我都会给了你后走，这些装饰品现在在我身上是不光彩了。

苏伦格玛　王后娘娘，我是国王陛下的宫女，他没有用任何装饰品装饰打扮我。他就是我的装饰品。在人们面前我值得骄傲的事，就是他没有给我什么。

苏德尔希娜　那你到底想要什么呢？

苏伦格玛　我要跟你走。

苏德尔希娜　这你是说的什么啊？抛弃自己的主人而远去，这是什么请求啊？

287

苏伦格玛　娘娘，不会远去。你正走向灾难，那他也会就在旁边的。

苏德尔希娜　你别像疯子一样废话了。我曾想带罗赫妮一块儿去，但她不愿意。你是凭什么勇气要去呢？

苏伦格玛　我没有勇气，也没有力量，但是我要去，勇气会来的，力量也会有的。

苏德尔希娜　不，我不能带你去，你在旁边我会很痛苦的，这我是不能忍受的。

苏伦格玛　王后娘娘，不管是好还是坏，我都为你承担下来。你不能把我留在身边当外人，我是要同你去的。

　　　　　　（*歌声*）你的爱使我分担一切污点，

　　　　　　　　　　使我分担一切缺陷，

　　　　　　　　　　我为你摘掉你路上的荆棘，

　　　　　　　　　　在你充满尘土的床铺上，

　　　　　　　　　　我铺上自己浸透你的爱的纱丽。

　　　　　　　　　　我接受你的许诺，

　　　　　　　　　　不必捧着坐垫到处奔波，

　　　　　　　　　　在那淤泥上你踩过的地方，

　　　　　　　　　　我要把那脚印印在自己的胸脯上。

第九场

　　　［曲女城王宫。

　　　［苏德尔希娜的父亲——曲女城国王和大臣。

曲女城国王　早在她到来之前我已经得到了所有的消息。

大臣　公主站在城外的河岸边，我是不是派人把她迎进城来？

曲女城国王　不幸的女人抛弃了自己的主人回来了，把她迎来不就是宣布她的耻辱吗？等天黑吧，等到路上没有行人时，让她悄悄地来吧！

大臣 是不是为她住在宫中做出安排？

曲女城国王 不必做什么安排。她自作主张放弃自己正宫王后的地位来了，在这里的王宫中她得以宫女的身份住下来。

大臣 她内心会感到很痛苦。

曲女城国王 要是我努力从那种痛苦中把她解救出来，那我就不配作为父亲了。

大臣 我将按照陛下的旨意办理。

曲女城国王 她是我的女儿，这件事无论如何也不要表露出来，不然将是非常有害的。

大臣 国王陛下，您为什么担心有害呢？

曲女城国王 一个女人，当她从自己的荣誉地位上堕落以后，在世界上她就作为可怕的灾难而显示出来了。你不知道，今天我因自己这个女儿而多么害怕，她是带着灾星回到我家里来的。

第十场

[后宫。

苏德尔希娜 苏伦格玛，你走，你走，我内心正燃烧着一团怒火，我谁也不能忍受。你表现得这样平静，更使我生气。

苏伦格玛 你这是生谁的气呢，公主？

苏德尔希娜 这我不知道，但是我希望，一切的一切都烧得精光，化成灰。顷刻间我把那样高的王后的地位踢开后来到这里，难道就是为了藏在一个角落里拿着扫帚扫地？还有地方不着火的？还有大地不颤抖的？我身份的下降难道就像落花那样平凡？难道不像星星的陨落那样，化作烈焰刺破四面八方？

苏伦格玛 森林大火在发生以前还有一段酝酿冒烟阶段，还没有到时候。

苏德尔希娜 我毁了王后的重要地位来到了外边，再没有人可以与我相比，只有我一个人。为了接受我做出的这么巨大的牺牲，难道就没有一个人向前迈步？

苏伦格玛　不仅您一个人，不仅一个人。

苏德尔希娜　苏伦格玛，我跟你说真的：为了得到我，那个人在王宫里放了火，对此我竟没有生气，内心深处还高兴得直发抖，这样大的罪过！这样大的勇气！就是这种勇气唤醒了我的胆量。就在这种高兴愉快中，我踢开了我所有的一切，才能来到这里，但是这一切难道仅仅是我的幻想？今天为什么哪儿也没有表现出某种迹象来？

苏伦格玛　您内心里所想到的那个人，其实火并不是他放的，放火的是冈吉国王。

苏德尔希娜　懦夫，胆小鬼，相貌那样迷人，但是内心没有男子气概。因为这个废物，我自己受了多大的欺骗！哎，多么丢脸，不过，苏伦格玛，对你的国王来说，现在来接我回去难道不恰当吗？（见苏伦格玛不回答）你也许在想我急着要回去呢！绝不，即使国王来了，我也不会回去。但是，他一次没有阻挡，为了让我走，所有的门都敞开了。而外边的道路是那样崎岖不平，难道也不为我这个王后而难过，那崎岖不平的道路也像你的国王那样严酷。对他来说，我就像路上最可怜的乞丐那样渺小。你为什么不说话？你说，你的国王的这种行为是一种什么行为？

苏伦格玛　所有的人都知道，我们的国王是无情的、严酷的，难道曾有人使他改变过吗？

苏德尔希娜　那你为什么日日夜夜还在呼唤他呢？

苏伦格玛　唯愿他永远像山头一样坚定，不要因为我和我的请求有一点动摇。我的痛苦永远是我个人的，愿他的坚硬永远得胜。

苏德尔希娜　苏伦格玛，你看，东方田野的那边好像尘土飞扬。

苏伦格玛　是，看来是尘土飞扬。

苏德尔希娜　再看，你没有看到车上的旗帜？

苏伦格玛　对，正是旗帜。

苏德尔希娜　那就来了，那就要到了。

苏伦格玛　谁就要来了？

苏德尔希娜　还有谁，还不是你那国王？这些日子他怎么待得下去？
这么长的时间不声不响地待着，这令人奇怪。

苏伦格玛　不是，这不是我们的国王。

苏德尔希娜　为什么不是？你好像什么都知道似的。你的国王是这样
强硬，无论如何也不动摇。我看看，怎么不会动摇？我早就料到，
他会跑来的，但是苏伦格玛，你要记住，我是从来没有请他的。
你的国王如何在我面前认输，现在你看清楚吧，苏伦格玛，你去，
去到外边看一看再来。（苏伦格玛下）国王来了要请我去，我是
不是去呢？绝不，我不去，我绝不去。

　　　[苏伦格玛上。

苏伦格玛　公主，不是我们的国王。

苏德尔希娜　不是？你是在说真话？他到现在还不来接我？

苏伦格玛　不是我们的国王，我们的国王不会这么丢脸地来。他什么
时候来，还没有任何迹象。

苏德尔希娜　那也许……

苏伦格玛　和冈吉国王一起，那个人也来了。

苏德尔希娜　那个人的名字叫什么，你知道吗？

苏伦格玛　他的名字叫苏瓦伦。

苏德尔希娜　那现在他来了。我原来想：我好像一堆垃圾一样被人扔
在外边，没有一个人要我。但是，我的英雄来解救我了。苏伦格
玛，你过去知道苏瓦伦吗？

苏伦格玛　当我还在娘家的时候，他在赌徒中……

苏德尔希娜　不，不，我不想从你的嘴里听到关于他的什么事。他是
我的英雄，他是我的救星，关于他的情况，我会自己去了解的。
但是，苏伦格玛，你的国王怎么样，你想一想看，我在这样卑劣
的情况下，他也不来解救我。现在你可不能责怪我了吧！我可不
能在这里日日夜夜充当仆役的同时，还长期地等待着他，像你这

291

样表现出可怜相，我可办不到。好吧，苏伦格玛，你对我说真话，你很爱你的王国吗？

苏伦格玛　（唱）

> 我只不过是你的女奴，
>
> 爱的话，我怎么能说出口？
>
> 如果我有本事，也会在世界上获得声誉，
>
> 我只是不需要代价，出卖在你脚前的女仆。

第十一场

［营房。

冈吉　（对曲女城国王的使者）去对你的国王说，我们不是来接受他的招待的，我们也完全准备回到自己的国家去。我们仅仅是为了从这里的女奴院解脱苏德尔希娜和把她带走而停留下来的。

使者　国王陛下，请您记住，公主是回到了自己的娘家家里。

冈吉　当姑娘还没有出嫁的时候，娘家是她的依靠。

使者　不过她和婆家仍然有着关系。

冈吉　她已经抛弃了那种关系来了。

使者　只要活着，那种关系是不能断绝的。中间有时受到冲撞，但是绝对不可能破裂。

冈吉　在这件事情上气度狭窄是没有必要的，因为她的主人为了接她回去亲自来了，国王陛下！

苏瓦伦　什么事，冈吉国王陛下？

冈吉　你的王后在娘家被派做女奴的工作，你对此能心安理得？

苏瓦伦　我不是这种懦夫！

使者　如果这不是你们开玩笑的话，那么，请到王宫接受招待有什么不方便的呢？

冈吉　国王陛下！

苏瓦伦　什么？大王陛下？

冈吉　你是不是愿意通过乞讨的方式带自己的王后回国？

苏瓦伦　这怎么可能！

使者　那您的愿望是什么？

冈吉　这还需要说明吗？

苏瓦伦　就是那样，那您是能够理解的。

冈吉　如果国王不顺利地把自己的公主交给我们手里，那么按照刹帝
　　　利的天职我们将强行把她带走，这就是我们的最后的决定。

使者　国王陛下，我们的国王也会履行刹帝利的天职，当他一旦听了
　　　要进行争斗的话，决不能把自己的女儿交给您。

冈吉　我们也是准备听这种回答而来的,您回去对自己的国王讲清楚。

　　　　［使者下。

苏瓦伦　冈吉大王，这是在冒险！

冈吉　如果不这样做，那么插手这样的事有什么乐趣？

苏瓦伦　对曲女城国王也可以不必害怕，但是……

冈吉　要是怕"但是"，那样一来，世界上再也找不到安全的地方了。

苏瓦伦　说真的，国王陛下，这个"但是"是不露面的，不过能够逃
　　　脱它的地方世界上是没有的。

冈吉　如果内心就害怕，那么这个"但是"的力量就越增大了。

苏瓦伦　请您想一想，花园里发生了什么事。您完完全全封锁后才开
　　　始行动，也不知道"但是"从哪儿钻了进去，它就是国王，我曾
　　　想不承认他，可是没有不承认的任何理由。

冈吉　害怕可以摧毁一个人的智慧，这时他就把事情给弄颠倒了。那
　　　天所发生的事纯系偶然。

苏瓦伦　您说它是也然，我说它是由于"但是"。如果能设法避开它
　　　行事，那才能够得到保全。

　　　　［军士上。

军士　国王陛下，高谢尔国王、阿温蒂国王、格林国王都带部队正向
　　　这里进发，我们得到了这样的密报。

〔军士下。

冈吉　原来担心的事发生了。苏德尔希娜潜逃的消息传开了。现在所有的人在一起开始钩心斗角，结果是一切的努力都将白费。

苏瓦伦　现在，国王陛下，算了吧！这一切都不是好的迹象。我敢肯定，这件秘密的事是我们的国王到处传开的。

冈吉　为什么？这样做对他有什么好处？

苏瓦伦　好处就是贪婪的人彼此厮杀争夺下去，而他可以从中渔利。

冈吉　现在我才了解清楚了，你们的国王为什么从来不在任何人的面前露面。由于害怕，所有的人到处都注意他，这就是他的诡计。但是现在我还要说，你们的国王从始至终设的是一个骗局。

苏瓦伦　不过，国王陛下，还是请您放了我吧！

冈吉　不能放你，在这件事情上特别需要的就是你。

〔军士上。

军士　国王陛下，维拉德、邦加尔、维德尔帕的国王们也来了，他们在河的那边安了营。

〔军士下。

冈吉　在开始的时候，我们所有的人，大家该联合起来行动，首先和曲女城的国王开战，然后再想出某种办法来。

苏瓦伦　想出某种办法来时，如果不把我拖进去，那我就可以安心了，我是一个非常渺小的人物。通过我……

冈吉　你看，伪装的国王，办法这东西是渺小的，像梯子或道路都是处在人的脚底下。如果办法是很高明的话，那么，实行它也得反复思索才行。像你这样的人，使用起来方便之处在于，不必再进行任何形式的伪装了。不然，甚至和自己大臣商量事情的时候，如果不把偷窃说成是人民的福利，听起来也感到难听。

苏瓦伦　可是我倒见到，你的大臣还是能懂得事情的真实含义的。

冈吉　这样简单的语言学他也不知道的话，那我就不封他为大臣，而派他去负责牛栏的事务了，不过，我去一趟，将国王们像棋盘上的棋子那样调动后再回来。如果所有的国王都行动的话，那么也就不必来一番象棋游戏了。

第十二场

[后官。

苏德尔希娜　正在进行战争吗？

苏伦格玛　是，现在还在进行战争。

苏德尔希娜　在去打仗以前我父亲来对我说："你摆脱了一个人回来了，却同时拉了七个人来，我真想把你砍成七块分给那七个人。"如果父亲真的那么做的话，那就好了。

苏伦格玛　什么，娘娘？

苏德尔希娜　你的国王如果有保卫力量的话，那他就能安心地待着了？

苏伦格玛　王后娘娘，您为什么说到我啊？难道我有代表国王回答的能力吗？如果他要回答，他会亲自这样回答，使任何人不会留下不理解的余地，如果他不回答，那么所有的人都得保持沉默。我知道，我什么也不懂，所以我从来不坐下来考虑国王的事。

苏德尔希娜　你告诉我，战争中谁参加了？

苏伦格玛　七个国王参加了。

苏德尔希娜　还有谁没有参加呢？

苏伦格玛　苏瓦伦在开战前就尽力想悄悄逃走，冈吉国王已经把他囚禁在兵营里了。

苏德尔希娜　这样一来，我死了倒好了。不过，国王啊国王，如果为了保护我的父亲你亲自来了，那会增加你的荣誉，而不会有损你的荣誉。惩罚我的罪过为什么要惩罚到他头上呢？

苏伦格玛　娘娘，在世界上，我们任何人都不是孤单的，好坏都得大家分担着，所以这样才有恐惧，要不，一个个孤单的人，谁又怕谁？

苏德尔希娜　苏伦格玛，你看，自从我来到这里，有几次我忽然感到好像在我的窗外下边有维那琴在响。

苏伦格玛　可能有谁在弹维那琴吧！

苏德尔希娜　那儿是很浓密的丛林，有几次我跳到外边细心地看，但总是什么也看不清楚。

苏伦格玛　可能是某一个行人坐在树荫下休息，顺便又弹起维那琴来了。

苏德尔希娜　这也是可能的。不过，我记起来我们王宫的那扇窗子，傍晚的时候，我装饰打扮后站在那里，从我们那个无灯的卧室的黑暗中，一支歌曲接着一支歌曲，一段和声接着一段和声，像喷出来的水雾，生气勃勃地在我面前进行着各种表演慢慢散去。那歌声不知从哪种黑暗中过来把我拉向哪一种黑暗。

苏伦格玛　啊，娘娘，那是多么黑暗呀！而我呢，正是那种黑暗中的奴仆呢！

苏德尔希娜　你为什么跟我一起从那儿到这里来呢？

苏伦格玛　我是怀着一种爱的希望，希望我们的国王拉着我们的手带我们回去啊！

苏德尔希娜　不，不，他不会来，他完全把我们抛弃了。为什么不抛弃呢？我犯的罪过可不小啊！

苏伦格玛　如果他能抛弃的话，那就没有要他的必要了，而且那他也就根本不存在，那时我们的那种黑暗完全是无人的，从中不会有任何维那琴的琴声，不会有人呼唤，一切都是假的。

　　　　[守宫门者上。

苏德尔希娜　谁？你是谁？

守宫门者　我是这座宫殿的守门人。

苏德尔希娜　有什么消息，赶快说！

守宫门者　我们的国王被俘了！

苏德尔希娜　被俘了！啊，我的大地母亲。

　　　　[昏迷。

第十三场

[被俘的曲女城国王、其他一些国王、苏瓦伦。

冈吉　国王们，战场上的事结束了吗?

格林　哪里结束! 获得英勇奖赏之前还得再一次表演英雄气概!

冈吉　国王陛下，我们来这里不是为了取得胜利的花环，而是为了取得选婿的花环。

维德尔帕　选婿的花环难道不是从胜利女神手里接过来吗?

冈吉　不是从胜利女神手里接过来，国王陛下，在爱神的宫里，那个花环正在编制着。想要通过沾着鲜血的手去夺取它，那它的花是会散落在尘土里去的。

格林　国王陛下，不过爱神在我们七个人中间怎么做出决定来呢?

冈吉　说来战争女神也不可能在我们七个人中做出决定。

高谢尔　冈吉国王陛下，您的意见是什么，请清楚地说出来吧!

冈吉　我的意见是：在选婿的大典上，公主把花环戴在谁的脖子上，谁就得到了这个春神的成果。

维德尔帕　这是最好的主意，我同意。

其他国王　我们也同意。

曲女城国王　国王们，要么把我杀掉，要么让我向你们挑战进行决斗。你们来同我交手吧! 请不要让我这样不死不活吧!

冈吉　您的公主抛弃了婆家回来了，我们不想让您承受更多的痛苦，我刚才提的建议，您的公主还可因此而获得荣誉。

高谢尔　就定下明天吉祥时刻为选婿的时间吧!

冈吉　这很好。

维德尔帕　那我们开始准备吧。

冈吉　格林国王陛下，请您还看管一下曲女城国王吧。(除冈吉国王外其他国王下) 啊，伪装的国王!

苏瓦伦　有什么吩咐?

冈吉 现在御者要退到一边，要把束发推到前面后行动了！^①

苏瓦伦 国王陛下的话我还不能理解。

冈吉 在选婿大典上，你得作为我的持华盖者坐在那里。

苏瓦伦 臣仆愿为此效劳。不过，这样做对国王陛下您有什么好处呢？

冈吉 啊，苏瓦伦，我发现，你的智慧很少，所以你的自傲也很少。苏德尔希娜王后不是亲眼看见你吗？这一点你到现在还没有记在心里。不管怎样，在国王的选婿大典上，她不能把花环戴在持华盖的人的脖子上，可是她的心又不愿离去很远，无论如何，她的花环会落在我的华盖的旁边。

苏瓦伦 国王陛下，对我来说，您幻想的这一切是没有根据的，是一种很可怕的幻想。我求求您，别让我陷进这虚假的层层灾难之中，解放我吧！

冈吉 事情一完，我就马上一刻儿也不拖延地解放你，目的达到以后，谁也不会把达到目的的手段永久保持下去的。

第十四场

[窗下。

[苏德尔希娜和苏伦格玛。

苏德尔希娜 那么，选婿大典上我得非去不可，要不，父亲的生命就不能保全？

苏伦格玛 冈吉国王是这么说的。

苏德尔希娜 冈吉国王的话合适吗？是他亲口这么说的吗？

苏伦格玛 不是他本人，是他的使者苏瓦伦来说的。

苏德尔希娜 呸，我真可鄙！

苏伦格玛 同时他还给了我几朵枯了的花，对我说，去给你的王后说，

---

① 大史诗《摩诃婆罗多》中说：为了使大英雄毗湿摩丧命，阿周那的御者黑天设计，以毗湿摩不愿交手的束发战士做掩护，由阿周那躲在其身后放箭。

春天节日的这个纪念物从外表上看已经越来越枯萎了，从内心来看，越来越在重新开放呢！

苏德尔希娜　住嘴，不要再折磨我了！

苏伦格玛　请看那边，国王们在选婿大典里都坐好了。那位身上没有戴任何装饰品的、王冠上围了一圈花环的就是冈吉国王。苏瓦伦举着华盖站在他的后面。

苏德尔希娜　那就是苏瓦伦吗？你说的是真的？

苏伦格玛　是，王后娘娘，我说的是真的。

苏德尔希娜　那天我看见的是他？不，不，我看到的是光明和黑暗，空气和气味相混合的另外的东西，不是他，不是他！

苏伦格玛　所有的人都说，他看起来很美。

苏德尔希娜　难道心也会走近这种美吗？我的这一双有罪过的眼睛该用什么东西洗涤，从而洗去遗恨呢？

苏伦格玛　要把眼睛沉入在那种黑色中洗涤，也就是我们国王的那种使所有的容貌都沉没的黑色。一旦容貌的污点在眼睛里染上了，就会在其中清洗掉。

苏德尔希娜　苏伦格玛，一个人如何陷入这种失误之中呢？

苏伦格玛　只要他不能从失误中得救。

　　　　[女守门人上。

女守门人　国王们都在选婿大典上等候！

　　　　[女守门人下。

苏德尔希娜　苏伦格玛,把我带面纱的披肩拿来（苏伦格玛下）国王，我的国王，你抛弃了我，这你做得合理。但我内心的故事你难道不知道吗？（抽出隐藏在胸前的匕首）我的身子沾上了污点，今天我在大众面前让这个身子躺在尘土里。但是我的心没有染上污点，这一点今天难道不能通过刺穿胸膛告诉你吗？我们相会的那间暗室今天在我的内心是一片寂静,它的门没有任何人打开。啊，我的主，你现在还不去打开吗？门旁边你的维那琴不再响了吗？那么让死亡来吧，死亡像你一样是黑的，像你一样美，也像你一样知道夺去人的心。

(歌声) 请让这种黑暗沉没在你那无底的黑暗中，

啊，黑暗之主！

来吧，浓厚的深沉的黑暗，请从生命的那边，

落入我的心中。

让这身心变成曲调，消失无踪。

我的变化了的欲望，我的种种心愿，

都匍匐在你的脚下。

在驱逐中，我用不良欲望的绳索将自己捆住，

啊，黑暗之主！

用一切束缚将我和你自己捆在一起吧，我渴望

束缚。

我的幸福，我的吉祥，还有我那至高无上者，

一切都落下，一切都充满，那至高无上者来临，

而这个"我"死去，

啊，黑暗之主！

第十五场

[选婿大典。

维德尔帕 冈吉国王陛下，你没有戴任何装饰品！

冈吉 没有任何希望，所以才这样啊！装饰整齐后一旦失败，加倍地
丢脸啊！

格林 我看到，所有装饰品都由持华盖的人穿戴上了。

维拉德 冈吉国王希望用这种办法宣示：外表的华丽是次要的。他的
充满大丈夫气概的骄傲不让他身上穿戴什么装饰品。

高谢尔 我了解他的诡计：他想通过自己的不穿戴任何装饰品，在一
些用装饰品穿戴整齐者中间证明自己的伟大。

邦加尔　他这样做难道好吗？所有的人都知道：美人的眼睛像趋光蛾一样，首先是扑向装饰品的光亮。

格林　还要等多久？

冈吉　请耐心，格林国王陛下，晚摘的果子最香甜。

格林　如果肯定能得到果子，等一会也没有关系，如果不能肯定享受果子，所以就急着见一面了。

冈吉　您还正年轻呢！青年时期的希望一再放弃，也仍然会像成熟的女郎那样回来的，而我们却是青春不再了。

格林　不过，吉祥的时刻快要过去了呀！

冈吉　请不要着急，吉祥的星宿也要等待难得的会见呢。即使吉祥的星星这点也不懂的话，那么由于甜蜜的会见，不吉祥的星星的目光也会高兴的。

维德尔帕　维拉德国王陛下，您是什么时候出发到这里来的？

维拉德　是看了吉日才出发的，星相学家说过，一定会马到成功。

邦加尔　我们都是看了吉利的时刻才出发的，但是吝啬的老天爷却只安排了一个胜利的果子。

高谢尔　谁知道吉星的意图竟是让你放弃果子？

冈吉　高谢尔国王陛下，您说得多么丧气！要放弃果子的话，做这样的安排又有什么必要？

高谢尔　原来是有必要的，不抱愿望就谈不上放弃。冈吉国王陛下，我们的座位刚刚好像震动了，难道发生了地震？

冈吉　地震？也有可能！

维德尔帕　要么是另外某一国王的人马来了。

格林　那也有可能，不过那样我们该从使者那里早得到消息！

维德尔帕　我感到这不大吉利。

冈吉　用害怕的眼光去看，一切吉利的都会显得不吉利。

维德尔帕　由于没有见过，当然害怕啦！这里英雄气概是不顶用的。

邦加尔　维德尔帕国王陛下，在这场喜事面前，请别把我们打入左右为难的境地吧！

冈吉　当没有看见过的变成看见了的时候，于是都可以理解了。

维德尔帕　到那时谁知道还有没有时间，我怀疑好像……

冈吉　请别谈这个"好像"的事了，它是我们自己创造出来而又毁灭我们自己的东西。

格林　外边是在奏乐？

邦加尔　对，对，看来是在奏乐。

冈吉　那还有什么其他？肯定的是苏德尔希娜公主，老天爷，这样晚了，才把我们命中注定的结果端上来，这是苏德尔希娜脚镯的响声。（回过头来）苏瓦伦,别这样猥猥琐琐地把自己藏在我的后面，我的华盖在你手里也在发抖了。

　　　［老大爷着战士服装上。

格林　什么？这是谁？

邦加尔　不请自来的是什么人？

维拉德　此人好大胆！格林国王陛下，请您拦住他。

格林　你们都比我年长，在你们面前我先出头不光彩吧！

维德尔帕　先听听他说什么。

老大爷　国王来了。

维德尔帕　（吃惊地）国王？

邦加尔　什么国王？

格林　哪里的国王？

老大爷　我们的国王！

维拉德　你的国王？

格林　谁？

高谢尔　他是谁？

老大爷　你们全都知道，他是谁，他来了。

维德尔帕　来了？

高谢尔　干什么来了？

老大爷　他邀请了你们所有的人。

冈吉　啊，邀请了，怎么邀请的？

老大爷　凡是想接受他邀请的，从他那方面来说没有任何障碍，他准备好了一切形式的欢迎。

维拉德　你是谁？

老大爷　我是他众多将领中的一位。

冈吉　将领？撒谎！吓唬人来了，你以为穿上伪装，我们就没有认出你来？我清楚地认识你，你，将领！

老大爷　您准确地认出我来了，像我这样无用的人还有谁呢？可是今天他还是给我送去了将领的服装，而让一个一个大英雄待在家里。

冈吉　那好，在适当的盛大集会上，为了维护他的邀请我们会去的，但是现在有一件必要的事情没有结束，你得等一等。

老大爷　他发出邀请的时候，没有说还要等待。

高谢尔　我接受他的呼唤，我现在就去。

维德尔帕　冈吉国王陛下，现在看来，要等待的话显得不妥，我也走了。

格林　你们都很老练，我也跟着你们。

邦加尔　啊！冈吉国王陛下，请转身看一看，您的华盖掉在土里了，您的那个持华盖的人什么时候跑的，您都没有发现？

冈吉　好，这位使者注意，我也走了，但是我不是去集会上，而是战场上。

老大爷　那么到战场上我们的主人将会认识您，那倒是最好也是最广阔的场所。

维拉德　请注意，我们大家也许是出于想象恐惧而奔逃，看来最后胜利是单独冈吉国王一个人的。

邦加尔　那是可能的。看到果实刚要到手的时候，却害了怕放弃不要是不妥的。

格林　还是以帮助冈吉国王为好，他表现出来了这么大的勇气，难道是没有经过深思熟虑而行动的吗？

第十六场

[苏德尔希娜和苏伦格玛。

苏德尔希娜 战事倒是结束了,那我的国王什么时候来呢?

苏伦格玛 这我倒说不准,现在我坐着在等待呢!

苏德尔希娜 苏伦格玛,我心的深处高兴得正发抖呢,我高兴得有点痛苦了,我也羞愧得要死了,有什么脸见他啊!

苏伦格玛 这一次请您要完全承认失败后到他身边去,这样再也不会羞愧了。

苏德尔希娜 我得承认,我是永远地失败了。不过我骄傲了这许多日子,依他看来我不是一直断言最爱他吗?我不能一下子抛开他的。大家不是都说我无比的美貌?有很多美好的品质吗?大家不是还说国王对我有没完没了的恩惠吗?因此在所有的人面前低下头来也感到非常羞愧。

苏伦格玛 不消除骄傲,羞愧也消除不了。

苏德尔希娜 想从他那里得到爱的愿望,无论如何也不想从心里消除。

苏伦格玛 王后娘娘,都要消除,仅仅可以剩下一个愿望,那就是把自己呈献出来。

苏德尔希娜 还有那个对暗室的愿望!在那里没有看,没有听,没有想,只有把自己抛向深处。苏伦格玛,你祝福我吧,祝福我……

苏伦格玛 王后娘娘,您这是在说什么啊?我能祝福您什么?

苏德尔希娜 我在所有的人面前低头求得祝福,所有的人都说"国王从来没有给任何人这么多的恩典",反复听到这种说法以后,我的心变得这样坚硬了,坚硬到我也能够给国王以打击,坚硬到一低头就感到羞愧,这种羞愧是要消除了,屈服于整个世界的时候到了。不过国王为什么到现在为止还不来领我呢?还等待什么呢?

苏伦格玛 我曾经说过:我们的国王无情,非常残忍。

苏德尔希娜 苏伦格玛,你去,去打听一下他的消息来告诉我。

苏伦格玛 从哪儿能得到他的消息呢，这我一点也不知道。早已派老大爷去了，他回来时也许从他那里能得到一点消息。

　　[老大爷上。

苏德尔希娜 听说，你是我们国王的朋友，请接受我的敬意，也请你祝福我。

老大爷 王后娘娘，你这是做什么！我不接受任何人的敬意，我和大家只是有着互相戏谑玩笑的关系。

苏德尔希娜 那你就表现自己的那种诙谐戏谑吧！请传达好消息给我吧，请告诉我，我的国王什么时候来领我啊！

老大爷 你这问了一个很困难的问题，我对我的朋友的心理活动根本不能理解。关于他我能告诉你什么呢？战事倒是结束了，他到底在哪里，这谁也不知道。

苏德尔希娜 走掉了？

老大爷 哪儿也没有一点动静。

苏德尔希娜 走掉了？你的朋友是这样的朋友！

老大爷 所以人们也谴责他，也怀疑他，但是我们的国王对此都不在乎。

苏德尔希娜 走掉了！唉，多么无情，多么残忍，完全是一块石头，完全是一块金刚石！我用了整个心的力量想摇动他，心也碎了，可是他还是不动。老大爷，和这样的朋友在一起，你是怎样相处的呢？

老大爷 我倒是识别了他，在幸福中在痛苦中两方面都识别了他，现在再也不能使我伤心了。

苏德尔希娜 他是不是不让我识别他呢？

老大爷 不，不，要不他为什么给你这么多痛苦？他要使你很好地识别他以后才会罢休的，他不是一个很容易罢休的人。

苏德尔希娜 那好，我要看看他还有多么无情，我要在这窗户边一声不响地待下去，一步也不动摇，我要看他怎么不来！

老大爷 你的年纪还很轻，你能执拗地待很多日子，但是我感到，即便过去很短的时间，也是很重大的损失，我能得到还是不能得到，我现在都得去寻找他了。

　　[老大爷下。

苏德尔希娜　　不需要，我也不想，苏伦格玛，我不需要你的国王。他为什么来作战？是为我吗？完全不是，只不过是为了表现勇敢。

苏伦格玛　　如果他的愿望是表现的话，那么他要表现得任何人不再怀疑，可是现在他表现了什么呢？

苏德尔希娜　　走，走，你走开，你的话我不能忍受。使我遭受到这么大的羞辱后还不满足，表现给世上的人看以后把我扔到这里走掉了！

第十七场

　　[几个市民。

市民甲　　啊，老兄，这样多的国王集合起来决定打仗，我们原来想，有一场好戏看，可是看着看着也不知发生了什么，使人一点也不理解。

市民乙　　你看一看，他们中间彼此乱了阵脚，任何人对其他人也不信任了。

市民丙　　他们中间意见也没有能统一，有的希望前进，有的希望后退有的向这边走，有的向那边走，这也像打仗？

市民甲　　他们的眼睛不是盯在打仗上，而是彼此盯着。

市民乙　　每个人想的都是：自己打仗打死了，会由别人来享受成果。

市民丙　　但是冈吉国王是打了仗，这一点得承认。

市民甲　　他失败了也不承认失败。最后武器正落在他的胸口上。

市民丙　　在此之前，好像他还没有弄清楚，他正一步一步走向失败。

市民甲　　其他国王丢开他都逃了，谁逃到哪里去了，都不知道。

市民乙　　不过我听说，冈吉国王并没有死。

市民丙 是没有死,给治好了。但是在他胸脯上所留下的失败的印记,那是这一生中也抹不掉的。

市民甲 其他的国王一个也没有能跑掉,都被俘了,但是如何公正地对待他们?

市民乙 我听说了,所有的国王都受到了惩罚,只有那个冈吉国王,执法者让他坐在自己座位的右边,亲手给他戴上了王冠。

市民丙 这是怎么也不能理解的。

市民乙 对,这个决定听来是显得很不协调。

市民甲 这倒也是。所有的罪过都是冈吉国王的,其他王国都是悬在贪欲和恐惧之间,有时前进有时后退。

市民丙 这就好像是放虎归山了,只是把它的尾巴割了下来。

市民乙 如果我是执法者,那我岂会“原封不动地”放了冈吉国王,我要让他各方面打上失败的烙印。

市民丙 老兄,我们知道什么!有大大的执法者他们呢,他们的智慧是另一种样子的。

市民甲 这不是什么智慧的问题?这只是他们的个人意志,没有人出来阻拦罢了。

市民乙 老兄,不管怎么说,统治的责任要是在我们身上的话,可以肯定地说,要比现在行使得好得多。

市民丙 这还有说的必要吗?

第十八场

[道路上。

[老大爷和冈吉国王。

老大爷 这不是冈吉国王吗?您怎么在这里?

冈吉 你们的国王在路上把我放了。

老大爷 他的本性就是这样。

冈吉　此后他本人哪儿也不露面了。

老大爷　这也是他的一种消遣。

冈吉　可是他这样回避我到什么时候为止呢？当我无论如何也不想承
　　　认他是国王的时候，不知道他是从哪里像暴风一样来了，顷刻间
　　　把我的旗帜撕破扔进泥土里。而今天当我为了在他面前承认失败
　　　这样奔波的时候，而他哪儿也不露面了。

老大爷　他就这样，不管是多大的国王，要是在他面前失败了，他得
　　　在他面前承认失败，不过，国王陛下，您在晚上为什么奔忙啊！

冈吉　我到现在还丢不开这一点面子。冈吉国王手托盛着王冠的盘子
　　　正在奔波着寻找你的国王的行宫呢，而在光天化日之下人们看到
　　　了是会耻笑的。

老大爷　是，人们倒是这样，往往看到令人伤心流泪的情景时，好多
　　　人却心里窃笑呢！

冈吉　不过老大爷，你现在这是在做什么呢？是不是把那个节日中
　　　的那些少年也集合起来带到这里了呢？不过那些跟在你后面转的
　　　人，现在在这里我可没有看见啊！

老大爷　你是说我们的辛卜和苏肯那一伙吧？他们在打仗时被杀了。

冈吉　被杀了？

老大爷　是。他们曾对我说：老大爷，婆罗门对我们所说的，我们一
　　　点儿也不懂，你所唱的歌，我们也跟不上调子。但是，我们能做
　　　一件事，那就是我们能够去死。你带我们去打仗吧，让我们的生
　　　活过得有意义吧，正如他们所说，结果他们阵亡了。他们冲到最
　　　前面，也最先牺牲了。

冈吉　那么，他们是走上直路，超过所有明智的人走到前面去了。还
　　　有其他什么呢？现在你和这一群少年一起是否在做少儿的游戏
　　　呢？

老大爷　这次的春天节日在不同的范围内按不同的方式庆祝，所以在
　　　所有的地方让他们来回巡游表演。那天花园里起了火，在战场上
　　　火也旺，不过这一切都过去了。今天对我们来说再次又是伟大的

道路的伟大的日子。为了把待在家里的人引出门外，我像南风一样带着伙伴出来了。啊，老兄，请将自己那冲击大门的调子升高一点吧。

（歌声）今天春天来到了你那蒙着面纱的消沉生活的门口，请不要使它失望。

今天请打开心扉，将自己和别人的区别遗忘，
在这充满乐声的天空，请散布自己的芬芳。
忘掉去向，在外边世界请洒上成堆成堆的甜蜜，
在森林的嫩叶丛中，今天内心深沉的痛苦在颤抖。
大地不知等待天际的什么人而自己装饰起来。
我的生命中吹来了南风，不知它在敲响谁家的大门。这芬芳的不安的黑夜不知在大地上何人的脚前不眠。啊，美丽的亲爱的主人，你在为谁发出沉重的呼唤？

第十九场

[在路上。

[苏德尔希娜和苏伦格玛。

苏德尔希娜　得救了，苏伦格玛，我得救了，我承认了失败，好容易得救了。啊，我的骄傲是多么顽固，怎么样也软化不了。我的国王难道会到我身边来吗？还是我到他那里去吧，这件事我无论如何也未能说服我的那颗心。整个夜晚就是在这窗下的尘土中躺着哭泣，南风就像我内心的痛苦一样呼呼地吹响着，在黑半月十四日的夜里巴古鸟彻夜不断地呼唤，好像黑暗一直在哭泣。

苏伦格玛　啊，昨夜使人感到无论怎样也过不完似的。

苏德尔希娜　不过说来你会不相信，整个晚上，我不时地感到好像哪儿有他的维那琴在响。一个这么无情的人，他那残酷的手，难道

还能奏出这种求告的声音吗？外边的人看到我这种丢脸的样子都走开了，但是隐避在夜里的那种调子除我的一颗心外其他任何人也没有听见，那维那琴声你是听见了呢还是只是我的梦想，苏伦格玛？

苏伦格玛　我要听维那琴声，所以才一直跟着你。软化骄傲的调子总有一天要响起来，我知道这一点后一直坐着倾听呢！

苏德尔希娜　那是他的事。他把我弄成大路上的乞丐后丢弃了我。见面的时候我要对他说，是我来了，我没有一直坐在那儿等你。我要说，我一路哭着来了，走过难行的路来了。我不会放弃这种骄傲。

苏伦格玛　不过王后娘娘，这骄傲也将持续不下去，因为您来以前他已经来过，要不，谁有胆量把您赶出来带到大路上？

苏德尔希娜　对，他也许来过，我听见过动静，但不能相信。当我一直骄傲地坐着时，我也就一直感到他已弃我而去了。我排除骄傲到外边来后走在路上时，也就感到他也同我一起到外边来了。随着行路我也开始得到他了。现在我的心中没有任何不安了，为他而忍受的这种痛苦，又是这种痛苦把我和他结合起来了。这么崎岖不平的道路，由于我的脚的碰撞，好像以某种甜蜜的调子发出音响来了，这就好像我的维那琴——我痛苦的维那琴。他在这痛苦的歌里，在这坚硬的石块上，在这幸福的尘土上，自己下来了，并且抓住了我的手，就像过去在那暗室中抓住我的手一样。突然惊愕的身子兴奋起来，这也正如以前那样。谁说不是他呢？苏伦格玛，难道你还能不了解吗，他悄悄地来了？

（歌声）　在黑暗中你抓住了我的两只手，

主人，你什么时候用温柔的脚步走来了？

我曾以为我失掉了你，我的主人。

但是你不会失去我，这我在今晚才认清。

那个夜晚，我曾经用手把灯扑灭了，

而你却点燃了自己的北极星。

当我走在你的道路上失误时，

我看到你亲自暗暗在路上和我一起行进。

啊，这是谁呀？苏伦格玛，夜这么深了，在这黑暗的路上还有一个行人走路呢！

苏伦格玛 王后娘娘，这看来是冈吉国王啊！

苏德尔希娜 冈吉国王！

苏伦格玛 不要怕，王后娘娘。

苏德尔希娜 害怕？为什么害怕？我害怕的日子过去了。

[冈吉上。

冈吉 王后娘娘，你也在行路呀！我也是这条路的行人，一点也不用害怕我。

苏德尔希娜 这倒好了，冈吉国王陛下，我们两人一同到他身边去，这很不错，我抛开家庭一到外边就曾见到了您，今天回家的时候又碰上了这种机会。对我们来说出现了吉祥的时机，这以前谁又能想得到呢？

冈吉 不过娘娘，您现在用脚行走，这对您来说，不能给您增加光彩，如果您同意，现在就可以为您要来车辆。

苏德尔希娜 不，不，请不要说这样的话。从这条路，由离他很远的地方走了来，将这条路的所有尘土用双脚踩遍回来，这样我的行路才会有意义，让我坐上车子带我去对我来说是一种虚伪。

苏伦格玛 国王陛下，您今天不也是走在尘土上吗？在这条道路上倒是从来没有见过谁的象车或马车。

苏德尔希娜 当我是王后的时候，两只脚只是踩着金和银，今天走在他的尘土上，我才能消除命运的过失。今天和我那带尘埃和泥土的国王一起在这尘埃和泥土中一步一步地结合起来了。这种幸福的事还有谁懂得呢？

苏伦格玛 王后娘娘，请看，请看东方吧！正在黎明呢！不会多久了，王后娘娘，他那宫殿的金顶显露出来了。

（**歌声**）已经黎明了，路已走完，

请听，世界到处都响起了光明的歌声。

由于彻夜不眠，疲乏的行路人啊，

你已大功告成，

满是灰尘的生命，你艰苦地取得了成功。

在森林的怀抱中风没有入睡。

像修行人的蜜蜂在爬满藤萝的树丛中聚集。

你的旅行完成了，请擦干眼泪，

羞愧、恐惧流走了，尊严和骄傲沉没了，

已经黎明了。

[老大爷上。

老大爷　已经黎明了，已经黎明了。

苏德尔希娜　托你的福，到达了，老大爷，到达了。

老大爷　可是你看到我们的国王的表现了吧？没有车，没有奏乐，也没有任何庆典。

苏德尔希娜　你说什么没有庆典？请看，整个天空都渐渐变成了红色，由于受到花香的欢迎，风也是满意的。

老大爷　那也可能。不过像我们的国王那么无情，我们却不可能那样。我们难受的是，您这样一身寒碜的装束去王宫，我们怎能忍受呢？请您等一等，我跑去把您的王后的服装取来。

苏德尔希娜　不，不，不，那王后的服装已经由他永远和我分离开了，在所有的人面前，他给我穿上了女奴的服装。我得救了，我得救了。我今天是他的女奴，在他的所有的人中间，我是所有的人中最下等的。

老大爷　你的敌人见到你的这种情况会笑话的，那我们怎能忍受呢？

苏德尔希娜　愿敌人的笑话永存，愿他们往我的身上抛撒尘土。今天在这诽谤的时刻里，那种尘土成了我的香粉。

老大爷　那就再没有什么可说的了。现在，我们进行春天节日的最后节目吧，愿花粉长存，愿南风现在扬起尘土。今天我们大家一起带着满身灰土去到我们的主人那里，到那里去看他也满身泥土坐着。因为你所想的，人们会丢弃吗？谁停下来，都会向他身上抛撒去一两把尘土，而他竟不把那些尘土抖落。

冈吉 老大爷，你在自己那尘土的游戏中可别忘了我，我也要在这王服的装束中，用尘土这样来给自己染色，使别人辨认不出是我。

老大爷 兄弟，那不会等多少时间，你落脚的地方，在那里，你的盲目的一切自负都会自动抹去。眼看着情况会发生变化，你看看我们的这位主后吧，她正在对自己很生气呢！她想用扔掉首饰来轻视自己那使世界着迷的形象。但是由于遭受侮辱的打击，她那形象反而更加鲜艳了，好像这个形象再也没有办法掩盖住自己。我们的国王不是自己与美丽形象无缘吧，所以他对那奇异的形象这么爱，以致成了他内心的装饰。那个形象已经去掉了自己骄傲的掩盖物，今天在我们国王的暗室里维那琴将奏出什么样的调子，为了听这个调子我的心在激动不安呢！

苏伦格玛 请看，太阳出来了。

第二十场

　　[暗室。

苏德尔希娜 主人，你从我身上所转移的对我的那种爱，请不要再返回给我吧。我是你脚前的奴仆，请给我服侍你的权利吧！

国王 你对我能忍受吗？

苏德尔希娜 为什么不能忍受呢？国王陛下，我一定能忍受。在自己的幸福园中，我曾经希望在自己王后后宫中看到你，所以看到你是那样丑，在那里，你的奴仆的奴仆也看起来比你美得多。现在那样看你的渴望已经完全消除了，你不美，主人，你不美，你是无可比拟的。

国王 你是出自内心给我的比喻？

苏德尔希娜 如果说有的话,那也是无可比拟的。我内心里有你的爱，在那爱中印上了你的影子，在那里你自己可以看到自己的形象，那一点儿不是我的，那是你的。

国王　今天我完全打开这所暗室的大门，这儿的一幕已经完了。来吧，
　　　跟着我来吧，来到外边的明亮处。

苏德尔希娜　来到外边之前，还是向黑暗的主人，向他的无情，他的
　　　恐怖敬礼吧！

一九一〇年

邮　局

刘安武　译

第一幕

[马特沃的家。

马特沃 我陷进巨大的困境中了，没有他的时候，我一点没有什么，不担心任何事情。现在不知道他从哪里来后，就占有了我这个家。要是他走了，我的这个家就再也不称其为家了。医生先生，你是不是认为他……

医生 如果他的命里注定有寿的话，那他也能活很多日子。但是正如医典上记载的，似乎他……

马特沃 记载的什么？

医生 经典说："肝胆虚亏，四肢乏力，伤风感冒，其病为一。"

马特沃 算了，请别念了，再念使我更感到害怕。请告诉我现在该怎么办！

医生 （吸鼻烟）应该特别小心。

马特沃 那是没有问题的。不过哪方面应该小心，请你定一定吧！

医生 我早就说过了，应该绝对不让他到外边去。

马特沃 他还是个孩子，整天把他关在家里是很困难的。

医生 你说那怎么办吧？秋天的太阳和风两者对他来说都是危险的，经典上说其原因是"癫病与寒热，咳嗽和黄疸，眼黄……"

马特沃 好了，好了，请你别引经据典了。那现在就得把他关在家里。再没有其他办法了吗？

医生 没有其他办法。因为"风里，太阳下，都一样"。

马特沃 请告诉我，你的这个"都一样"对我有什么作用呢？不要提它了，请告诉我，我该怎么办，不过，你的这个安排是很困难的。医生先生，疾病的全部痛苦可怜的小家伙都能默默忍受，但是，看到他吃药的时候的那股难受劲儿，我的心都要碎了。

医生 但是他越难受，效果也就越大，所以伟大的牟尼赤耶婆那^①说"良药和忠言，虽苦见效快"。好啦，请允许我走吧！

　　　　　[下。

　　　　　[老大爷上。

马特沃 啊，老大爷来了，这可麻烦了。

老大爷 为什么？为什么这样害怕我？

马特沃 你可是一个哄骗孩子的老手啊！

老大爷 你又不是孩子，而且你家里也没有任何孩子，还有什么值得害怕的呢？

马特沃 我倒要了一个孩子。

老大爷 什么？

马特沃 我妻子本来就急着要抱养一个孩子。

老大爷 那我一直听说她想抱养孩子，可是你一直不想抱养啊！

马特沃 你是知道的，我吃了多少苦，这才积累了一点钱财。别人的孩子一来，把我辛辛苦苦积下的钱毫不费力地花掉，一想到这一点，我的心就凉了。不过，这个孩子不知道为什么却占有了我的心。

老大爷 所以为他你越花钱，你就越把这当成了积累钱财的幸福。

马特沃 以前我挣钱入迷了，不挣钱就感到不舒服。而现在挣钱都是为了这个孩子，挣钱的时候感到快乐。

老大爷 那好，你说说你从哪儿抱养了这个孩子？

马特沃 他是我妻子的侄儿。可怜的小家伙从小就没有母亲，前不久他的父亲也死了。

老大爷 唉，这孩子真可怜，那他就需要我了。

马特沃 医生说，他小小的身躯里有风湿，胆汁痰液都不正常。他活下去的希望不大了。救他的唯一办法是无论如何应该让他避开秋天的阳光和风，关在屋子里。你这么大的年纪，引诱孩子走出家

---

① 印度神话传说中的仙人名，《摩诃婆罗多》记载了其巨大的法力。

庭是简单不过的事情，所以害怕你。

老大爷 你说得不假,我完全变成秋天的阳光和风那样可怕了。不过,老弟,我多少也知道一点把孩子关在家里的办法。让我把自己的事情干完后再来,然后来和你那孩子交朋友,你看了也会认可的。

　　　　　[下。

　　　　　[阿马尔上。

阿马尔 姑父!

马特沃 什么事,阿马尔?

阿马尔 是不是我现在到院子里也不能去了?

马特沃 是不能去了,孩子!

阿马尔 就是姑姑磨面的地方也不能去吗?你看,松鼠翘起尾巴坐着正吃着麦粒哩。我也不能去那里吗?

马特沃 是不能去,孩子!

阿马尔 如果我是松鼠,那该多好。不过,姑父,你为什么不让我出去呢?

马特沃 医生说,到外边去你会生病的。

阿马尔 医生怎么知道的呢?

马特沃 他作为医生,还有不知道吗?他读过很多经典呢!

阿马尔 读了经典就什么都知道吗?

马特沃 那当然,这点你都不知道?

阿马尔 (深深地叹了口气)我没有读过经典,所以我什么也不知道。

马特沃 你看,一些大大的学者也像你一样,他们也不走出家门。

阿马尔 他们不出家门?

马特沃 对,他们不出家门。你说,他们什么时候出去啊?他们一直坐着读经典,目不斜视。我们的小阿马尔先生,你长大了也要当学者,一直坐在那儿读经典,大家见到你都会大为吃惊的。

阿马尔 不,不,姑父!我给你磕头,我不当学者!姑父,我决不当学者!

马特沃 阿马尔,这是怎么一回事呢?你要是能成为学者,那我会很幸福的。

阿马尔　我要看世界，我要周游各地，看世界上的一切。

马特沃　你要看什么？有什么值得看的？

阿马尔　为什么没有值得看的？坐在那窗子旁边，可以看到很多东西。那远处的山，我真想越过那座山。

马特沃　阿马尔，你真像疯子那样说话啊！没有任何事情，没有什么必要，随随便便要越过那座山！山为什么这样高呢？就是不让人越过它，不然，为什么集中那么多的大石头造就了这样高的山？

阿马尔　姑父，你是不是感到，大地不能说话，所以向蓝天伸出手来向我们这样呼唤？人们远远地坐在自己家里，在中午时坐在窗前倾听它的呼唤，大约学者们是听不到的。

马特沃　他们不像你这个小疯子，何况他们根本不想听。

阿马尔　昨天我看见一个像我一样的疯子。

马特沃　真的？他是怎样的一个人？

阿马尔　他的肩上有一根竹竿，竹竿的顶端系有一个小包。他的左手提了一个水罐。他穿着破旧的鞋子，穿过田野朝那座山走去。我叫住他问："你到哪里去？"他说："我说不准，就这样随便走向一个地方。"我问："为什么去呢？"他说："找工作。"姑父，工作得自己去找，是吧？

马特沃　那当然，到底有多少人找工作，也说不准。

阿马尔　那好，我也像他那样去找工作。

马特沃　找不到怎么办呢？

阿马尔　找不到，就再去找。后来那个人走了，我站在门口一直注视着他，那儿的无花果树下，不是有一股泉水流着吗？他在那儿放下了竹竿，慢慢地在泉水中洗了手，洗了脚，用水罐盛了水，然后打开那个小包，取出干炒面来吃。吃完之后，又把小包捆好挂在肩膀上，把围裤往上提着，走进泉水里，慢慢蹚了过去。姑父，我给姑姑说好了，有一天我也要到那泉水岸边吃干炒面。

马特沃　姑姑怎么说？

320

阿马尔　姑姑说："等你好了，就带你到那泉水边，让你吃干炒面。"姑父，什么时候我会好呢？

马特沃　不会很久了，孩子。

阿马尔　不会很久了吗？不过我一好就要走了。

马特沃　到哪儿去呢？

阿马尔　我要蹚过好多曲曲弯弯的小溪，在水中洗濯我的脚，然后蹚过去。当中午所有的人都关着自家的门躺下休息的时候，我就到很远很远的地方找工作，谁也不会知道。

马特沃　那好，先让你好起来，然后你……

阿马尔　然后别再让我当有学问的人了，姑父！

马特沃　那好，你说，你想当什么？

阿马尔　现在我什么也不记得了，让我想一想再告诉你。

马特沃　不过你再别这样叫住每一个外地人谈话了。

阿马尔　对外地人谈话我感到很高兴。

马特沃　如果有外地人把你抓住带走呢？

阿马尔　那不是很好吗？不过，没有人把我抓住带走的，都只是让我待着。

马特沃　我还有事，我要走了。但是孩子，你注意，别到外边去，好吧！

阿马尔　好，我不出去，就在靠大街的这间房子里坐着。

　　　　〔马特沃下。

第二幕

[阿马尔坐在房间里。

[卖酸奶的上。

卖酸奶的　酸奶啊！酸奶啊！又鲜又甜的上等酸奶啊！

阿马尔　啊，卖酸奶的！卖酸奶的啊！

卖酸奶的　为什么叫我啊，要买酸奶吧？

阿马尔　怎么买啊，我身边没有钱。

卖酸奶的　你这孩子，不买干吗耽误我的时间啊？

阿马尔　如果我能同你一起走，那我就走了。

卖酸奶的　同我一起走？

阿马尔　对，你从老远的地方一路吆喝着走来，使我的心活跃起来了。

卖酸奶的　（放下装酸奶的罐子）小少爷，你坐在这儿干什么呢？

阿马尔　医生先生不准我外出，所以整天我就坐在这儿。

卖酸奶的　小少爷，你怎么啦？

阿马尔　我不知道，我没有读过什么书，所以我不知道我怎么了。卖酸奶的，你从哪儿来？

卖酸奶的　从我们村子里来。

阿马尔　从你们的村子里来，你们的村子很远吧？

卖酸奶的　我们的村子在本杰莫拉山的山脚下，夏姆利河的岸边。

阿马尔　本杰莫拉山，夏姆利河，说不清楚，也许我看见过你们的村子，什么时候见过，却记不得了。

卖酸奶的　你看见过我们的村子？那山脚下你曾经去过吗？

阿马尔　没有，从来没有去过，但是在我的心里，大约我看见过。在很多古老的树下面就是你们的村子，就在红色大路的旁边，是不是？

卖酸奶的　你说得对，小少爷。

阿马尔　奶牛在那儿的山上山下吃草。

卖酸奶的　真是怪事，你说得完全正确。我们村子里有很多奶牛，就在山上放牧。

阿马尔　村子里的妇女都到河边来打水，头顶上顶着满满的一罐一罐的水。她们都穿着红色的纱丽。

卖酸奶的　啊，太好了，你说得真准！我们村子里的妇女都到河里打水。都穿着红色的纱丽，这倒不尽然。不过你一定是到那儿去游玩过。

阿马尔　我说实话，卖酸奶的，那儿我一次也没有去过。当然，如果医生先生允许，我在某一天能够外出，你能在那天把我带到你们的村子里去吗？

卖酸奶的　为什么不带你去？一定带你去啊！

阿马尔　你教我像你一样卖酸奶，我也要像你一样到远远的地方吆喝着卖酸奶。

卖酸奶的　我的天，小少爷，你为什么卖酸奶呢？你缺少什么呢？你读一本本的厚书后会成为有学问的人。

阿马尔　不，不，我决不会成为有学问的人。我从你们村子里买了酸奶，从那榕树下的红色大路出发，到很远很远的村子里像你一样卖酸奶，像你那样吆喝。啊，酸牛奶，酸牛奶啊，又鲜又甜的上等酸奶啊！你要用这样的调子教我。

卖酸奶的　唉，天哪，这也是什么值得学的调子！

阿马尔　是，是值得学，你用这种调子吆喝，我感到很高兴。就像听到从天尽头传来鸟鸣声后内心激动那样，听到你那从十字路口成行的树中传来的调子后我的内心真想啊，想什么？又说不出！

卖酸奶的　啊，小少爷啊，你吃点酸奶。

阿马尔　我身边没有钱。

卖酸奶的　别，别，别提钱的事。你吃我的酸奶，我感到非常高兴。

阿马尔 不是把你的时间也耽误了吗？

卖酸奶的 小少爷，没有耽误什么，我没有受一点损失。在卖酸奶中有多么大的乐趣，这我今天是从你这里才学到的。

> [下。

阿马尔 （用悦耳的声音）啊，酸奶，酸奶啊，又鲜又甜的上等酸奶啊！本杰莫拉山下，夏姆利河边村子里的酸奶。在那儿，养牛的人在早晨的树下挤奶，傍晚时就凝成酸奶，是这个村子的酸奶。啊，酸奶，酸奶啊，又鲜又甜的上等酸奶啊！啊，哨兵来了。啊，哨兵，请听我一句话再走吧！

> [哨兵上。

哨兵 你为什么这么叫我，你不感到害怕吗？

阿马尔 为什么？有什么事需要怕你呢？

哨兵 如果把你抓走了，那……

阿马尔 你把我抓到哪里去呢？抓到很远的地方，在那座山的那一边？

哨兵 如果把你抓走，直接带到国王面前，那……

阿马尔 国王面前？那就把我带走吧！不过医生禁止我走到外面去。没有人能够把我抓走，一天到晚我都不得不这样坐着。

哨兵 医生禁止你外出？唉，这样一来，你的脸就苍白了，眼睛下陷，而你全身的青筋也露出来了。

阿马尔 放哨的，你不敲锣吗？

哨兵 还没有到时间。

阿马尔 有人说，时间已经过了，有人说时间还没有到，你一敲锣，时间不就到了吗？

哨兵 哪有这种事。时间一到，我们就敲锣。

阿马尔 你的锣使人感到真好，听起来声音优美。中午的时候，当家里的所有的人都吃喝完了，姑父到什么地方去干工作去了，姑姑读《罗摩衍那》读着读着入睡了，我们的狗在院子的一角把头埋在尾巴里睡觉。这时你的锣声响了起来，当、当、当，当、当、当！

你干吗敲锣呢，放哨的？

哨兵　敲锣最重要的是要说明:时间并没有停下，它一直是在运行的。

阿马尔　它运行到哪里去了呢？那是哪个国家呢？

哨兵　这谁也不知道。

阿马尔　谁也没有看见过那个国家吗？我真想跟着时间也到那个国家去，现在那里的情况谁也不知道，而且隔得很远。

哨兵　孩子，那个国家是所有的人都得去的。

阿马尔　我也得去？

哨兵　肯定无疑。

阿马尔　可是医生却禁止我外出。

哨兵　可能有一天，医生会自己抓着你的手把你带去的。

阿马尔　不，不，你不了解他。他只是抓着人，而不会让人走的。

哨兵　那比他还要好的医生会来让他放手的。

阿马尔　我那好医生什么时候来呢？我不高兴一直坐着待在这里。

哨兵　孩子，别这么说。

阿马尔　是，我是一直都坐在这里。让我坐在什么地方，我就不从那个地方起身往外走。不过当你的锣声响起来时，当当当，那我的心就开始动起来了。好吧，放哨的……

哨兵　小少爷，什么事？

阿马尔　在马路的那边，一座高楼上正飘扬着旗帜。而那里很多的人来来往往，那是在做什么呢？

哨兵　那里建立了新的邮局。

阿马尔　邮局，那是谁的邮局啊？

哨兵　谁的邮局？那当然是国王的邮局呀！（内心在说）这是个很有趣的孩子。

阿马尔　国王的邮局里，信从哪里来的呢？从国王那里来的吗？

哨兵　对，对，为什么不是呢？你注意，也许有一天，有给你的信寄来。

阿马尔　有给我的信寄来？我现在还是孩子啊！

哨兵　国王很爱孩子，他给孩子们写很简短的信。

阿马尔　那倒是很有趣的，我什么时候收到信呢？不过，国王还会给
　　　　我写信，你是怎么知道的？

哨兵　　要不，他为什么在你窗子的前边，竖立起这面巨大的金黄色的
　　　　旗帜，开设邮局啊！（内心自言自语）这个孩子显得多么可爱。

阿马尔　从国王那里来信，又是谁把信送给我啊？

哨兵　　国王那里不是有很多邮差吗？你没有看到那些挂着圆圆的金黄
　　　　色徽章的人到处奔走吗？

阿马尔　那他们奔走到一些什么地方啊？

哨兵　　家家户户，东南西北！（内心自言自语）他的话令人可笑！

阿马尔　我长大后也要当国王的邮差。

哨兵　　哈哈，邮差！可邮差得干很艰苦的工作，不管是天晴还是下雨，
　　　　不管是穷还是富，得每时每刻给每家每户送信。这是件很重要的
　　　　工作。

阿马尔　你为什么发笑啊！我觉得这件工作很好。不，不，你的工作
　　　　也很好。中午不管是炽烈的阳光，还是刮热风，一直都得敲锣，
　　　　当当当！有一天晚上我突然醒来睁开眼，听到在黑暗中响起锣声：
　　　　当当当！

哨兵　　你看，村长来了，现在我得溜走了。如果他看到我在和你谈话，
　　　　那可有点麻烦。

阿马尔　村长在哪里？在哪里？

哨兵　　现在还远，头上戴着用树叶编成的伞走来的就是村长。

阿马尔　是国王叫他当村长的吗？

哨兵　　那不是，是他自己要干的。谁要是不服从他，他就紧紧纠缠着
　　　　谁，那就别提了，所以大家都怕他。只是通过和大家闹对立来维
　　　　持他的生计。那我现在走了，小少爷，我得去工作了。明天我再
　　　　来，我要把全城的消息讲给你听。

　　　　　［下。

阿马尔　如果每天收到国王一封信，那就太有趣了。我就坐在这窗前
　　　　读信，不过我不知道如何读信，有谁读给我听呢？姑姑读《罗摩

衍那》，她会读国王的信给我听吗？如果没有人读信，我就把信集中起来保存着，等我长大了以后再读。不过如果邮差不认识我呢？村长先生，村长先生，请听我说句话好吗？

[村长上。

村长　哦，谁呀？我走路是谁这样叫我呀？这是哪里的小猴子？

阿马尔　你是村长吧，大家都服从你吧？

村长　（高兴地）是，是，为什么不服从我呢？大家都很服从的。

阿马尔　国王的邮差听你的话吗？

村长　不听我的话他能活！有谁敢不听我的话！

阿马尔　你给邮差说一声，说我的名字叫阿马尔，我一直坐在这格子窗旁边。

村长　为什么，是怎么一回事？

阿马尔　如果有人给我写信……

村长　给你写信？谁给你写信呀？

阿马尔　如果国王给我写信，那……

村长　哈哈，哈哈，看这个孩子多蠢！哈哈，哈哈，国王给你写信！为什么不写呢，你是国王最要好的朋友呀！由于很长时间没有和你会面，国王不是着急得身子都消瘦了吗？现在不要太多的时间了，今天或明天信就要来了。

阿马尔　村长先生，你为什么这样对我说啊？你在生我的气吗？

村长　我的天啦，我岂敢生你的气！你和国王有信件往来，啊，看来马特沃的头脑大大地膨胀了。有钱了嘛，现在他的家里除了帝王的事情以外根本就不谈其他的话题了。且等一等，让他尝尝一点滋味。小家伙，你等着，我现在很快就安排好，让国王的信来到你的家里。

阿马尔　别，别，你别为这事操劳了。

村长　为什么？有什么事？我要把你的消息传达到国王耳朵里，然后他会很快给你写信的。为了了解你们的情况，他马上会派人来。不，由于马特沃很骄傲自满了，不等国王知道，国王就会治一治他的。

327

        [下。

阿马尔　你是谁？你的脚镯叮叮当当响着，你往哪里去呢？不能停一

    会儿吗？

        [小姑娘上。

小姑娘　我难道还有停下的空闲吗？时间已经晚了呢！

阿马尔　你心里不想停下来，我的心也不想在这儿坐着。

小姑娘　看到你，使我感到，你就像清晨的一颗孤星。告诉我，你怎

    么啦？

阿马尔　不知道是怎么了，医生禁止我外出。

小姑娘　那好，你不要出来，应该听医生的话，不要淘气，好吧，不

    然，人家都会说你是一个淘气的孩子。看到外边，你的心一定很

    羡慕，是不是？我来把你的窗子给关上，好不好？

阿马尔　别，别，别关上，在这里对我来说，其他一切都是关闭着的，

    只有这窗户是开着的。告诉我吧你是谁？我不认识你。

小姑娘　我是苏塔。

阿马尔　苏塔？

苏塔　你不知道，我是这儿的园丁的女儿？

阿马尔　你干什么呢？

苏塔　我采摘一篮一篮鲜花，编织一个一个花环，现在我正去摘花。

阿马尔　你去摘花吗？所以你脚上的脚镯显得这么高兴，你越走得快，

    你的脚镯就越叮当叮当作响。如果我能够跟着你一起去，我就会

    爬到那高不见顶的树枝上为你摘花。

苏塔　为什么不能呢？有关花的情况你比我知道得更多，是吧？

阿马尔　我知道，我知道得很多，我知道金芭和她七兄弟的故事①。我

    感到，如果大家都抛弃了我，那我就走到浓密的森林里去，那里

    谁也找不到通行的道路。在那细细的树枝上，念珠似的小鸟摇来

    摇去打着秋千。我在那儿变成金香木花开放，你就作为我的芭鲁

———————————

    ①　印度孟加拉地区流传的民间故事，金芭也是金香木花名。

尔^①姐姐好吗?

苏塔　你的头脑真想得出奇,我不当芭鲁尔姐姐,我是苏塔,我是夏
西园丁的女儿苏塔啊。我每天不得不编织许多花环。如果像你一
样一直在这儿坐着,那多有趣!

阿马尔　那你一天还干什么呢?

苏塔　我不是有个男洋娃娃吗,还有小商人的女儿,我要给他们成
亲。我还有一只猫咪米妮,跟她……不说了,我要走了,很晚了,
我会采不到花的。

阿马尔　和我一起再谈一会儿吧,我感到真好!

苏塔　那好,那你别再淘气了,好吧,就像一个王爷在这儿坐着。我
采了花回来的时候再和你说话。

阿马尔　那你会给我一朵花吧?

苏塔　我不能这么把花给你,得付钱的。

阿马尔　当我长大的时候,我就把钱给你。当我到泉水的那边去找工
作的时候,我就把钱给你。

苏塔　那好!

阿马尔　那采花以后你会来吧?

苏塔　我来。

阿马尔　你会来?

苏塔　我会来!

阿马尔　你可别把我忘了,我名叫阿马尔,你记住了吧?

苏塔　我不会忘记,你等着吧,我记得的。

　　　　　[下。

　　　　　[几个孩子上。

阿马尔　小兄弟们,你们一伙都到哪儿去呀?到我这儿来一下吧!

孩子们　我们正去玩儿呢!

阿马尔　小兄弟们,你们玩什么呢?

---

①　芭鲁尔也是一种花名。

孩子们　我们玩耕地呢！

一个孩子　（出示竹竿）你看，这是我们的犁。

另一孩子　（出示另一孩子）你看，我们两人当牛。

阿马尔　玩一整天吗？

孩子们　对了，我们玩一整天！

阿马尔　在傍晚的时候沿着河岸回家吗？

孩子们　对啦，傍晚的时候回家。

阿马尔　经过我们的家，好吗？

孩子们　你也去和我们一起玩吧？

阿马尔　医生禁止我外出。

孩子们　医生？你听医生的话吗！（彼此议论）走吧，时间已经晚了。

阿马尔　别走，小兄弟们，你们就在这儿，在我窗前的大路上玩吧，我也可以看着你们玩。

孩子们　这儿怎么玩呢？

阿马尔　你们看，我有多少玩具啊！你们都拿去玩儿吧，我一个人在家里没有心思玩儿。我的这些玩具白白地扔在那里，对我一点儿也没有用。

孩子们　太好了，太好了！多好的玩具哟！你看，这船，这个老太婆！小兄弟们，你看，这个士兵多好，这些玩具你都给我们吗？你不会难过吗？

阿马尔　不会，我一点儿也不会难过。我都给你们。

孩子们　我们不再还给你吗？

阿马尔　不还给我，没有还的必要。

孩子们　没有人生气吗？

阿马尔　没有人生气。不过，每天早上你们来到这窗子前面玩一会儿这些玩具。当这些玩具破旧的时候，我再给你们要来新的。

孩子们　那好，兄弟，我们每天都到这里来玩儿。（彼此议论）听，兄弟，让这些士兵站在这儿，我们玩打仗吧！不过，枪在哪里呢？对了，不是有根竹竿吗？我们把它折断后就可以做成枪！（对阿马尔）

啊，你怎么睡着了？

阿马尔　对了，我太发困了。不知道为什么我不时地打瞌睡，我坐得太久了，我不能再坐下去了，我的背都感到疼了。

孩子们　现在还是早晨呀！你为什么现在就发困呢？你听，才响白天的第一遍锣呢！

阿马尔　是，才响白天的第一遍锣，当，当，当，它催我睡觉呢！

孩子们　那我们走了，明天早晨再来。

阿马尔　在走以前，回答我的一个问题吧，小兄弟们，你们生活在外边，你们认识国王的那个邮局的邮差吗？

孩子们　为什么不认识呢？我们跟他们很熟啊！

阿马尔　他们是谁？他们的名字叫什么？

孩子们　一个叫巴德尔，一个叫夏尔德，还有一些。

阿马尔　那好，如果有写给我的信，他们会认出我，给我送来吧？

孩子们　为什么不给你送来呢？信上不是写有你的名字吗？看了名字后，他们一定会送来给你。

阿马尔　明天早晨你们不是要来吗，那时你们也带一个邮差来，让他认识我。

孩子们　好，我们带一个邮差来。

第三幕

[阿马尔躺在床上。

阿马尔　姑父，为什么今天我窗前也不能去了，医生禁止我去吗？

马特沃　是，孩子，每天都坐在那儿你的病会更严重的。

阿马尔　不，姑父，不会的。关于我的病我一无所知，但是，坐在那里我的身体感到很好，我感到很高兴。

马特沃　你坐在那里，和世界上的所有老老少少都交上了朋友，我家的大门口每天都像举办庙会一样，这样你的身体还能好起来吗？你看看今天你的脸色，多么苍白！

阿马尔　姑父，今天我那化缘和尚会来，他要在窗前看不到我就会回去的。

马特沃　化缘和尚？你那化缘和尚从何而来？

阿马尔　就是那个每天到我这儿，把各个地方的消息讲给我听的化缘和尚，他讲的我很爱听。

马特沃　他是什么人，我从来没有见过他。

阿马尔　现在正是他来的时候，他也许已经快到了。姑父，我给你磕头求你，你去给他说，叫他进来在我身边待一会儿吧。（老大爷身着化缘和尚的服装上）来了，来了，化缘和尚来了。来吧，来坐在我身边的床上吧。

马特沃　啊，这怎么？你……

老大爷　（用眼色示意）我是化缘和尚。

马特沃　你什么都是，只这一点我还不了解！

阿马尔　这一次你又去过哪里，化缘和尚？

老大爷　这次我去过苍鹭岛，直接从那里回来的。

马特沃　苍鹭岛？

老大爷　有什么可奇怪的？我可不像你一样，来来去去我又不需要什么花销。我想到哪里去，就可以到哪里去。

阿马尔　（高兴地鼓掌）你真会享乐，当我长大以后，你要收我做你的徒弟，你是说过的，记得吗？

老大爷　是，是，我记得很清楚。我会教给你到处旅行的咒语，使得大海、高山、森林什么也不能阻挡你。

马特沃　你们像疯子一样在谈些什么啊？

老大爷　孩子阿马尔啊，我不害怕大海、高山和森林。但是如果医生和你的这位姑父合在一起，那恐怕我的咒语也不得不承认失败。

阿马尔　不，不，姑父，你别对医生说什么。从现在起，我就会躺在这儿，动也不会动。不过，当我好了的那天，我就会向化缘和尚学会咒语走掉的，高山、森林和大海都不能捉住我不放。

马特沃　唉，孩子，别这样一次一次说走啊，这使我的心情很难受。

阿马尔　苍鹭岛是怎样的一座岛？化缘和尚，请告诉我。

老大爷　是很有趣的地方，你要是看到了，一定会大为惊异的。那里是鸟的世界，没有人居住。在那里生活的鸟群，是不会说话的，也不会走路，它们只是唱歌和飞翔。

阿马尔　那是非常有趣的地方，是在海边吧？

老大爷　是，是，就靠近海边。

阿马尔　那儿有青山吗？

老大爷　鸟儿都生活在青山上。在傍晚的时候，落日的余光照红了山顶，而绿色的鸟群纷纷飞回自己的巢里，天空的颜色，山的颜色和鸟群的颜色混合在一起，煞是好看。

阿马尔　山上有山泉吗？

老大爷　你说得真好，山上还没有山泉吗？没有山泉的山是哪儿也没有的。山泉像金刚石一样闪闪发光，也像有人将金刚石熔化成水。你看它的舞姿吧，它像戴着脚镯发出铿锵的声音又跳又扭地行进，它还撞击着石头像奏乐一样发出音响，它还像叮叮咚咚唱着歌。

又跳又顽皮的山泉最后做什么呢？你知道吗？它最后跳进大海里去了呢！它始终不停地跳进大海，它的舞蹈、歌唱和跳跃，从来没有停息的时候。有哪个医生胆敢阻挡它片刻试试看！还有，小少爷，确切无疑的是，如果鸟群不把我当成一个渺小的人物而将我和它们隔开的话，那我也将在山泉的旁边，在它们千千万万个窝巢中间，为自己筑一个窝巢住下来，我将整天地观看大海的波涛。

阿马尔　如果我是一只鸟的话，那就……

老大爷　那也还有一个困难。我听说你对卖酸奶的说了，你长大以后也要卖酸奶。在鸟的天地里，你的酸奶的生意做不下去，相反，还要受到损失的。

马特沃　现在别继续下去了，看来你们要把我也搞成疯子的。我走了。

阿马尔　姑父，我那个卖酸奶的来了后又回去了吗？

马特沃　不回去又做什么呢？他又不像你的这位化缘和尚师父，拿了口袋到苍鹭岛的鸟巢中间，飞来飞去可以填满肚子。他给你留下了一罐酸牛奶，还说了，他村子里他的外甥女出嫁，他要到一个地方去筹备一支鼓乐队，他很忙。

阿马尔　他曾经说过，他要把他的小外甥女嫁给我。

老大爷　这一来可麻烦了，那现在？

阿马尔　他说，他的外甥女做我的媳妇儿。像小小钱包似的小媳妇儿，鼻子上戴着鼻饰，穿着红色条纹的纱丽。小媳妇儿每天早上亲手挤黑奶牛的奶，用陶碗装着连同泡沫喂给我喝。傍晚在牧人家里点燃灯后，到我这里来给我讲金芭和她七兄弟的故事。

老大爷　那多好，那才真是来了一个好媳妇儿！我作为化缘和尚，听了心头都羡慕起来。不过，孩子，你不要着急，这一次就让她出嫁。我对你说，如果你将来需要媳妇儿的时候，他家什么时候都不缺外甥女。

马特沃　你走吧，走，现在我再也受不了啦！

　　[下。

阿马尔 化缘和尚，姑父走了。现在你悄悄告诉我吧，邮局里写着我名字的国王的信是不是来了？

老大爷 我听说，国王给你的信已经发出了，现在也许还在途中。

阿马尔 在途中？在什么途中？是不是在那雨后天晴时远远露出浓密森林的途中？

老大爷 看来，你什么都知道，你的信正是通过那森林的途中来的。

阿马尔 化缘和尚，我什么都知道。

老大爷 看来是这样，你是怎么知道的呢？

阿马尔 这我也不清楚，我感到就像我在眼前看到似的。我觉得，我看见过许多次，在很久以前，在许多日子以前，这都记不清了。我给你说，我看见了什么吗？我看见了国王的邮差从山顶高处独自一人往山下走，左手提着灯笼，肩膀上背着邮袋。多少日子以来，他一直向山下走着。在山下，山泉阻挡了去路，他又沿着山泉变成的曲曲折折的小河的岸边走着。小河岸上是黍田，他就从小河岸和黍田之间的羊肠小道走来。再往前是甘蔗地，沿着甘蔗地有一堤埂延伸很远，他就在堤埂上面一直朝这儿走来。田野里蟋蟀在鸣叫，小河的岸边一个人也没有，只有水鸟摇着尾巴来回走着。这我都看到了，邮差来到这里越近，我的心也就越高兴。

老大爷 孩子，我的眼睛比不上你的眼睛了，但是和你一起，我也仍然什么都看得见。

阿马尔 好，化缘和尚，你认识那位拥有这所邮局的国王吗？

老大爷 还有不认识的？我每天都到他那里化缘呢！

阿马尔 那太好了，等我身体好了，我也每天到他那里去化缘，不能去吗？

老大爷 孩子，你没有必要去化缘或乞讨，他要给你的东西，他会亲自来把东西交给你。

阿马尔 不，不，不，我要站到他大门口前面的街道上喊"愿国王胜利"，然后向他乞讨。我还要拍着手跳舞，那会很有趣的。

老大爷 对，对，那会很有趣。把你一同也带上，我会化到能吃饱肚子的缘的。你向国王乞讨什么呢？

阿马尔 我向他说，你把我派为你的邮差吧。然后，我也像邮差那样手里提着灯笼，挨家挨户送信。你知道吗，有一个人说我长大后，他就教我乞讨，我就会随着他，想到哪里就到哪里乞讨。

老大爷 那个人是谁？

阿马尔 恰达米。

老大爷 恰达米是谁？

阿马尔 就是那个跛脚的盲人，他每天都到我的窗前来。有一个正像我这么大的孩子，让他坐在木轮车里拉着他走。我对他说过，当我长大以后，我就让他坐在我的车里拉着他到处跑。

老大爷 那太有趣了，小兄弟。

阿马尔 就是他对我说，要教我如何乞讨的办法。我对姑父说，要姑父施舍他东西，姑父说，他是装成又瞎又跛让人看的。那好，就算他不是真的盲人，但他不能用眼睛看东西，这是真的吧！

老大爷 孩子，你说得对，其中至少他不能用眼睛看东西是真实的，尽管称他为盲人也罢，不称他为盲人也罢。不过当他讨不到东西时，他为什么还坐在你旁边呢？

阿马尔 我不是把一切都告诉他吗？在什么地方发生了什么，说给他听，可怜的他不是什么也看不见吗，你不是把好多地方的事情说给我听吗，我又把这所有的一切说给他听。有一天你不是给我说了"轻国"的故事吗？在那里，人们只要轻轻地一跃，就可以越过高山，谁高兴谁都可以到那里去，他听了我说"轻国"的故事后非常高兴。化缘和尚，从哪儿可以到那个国家去呢？

老大爷 从内部只有一条道路通向那里，不过，找到这条道路是非常困难的。

阿马尔 可怜他是一个盲人，也许他根本找不到那条路，他一辈子只是到处乞讨。对此，他那天特别苦恼。我对他说，在乞讨的过程中，你走过很多的地方，也会有很多消息呀，其他的人又哪里能够到过那么多的地方呢?

老大爷 孩子,坐在家里又有什么难过的呢?

阿马尔 没有,没有什么难过的。开头叫我坐在家里的时候,我感到白天好像没有一个完。后来当我看到了国王的邮局时,我就觉得待在家里很好了。总有一天我的信会来的,为此我高兴地默默地坐在这里。不过国王的信中写的是一些什么,这我可不知道。

老大爷 不知道,也就算了,这又有什么关系。你的名字是会写在上面的,这也就够了。

　　　　[马特沃上。

马特沃 你们两人一起为我制造了什么麻烦?你们说吧!

老大爷 为什么?发生了什么事?

马特沃 我听说,你们到处散布传言,说国王为了给你们寄信,开办了邮局。

老大爷 这又有什么?

马特沃 有什么?村长秘密地写信把这件事传到了国王那里了。

老大爷 什么事都会传到国王耳朵里的,这谁不知道!

马特沃 那你们为什么不小心一点儿呢?你们为什么传播这种有关国王的毫无意义的话呢?你们自己毁了自己,还要把我也毁了。

阿马尔 化缘和尚,难道国王会因此生气吗?

老大爷 他为什么无缘无故生气呢?国王不会生气。他怎么生像我这样的化缘和尚和你这样的孩子的气,这我还要看一看。

阿马尔 化缘和尚,你看,今天从早晨起,我的眼睛就不时地发黑,好像什么都是一场梦。我想一声不响,我不喜欢说话。国王的信不会来吗?

老大爷 (给阿马尔扇风)会来的,信会来的,今天就会来!

　　　　[医生上。

医生 孩子,今天身体怎么样?

阿马尔 医生先生,看来今天身体很好,我觉得身上什么痛苦也没有了。

医生 　（背着阿马尔对马特沃）看来今天他的笑不大好，他说什么痛
　　　苦也没有了，这是不好的迹象，我们的杰格尔特尔①说……

马特沃 　我求求你，医生先生，请不要提杰格尔特尔的话了，请告诉
　　　我今天他怎么样？

医生 　看来阻挡不住他了。我是清清楚楚地对你说过不能让他外出，
　　　现在看来他还是被秋风吹了。

马特沃 　没有，医生先生，我很小心地防避着他，绝对没有让他出去，
　　　门都关紧了的。

医生 　今天突然刮起了大风，你就别提多大了。我刚刚看到，从你家
　　　的大门呼呼的风直往里吹，这绝对不好。请把大门紧紧关上并且
　　　上锁，两三天之内任何人也不能进到你家里来，这行不行？请在
　　　这几天完全断绝和外人的来往，如果还有人来，那还有后门。那
　　　从前面窗子进来的阳光也要封闭，阳光会使病人不能入睡。

马特沃 　阿马尔已经闭上了眼睛，大约入睡了。不过从他的脸色看来，
　　　医生，使我感到，我领了一个外人的孩子来家，我把他当作自己
　　　的孩子爱他，事情还是没有办好。现在我恐怕不能保住他了。

医生 　这是为什么？村长为什么到你家来了？这出了什么麻烦？现在
　　　我走了，老兄，不过，你现在去马上把大门关好。我回家后，立
　　　刻给你送一剂猛药来，你让他服下，如果他是有救的，那剂药就
　　　能救他！

　　　　　［马特沃和医生下。

　　　　　［村长上。

村长 　喂，小家伙！

老大爷 　（立刻站起）嘘，别说话！

阿马尔 　不，化缘和尚，让他说吧！你以为我睡着了，我没有入睡，
　　　今天我能听见很远的声音，我感到好像我的爸爸妈妈正坐在我的
　　　床头说话呢！

---

　　① 　杰格尔特尔，古代孟加拉地区名医。

338

[马特沃上。

村长　怎么，马特沃，我听说你近来和一些人物有了交往啦?

马特沃　你这是说什么啊，请别和我开玩笑，村长先生，我们不过是
　　普通老百姓。

村长　你的这个孩子却正等着国王的信呢!

马特沃　他不过是孩子，村长先生，孩子的话有什么值得注意的? 他
　　懂得什么，不过是一个小疯子。

村长　不，不，这又有什么不好? 像你这样的体面家庭，国王又往哪
　　儿去找! 所以嘛，你没有看到，就在你的大门正对面，国王开设
　　了一个新的邮局。小家伙啊，写有你名字的信来了呀!

阿马尔　(吃惊地) 真的?

村长　不是真的，还会是其他什么! 国王跟你有了交情。(掏出一张
　　白纸) 哈哈，哈哈，这就是国王的信!

阿马尔　村长，别嘲笑我。化缘和尚，你说说吧，这是不是国王的信?

老大爷　是，孩子，我是化缘和尚，我跟你说，这的确是国王的信。

阿马尔　但是，我在上面什么也没有看到。今天在我的眼睛里看起来
　　什么都是白的。村长先生，你告诉我，信里写的是什么呀?

村长　国王写道:"今天或明天我要到你的家里来，你们准备好炒粉
　　供我食用，我对王宫现在一点儿也不感兴趣了! "哈哈，哈哈!

马特沃　(合掌求告) 村长先生，求求你，现在关于这个问题请别开
　　玩笑吧!

老大爷　玩笑? 什么玩笑? 有谁胆敢开这种玩笑!

马特沃　哦，老大爷，你也成了疯子吗?

老大爷　对，我成了疯子，所以我在白纸上看到一切。国王写道，他
　　要亲自来看阿马尔，他还要把自己的御医也带来。

阿马尔　化缘和尚，你听，你听! 国王出行的鼓乐声，你听到了吗?

村长　哈哈，哈哈，让化缘和尚发疯吧，发疯后他能听到的!

阿马尔　村长先生，我还以为你是生我的气，是不喜欢我啊。你真的
　　会带来国王的信，这我是从来没有想到的。请让我用你脚上的尘

土涂在我额上吧!

村长　好呀,这样看来,这个孩子还真有点敬老之心啊!智慧不多,
　　　但心地坦白。

阿马尔　现在看来已经到了傍晚了,听,当当,当当,黄昏的星星已
　　　经出现了吧,化缘和尚,我为什么看不见,你能告诉我吗?

老大爷　他们已经把窗子都关上了啦,所以看不见了。

　　　　　[有人在外边敲门。

马特沃　谁呀?是谁?捣什么乱?

门外音　开门!

马特沃　你们是谁!

门外音　开门!

马特沃　村长先生,莫不是强盗?

村长　喂,谁呀?我是村长,你们不害怕我吗?(对马特沃)你去到
　　　外边看一看,声音停下来了。听到村长的声音还置若罔闻,这样
　　　的好汉岂能活到今天!不管是强盗也好,还是……

马特沃　(把头伸出窗外看了看)门被打破了,所以声音停止了。

　　　　　[国王的使者上。

使者　国王陛下今天夜里驾到!

村长　啊,一切都糟了。

阿马尔　使者,现在夜过了多久了?

使者　快到半夜了。

阿马尔　当我的朋友哨兵在城门上敲锣的时候,当当,当当,是那个
　　　时候吗?

使者　对,就是那个时候。国王为了看望自己的小朋友,先派了最好
　　　的御医来了。

　　　　　[御医上。

御医　这为什么!周围完全封闭了起来?打开,打开,门窗全部打开!
　　　(把手放在阿马尔身上)孩子,怎么样,你感到怎么样?

阿马尔　很好,我感觉很好。御医先生,我现在没有任何疾病,没有

340

任何痛苦。啊，现在门窗都打开了，所有的星星，在黑暗中的所有星星都可以看见了。

御医　当今晚半夜国王来的时候，你能够从床上起来，陪他到外边去吧？

阿马尔　能，能，我能去，我一定能去。到外边去我才能活，我要跟国王说，你在这黑暗的天空中指出北极星给我看吧，我大约看见了那颗星很多次了，但是没有认出来是哪一颗。

御医　他会都指给你看的。（对马特沃）为了在这房间里接驾，请把房间打扫一下，用花装饰一下！（向村长示意后）这是谁？不能把他留在这个房间里面！

阿马尔　不，不，御医先生，他是我的朋友。当你还没有来的时候，是他为我带来了国王的信。

御医　孩子，那好。你说他是你的朋友，那他可以留在这里。

马特沃　（附在阿马尔耳边）孩子，国王很爱你，今天他亲自要来了。你今天向他提出几点要求吧，他会给你称心如意的东西的。我们的境遇并不那么好，这是你知道的。

阿马尔　我都打定主意了，姑父，你不要担心了。

马特沃　孩子，你打定了什么主意？

阿马尔　我要向他要求，派我做一名邮差，这样我就可以把信分到家家户户。

马特沃　（埋怨自己命苦）唉，我的命啊！

阿马尔　姑父，国王要来了，你准备什么供他享用呢？

使者　他自己说了，他在你们家中将享用炒米粉。

阿马尔　炒米粉！村长先生，你早就说了，你知道国王的所有信息，我们却一点不知道。

村长　如果派人到我家里去，那么就可以为国王拿来好多……

御医　没有什么必要，现在你们大家都安静地坐下吧！孩子来了瞌睡了，我会坐在他的床头，他现在要睡了。把灯吹熄吧，只让天空星星的光进来。孩子要睡了，可怜的孩子睡着了。

马特沃 （对老大爷）老大爷，你为什么这样像石头塑像一样一声不响地合掌坐着？我有点害怕，我所看到的这一切，是不是都是好迹象啊？这些人为什么让我的家里这么漆黑一片？天上的星光对我来说意味着什么啊？

老大爷 别作声，你这个不信任别人的人，不要说话。

　　　　　[苏塔上。

苏塔 阿马尔！

御医 阿马尔睡着了。

苏塔 我给他拿花来了，我不能把花放在他的手里吗？

御医 好，你交给我吧！

苏塔 阿马尔什么时候醒过来？

御医 快了，当国王来叫他的时候。

苏塔 你们能把我的一句话附在他的耳边给他说吧？

御医 什么话？

苏塔 就说：苏塔没有忘记你。

1912 年

马丽妮

倪培耕 译

第一场

[王宫的楼阁廊亭，宫楼外的大路。

[迦什帕、马丽妮、默希茜、国王。

迦什帕 弃绝吧，孩子，弃绝幸福的希冀，弃绝痛苦的恐惧。消除感官享受的贪婪，砸碎尘世间的桎梏，废弃欢乐嬉戏的激动；使心灵日夜保持纯洁智性的光明，由此战胜迷恋和哀伤，彻底地把它们从心灵中驱逐掉。

马丽妮 上帝，我是被束缚的，被囚禁的，用肉眼是什么也见不到的，我雌黄蜂被束缚在镂刻上黄昏印记的莲花蓓蕾里，我在金沙堆里毫无知觉，呈半死不活的状态。然而，你若赐予怜悯的甘露，自由的音乐就会在我耳畔回荡不已。

迦什帕 我祝福你，黑夜很快要走到尽头。在知识——日出——欢乐节日里，在甦醒世界的凯旋欢呼声里，在良辰吉日里，在美好清晨里，你的花圃牢狱门扉将洞开，一个伟大时刻即将莅临。现在，我将去长久漂泊，云游四方。

马丽妮 请接受女仆的敬礼。（迦什帕下）

那伟大时刻即将来临！心灵激动不安起来，我的心仿佛是露珠垂挂在荷花叶上。真不知，谁正做着什么样的准备，想把我围困住！许多隐匿的形象在我四周来回转动。有时，它宛如闪电一般闪烁着，赐予光明的恩泽；有时，空气的波浪，低声细语地撞击着。今日真不晓得，有什么犹如痛苦似的东西直刺我心窝。我无法猜度，今日世上谁在一次次把我呼唤！

[默希茜上。

默希茜 孩子，我心爱的女儿，我能做什么，我能把你带向何处？我的女儿，在这不成熟的年龄里，难道你感到一切都美妙？与你美

345

貌和青春相配的服饰在哪儿？金光灿灿的首饰又在哪儿？我"金子的曙光"今日没有"金色的光辉"！妈妈何时能亲眼目睹那般光景？

马丽妮 难道女乞不会诞生于帝王家里，王后你难道遗忘了作为穷人家族里母亲身份？你父亲的穷困，闻名于世。妈，请说说，贫穷将失落在何方？正因为如此，我今日在充盈里获得你父亲赤贫的装饰，这就是我的光彩。

默希茜 你步入自己父亲的骄傲里，却对自己的父亲进行了谴责！难道我就为此在肚里怀了你？哦，你这乳臭未干的黄毛丫头，竟然高傲得如此不可一世！你要知道，我父亲比你父亲富裕百倍，因而他对人世间荣华富贵视如草芥！

马丽妮 这倒是众所周知的事，那天伯父剥夺了你父亲祖先遗产中的权利，他就抱恨终身地离开了家门；他毫无痛苦地抛弃了全部财产，只把祖传的一尊菩萨像搬进了自己的寒舍。在我生长期间，你把他的那个性格本质传授给了我，舍此再也无他物了。妈，你把那祖先家族贫富状况永远铭刻在自己女儿的心坎里，我父亲那些珍宝财富是为王子留着的。

默希茜 我的女儿，这里有谁理解你！听了你这番肺腑之言，我真不知为何泪水不禁流下。当年，你带着发呆的、不作声的面容来到我的怀抱；但谁料到，日后那张幼稚迷人的脸庞会说出如此意味深长的话语？我经常注视你的面孔，我的心不由自主地害怕得直战栗。唉，我的宝贝女儿，你从哪儿获得这种真谛，从哪本经典获得这种至诚至理的箴言？我父亲的教义是远古时代的，陈腐过时的，而你这个教义超脱尘世，远离吠陀；你这个让时代铸成的教义异常新颖，不同寻常。你这个叛教的女修道士是从哪儿飞临我家的？我见到这一切，惶恐不安，害怕得要死。难道有人教授你咒语？把你单纯的心灵坠入虚无的罗网里？人们常说，佛陀是魔鬼的信徒，他通晓魔术，弄鬼弄神，他被证明是阴间的死鬼。听我的话，我的女儿！难道宗教需要到处去寻觅？宗教犹如太阳

永恒存在，永恒放射光芒。你应皈依的宗教是异常朴素古老。你
应虔诚地践誓，你应日夜膜拜湿婆，乞望恩泽，获得称心如意的
夫君。那夫君就是你的神，就是精通经典学识的婆罗门。他们对
真理与谬误、宗教与非宗教、主格与宾格、元音与辅音进行深思
熟虑的思考；他们在怀疑大海里为获得宁静而奔走呼号；他们为
获取经典和探求经典之教义而不断流血牺牲；而妇女的职责永驻
在心灵处、怀抱里和夫君与儿子身上。

[国王上。

国王　女儿，现在你安静几天吧，暴风云雨聚集在宫殿上空。

默希茜　大王陛下，你从哪儿带来虚假的恫吓！

国王　不是虚假的恫吓。唉，我天真无邪的女儿，你若想把新宗教引
进家里，难道想使雨季河流泛滥成灾，淹没两岸，吸引国内外视
线？难道不为此感到羞耻不安吗？自己的宗教就是属于自己的，
它深藏在自己不朽的心灵里。不要仇视它，讥笑它，粗暴对待它。
这就是我的嘱咐。倘若要想得到一种宗教，就应该在心灵深处获
取它。

默希茜　大王陛下，为什么要责备无邪的孩子，我的女儿仿佛犯了罄
竹难书的大罪？孩子自己选择了教义，走自己的路，有什么可责
备的呢？

国王　王后，人民恼怒着，他们齐声要求把我女儿放逐。

王后　放逐？放逐我的女儿？

国王　那些婆罗门教徒已经联合起来，反对我女儿传播异教。

王后　什么是异教？全部真理难道都写在他们的法典书本里？而在这
世上为什么任何地方都没有它的市场？那些婆罗门在哪儿？把他
们叫唤来。听听我女儿的教诲吧，让他们知道什么叫真正宗教，
扔掉他们被蛀虫腐蚀的宗教。呸，呸！

　　我女儿，我将从你那儿获取新教的崭新咒语，打碎婆罗门的
陈腐僵死的经典咒文。

　　他们将要给她流放的惩罚？大王陛下，你心安理得？你心里

好好寻思寻思，这个姑娘是你的女儿，她不是寻常姑娘！决不是，大王陛下！她是纯洁明亮的火焰。今朝我要强调说，请您仔细听我说，这个姑娘不是凡夫俗子，而是神的化身，她戴着神的光圈投身到你的家。千万别蔑视她。不然，终有一日，游戏玩到自己头上来，搬起石头砸自己的脚。那时，你哭喊都无济于事，倾注王国的全部财产，也无法再获得她。

马丽妮　父亲，满足你臣民的请求吧！伟大的时刻将莅临，把我放逐吧，父亲！

国王　为什么，孩子，难道你在父亲家里感到不满足？外面世界异常冷酷无情。它可不像你父母的怀抱，女儿！

马丽妮　父亲，听我说，他们想要我流放，就是他们对我的爱宠。妈，听着，妈，听我一言——您无法明白我内心的焦虑不安。放开我吧。妈，不要悲伤。如绿树理解它的落叶归土，让我到全体人民那儿去生活——外面世界来到王国门槛，邀请我。不知道有什么事业等着我，但我的伟大时刻今日已来临。

国王　完全是孩子气，你胡说些什么！

马丽妮　父亲，您是一国之王，您应履行您国王的职责。

　　　　我的主母，还有您的儿女们，放开我吧！妈，不要把束缚在您自己的慈爱里。

默希茜　国王，您听着，听着这些不可思议的话，这些话仿佛不是从她嘴里吐露的！我吃惊地凝视着女儿的脸庞！

　　　　为什么，女儿，你生长的地方为什么没有你的位置。我的女儿，难道你是宇宙的女神，难道世界的全部职责的重负落在你肩上？难道大千世界没有你就缺乏母爱的阳光雨露？你去了那儿将有新的崇拜！你走了以后，我们做母亲的将怎样再驻足在这里？

马丽妮　我醒后一直梦见，睡着一直听见，风暴仿佛劲吹着，河面上掀起狂风恶浪，夜黑沉沉的，小舟系在岸畔，谁将要渡河，没有任何舵手的影儿，漂泊的旅者沮丧地坐候着。

我觉得，现在我应该走，我仿佛认识通向岸畔的道路——我的抚触，小舟将获得生命，尔后它将全速疾驰——这样的信念从何处潜入我心里？

我是公主，我从未见过外面的世界，一辈子守坐一个地方，四周都是幸福的围墙，谁能把我从这儿带出去，谁主洞悉！

大王陛下，请打碎枷锁！

放开我，妈！今天我不是一个普通姑娘，今天我不是一国公主，今天我就是那个内心充满着火焰般的伟大声音的人。

默希茜　大王陛下，您听到了吗？这是谁的话？我不明白，这难道是一个小女孩的话？这就是您的女儿？难道我在肚里分娩了她？

国王　正如黑夜催育黎明，她赋予黑夜以光明；女儿的灿烂光亮不属于黑夜；她是宇宙凯旋者——她给世界以生命！

默希茜　大王陛下，我因此要说，您去哪儿寻找迷惑的幻觉锁链，把光亮的偶像拴住。

（对着女儿）松散发辫掩映住你的脸庞，难道这是你的装扮！嘘，女儿。你如此对自己不尊重！过来，我给你好好扎梳发辫。人们将如何议论你？流放！倘若这就是婆罗门的宗教，那也行。

女儿，就让新的宗教诞生吧，人们将从你那儿学习宗教的本质。让我瞧瞧脸蛋，到光亮里来！

国王　王后，我们把孩子从这个楼廊上带开吧。你瞧见吗？成群结队的人们正在大街上聚集。

　　　［默希茜和马丽妮下。

　　　［统帅上。

统帅　大王陛下，婆罗门正在挑唆，全体臣民都起来叛乱造反！他们齐声要求放逐公主！

国王　你去，统帅，快去召集所有王室人员。

　　　［国王与统帅下。

第二场

[寺院的庭院。众婆罗门。

众婆罗门　放逐，放逐，我们要求放逐国王的女儿！

克什曼卡尔　朋友们！这就是全部事情的要害。我们应坚守自己的决心。明白吧，弟兄们，我们不怕任何敌人，难道仅仅怕一个女人！

　　在她面前，我们的武器被折断，我们的全部逻辑和论证被宣告破产，我们的大力勇士低下自己的头颅；像女帝王似的蛊惑人心的女毁灭者竟如此在我们心灵里坐落！

伽鲁德特　大家都去宫廷大门，向国王诉说，奋起捍卫，捍卫宗教的纯洁！

　　国王陛下，从您巢穴里钻出来的雌毒蛇妄想吞噬掉雅利安宗教！

苏帕利叶　宗教？大人先生，请给愚昧者以教诲，"宗教是什么？"难道给一个无辜女子以流放惩罚就是宗教？

伽鲁德特　你好像是位施以恫吓的敌人，你在我们所有事务里设置障碍，这种举动难道对你来说是绝顶光彩的吗？

苏玛伽尔叶　我们大家保卫神圣的宗教，聚集在婆罗门社会圈里。你不知从哪儿来到我们中间，你极其聪明地用精细毁灭术，使坚固围墙开裂。

苏帕利叶　谁对宗教与非宗教，真理与非真理进行着理性思考？你们在信念里强化自己的观念；你们结帮成派，任意判断真理；你们依仗着人多势众，喧嚣叫喊，还有理智存在的余地吗？

伽鲁德特　你极端妄自尊大，苏帕利叶！

苏帕利叶　亲爱的伙伴，这不是我骄傲自大，我极其愚笨。妄自尊大是属于那些大人们的品德，他们今日从多种歧义的经典里学了片言只语，企图把天真无邪的公主赶出家门，抛到求乞的道上——仅仅是因为，她的经典与我们经典里有几个词语的差异！

克什曼卡尔　弟兄，在诡辩术里谁能把你战胜？

苏玛伽尔叶　把苏帕利叶从这儿驱逐走，把他从我们社会里赶出去！

伽鲁德特　我们都要求流放公主，有些人的观点与我们不相吻合，他们离开我们的社会。

克什曼卡尔　弟兄们，请保持安静！

苏帕利叶　尊敬的婆罗门，你们错误地选择了我作为你们的盟友。我不是你们的随形的影子，我也不是你们经典箴言的应声虫。你们这些婆罗门所遵循的经典里哪儿都没有写着"哪个人有力量，他就拥有宗教"。魔鬼的观点却是"谁执着棍棒，有耕牛！"（转向克什曼卡尔）我走了，兄弟！允许我向您告辞。

克什曼卡尔　我不能让你告辞。你在辩论里疑虑重重，而在行动里你如山岗那么坚定果敢。我的兄弟，难道你不晓得，严重的不幸时刻已临头？苏帕利叶，今日你得保持沉默待着。

苏帕利叶　兄弟，今日我的良知受到了唾弃。现在我简直无法忍受愚笨者的妄自尊大。难道他们把祭祀、瑜伽、葬仪、斋戒称为宗教而深信不疑？给女孩流放的惩罚，竟然是为了捍卫宗教！

　　他们应该扪心自问，唤醒良知，这样他们就不会把虚假说成真理，加以广泛宣传。

　　公主也说"真理就是宗教"。她的宗教就是同情，爱怜所有生物，"生物之间的友爱"——这就是宗教的最高本质。难道还有超过它的证据？

克什曼卡尔　兄弟，安静些！基本教义是同一的，它的基础是迥异的；水流是同一的，河岸却不尽相同，水池也不雷同。我们祖祖辈辈用那水池里的水消除口渴，倘若新的水流如同洪水涌来，冲毁他岸土地，然后当洪水退去，此岸遭受破坏的水池里的水，难道不会再流出？

　　你内心充满着水泉，你就不需要蓄水的水池。但它决不意味着，你可以对晦气倒运的愚昧无知的芸芸众生不安排汲水池！难道你认为，世代相袭的坚固岸田，亘古以来用爱抚育的黝黑美，艰难长大的古老参天绿树，祖先宗教，热爱生命的制度，风行的葬仪，流行的习俗，凡此种种，都不复存在了吗？

    丧失知觉、昏睡在真理母亲怀里的无数愚笨孩儿，不晓得谁是自己的母亲；不要为赋予他们知觉，给母亲身体予以打击！永远要保持耐心，朋友，要给适宜宽恕的人予以宽恕，在有知性的人里履行自己的职责。

苏帕利叶　我要永远跟随你，成为你的同路人。你的诺言应该永远被兑现。千真万确，世界的职责重任永远也不能停留在诡辩题目上。

    [乌格尔辛上。

乌格尔辛　克什曼卡尔，行动获得了收效，国王的军队听到了婆罗门的言辞，群情激昂，现在他们就想付诸行动，砸碎枷锁。

苏玛伽尔叶　国王军队？我异常讨嫌。

伽鲁德特　你说什么？这是一件多么罕见的事件！这个反对力量可别渐渐地转化为敌对的叛乱！

苏玛伽尔叶　克什曼卡尔，事情这样往前发展不妙！

伽鲁德特　婆罗门的胜利源于宗教力量，而不在于暴力方面。通过背诵经文，举行祭祀，我们将获得事半功倍的成功。

    朋友们来吧，让我们加倍热情，让我们团结一致，念诵咒语经文；我们用纯洁行为，瑜伽坐禅，获得梵王的力量与智慧，我们用专一无二之心向最高之神膜拜。

苏玛伽尔叶　女神，你在哪儿，圆满女神，宇宙女神，你在哪里！你脚下的仆人永远也不会成为无所事事的虔诚者。你夺去无神论者的狂傲，哦，消除狂傲的女神！今日你明白无误地显示虔诚者信念的力量，今日你以毁灭女神形象站在大众面前,哈哈大笑着。哦，自由女神，手执尚方宝剑，异教徒威慑者！

    兄弟们来吧，我们大家团结起来，成为一个生命，用充满虔诚的共同心声，呼唤毁灭的力量。哦，毁灭女神，请向我们证明我们信仰的力量，引导我们走向胜利。

众婆罗门　（异口同声）我们双手合十乞求，毁灭圣母降临人间显示您的无敌力量！

[马丽妮上。

马丽妮　我驾到。

　　　　[除克什曼卡尔和苏帕利叶外，所有婆罗门伏地向她致敬。

苏玛伽尔叶　这位难道是女神？这难道是你的装束？慈祥的女神，今
　　朝你以暗淡装束降临尘世，以人类的女儿面貌出现在我们面前！
　　这是何等空前绝后的形象！你的眼里闪烁着何等慈爱之光芒！

　　　　这决然不是毁灭的形象！主母娘娘，您从哪儿飘然而至？您
　　心里装着什么，您想做什么？

马丽妮　我被流放，弃离家庭出走，你们为此而把她呼唤？哦，婆罗
　　门！

苏玛伽尔叶　流放！女神从天堂流放下人间，只因为人间虔诚者的呼
　　唤！

伽鲁德特　天哪，天哪，主母娘娘！我们做了什么不得体的事，乞望
　　重恕。现在没有您的帮助引导，这个堕落衰败的世界就无法自拔
　　得救。

马丽妮　我现在将不会回来。我早已知晓，你们的门扉为我敞开着，
　　你们大家为我坐等着，我由此而觉醒；当你们要求流放我，我从
　　王宫的骄奢淫逸的享乐里觉醒过来。

克什曼卡尔　公主！

众人　国王的女儿！

苏帕利叶　祝你幸运，祝你幸运！

马丽妮　你们把我从皇宫里流放出来,今日我的家由此筑在你们家里。
　　然而请你们如实告诉我——难道我真有某种意义，难道你们需
　　要我？

　　　　当我蛰居在自己寂寞无人的家里，与整个世界相隔遥远，在
　　古老的王宫深闺里，离群索居，你们真从外面世界叫的名字，呼
　　唤着我吗？那难道不是梦吗？

　　　　我的心因此而啜泣，无缘无故，不知个中滋味。

伽鲁德特　主母娘娘，请来，请过来！像富有同情心的圣母一样，

你在众人心里永远占有一席！

马丽妮 今朝我来到了你们中间，首先请你们教我，你们干的是什么事情。我诞生于皇族家庭，我是位公主——但从未睁开双眼，瞧瞧外面的世界，没有发现这个世界原是多么广袤无比！那儿有什么样痛苦忧伤，我一点也不知晓。听说，这块大地充满痛苦——我将与你们一块，认识那种痛苦。

代沃德特 主母娘娘，我们倾听你的诉说，我们漂浮在泪水海洋里。

众人 我们都是道貌岸然者，我们都是有罪者。

马丽妮 今朝我仿佛觉得，盛斟甘露的器皿犹如我的心，它仿佛能够消除这个世界的饥饿；它仿佛能够倾倒自己抚慰民心的仙酒——哪儿有几多痛苦，体恤甘露就漂淌在那儿。

请举头望天，乌云正从深黑天空中消遁散去，月儿倾泻着清辉！

何等广袤的人间，何等宁静的天空？谁伸出月亮的手臂，把太平世界拥抱在自己怀里——王道、住宅、宫殿、高耸的寺院、寂静的森林、远处的河岸，一切都被月光揽住，朦胧而孤寂！

膜拜的钟敲响着，我身体每个部分深感惊喜而汗毛直竖，专泪盈眶。今朝，我从哪儿走进你们的月儿世界，走进你们广阔的人世间！

伽鲁德特 你是宇宙之女神！我们的女神！

苏玛伽尔叶 罪恶的舌头，呸！它想把你流放，它不会因痛苦而被撕成碎片！

代沃德特 所有婆罗门联合起来，我们将带着胜利的欢呼声，簇拥母亲回到王宫家园里。

众人 （高声齐呼）主母娘娘万岁,拉卡什米女神万岁！慈祥之母万岁！

〔除了克什曼卡尔和苏帕利叶，大家簇拥着马丽妮下。

克什曼卡尔 让迷惑消除吧，让这幻觉被驱逐吧！苏帕利叶，你要到哪儿去？

苏帕利叶 放开我，不要纠缠我，让我走吧！

克什曼卡尔 你安静些，你怎么啦，朋友，你盲从地在人流里漂流？

苏帕利叶 这难道是一场昙花一现的梦境？克什曼卡尔！

克什曼卡尔 迄今你沉湎于梦幻里，现在你睁开双眼，往四周眺望。

苏帕利叶 你的王国楼阁，虚无缥缈；男女众神，子虚乌有。克什曼卡尔！我迄今在这世上一无所获地徘徊、飘泊；在经典里没有获得任何满足，心灵在疑惑里一直啜泣着。

今日，在心灵咫尺之处，我获得了自己的宗教。众人的神是"你经典"的神，但不属于我的；它的生命在何方？他们在我生命什么地方说话，难道他们回答了我的问题？难道，他们在痛苦道上洒下慰藉的甘霖？

你是谁？女神？今天谁把脚踩上我的生活之舟，谁夺去他的勇气，使他麻木愚钝！谁给他如此活力！经历了漫长日子，我在人的土地上获得了自己生命之神。

克什曼卡尔 唉，天哪，朋友。当自己陷入幻觉的欲望里不可自拔，心灵忘了自我时，那一个远大可怕的时刻到来，那时自己的意愿成为经典，幻想成为宗教！

清澈月光的夜晚，以自己无以伦比的幽静美，弥漫天地山水。难道这就是永恒的真实？

明儿清晨，世界生命海洋里，难道不以自己上千成万张的饥饿的嘴，把它坠入千百万个命运的罗网？难道残酷的战斗，不以自己巨大喧嚣出现在世界的战场？那时，熟睡了的明月之夜仿佛像梦幻似的，剩下的微乎其微的真实，只不过是幻影而已；那个包围住你心灵的美的诱惑，也仿佛就像月光似的——你能把它称为宗教吗？

你睁开眼，向四周瞧望一下，存在着多少痛苦，多少赤贫，多少沮丧！

你那个宗教难道能消解欲壑难填世界的饥渴吗？在这个世界，你微小迷恋将对谁有裨益？你站在酷日下的战场上，难道你现在仍沉湎于昏睡里？在梦幻的宗教里，你把自己遗忘？除此之外就再也不剩什么了？不，朋友！

苏帕利叶　不，不。

克什曼卡尔　你举目瞧瞧，朝自己前面望去。兄弟，现在没有任何庇护，火早已点燃。陈旧的巍巍宫殿将着火轰然倒塌，千千万万芸芸众生世世代代生息的印度土地将烧成灰烬湮灭。

然而你眼里即刻还做着梦，朋友！当大千世界着火燃烧，整个鸟类冲向天际飞去，令人悲悯的哭泣包围着天堂，不禁使人想起依偎在母亲胸怀里的孤立无援的孩子情景。

唉，苏帕利叶，惶恐不安的祖祖辈辈也是那般从形形色色天堂中走出，焦虑不安地在虚无里徘徊；在危机四伏的印度上空，覆盖着充满痛苦的呼唤。

然而，我的朋友，你还执迷不悟，沉湎于梦境之中！

请记住！雅利安宗教的巨大堡垒就是这座朝圣市廛，充满功德的伽尸①！现在谁是它的守卫者？当敌人纷至沓来，夜晚呈现昏黑，朋友背叛变节，家宅丧失知觉时，难道你还沉湎于梦幻里，把自己的职责遗忘？

唉，苏帕利叶，举目瞧望一下！请你告诉我，当在这毁灭之夜，在这宇宙星辰相接的倒运晦气时刻，难道你忍心抛弃我，独自随着幻影走？

苏帕利叶　永远也不会，永远也不会。我永站在你一边，如影随行跟着你；我将抛弃一切安逸，弃绝生活的快乐。

克什曼卡尔　你听着，朋友，我走了。

苏帕利叶　你去哪儿？

克什曼卡尔　我去国外。现在这儿再也没有任何指望了。家里早已着火，我将从外面带来血流——它将把这儿的火扑灭。我走了，我将带来军队。

苏帕利叶　这里的军队已经严阵以待。

---

① 伽尸，即印度比哈尔邦的贝拿勒斯，一向被印度教徒视为朝拜的圣地。

克什曼卡尔　徒劳的指望。迄今，他们宛如成群结队的迷人飞蛾，将
　　扑向熊熊火堆，燃烧死去。

　　　你听，你听，胜利的响声！听到了吗？

　　　激奋的庶民，今朝在宗教的火葬木柴堆上，点燃了欢庆节日
　　的灯火！

苏帕利叶　你若决断离去，兄长，我将跟随你一块去他乡侨居。

克什曼卡尔　这你将去何方，我的兄弟？你就在这儿始终如一保持警
　　惕坚守，刺探王宫的消息，写信告诉我。

　　　我等着瞧，朋友，你的心可别再迷失于新的海市蜃楼的梦幻
　　里，从而把我抛弃。你要永远记住侨居国外的自己这个朋友。

苏帕利叶　朋友，海市蜃楼新奇诱人，但我可不是见异思迁的人。你
　　保持旧日友情，我也怀着旧日情怀，我们都是守旧的人。

克什曼卡尔　拥抱吧，我的兄弟！

苏帕利叶　今日是我们第一次分离，从前我们一直生活在一起，我们
　　那时总带着一颗永不分离的心在一起——今日，你将漂泊天涯
　　何方？而我将留守在哪儿？谁能知晓！

克什曼卡尔　你的兄弟，会再回来的。唯一担惊害怕的是，在那些革
　　命变动的日子，在那个巨大遭殃的时刻，坚固的纽带将被扯得粉
　　碎，同室操戈，朋友反目。

　　　今朝我趁茫茫夜色离去，我也将在黑夜降临时回来。那时，
　　我将瞧望，我的兄弟在家门上点燃灯火，坐着把我盼等？

　　　我带着这个希望离去了兄弟，告辞了！

　　　［下。

第三场

　　　［内宫。王后默希茜、国王、太子。

默希茜　我的主母娘娘，这里也不见她的影儿！此时此刻将会发生什

么意想不到的事呢？请暗示我，去什么地方安憩呢！我一直心惊肉跳，夜不安寝，我不时惊醒，呼唤着她的名字，我眼帘垂挂着忧虑。我梦幻的美丽女神在哪儿藏匿！我将走遍天涯海角，把她来寻觅，看她躲藏到哪个旮旯角落？

[默希茜下。

[国王与王子一块上。

国王 我觉得，最终我将无可奈何地给女儿以放逐发配的惩处！

太子 没有其他锦囊妙计了，事不宜迟了。不然，统治将会丧失，大王陛下！

军队和卫兵将倒戈叛乱，扔掉慈爱柔情，尽职尽责，大王陛下！

赶快把马丽妮充配放逐！

国王 慢慢来，孩子，慢慢来。

我会给她流放惩罚，我会满足庶民的请求，我会履行自己的职责。

你不要以为，我年事糊涂，我的心软弱，蔑视王国的职责，轻易掉下怜悯的眼泪。

[太子下。

[王后又上。

默希茜 大王陛下，大王陛下！请您如实告诉我，把她藏匿到哪儿去了？我忧虑落泪掩面，她在哪儿？

国王 王后，你指谁？

默希茜 我的马丽妮。

国王 她在哪儿？她弃家出走了？她不守在自己闺房里？

默希茜 她不在，我的主！你去带领军队，每家每户搜寻她。你快去。

唉，天哪，我的主，所有庶民联合一起，把她偷抱了去，这是他们的阴谋诡计。

把他们驱逐走，把这座城市洗劫一空。不然，他们交还我的马丽妮。

国王　她离家出走了！我向天起誓，我一定要把自己怀抱里的女儿，找回到自己怀里来。我诅咒这个国家，诅咒没有宗教信仰的王国礼俗！

　　　　召集军队，召集军队！

　　　　［庶民和兵士带着马丽妮，举着火炬，浩浩荡荡上。

众婆罗门　万岁，万岁，灿烂光辉的功德女神万岁，我们富有慈悲心的偶像万岁！

默希茜　（疾步奔到马丽妮身边）哦，毁灭女神，魔鬼女儿，驻足在我心灵里的无情顽石！我一刻也无法让它脱离自己的心怀。

　　　　你说说，你避开众人耳目，躲藏到哪个旮旯角落里去了？

众庶民　王后，请息怒，请先别责难。我们的主母娘娘光临了我们的寒舍。

伽鲁德特　王后，难道她不属于我们？大慈大悲的女神只属于们？

代沃德特　我们带回功德女神。

苏玛伽尔叶　拉克什米女神，您听着，不应把我们遗忘。

　　　　我们希望，从吉祥女神的嘴里听到甜蜜沁心的语言；希望在自己如意的实践里获得她的良好祝福。那时，心舟将抵达彼岸，我们将获得解脱之路，我们将依靠行星的帮助，抵达自由之岸畔。

马丽妮　你们不要走远，到我身边来。大家应该每天在王国城堡相见。把大家召唤来，我想见见他们。我就在这儿驻足，我将走向庶民家里，与他们一起待着。你们应该放心地了解这一点。

众人　幸运！我们今朝将获得幸运，伽西今朝将遇到幸运！

马丽妮　哦，父亲，今日我属于所有的人。哦，今日我何等快乐！在告别时刻，千百颗心将同声发出胜利欢呼，何等幸福呀！

国王　今天的景象是多么壮丽！当拉克什米女神从混沌海洋中款款步出，海洋波涛以巨大悦耳声，令人沉醉，疯狂地把女神团团围住；同样，今日人民的海洋使人民自己的拉克什米女神生气勃勃，满怀喜悦！

马丽妮　我的母亲，你现在无法把我深藏在宫殿里，我要带领自己的人民一块儿走进你的内宫。今日我的肉体仿佛不存在，仿佛任何障碍也不存在，我仿佛就是这个世界的唯一生命。

默希茜　就是这样。你作为宇宙生命存在于大众之中；你把大众带到主母娘娘身边，没有向外离走的任何意图；你把自己巨大世界就带到这儿——母女俩将相会，我们将为她服务。

黑夜早已消逝，女儿，来吧，你坐在我身边，使自己心绪安宁。生命兴奋的火焰在你的眼里燃烧，它烧毁着睡眼的安宁。来吧，少许休憩一下，女儿！

马丽妮（依偎着妈）妈，妈，我筋疲力尽，整个身子颤抖着。我弃离了自己的妈，去了某个地方。在这广袤的世上，难道缺乏宁和的慈爱？

妈，把睡眠送到我眼里，您轻柔地为我吟唱催眠曲，正如童年时期，您的吟唱使我甜蜜地入睡。

今日，我眼里充盈着泪水，忧虑、痛苦笼罩着我的心。

默希茜　保护神，你在哪儿？众人都是世界之神，他们会保护我女儿的。人类世界将与天上世界相结合，我的女儿将会吉祥如意。

哦，太阳！哦，空气！我向您鞠躬致敬。四面八方的风帆，将把马丽妮的所有灾祸消除——哦哈，眼看着，她因瞌睡不住地眨眼，一切灾祸将被铲除！一切障碍将被拔掉。女儿，你将在妈的幸福舒适怀里休憩。

大王陛下，这是你的女儿，这是她做的什么游戏？整个世界是她手掌上的玩具，您把她藏匿在自己家里的哪个角落，我用莲手抚摸着她的额头，让她甜甜地入睡！

我见到女儿的处境，简直目瞪口呆，她的游戏正如玩具的游戏！

大王陛下，从现在起，您要小心谨慎！

您称什么为新宗教？谁带来新宗教？天际之花的出生地在哪儿？

真不晓得，那种东西在迷醉的水流里漂游到这儿，从妈妈的

360

怀抱里把女儿抢去，您就称那种东西为新宗教？

我的主，您也不要卷入女儿的游戏里。对通晓吠陀的婆罗门说，让他们安静地举行祈愿仪式，让他们向神进行膜拜活动。

为马丽妮召开择婿大会，选择称心如意的乘龙快婿。举行婚姻游戏，把新郎花环套在相中的夫婿颈上。

我的主，那时才能把新教驱除，那时才能把她的悲痛消除。

第四场

[御花园。马丽妮、苏帕利叶、女侍。

马丽妮　天哪，我现在能说什么！你干吗来到我的门槛上，婆罗门？难道我能给你什么？难道我要进行什么辩白？你带什么经典来给我看？你不明白的，难道我能懂得吗？

苏帕利叶　我与经典辩论，不与你争辩。在议会里我是婆罗门，是通今博古的学者；在你脚边，我却像孩童一般天真无邪。

女神，卸下我身上的重伽。你将在哪个道路离去，我的生命将永远跟随你而去，我会抛弃所有争辩，就如烛灯下的无言影儿。

马丽妮　哦，婆罗门，当你提出任何问题，我的力量就会失去，就会忘记一切话语。我心里存在着巨大惊奇。

哦，苏帕利叶，难道你为寻知什么，走到我身边来？

苏帕利叶　我不要寻知什么，我不想谋取知识。我早已熟读全部经典，我掌握成千上万的论据和观点，忘掉那些引入歧途的谬论，让我所握有的全部知识抛上九霄云外吧。

道路千万条，唯没有光亮。哦，光明女神，我想从你心灵中获取灿烂美丽的光亮。

马丽妮　天哪，婆罗门，你所要索取的，我无法满足，我仿佛看见自己的赤贫。那天，一位神明用五雷轰击我的心，说了严厉的话，今日，他去了何方？

唉，婆罗门，那天你为什么没有出现呢？你迄今为什么狐疑地袖手旁观呢？

今日，我到外面来，恐惧在我心里被唤起，我的心在战栗。

我能为你效劳什么呢，能说什么呢？我压根儿不明白。

女孩子不知伟大宗教之舟的舵手，他该走向何方。我此时此刻感到异常孤独，有着成堆的疑惑；而世界是那么广阔，无数道路是那么弯弯曲曲，生命是那么形形色色。

不可言传的知识突然而至，但瞬间光明倏忽间就消失得无影无踪。

你是异常睿智的人，你能帮助我吗？

苏帕利叶 你若需要我，我感到无上荣幸，女神！

马丽妮 沮丧仿佛不时阻拦我整个内心的生命之流，无缘无故的泪水从眼里泪泪淌下，不晓得是由什么深沉的痛苦引发！在万众间陌生视线蓦然落在我身上，我不禁觉得惊骇。

在如此倒运晦气的时刻，你能做我的朋友吗？你能成为我咒语的导师，给予我新的生命吗？请你告诉我！

苏帕利叶 我永远准备把自己卑微生命奉献，我要自己整个心灵有力且纯洁，使理智冷静，我永远为你的事业而献身。

[女侍从上。

女侍从 臣民想朝觐您，女神！

马丽妮 今日不行，今天不见。我请求大家原谅，今日我身边一无所有。我空虚的心需要思索，我渴望休整，消除心力交瘁的疲劳。（女侍从下）

对，刚才你正在讲的是什么，你再叙述一下自己的故事。我听了十分惊讶，我获知了新的信息，崭新的景象在我眼前呈现。不管是你自个儿的悲欢离合，还是其他所有家庭的逸情趣闻，我都会洗耳恭听。

克什曼卡尔是你的挚友吗？

苏帕利叶 他是我的挚友、兄弟、主人，他是我的一切；他是我的太

362

阳，我是他的行星，因而我就成为他的巨大迷惑！他的臂力强有力，我却是他的铁锁链。

从童年时代起，他的心坚强有力，而我始终遨游在疑惑的河流里。然而，他把我作为朋友，永远在他心里占有一席。

他没有任何疑惑，没有任何恐惧。他把我禁锢在他强大且坚固的爱的罗网里，像明月在自己轨道上无尽无止移动，带着慈祥的微笑，用自己整个心灵拥抱着自己永恒的斑点。

礼仪的规则不是永远无益的，女神。但是，铁制的小舟不管如何坚固，倘若它在自己胸口存在一个小小的隙缝，那么终有一日，它会束手无策地沉没到埋伏危机的海洋深底里去。

天哪，我将使自己永恒朋友沉没。这就是命运的安排，天然的规律！

马丽妮　你把他沉没了？

苏帕利叶　女神，我把他沉没了。我把生活中的所有事情都如实告诉了你，唯一那件事我隐瞒了（他沉吟了一下）。

那天，没有怜悯的宗教响起了仇恨的咆哮，把你围个水泄不通。

那时，你孤零零地站在自己的尊严里。你奏着什么样的调子！芦笛的声响，使叛逆者受到诅咒的打击。他们来到你脚下，低垂下自己的蛇信！

唯克什曼卡尔婆罗门那颗石头似的心，不受任何感动，坚定不移。

一天，他抓住我的手说："朋友，我要到遥远的国外去，我要带支军队来，把新教从伽西圣地连根铲除，扔到伐楼拿水神蛰居的河畔里去。"

然后，他徒手去陌生的地方了，独自带着自己石头似的心和坚硬的誓言。

这以后，你晓得我生了什么变化？我仿佛获得了新生的土地，那天，你把甘霖洒落在我这颗干涸的心田。

"爱一切生物"。众所周知，这是一句十分古老的谚语——然而，这句谚语千万年以来从世界海洋的彼岸扎根在这世界的此岸。你携带它，乘坐自己金色船，驰到家家户户的门槛边。

你给神的孩子以心灵甘露哺育，他今天获得了新生，在人类世界里把你称为"母亲"。

天堂是多么遥远，它的神在哪儿，谁掌握这个信息？我们只懂得，我们应该献出自尊，应该捧出爱，应该与所有生物亲善至爱，应该把世界的痛苦视作自己的痛苦。存在的欲望就是为自己的，因而它充满着痛苦。

瑜伽——修行在任何人身上都不是自由的，自由只存在于世界的实践中，存在于爱里。

回到了家，深更半夜，突然啜泣起来，高声说："朋友，朋友，你去了何方？你去遥远陌生的广袤土地，究竟要漂泊到哪个地方为止？究竟要漂泊到何时为止？"

然而，我一直抱着希望，他一定会来信，但最终他没有来信。他的任何音讯都没有。

我一筹莫展，仅仅在王宫里徘徊不定，蹉跎岁月。

我密切注视四周，向外国人探寻各种消息。心灵一直处在犹疑中。我像水手在大海里观察，用警惕的眼光，搜寻着天际的每个角落，哪儿有风暴雨云聚集的踪迹。

风暴终于来临，它以一封小小信札形式来到。他写道，他将带领国外帝国的一支军队，正往这儿开拔而来。他写道，他此行为的是，为了使新教沉没在血河中，为了把濒于沉没的祖先宗教抢救上岸，将给公主置于死地的惩罚！她曾给古老的爱的信仰以致命打击。

我把信交给了国王看，国王以打猎为借口，带领军队向他的军队发动了偷袭。

在这儿，我躺卧在尘土里，用自己的牙齿，撕咬着自己一颗破碎的心。

马丽妮 天哪，你为什么不把他连他的军队带到这儿，带到我家门上来？他会像尊敬客人一样进入这个家门——许多侨居者在国外漂泊多日，都回到了自己国度。

[国王上。

国王 来吧，拥抱吧，苏帕利叶！我在关键时刻从你那儿获得了珍贵的情报，这样我轻而易举地逮住了克什曼卡尔，把他投进了监牢。

倘若稍许迟一些，可怕的雷霆将会突然降落在沉睡中的王宫上，连醒觉的时机都不会得到。

来吧，我的朋友，来吧！

苏帕利叶 大王陛下，请宽恕我吧！

国王 只有法规不是亲善的，它是铁面无私的。

亲爱的朋友，不要在心里认为，国王的拥抱就是对你的奖励。

你渴望什么，需要什么样荣华富贵，请说。

我能为你创造何种新的荣誉，请告诉我。

苏帕利叶 我什么也不需要，我不希求什么荣华富贵，什么高官厚禄。

我将去千家万户乞讨，填饱肚子。

国王 你如实告诉我，你是否想王国的一片疆域封地？

苏帕利叶 我诅咒统治，去它的疆域封地！

哦，我现在明白了！你想战胜某个许愿。

你请说，你想要什么样的月儿？你请说，我将满足你心所向往的；我给你勇气，请说！

你敞开胸怀说吧，你心里存有什么不可能实现的愿望！

你的语言到哪儿去了？你为什么沉默不语呢？

现在还没有逝去多少日子，你还记得那天的情景吗，我想提醒你那天你冲在前面，高喊给马丽妮流放惩罚！今天，你难道要重提这个要求，把公主从祖袭宅院里流放出去？

在亲证里没有什么不可实现的，心想事成——在内心深处树立信念。

（转向女儿）生命偶像，孩子，听着。就是那位婆罗门苏帕利叶救了你的生命。

众人喜爱的、令人悦目的苏帕利叶——

苏帕利叶　大王陛下，请怜悯我！

（转向马丽妮）哦，女神！天下穷苦人在自己毕生虔诚的礼
物回报里，能获得自己的心愿上帝——我若像他们那样获得自
己的女神，我终身无憾，我会终身获得幸运！

从国王手里接过奖励！我究竟做了什么？我出卖了自己童年
的朋友，我得到它的回报是，我把整个成功放在额上，带回自己
家！

不，不！

倘若我经历修炼磨难，我要求最高奖励；倘若那时我获得了
最高奖赏，我就不会忧虑重重。

破坏了朋友的信任，我连纯洁无瑕的王国都不想要。

你，女神，已使我满足。我服务于内心的庄严，获得了无止
境的宁静淡泊。

我是个一无所有的穷困人，我将盲目地徘徊在家家户户，自
己心灵的重负已使我心力交瘁。

我不想额外索取什么，今后也不想索取。

你正给世界以吉祥祝愿。请记住，从那种祝愿中撷取一半点
儿，赐予那个可怜的人。

马丽妮　（自言自语）哦，美女的心呀，你坐在哪儿？晌午，像寂静
无人的鸟巢里，与情侣离别的雌鸽一样，心灵战栗着。

（转向父亲）对囚犯如何处置，父亲，请说？

国王　给他以死刑惩处。

马丽妮　请给以宽恕，我跪在你脚下，只有一个宽恕的请求。

国王　他是个反叛者！孩子，让我宽恕他？

苏帕利叶　在这世上，谁思考谁，难道他觊觎王国权力，大王陛下？
他从前只知道，你是宗教叛逆者，因此他依靠自己的力量来考虑
对你处置。

他所有力量就是他作为思想家站在这块土地上。他今天若在什么地方战胜命运带来灾祸，这就是那位思想家所肩负的使命。然而，你却是位罪人，大王陛下！

马丽妮　父王，请宽恕他，赐予他以生命！之后，他将记住，这是自己朋友的友谊回报。

　　父王，根据你的意愿给以宽恕，他将会尊重地领受。

国王　苏帕利叶，你想说什么？让我给你朋友以亲善恩赐？

苏帕利叶　我将永远铭记住你的这个恩泽。

　　国王但在宽恕之前，我将再次考验他的英勇气概。我将瞧瞧，他是否会害怕死亡而动摇，抑或决定履行职责的力量。

　　尊严的火炬应像行星一样燃烧。灯火经风吹就熄灭，但天上的星星永远也不会被熄灭。

　　我们以后再谈这类话题。

　　苏帕利叶，你将获得自己的朋友，我在其中仅仅是一个中介。

　　你的心若还不满足这个礼物，我还会赐予其他礼物。当然，那个礼物不是作为奖赏而赐予。你战胜了国王的心——你从那儿将获得你心灵的最弥足珍贵的优秀宝贝。

　　（对女儿讲）女儿，你迄今羞涩还存留在哪儿！唯在消除羞怯，驱祛忧伤，姑娘暗淡的光才能获得暗日的白炽亮度；

　　你宛如在天神祭台尖顶上，款款而来的光彩照人的、温柔可爱的仙女，然而你却采用人间愚蠢笨拙的村姑装扮！

　　（向苏帕利叶）起来，离开我的足，孩子，来吧，拥抱我的心。

　　快乐使我无比激动，也使我感到沉重的痛苦。

　　请给我机缘，在欢乐的时刻我要独自仔细观察自己生命偶像的脸庞。（苏帕利叶下）

　　（自言自语）许多日子以来，羞涩之光映红了马丽妮的面颊。当朝霞的脸颊呈现绛红色，我们就应该懂得，现在离日出不远了。

　　看到了这个鲜艳的光彩，一种欢乐情绪充盈我心。今天，我恍然大悟，现在我的女儿已经成熟了。她不是女神，不是慈悲女

367

神；她是一位大家闺秀。

　　　　[女侍从上。

女侍从　　大王陛下万岁，万万岁！

　　　　我们把囚徒克什曼卡尔带到门口。

国王　　把他带进来。（被镣铐锁住的克什曼卡尔上）

　　　　他的目光坚定刚毅，他骄傲的头额在眉梢上高高昂起，宛如盘旋在喜马拉雅山峰上的夏季暴风雨的乌云。

马丽妮　　铁链在他肢体上由于羞耻而自责着，尊严的侮辱由侮辱而黯然失色。

　　　　这个生命看到了蔑视胜者的因陀罗大神的形象，庆贺着自己的幸运。

国王　　（对着囚犯）你将受到什么样的法律制裁，我听你说说？

克什曼卡尔　　死刑！

国王　　我倘若免赦了你？

克什曼卡尔　　再次担负起自己职责的重负——我再次走自己曾经走过的那条道路，决不回头，决不后悔。

国王　　哦，婆罗门，你似乎怎么也不想求生了！

　　　　你就准备放弃生活的慈爱吧。

　　　　你提要求吧，有什么要求，我给你最后一次请求的机会。

克什曼卡尔　　我什么也不希求，我只想看一下我的朋友苏帕利叶。

国王　　（对侍从说）传唤苏帕利叶进来！

马丽妮　　我的心剧烈地跳动。真不晓得，什么样的无上力量，犹同雷霆般可怖地落在这张脸庞上！

　　　　父亲，请您保佑，不要传唤苏帕利叶来这儿。

国王　　女儿，为什么产生无缘由的疑惧？不用任何惧怕。

　　　　[苏帕利叶被带到克什曼卡尔身边。

　　　　[苏帕利叶伸出双臂，欲要拥抱克什曼卡尔，但被克什曼卡尔断然拒绝。

克什曼卡尔　　算了，算了。首先让我把该说的话说了，然后，奉献自己的爱。

　　朋友，你来这儿当然明白，我是穷于言辞的，我不会多说话。

　　我思考的时间剩下不多了。现在我只想弄明白你的想法，请告诉我，你为什么要做这种举动？

苏帕利叶　那位亲密者是一位最优秀分子，她是我心灵的信念，其他一切都可抛弃，唯独保持对她的信念。

　　生命之交的朋友，她就是我的宗教。

克什曼卡尔　我晓得，我晓得，晓得谁是你的宗教！

　　她有张令人惊叹的美丽脸蛋，她内心充盈着光明，就是她以公主身份，在你面前发出神的动听语言！

　　你却把从吠陀以来的祖先宗教，供奉在蛊惑人心的眼光火焰祭台上，这就是你的宗教，你就在这张可爱的脸上，创造了新的宗教经典！

苏帕利叶　你通晓了真实，朋友！今天，我的宗教在贫乏的人世间，体现在妇女形象上。

　　迄今，经典对我来说曾经是盲目的，是缺乏生命力的，而我现在在灯火燃烧的光明里读了这些经典，这些世界经典写道："哪儿有同情，哪儿就有宗教；哪儿有爱，有仁慈，哪儿就有宗教；哪儿有人类，哪儿就有宗教；哪儿人类有自己的家，哪儿就有宗教。"

　　我终于恍然大悟，宗教以母亲身份赋予爱，宗教又以儿子身份索取爱；宗教以施主身份赐予礼物，又以赤贫形象重新索回；宗教以学生身份虔诚膜拜，又以教师身份给以祝福；宗教作为情人给石头似的心灵取来了爱，然后又作为依恋者放弃了一切。

　　宗教在大千世界里设置了心灵的罗网，而在永恒爱的游戏里，它又取得了整个世界。

　　就是那个伟大的桎梏，充盈着我的生命。我从欢乐和痛苦里，细细观察了朝霞般的令人怜爱的娇容。

　　那就是我的宗教。

克什曼卡尔 我怎么没有发现它呢？我也从未设想过，难道坠入那一瞬间的迷醉里，万古不变的宗教会采取女人形象，渴求摄取刚毅男人的心灵，走向天国？

我的想象冲动为什么不进入迷醉的心灵里，哪怕一瞬间？

朋友，就在这一瞬间，我胸膛伴随着千百支芦笛的闻所未闻的音乐哭泣着；最高的成功与我生命青春的希冀相互纠缠拥抱，为什么在我心里犹如花叶衰败呢？

难道我没有使用力量去冲破幻觉的束缚？难道我没有挨家挨户乞讨，挨国挨门求援？难道我没有把极端凌辱的无价值的手放在额上？难道我没有昼夜忍受终身挚友分离的痛苦？当结成成功果实，把胜利的花环套在朋友脖子时，你坐在这儿做什么——在企慕的长长闲暇里，沉浸于王苑庭院的令人心旷神怡的绿荫里，你创造出什么样的宗教？

苏帕利叶 哦，我的朋友，这个世界难道不够广袤无垠？这个广大世界难道不能容纳无数性格脾性迥异的人？谁有什么样的企望，你难道都了如指掌？天际有难以数计的星斗，难道它们夜以继日地争论着？克什曼卡尔，请给以赐教！

这里，如此燃烧的光焰，唤醒着自己多少宗教精义？你若对它们唤醒，究竟有何损害呢？

克什曼卡尔 现在，言辞的罗网是徒劳无益的，雄辩的争论也是枉费心机的，朋友！

眼前，时间正一分一秒地消逝，这些话题的虚假游戏简直幼稚可笑，这些诡辩的真实玩意对谁都无裨益。

在这无限的世界里，还没有这样巨大的空间，可以毫无异议地让成千上万的真实与虚假相亲相爱在一起；在生长供人可食的稻米的地方，你却一直种植新的针刺植物，我的朋友，是吗？

这样的爱不是最高情人，存在着永恒且信赖爱的地方，你就带来了变节背叛，你心安理得地坐在朋友的胸膛上！

我的朋友，难道能如此宽容大度？

谁会为了维护宗教像窃贼受到无时无刻的虐待蹂躏而死去，又谁使宗教变成废物，自己却快乐且自尊地生活！

这个世界还没有如此坚强的胸膛，能够担起这样相反宗教的重负。朋友，这是不可能的，绝对不可能的！

苏帕利叶 （转向马丽妮）哦，女神，你已经获得了胜利！你用自己的烛台在我的心殿里，点燃了神圣的火焰。今天，它的考验时刻来到了，你已经获得了胜利！

今天，我接受了所有侮辱的重负，承受了全部伤害打击。

在这里，血流像河水从撕裂的心泉里潺潺流淌出来——你的宁静，你的爱情，光彩夺目，女神！

今天，你吉祥的永恒不灭的光焰，坐落在最高的坐毡上。今天，虔诚受到了严峻考验——女神万岁，万万岁！

（转向克什曼卡尔）克什曼卡尔，你将献出生命；我也为自己的宗教献出胜于生命的爱和对你的信念。在它面前，害怕牺牲生命是低卑的。

克什曼卡尔 抛掉这些无益的空话吧！

我把死亡视作宗教之王——在它面前，宗教将受到考验。朋友，来吧，来到我面前，握住我的手，让我们俩一块走向彼岸。

你曾记否，在风华正茂的少年时代，我们多少日子整夜争论，最后清晨我们俩一块儿去老师那儿。让他作一个真理判断，谁正确，谁谬误，记得吗？

今天就像那个清晨，我们俩带着所有疑惑，站在死亡的身旁；我们两位朋友分别带着各自的疑惑和问题，站在死亡左右两侧。

永恒真理光芒四射的地方，敌对思想犹同山岗雾气，瞬间腾飞得无影无踪！

而我们俩将相互对视着，天真无邪，开怀大笑！

今天把你认为最美好的东西，就抛弃在这儿。

前面，你将看到美丽的死亡之花！

苏帕利叶 朋友，就照你说的办吧！

克什曼卡尔　来吧，朋友，来吧，我们相互拥抱吧！

　　　　你曾离开自己的朋友很远很远，现在你走近我，在这儿我们永远也不会分离。

　　　　过来取吧！取去朋友的最后的手足之情，取去我爱的人的死亡赠品！

　　　　[克什曼卡尔用铁锁链击中苏帕利叶的头颅，苏帕利叶即刻应声倒在血泊之中。

苏帕利叶　女神，你已获胜利！

　　　　[苏帕利叶死去。

克什曼卡尔　（扑到苏帕利叶尸体上）现在使唤执法官来，使唤执法官来！

国王　（急忙离开王座）请来这儿！快把宝剑取来！

马丽妮　父王，请宽恕克什曼卡尔！

　　　　[说毕，马丽妮昏厥在地。

一八九六年

南迪妮

刘安武　译

[创作这个戏剧所根据的城市名叫夜叉城。这儿的工人干的
是从地底下开采黄金的工作。这里的国王生活在非常复杂的
网幕之内。王宫的网幕是这个戏剧的唯一场景。全部剧情发
生在网幕之外。

[南迪妮和少年矿工吉肖尔上。

吉肖尔　南迪妮，南迪妮，南迪妮！

南迪妮　你为什么这么叫我啊，吉肖尔？难道我的耳朵听不见吗？

吉肖尔　我知道你能听得见，不过我喜欢这样叫你。你还要花儿吗？
　　　　如果需要，我给你摘来。

南迪妮　去，去，去上班去，别迟到了！

吉肖尔　我成天挖土，开采黄金，能够偷空给你摘花儿，我才安心。

南迪妮　不过，要是他们知道了，是会处罚你的。

吉肖尔　你一再说过，你很需要红夹竹桃花儿。我高兴的是：这儿却
　　　　不容易找到这种花，我找了久，才在一个杂乱的地方找到一棵花
　　　　树。

南迪妮　你把那株树指给我看，那我就可以自己去摘花了。

吉肖尔　你可别这么说，南迪妮，你可别狠心。你就让我像保守我唯
　　　　一的秘密一样保守这棵树的秘密吧。维休唱歌给你听，那歌是他
　　　　自己的歌。今后我会经常送花给你，那花也将是我自己的花。

南迪妮　不过，这里那些粗野的家伙要是惩罚你，那我会伤心的。

吉肖尔　你的伤心会使我的花开得更多更鲜艳，那也是我的痛苦的
　　　　结晶。

南迪妮　不过，你们的痛苦我又怎么能忍受啊？

吉肖尔　有什么痛苦的啊？南迪妮，总有一天我会为你去死的，我不
　　　　止一次地这么想呢！

南迪妮　吉肖尔，你给我的这么多，你说，我给你什么呢？

吉肖尔　南迪妮，你答应我，你以后每天早上只从我手里接受花儿。

南迪妮　好，我答应，不过你可要小心行事啊！

吉肖尔　不，我不会小心行事，我面临他们的打也要每天送花给你。

　　　　[下。

　　　　[教师上。

教师　南迪妮，你别走，你回头看看吧！

南迪妮　老师，有什么事？

教师　你为什么不时地这样让人震惊后走掉呢？既然你震动了人心，那么你稍作答复又有什么不好？请待一会儿，让我和你谈谈。

南迪妮　你需要我做什么呢？

教师　要说需要的话，那么请看：矿区的工人撕开了大地的胸膛，背上背着需要的东西，像虫子一样从地道里面往外爬。在这座夜叉城里，我们所有一切的财富，都是那泥土坑道里出来的黄金。不过，美丽的姑娘，你却不是从泥土中出来的黄金，你是代表光明的黄金，是谁也不能以需要的名义束缚住的。

南迪妮　你一次一次老是重复这样的话，老师，你看到我以后为什么这样惊异呢？

教师　清晨的阳光照到花园里，没有什么可奇怪的，但是从砖墙的墙洞射进来的光可不一样。你就是夜叉城里那种突如其来的光，你说说你对这儿的事有什么看法。

南迪妮　我看到这里的情况后很吃惊，全城的人都埋头于地下的黑暗中，不知道在寻找什么。你们在地狱中筑起坑道挖掘夜叉的财富，那是藏了多少世纪的财富，大地早就把它埋葬了。

教师　我们要把那已埋葬的财富验证出来，我们还希望控制其作用。要是能够把金块捆住并加以降服，那么整个世界就要落到我们的手心里了。

南迪妮　而且你们还把自己的国王用一种奇怪网幕做的墙遮盖起来，以便不让任何人明白他也是一个人。是不是这样？我真想掀掉你们地道的那种黑暗的掩盖物，让里面倾泻进阳光。而且我还想把那难看的网幕撕破，把里面的人救出来。

教师 在我们财富的鬼魂中有多么可怕的力量，我们的超人国王也具有同样可怕的威力。

南迪妮 这都是你们自己胡乱编造的。

教师 肯定是编造的。赤裸裸的人是认不出来的，只有穿上了衣服，才能认出谁是国王，谁是穷人。来吧，到我家里来吧，我很高兴向你解释实质性的问题。

南迪妮 正像你们的矿工天天挖坑钻进地里一样，你也在你的书里挖洞钻进到里面去了。老师，你为什么愿和我谈话，白白浪费时间呢？

教师 我们是具体的没有空闲的坑道里的飞蛾，钻进了繁忙的工作里面。而你呢，却是自由自在的有着无限空闲的一颗黄昏时的星星，看到你以后我们的翅膀都跃跃欲飞呢！到我家里来吧，让我和你一起浪费一点时间吧！

南迪妮 不，不行，现在不行。我现在是来觐见你们的国王的，我将进入到网幕中去见他。

教师 你不能进到网幕中去，不会让你进去的。

南迪妮 老师，我不承认网幕的障碍，我就是为了进去才来的。

教师 南迪妮，你知道，我也是生活在一种网幕的后面。在那里，很大一部分人都已经衰朽了，只有婆罗门还醒着。就像我们国王那么可怕一样，我也是那么可怕的婆罗门。

南迪妮 你在和我开玩笑吗？老师，你一点儿也不显得可怕。我想问你一件事情，这些人把我带到这里来，为什么不把伦金也一起带来呢？

教师 把每一件东西搞得支离破碎后拿来是你们的习惯。不过我想问你，你为什么想把你生命的财富带到这尸体的财富之中来呢？

南迪妮 如果我的伦金到这里来，这些尸骨里面就将重新获得生命。

教师 一个南迪妮就使这儿的老爷不知所措了，要是伦金也来了，那他们将是怎么一种情况啊！

南迪妮　这些人不知道，他们自己是多么奇怪的人。在他们中间如果造物主突然一声大笑，那他们的骨骼都可能粉碎。伦金就是造物主的笑声。

教师　天神的笑声就像阳光，可以把冰消融，但石头却一动不动。要挪动我们老爷要有足够的力量。

南迪妮　我们伦金的力量就像你们的辛克尼河一样，他知道像辛克尼河那样笑，也知道像辛克尼河那样破坏。老师，我告诉你我的一个秘密消息，今天我要和伦金会面了。

教师　你怎么知道的?

南迪妮　会见面的，会见面的，今天我一定会和他见面，有消息传来了。

教师　避开老爷们的耳目，那消息是从什么途径来的?

南迪妮　就像传来春天要到来的消息一样，今天它带上了蓝天的色彩和风的飘拂飞舞。

教师　意思是说，在蓝天的色彩中，在风的飘拂飞舞中，传来了消息。

南迪妮　当伦金来的时候，我再指给你看，那传播的消息是如何达到地面的。

教师　一提起伦金，南迪妮你的嘴就止不住了。好吧，算了吧，还有哲学需要我钻进它的深处呢，现在没有待在外边的勇气了。（走了不远又回来）南迪妮，我想问你一个问题，你害不害怕夜叉城?

南迪妮　我为什么害怕呢?

教师　所有的动物都怕日食，但是不怕完整的太阳。夜叉城是被咬啃得残缺不全的城市，黄金的罗睺已经把它咬啃了①。它本身不完整，它也不希望任何人保持完整。我跟你说，你别待在这里，你离开这里以后，这些坑穴在我们面前更会张开大嘴。可是我仍然要对你说，逃离这儿吧，到那人们不进行掠夺，不把大地母亲的衣襟撕裂的地方和伦金幸福地生活吧。（走了不远又走回来）南迪妮，你的右手上戴着用红夹竹桃编的花环，你能摘下一朵花送

①　这里是神话传说的典故：日食和月食是一个名叫罗睺的邪神咬啃太阳和月亮的结果。

378

给我吗?

南迪妮　为什么? 你要它做什么呢?

教师　我曾多少次想到,你戴用红夹竹桃编的花环,可以肯定有某种
　　含义。

南迪妮　我倒不知道有什么含义呢!

教师　也许你的命运之神知道,在它的血色中,并不是只有美,它还
　　包含着一种恐惧的秘密。

南迪妮　我身上有一种恐惧?

教师　造物主在美的手上给予了红色的画笔,不知道你用红色来画些
　　什么? 有栀子花、有素馨花、有茉莉花,但是你为什么这些都不
　　要,而只选择了红夹竹桃呢? 你知道,人就是在这不知不觉中选
　　择了自己的命运的。

南迪妮　伦金有时亲切地叫我红夹竹桃。不知道为什么,我感到我的
　　伦金的爱是红色的,今天我就把这种红颜色的花戴到脖子上,戴
　　到手上,戴在心里。

教师　南迪妮,你就把其中的一朵给我吧,仅仅一刻的赠与,我将尽
　　力弄明白这种颜色的实际含义。

南迪妮　请接受这一朵吧。今天伦金要来了,为了表示欢乐我把这朵
　　花给你。

　　　　[教师下。

　　　　[矿工戈古尔上。

戈古尔　请扭过头,让我看一看,直到今天,我仍然不了解你,你是谁?

南迪妮　你不是正在看我吗? 我就是你看的人。你有什么必要要了解
　　我?

戈古尔　不了解总觉得不好。国王因为什么事把你叫到这里来呢?

南迪妮　没有什么事。

戈古尔　你知道咒语吗? 你用咒语把大家都迷住了,你是毁灭人的人。
　　有的人看到你美丽的面貌,受到迷惑,那他是会死的。让我看一
　　看,你的额上是什么?

南迪妮　一串红夹竹桃的花。

戈古尔　什么意思？

南迪妮　什么意思也没有。

戈古尔　我对你一点儿也不相信。你内心一定决定了什么，在今天天
　　　　黑以前你一定会带来灾难，所以你才这样打扮着走来走去。哦，
　　　　可怕啊，可怕啊！

南迪妮　对你我怎么显得这样可怕呢？

戈古尔　看到你，我感到我好像看到一个吐着红火的火把。让我去劝
　　　　那些愚蠢的家伙吧："大家小心点儿，警觉一点儿吧！"

　　　　　[下。

南迪妮　（摇着网幕的大门）听着了吗？

幕后音　南迪妮，我在听着。不过，你别一次一次地叫我，我没有时
　　　　间，一点儿时间也没有。

南迪妮　今天我特别感到高兴，我希望带着高兴的心情到你身边来。

幕后音　别来，别到家里来，你要说什么，就在外边说吧！

南迪妮　今天我给你用茉莉花编制了一个花环，我把它用荷叶盖着带
　　　　来了。

幕后音　你自己戴它吧！

南迪妮　我不喜欢。我的花环是红夹竹桃编的。

幕后音　我像山峰一样，空无所有就是我的装饰。

南迪妮　山峰的腰部也有山泉涌出，也就像你脖子上挂着花环一样。
　　　　把网幕打开吧，我要进来！

幕后音　别，我不会让你进来。你要说什么就赶快说吧，我没有时间了。

南迪妮　你在听唱歌吗？远处有人正唱歌呢！

幕后音　什么歌？

南迪妮　秋天的歌，庄稼已经成熟了，该收割了。在呼唤人们收割呢！
　　　　（唱）来，来，来，秋天在向你呼唤，

　　　　　　　怀着欢快的心情来吧！

　　　　　　　已经充盈的谷仓更会填满，

　　　　我一再要为此把自己呈献。

　　你没有看到，秋天的阳光是怎样把成熟庄稼的美映入天穹吗？

　　　　所有姑娘在打谷的场院，

　　　　被醉人的风所熏染。

　　　　炽烈的太阳把金光散播在大地，

　　　　我一再要为此把自己呈献。

　　你也到外边来吧，国王！我把你带到田野里去。

　　　　听到田野里的笛声，

　　　　苍穹都无限欢欣。

　　　　今天有谁还闷在家里？

　　　　打开吧，请打开大门！

幕后音　我到田野里去？在那里，我有什么用？

南迪妮　田野里的工作要比你的夜叉城的工作简单得多。

幕后音　简单的工作对我来说很困难。湖泊能够像瀑布那样戴上泡沫的脚镯跳舞吗？你走吧，别再多说了，我没有时间。

南迪妮　不过你的力量是奇特的。那天你曾让我钻进你的宝库里，我看到你的那些金砖后一点也不感到奇怪。但是，看到你用巨大的力量轻而易举地把那些金砖布置得像山一样时，我感到入迷了。可是我还要说，金块难道能够像稻田那样配合你的手的节奏吗？国王，请你告诉我，日日夜夜摆弄地下的这种死尸一样的财富，你难道不感到害怕？

幕后音　为什么？害怕什么？

南迪妮　有生命的大地把自己一生的东西自愿高兴地奉献出来，但是当你撕裂它的胸膛，把已经死亡的尸骨当作财富而挖掘出来时，就好像从黑暗中取出某一个瞎了眼的罗刹的诅咒。你没有看到，这儿的所有的人好像都在生气，有的怀疑，有的害怕？

幕后音　诅咒？

南迪妮　对，诅咒，流血和争夺的诅咒。

幕后音　我不知道什么诅咒的事。南迪妮，我只知道从那里我们取来了威力。好吧，南迪妮，你高兴我的力量吗?

南迪妮　我很高兴。所以我才说，你走出来，把脚放在大地上，大地
　　会高兴的。

　　　　　　看到稻穗上的露珠点点，

　　　　　　阳光高兴地苏醒过来。

　　　　　　大地内心里无限欣喜，

　　　　　　我一再要为此把自己呈献。

幕后音　南迪妮，你知道吗?造物主也隐蔽在形式的幻境中将你塑造
　　得出奇的美。我真想从那隐蔽的幻境中把你抢过来捏在我的手心
　　里。但是，我无论怎么样也不能抓住你，我想把你翻来覆去地看
　　一看，如果不能看到，那我就要把你捏得粉碎。

南迪妮　你这是说的什么啊?

幕后音　你知道，为什么不能把你的红夹竹桃的红色取出来，作为涂
　　眼睛的涂料吗?这是因为那几片微不足道的花瓣，把它掩盖着，
　　隐藏了起来。在你的身上存在着这样的障碍。正是因为你温柔，
　　所以很困难。好吧，南迪妮，你把我看成什么人，请清楚地告诉我。

南迪妮　改日再告诉你吧，今天不是你没有时间吗?今天我走了。

幕后音　别走，别走，南迪妮，告诉我后再走，你把我当成什么人?

南迪妮　我已经对你说过多少次，我感到你是很奇怪的人。你的双臂
　　有着无限的气力，就像暴风雨到来之前翻滚着的云层，我看到后
　　心都高兴得跳了起来。

幕后音　是不是就像你看到伦金后，你的心高兴得跳了起来那样……

南迪妮　别谈那样的事了，你现在又没有时间。

幕后音　还有时间，你只要讲这点事后就可以走。

南迪妮　那种高兴得跳了起来的节奏是另外一回事，你是不了解的。

幕后音　我要了解，我想了解。

南迪妮　这一切我也说不清楚，我走了。

幕后音　别走，你告诉我，你觉得我很好，是不是?

南迪妮　对，我觉得你很好。

幕后音 像伦金一样？

南迪妮 你又拐弯抹角回到了这个问题上，这所有的一切你是不会了解的。

幕后音 我了解一点，我知道伦金和我之间有什么差别。我只有气力，而伦金却有魔力。

南迪妮 你说的魔力是什么？

幕后音 要我给你解释吗？地里边的石头、铁块、金块，那是力量的具体形象。地面上是土，土上面长着草，开着花，在那儿是魔力的表演。我能从困难的地方取来珍宝，但我却不能从不费力的地方抢来有生命力的魔力。

南迪妮 你有这么多的东西，那为什么你还这么贪心呢？

幕后音 我所有的一切都不过是包袱。积累很多黄金，又不能使黄金变成点金石。即使再扩大很多的力量，也不能得到青春。所以我想用监禁的办法把你捆绑住，如果我有伦金那样的青春，我能够不用绳索就捆住你。我的一生就是在这样搓结捆绑的绳索中度过的。唉，其他一切都可以捆绑住，只有欢乐不能捆住。

南迪妮 你把自己用网捆住了，那又何必这样不耐烦呢？真使人弄不明白。

幕后音 这你是不能理解。我是一片广大的沙漠，我向你这样一株小草伸出了手呼唤。我是灼热的，我是空虚的，我疲倦了，我没有活力。这片沙漠因燃烧着的饥渴把多少肥沃的土地吞食了，这样行吗！因此，沙漠不断扩大自己的面积，可是它却不能将脆弱的小草中存在的生命化为自己的。

南迪妮 你说你自己是疲倦了，可是看到你却没有这种感觉，我倒看到你是非常有精力的。

幕后音 南迪妮，从前在一个遥远的国度里，我曾经看到一座像我一样疲乏的大山。从外表上看，我怎么也不能理解，这内部全部的石头都非常痛苦。有一天在半夜非常寂静的时候，听到一声巨响，使人感到好像是一个妖怪的噩梦从内部酝酿着突然爆发一样。第二天早上起来一看，大山在地震的一声巨响中陷进地里面了。力量的重负在自己觉察不到的内部是怎样在碾碎自己，这在我看到那座山的情形之后非常深刻地理解了。而我在你身上却看到有一种东西，它却和这截然相反。

南迪妮　你看到我身上的什么？

幕后音　宇宙的笛声中所响起的那种舞蹈的旋律，我在你身上看到了。

南迪妮　我不能理解。

幕后音　那种旋律使得事物的巨大负荷得以减轻。也由于那种旋律，一群一群的星星，像穷孩子跳舞那样，在苍穹中来回飞舞。南迪妮，由于这种舞蹈的旋律，你才这样单纯，这样美丽。和我比起来，你多么微小，但是我仍然羡慕你。

南迪妮　你把自己隐藏了起来，使自己和所有其他人割断了联系，你为什么不单纯一点，让人家可以捉摸呢？

幕后音　我把自己隐藏起来，是为了能够从世界上一些最大的宝库中窃取极为贵重的东西。但是造物主手中所握住的那种馈赠，你那金香木花花苞一样的手指能够取得，而我的全部体力也无法达到。不过，我是一定要打开造物主那紧握的手的。

南迪妮　你所说的这样一些话，我一点也不能理解。好，我走了。

幕后音　好吧，你走吧！不过我把我的手伸到这网幕的外边，请把你的手放在我的手上边吧！

南迪妮　不，不，你让你的一切都仍然保持在里边吧，如果突然从里边伸出一只手来，我会感到害怕的。

幕后音　我只想用一只手捉人，所以所有的人都从我身边逃走了。如果我想伸出双手来捉你，那么，南迪妮，你会让我捉住吗？

南迪妮　你根本就没有让我走进去，你又为什么说这样的话呢？

幕后音　我很忙，我没有空闲的时间，我不能把你带到我家里来。一旦有一天你能乘着满帆的风来的时候，我会热心地欢迎你的到来。即使那种风是暴风雨的烈风，也没有什么关系，我还认为那样才好，现在还没有到那个时候。

南迪妮　我跟你说，国王，伦金会带来那种满帆的风，随便他到哪里，他都会有空闲的时间。

幕后音　你的伦金到处奔走所带的那种空闲，是谁用红夹竹桃的蜜使它变得很美好，这难道我还不知道？南迪妮，你只是告诉了我那纯粹的空闲时间，那我从哪里弄到蜜使空闲充实起来呢？你告诉我吧！

南迪妮　那我走了。

幕后音　别走，回答了我的问题后再走吧！

南迪妮　如何使空闲的时间用蜜充实起来，你看到伦金后会得到回答的。他是很美的。

幕后音　美人儿，美丽的人儿才能得到美的回答。不美的人要强迫人回答的话，那维那琴就弹不响，而且弦就会折断。好吧，现在不谈了，你走吧，要不，会面临灾难的。

南迪妮　我走了，但是我要告诉你，今天我的伦金就会来的，一定会来的，你是无论如何也阻挡不住的。

　　　　[下。

　　　　[矿工帕古拉尔和他的妻子金德拉上。

帕古拉尔　金德拉，你把我的酒藏到哪里去了？快拿出来！

金德拉　今天你怎么啦！大清早就要酒？

帕古拉尔　今天是假日。昨天是他们那些人对金蒂女神的斋戒日。今天是膜拜战旗的日子，同时也是膜拜兵器的日子。

金德拉　你说什么？他们相信泰古尔神吗？

帕古拉尔　你没有看到吗？那些人的酒窖、兵器库和神庙三者都是连在一起的。

金德拉　是不是一遇上假日你就要喝酒？以前住在农村的时候，只有在节日的时候……

帕古拉尔　鸟儿在森林里得到空闲的时候就会飞。在笼子里，你就是给时间让鸟儿飞，它也会感到懊丧。在夜叉城里，假日比干活更危险。你懂吗？

金德拉 那就不在这里干活了，回到自己村子里的家去吧！

帕古拉尔 回去的路被堵死了，你还不知道？

金德拉 为什么？为什么路被堵死了？

帕古拉尔 从我们的家里他们得不到任何利益。

金德拉 难道我们只是为了满足他们的利益被捆得紧紧的，就像稻谷壳紧紧地被附在稻米上一样？而我们自己则一点儿也没有剩下？

帕古拉尔 你知道我们的那位疯子维休吗？他说：保持山羊的完整，只有对山羊本身来说是必要的。那些吃它的人，却是把它的头骨、蹄、尾各个部分一一分开来后吃的。还有呢，它被当作祭品屠宰时发出"咩咩"的哀鸣，人们还认为是它的不当而感到反感。你看，那个疯子维休一面唱着一面朝这儿走来了。

金德拉 近来他的嗓子变好了。

帕古拉尔 对。

金德拉 他被南迪妮给迷住了，她不仅勾去了他的灵魂，而且也勾出了他的歌声。

帕古拉尔 这又有什么奇怪的？

金德拉 是没有什么可奇怪的。但是，你可得小心点，懂吗？要是有一天你也开始唱起歌来，那时，这附近的一些人的情况如何，那只有天知道了。南迪妮是一位魔术师，她懂得魔术，总有一天她要给所有的人带来灾难的。

帕古拉尔 灾难不是从今天起才缠住维休的，在到这里来以前，他就知道南迪妮。

金德拉 啊，维休大爷！也到这里来唱唱吧！你要到哪里去呢？在这里你也可以碰上一两个听你唱歌的人，你是一定不会吃亏的。

　　　　[维休上。

维休 （唱）

　　　　　　我梦中小船的划船人啊，

　　　　　　活泼的姑娘，你是谁？

　　　　　　布帆已被醉意的风鼓满，

　　　　　沉于歌唱的疯狂的生命已经消失。

　　　　　你有意地把我遗忘，

　　　　　将船摇摇晃晃地划走，

　　　　　带到自己那遥远的码头。

金德拉　那样一来就没有任何希望了，我们却离得很近啦！

维休　（唱）

　　　　　我的担心不会成真，

　　　　　都离开我而去了，去吧！

　　　　　啊，揭开自己的面纱，

　　　　　啊，仰起你那活泼的两眼看我，

　　　　　用自我陶醉掩盖不安的生命。

金德拉　你梦中小船的划船人是谁，我知道。

维休　从外边怎么会知道啊！你又没有看到过我梦中的船。

金德拉　我要告诉你，你的那位受宠的南迪妮要使你的船翻到激流中
　　　去的！

　　　　　[矿工戈古尔上。

戈古尔　维休，你看，关于你的那位南迪妮，我一直很担心。

维休　为什么？有什么事？

戈古尔　事倒什么也没有，所以我才担心呀！国王不知为什么把她叫
　　　到这里来，使人很不理解，她的那种风度也使我理解不了。

金德拉　亲家，这就是我们难受的地方。在这里，她一天二十四小时
　　　显示她的美貌，这使我们受不了。

戈古尔　我们只相信那淳朴、老实、脸长得胖胖的人，而且是有相当
　　　重量的人。

维休　夜叉城的风气就是让人们轻视美，这就是毁灭的迹象。地狱里
　　　也存在着美，不过在那里谁也不懂得美，对地狱里的居民来说，
　　　这就是最大的惩罚。

金德拉　那好，这算我们都是些愚蠢的人。不过这里的一些老爷却连
　　　看一眼也是不愿意的，这你知道吗？

维休　金德拉，你看，你可别染上了这些老爷的那种眼病了，要不，看了我们这些人，你的眼睛也会红起来的。那好，帕古拉尔，你看呢？

帕古拉尔　老兄，要我说真话，那我看到南迪妮后再看看自己，我简直羞愧得没有脸见人了。在她面前，我一句话也说不出来。

戈古尔　维休大哥，你看到那个姑娘后，已经失魂落魄了，因此，你看不到她带来了一些多么不祥的征兆。我可以告诉你，现在了解这一点已经不需要好多时间了。

帕古拉尔　维休大哥，你的这位亲家想知道，我们为什么喝酒？

维休　托造物主的福，世界上到处都流行酒，甚至你们的眼睛随便一瞥也能看到。我们用我们的手臂干活，而你们则用你们的手臂搂着我们让我们喝酒。在这个世界上，不得不劳动干活，也不得不把它忘掉，没有酒谁能忘掉呢？

金德拉　为什么不能呢？啊，像对你这样的世世代代的酒徒来说，造物主的恩惠真是永无止境。造物主把酒窖的大门都敞开了。

维休　一方面，饥饿鞭打着我们，口渴鞭打着我们，叫嚷着要我们干活，另一方面，森林的翠绿像魔术似的铺盖了大地，太阳金黄色的光辉像幻景一样洒向了世界，它们使人世间陶醉了，喧嚷着假日来了，兄弟们，假日来了！

金德拉　你把这也当作酒吗？

维休　这是人生的酒。人生的酒没有什么味道，但是朝朝暮暮都存在着一种醉意，你要想得到证明，我可以给你提供。我们在这个国家的地下干着挖坑的工作，于是我们自然的醉意就消失了，因而我们的心灵这样渴望市场上出售的酒。一个人在自然呼吸时有了障碍的话，那他就会大口喘着气呼吸。

（唱）你生命的美汁已经干涸，

　　　　于是你就用死亡的汁来斟满你的杯子。

　　　　像焚尸堆的火灌满了咽喉，

　　　　那是所有燃烧着的火。

　　　　　现在火焰已经排除，

　　　　　你微笑着让空虚变得丰富多彩吧！

金德拉　走吧，亲家，我们都从这儿逃走吧！

维休　逃到哪里去？到那蓝色的苍穹底下？到那公开的巨型酒场？不过道路被堵死了，所以我们才这样强烈地醉心于窃取这所监狱里的酒。我们再没有属于我们的天空，也再没有属于我们的空闲，所以我们全都高高兴兴地在炽烈的阳光下，将歌曲过滤成液态的火，我们就经常喝这种东西。哈哈，有多么具体的奴役，也有多么具体的假日！

　　（唱）你的太阳已隐蔽在浓云中，

　　　　　你的白昼已消失在不当的手段中，

　　　　　漆黑的夜晚已经来临，

　　　　　消失并毁灭了的迷醉的故友啊，

　　　　　为了遗忘闭上你那疲乏的眼睛吧！

金德拉　不管怎么说，维休亲家，你们来到这夜叉城后都开心了，而我们女人却一点儿也没有变。

维休　难道你们没有变吗？你们的花枯萎了。现在你们不是陷于"唉，黄金！唉，黄金"的深水中了吗？

金德拉　绝没有这种事。

维休　我要说，有这种事。不幸的帕古拉尔为什么干了十二个小时以后，还要干四个小时，那么不要命呢？这一点帕古拉尔不知道，你也不知道，只有洞察内心的大神知道。你的"黄金梦"暗暗地在鞭打他，那种鞭子比老爷的鞭子还坚硬。

金德拉　那好，那我们又为什么不走呢？我们从这里走吧！回到自己的村子里去吧！

维休　这里的老爷们不只是堵死了我们回去的道路，而且扼杀了我们回去的意志。今天如果我们想回去住，那儿也是待不下去的，第二天，醉心于黄金的引诱就会把我们又拉到这里来。就像吸食鸦片上了瘾的鸟儿，即使把它从笼中放走，它也还会回到笼子里来那样，你也还会从农村再跑到这里来的。

帕古拉尔 　好，维休老兄，你不是曾经准备读书，读到失去眼睛也在
　　　所不惜吗？那又是谁把你弄到我们中间，而且也把镐交给你了呢？

金德拉 　过了这么长的时间了，不过至今谁也没有从亲家嘴里得到这
　　　个问题的答复。

帕古拉尔 　更有趣的是，所有的人都知道这件事。

维休 　什么事？

帕古拉尔 　为了了解我们内部的信息，你被作为密探安排在这里了。

维休 　大家都知道的话，为什么还让我活着？

帕古拉尔 　大家也还知道，你不会干这样的事。

金德拉 　这样舒服的工作你为什么不干呢，亲家？

维休 　舒服的工作？像一个人看不见的疮一样紧贴在他的背后，还
　　　是舒服的工作？我对老爷说，我要回故乡去，我的身体很不好。
　　　老爷说，在这样身体不好的情况下你怎么回去呢？待在这里做
　　　点努力试试看。于是在这里想了点办法，现在身体好了。后来
　　　我看到，只要一进到这个夜叉城的肚子里，它的嘴就闭上了，
　　　再也没有通道可能出来了。现在我就在这绝望的黑暗的肚子里
　　　被慢慢熔化掉。如今我和你们之间的区别就是：老爷对我的轻视
　　　比对你们更厉害得多。比起对落叶来，人们对自己的破罐更瞧
　　　不上眼。

帕古拉尔 　这有什么难过的呢，维休大哥？我们都很尊重你。

维休 　事情要是一暴露，而我就将被处死。你们有好感的地方，老爷
　　　的注意力也将集中在那里。可怜的雌性青蛙发出鸣叫声，尽管它
　　　是多么欢迎雄性青蛙，但它的叫声实际上是把自己所在的地方通
　　　知了蛇。

金德拉 　还要多少日子你的工作才算完呢？

维休 　日历上是没有写明最后的日子的，一天以后是第二天，第二天
　　　以后是第三天。每天都要继续挖掘地道，挖进一尺以后再挖一尺，
　　　再挖第三尺，而黄金也就这样被挖出来。一堆以后是第二堆，然

后是第三堆，然后是第四堆。在夜叉城中数字也是没有完的，第一以后是第二，第二以后是第三，第三以后是第四，这个数字一直排下去，这个排列没有任何意义，所以在他们的眼里我们不是人，是数字。帕古拉尔老兄，你的数字号码是多少？

帕古拉尔　我背上写的是甲 47 号。

维休　我是丁 69 号。当我在村子里的时候，我是人，到这里来之后变成了游戏的棋子，还用我们来赌博呢！

金德拉　亲家，他们这里黄金不是积累了很多吗？再多还有什么必要呢？

维休　如果有一个名叫"必要"的东西的话，那也意味着一个终结。比如有必要的东西，肚子一旦吃饱，也就终结了。没有必要醉酒，所以醉酒也就没完没了。黄金也是一种酒，在我们夜叉城这个国度里就是一种具体的酒，难道你不懂得吗？

金德拉　不懂。

维休　我们手中一端起酒杯，也就忘记了，我们是被囚在命运的围墙之中。我们还以为，有自由自在的假日。金砖一到手，这里的主人也就那样被迷住了。他想，普通老百姓的土地的引力不能拉住他，他是在超凡的太空中飞翔呢。

金德拉　庆丰收的时间快到了，不太远了，各个村子都在做准备。我给你磕头，去吧，咱们回家去吧，如果去对老爷……

维休　看来，以你的妇人之见，至今你还没有认清老爷。

金德拉　为什么？看起来他……

维休　看起来很好，闪闪发亮。鳄鱼的牙是很美的，它要咬住了人，那就咬得很可观了。即使鳄鱼王亲自来，也不能使它松口。

金德拉　看，老爷来了。

维休　那事情就算完了，他一定听见了我说的话了。

金德拉　为什么？你刚才又没有说什么话，他可以从中……

维休　亲家，我们只是谈谈话，但是他是可以断章取义的。所以，他把谁家的火点到谁家的草屋顶上，这谁也不知道。

[老爷上。

金德拉 老爷!

老爷 什么事,孩子? 大家情况都好吗?

金德拉 请给我们假回一次家吧,老爷!

老爷 为什么? 我给你的房子难道不好吗? 比起你的家来要好十万倍呢! 还动用政府的开支给你安排了一个守卫人员。啊,为什么? 丁 69 号你为什么在这儿? 看到你在他们中间使我感到,好像是鹤立鸡群,是鹤要教鸡跳舞吗?

维休 老爷,听到你开这种玩笑,我心里并不能轻松愉快。要是我的脚有能够教人跳舞的力量的话,那我早就高高兴兴地从这儿逃走了。在你这个地区教人跳舞的事情是多么危险,这种例子我已经见过了。事情常常是这样:正常走路时两腿也要发抖呢!

老爷 孩子,告诉你一个好消息,为了让这些人能够听到善言,我请了格尼拉姆·古桑伊大师来。这些人的施舍可以作为他的开销,古桑伊在每天傍晚的时候……

帕古拉尔 不要,不要,老爷! 请别这么做! 现在傍晚的时候只是喝喝酒,喝醉以后最多也不过是喧哗一阵,要向我们说教,那会出现流血事件的。

维休 不要说了,帕古拉尔,别说了吧!

[古桑伊上。

老爷 看,说着说着人就来了。尊者,向你致敬! 我们这些工人师傅的心很脆弱,不时地闹起来。请你给他们的耳朵里灌输一点平静的咒语吧,这是非常必要的。

古桑伊 你是说他们吗? 啊,他们本身就是乌龟化身呀①! 他们让自己在沉重的包揪下面压着,世界这才得以稳定呀! 想到这一点,身心都为之振奋吧! 甲 47 号,我的孩子,你想一想吧,我们用

————————

① 印度神话,当天神阿修罗共同搅乳海时,他们搬来大山做搅棒,用巨蟒做搅绳。但大山很快要沉入海底,这时毗湿奴大神化身为乌龟,充作大山的底座,使搅乳海的事业得以进行。

来颂神的一张嘴,是你们在为它张罗粮食,让身体圣洁而穿的那种印有神名的衣服,也是你们用血汗准备出来的,这难道是一般的小事吗?我为你们祝福。你们如果始终是这样坚忍不拔,那么大神的赐予始终会为你们所有。孩子,开口称颂大神吧,你们的全部重担会减轻的。

金德拉 啊,说得多么甜美啊!古桑伊尊者,多少日子以来没有听到这种话了,请你把你脚上的尘土给我一点吧,尊者!

帕古拉尔 直到现在我们是坚定的,不过现在不能再忍受了。老爷,为什么这么浪费钱呢?你要我们施舍,我们可以施舍,但我们不能忍受这种欺骗!

维休 帕古拉尔,你要是发疯,那得救就困难了,闭嘴吧!

金德拉 今世和来世你都失去了,你是怎么个样子,你自己想想吧!你以前不是这样一副脑筋的,这我很了解。反正你们这些人都是染上了南迪妮的毛病了。

古桑伊 不管说什么,老爷,你看看,他们多单纯,肚子里怎么想的,嘴上就说了出来。我们怎么教诲他们呢?该他们教育我们啊!你懂吗?

老爷 为什么不懂?我还懂得了,乱子正在从哪儿发生。他们的担子不得不由我来承担了。看在天神的面上,你到木工住的地区去颂扬大神的名字吧,那里出了点麻烦。

古桑伊 老爷,你说的是哪个地区?

老爷 就在那乙—丙区,乙 71 号是那儿的工头,戊 65 号住的左边的那个地区。

古桑伊 老爷,虽然那里还有些动荡,不过近来那里的人醉心于饮酒了,也打算接受经咒了。可是还需要在那里派军队驻扎几个月时间才好,原因是骄傲是最大的敌人,要用军队的压力来抑制骄傲。然后才轮到我们做工作,好吧,现在我走了。

金德拉 尊者,祝福吧,使这些人变得理智吧,不要过分注意他们的过错。

古桑伊 别害怕，孩子，这些人会完全冷静下来的。

　　　　[下。

老爷 请你谈谈，丁69号，你的居民区情况怎么样？我的确有点疑
　　　心呢！

维休 可能值得疑心。古桑伊把他们说成是化身乌龟，不过经典上面
　　　说，化身是可能改变的，乌龟突然成了野猪①，原来是龟壳的地
　　　方会长出牙齿，执拗会代替冷静。

老爷 不会，绝对不会。好吧，我听到了，也好，我会记着的。

　　　　[下。

金德拉 啊，我看到了，老爷是个多好的人，和所有的人都笑着谈话。

维休 不过，亲家，鳄鱼的牙齿开始都是笑着露出来的，然后才咬人。

金德拉 这有什么咬人的问题？

维休 你不知道，他们决定了，从现在起工匠的妻子不能和工匠住在
　　　一起了。

金德拉 为什么？

维休 在他们的账本里，我们是作为数字出现的，而在数字里，女人
　　　的数字却和算术中的数字不相符合。

金德拉 唉，老天，难道他们的家里就没有女人？她们怎么就能符合
　　　呢？

维休 她们也被黄金的美酒迷得头昏脑涨，在昏醉中她们不亚于她们
　　　的丈夫，不过我们见不到她们。

金德拉 亲家，你家里不是原来有女人吗？她现在怎么样了？好久没
　　　有她的消息。

维休 当我的名字还在密探的高级名单中时，老爷的太太们还经常叫
　　　她到她们的大楼里去陪她们玩扑克。但是，当我参加到你们帕古
　　　拉尔的一伙中后，也不再邀请她了。因为这种侮辱，可怜的她也
　　　就弃我而去了。

---

　　① 印度神话，大地将沉于海底，大神毗湿奴化身为野猪，用嘴顶着大地，使不
致沉没，也挽救了众生。

金德拉　唉，竟有人犯这种罪过！

维休　作为这种罪过的报应，下一辈子她将作为老爷的太太投生。

金德拉　啊，亲家，你看，你看那边！象轿、驼轿，还有孔雀羽毛的华盖。你看，轿上的缨络在闪光呢，多么威武雄壮的骑士队伍！你看那长矛，那种闪光像是窃取了太阳的金光似的。

维休　你看，老爷的太太们也正应邀去参加祭旗的仪式呢！

金德拉　啊，多热闹啊，五颜六色的服装多鲜艳啊！她们的脸显得多么姣好。亲家，如果你不放弃你这项工作，你也会和他们一起这样威风地出行吗？而你的女人也……

维休　是，那我们的情况也会是这样。

金德拉　现在你不能参加进去？没有其他途径？

维休　有途径，那就是走进污秽的阴沟。

幕后　疯子大哥！

维休　什么事，疯姑娘？

帕古拉尔　看，南迪妮来叫你了，她一来你就不能和我们在一起了。

金德拉　现在你就不要对自己的维休大哥抱什么希望了。好吧,亲家，你还是告诉我们吧，你是怎么和这儿连在一起的?

维休　是痛苦和痛苦连在一起，金德拉，别无其他。

金德拉　亲家，你为什么这么拐弯抹角地说话啊？

维休　你们不会懂的，啊，是一种比忘记痛苦更大的痛苦。

帕古拉尔　维休大哥，你说清楚是怎么一回事，要不，我会生气的。

维休　告诉你，请听吧！贪求眼前东西的痛苦，那是牲口的痛苦，而渴望遥远未来的东西的那种痛苦，则是人的痛苦，我对遥远事物的永久痛苦的光通过南迪妮闪现出来了。

金德拉　你的所有这些话我都听不懂。我只懂得一点，那就是你们对某一个女人了解得越少，那个女人对你们就有越大的吸引力。我们是老老实实的农村妇女，所以我们就没有什么价值。可是不管怎样，还能够把你们引上正路。不过我今天要明确地指出，请你们记住，这个姑娘让你们掉进红夹竹桃花环的圈套中后，将把你们引向毁灭之途。

    [金德拉和帕古拉尔下。

    [南迪妮上。

南迪妮 疯子大哥，今天早晨，他从远远的道路上，唱着秋天的歌向
    田野走去，你听到歌声吗？

维休 难道我的早晨也像你的早晨一样，能让我听见歌声吗？我的早
    晨不过是被扫除的疲乏夜晚所遗留的垃圾。

南迪妮 今天因为高兴，我曾想登上这儿城堡高处的瞭望台，去听他
    的歌声，分享他的快乐，但是哪儿也没有找到路，所以到你这儿
    来了。

维休 我却不是瞭望台啊！

南迪妮 你就是我的瞭望台。到了你这里，我登高可以看到外部世界。

维休 听到你说这种话我感到奇怪。

南迪妮 为什么？

维休 自从进入这个夜叉城后，直到现在，我一直感到在生活中失去
    了我的天空。我觉得，和这里的一些寄人篱下的人一起，我被置
    于一个石臼之内，碾成了一团，没有一个洞孔和空隙。在这种情
    况下，你来到这里，注视我的面孔，我马上意识到了，在我的内
    心里还有一点亮光。

南迪妮 疯子大哥，在这封闭的城堡里，我和你之间还存在着一小片
    天空，其余的都填得结结实实了。

维休 由于存在着一小片天空，所以我能唱歌给你听。

    （唱）啊，驱散我的睡意的姑娘，

          为了听我唱歌，你不让我入睡。

          啊，唤醒我痛苦的姑娘，

          你撞击着我的心，召唤着我。

          黑暗已经笼罩大地，

          飞鸟已经展翅归巢，

          航船已经靠在岸边。

但是在这儿哪有宁静？

我的心得不到安宁，

啊，唤醒我痛苦的姑娘！

南迪妮　疯子大哥，你在说我是唤醒痛苦的人？

维休　你是我那不可渡过的大海彼岸的信使。你来到夜叉城的那天，一股带海水盐味的风就来撞击我内心的大门。

（唱）你不时地只让我的一切事务停顿，

却不让我的悲哀止息。

你抚摩我的心灵，

用甘霖注满我的生命。

带走了幸福后，你避开了，

却经常隐藏在我痛苦的背后。

啊，唤醒我痛苦的姑娘！

南迪妮　疯子大哥，我有话跟你说，你所唱的那种痛苦，以前我一点儿也不知道，谁也没有告诉过我。

维休　为什么？伦金没有……？

南迪尼　没有。他用双手划双桨载我渡过暴风雨的江河，他让我骑在野马上用手抓住野马鬃毛救我出森林。当狮子扑向我的时候，他用箭射中了狮子双眉中间的地方，立刻解除了我的恐惧。就像他跳进那迦伊的河里和波浪嬉戏一样，他也和我那样喧闹不休。他冒着生命的危险，玩那胜负的游戏，在游戏中他战胜了我。过去你也曾参与了那种游戏，但是后来不知你出于什么考虑，你突然从那种游戏中脱身出来。来的时候好像你还望了我一眼，但我却什么也不懂。后来，有多少日子，一点儿也不知道你的下落，你是到哪里去了呢？告诉我吧！

维休　（唱）

月亮啊，在痛苦的大海中，

涌来了眼泪的海潮，

堤岸都已满到边缘，

　　　　成了茫茫的一片。

　　　　我的船停靠在熟悉的岸边，

　　　　在那儿，绳索已经松开，

　　　　大风将把它吹到

　　　　哪一个陌生的地方？

南迪妮　是谁把你从那一个陌生的地方带到这里，带到这挖坑道的
　　　　地方？

维休　是一个姑娘，就像一只突然中了箭的飞鸟落到地上那样，她把
　　　　我扔在了这尘土里，我那时已经完全忘记了自己。

南迪妮　那她是怎么触动你的呢？

维休　当干渴的人没有得到水的希望时，他很容易受到海市蜃楼的欺
　　　　骗，然后他就会迷失方向，甚至忘记自己。有一天我从西边的窗
　　　　子里正在观看云彩中的天堂的时候，她正在观看老爷的大楼上的
　　　　金顶。她使眼色向我示意说，把我带到那里去吧，我要看看你有
　　　　多大的能耐。我骄傲地说：我一定把你带去。我把她带到了老爷
　　　　的大楼里，那时我也清醒过来了。

南迪妮　我来到这里是为了把你从这儿带走，我要打碎你的黄金的
　　　　锁链。

维休　你甚至能够动摇这里的国王，那我怎么能阻挡你呢？好，你说，
　　　　你不害怕国王吗？

南迪妮　在网幕的外边感到害怕，可我在里面看到了他。

维休　看到什么了？

南迪妮　看到了：他也是一个人，不过很巨大。他的前额像一座七层
　　　　高楼的大门，他的胳膊好像是一座攻不破的城堡的铁门闩，而且
　　　　使人感到他是从《罗摩衍那》和《摩诃婆罗多》①中走出来的人物。

维休　你在里面还看到了什么？

南迪妮　他的左手上站着一只雄鹰，他把雄鹰放在笼子里的栖木上之

──────────

　　①　印度古代两部著名史诗，里面有许多半人半神的人物，大都是超凡、武艺高
强的英雄。

后，两眼直注视着我。此后，就像他用手指抚摩雄鹰的脚爪一样，他拉着我的手慢慢抚摩起来。过了一会儿，他突然问我：你不害怕我？我说一点儿也不害怕。于是他把他的手放在我散开的头发里，不声不响地闭着眼睛坐了好半天。

维休 你感到怎么样？

南迪妮 我感到很好。我怎么给你说呢？他就像是一株千年的大榕树，而我像一只小鸟。当我落在他那小枝头上轻轻摇曳的时候，那他全身的每一部分都会很高兴，让他这个孤独者感到高兴，我也会感到高兴的。

维休 他后来又怎么说？

南迪妮 后来他突然站了起来，把他那像枪尖一样锋锐的目光直刺入我的眼里，说：我想知道你。我全身都颤抖了。我说，我有什么可知道的呢？我难道是你的一部典籍？他说所有典籍里所写的，他都知道了，就是不知道我。后来不知道为什么他好像激动起来，问我：关于伦金的一切你都告诉我，你是怎样爱他的。我说：像水中的舵爱空中的帆那样，我的爱就是如此。帆爱风的音响，而舵呢，因水的抖动而苏醒。他像一个很贪婪的孩子那样不声不响地目不转睛地望着我，然后又突然使我吃惊地说：你为他可以献出自己的生命吗？我说，是，马上可以献出生命。他一听大吼道：决不会。我说：一定会献出的。他问我那有什么好处，我说我也不知道。于是他内心异常激动地说，你走，从我家里滚出去，你别破坏我的工作了，赶快滚吧！我不懂他这是什么意思。

维休 他希望把一切都了解清楚，他要是不能了解某一事物，该事物就使他心烦，于是就生起气来。

南迪妮 疯子大哥，你不可怜他吗？

维休 哪一天造物主可怜他了，他就要死去了。

南迪妮 不，你不知道，他是多么想活下去啊！

维休 他活下去意味着什么，你今天就可以看到，不知道你能受不受得了。

南迪妮　你看，疯子大哥，你看那阴影，老爷一定是偷听了我们的谈话。

维休　在这里，四面八方都是老爷的阴影，要避开是不可能的。不过，对老爷，你感到怎么样？

南迪妮　我哪儿也没有看见过像他那样没有生命的东西。使人感到就好像是从森林里砍来的藤条，上面既没有叶子，也没有根，里面连一点液汁也没有，干枯得摇摇晃晃像是要落在谁头上似的。

维休　可悲的是他为了统治生命正付出生命。

南迪妮　别说了，他会听到的。

维休　就是你不说话，他也会听到的，而且那还更危险，当我和矿工们生活在一起的时候，我说话总提防着老爷，他们也把我当作是无用的废物，对我不屑一顾，也才使我能够活下去，棍棒才没有落到我身上。但是疯姑娘啊，在你的面前，我的心急着要和你逞强呢，它恨起那种小心翼翼的状态来了。

南迪妮　不，不，不要招惹危险。你看，老爷来了！

　　　　〔老爷上。

老爷　怎么样，丁69？和所有的人都有感情，对谁也没有什么禁忌，是吧？

维休　那还有什么不是呢？同你不是也曾开始有过感情吗？考虑禁忌才终止的啊！

老爷　你们刚才在谈些什么？

维休　我们刚才正在商量怎么才能从你们的堡垒中逃走。

老爷　你在说什么？好大胆！还竟然胆敢承认下来！

维休　老爷，你心里一切都明白。被关在笼中的鸟啄着笼子的栅栏，可不是出于爱那么做的，承认这一点和不承认这一点，又有什么区别？

老爷　笼子中的鸟啄笼子的栅栏并不是出于爱，这点我知道。但是竟然胆敢公开承认，这我是刚刚才知道的。

南迪妮　老爷，你曾经说过，今天你要把伦金带来，你却没有兑现。

老爷　今天你将看到他。

南迪妮 这我知道，不过为了你给我带来的希望，我祝你胜利，接受我这个茉莉花环吧！

维休 唉，你糟蹋这个花环了，为什么不留给伦金呢？

南迪妮 还给他留了一个。

老爷 怎么会不留呢？不是戴在脖子上的吗？这个花环是胜利花环，用茉莉花编的，是手的礼物，而那郎君花环是用红夹竹编的，是心的礼物。不错，手的礼物尽快处理掉为好，不然就干枯了，心的礼物等待越久，其价值也就越大。

　　　　[下。

南迪妮 （走近网幕的窗子）听到了吗？

幕后音 你想说什么，说吧！

南迪妮 你走到窗子旁边来吧！

幕后音 好，我来了。

南迪妮 让我进到里边来吧，我有很多话要对你说。

幕后音 你一次又一次干吗这么徒劳地要求啊？现在还不是时候，和你在一起的是谁？是伦金的伙伴吗？

维休 不是，国王，我是伦金的另一面，没有光的，我是无月之夜。

幕后音 南迪妮有什么事需要你？南迪妮，他是你的什么人？

南迪妮 他是我的伙伴，他教我唱歌，他教我这么唱：

　　　　　　我要爱，

　　　　　　我要爱，

　　　　　　笛子奏出了这种声音，

　　　　　　海洋和陆地发出了共鸣。

幕后音 他是你的伙伴，现在如果我将他和你分开，那又会怎么样？

南迪妮 国王，你喉咙中发出的调子突然又怎么了？你等一等，难道你就没有任何伙伴吗？

幕后音 我的伙伴？正午的太阳有什么伙伴吗？

南迪妮 好，那就算了。你的手里是什么东西？

幕后音 一只死青蛙。

南迪妮　你要用它干什么？

幕后音　从前有一天，这只青蛙钻进了一个石孔里，它在里面藏匿了三千年。它是怎样坚持下来的？我一直在向它学习这一秘诀。是怎样才能活下来，我不知道，今天我感到不高兴了，敲碎了石孔，使一直坚持活下来的它得到了解放，这难道不是好消息吗？

南迪妮　在我的周围你那石头的堡垒也将打开。我走了，我要和伦金去见面。

幕后音　我希望看到你们两人在一起。

南迪妮　不过在网幕的后面，透过针孔一样的小点，你是看不见的。

幕后音　让你们在家里坐好后再看。

南迪妮　这是什么意思？

幕后音　我想知道一切。

南迪妮　当你说要知道什么时，我就感到恐惧。

幕后音　为什么？

南迪妮　我想，用心不能得知的东西，只有用生命才能得知的东西，对它你是没有什么好感或同情的。

幕后音　我不敢相信那种东西，我一直感到害怕，怕以后一旦受到它的欺骗。你走吧，别浪费我的时间了。别走，别走，你把你那插在头发中下垂到耳边脸上的红夹竹桃的花束给我吧！

南迪妮　你要它干什么呢？

幕后音　我一看到这花束就感到，它好像是我那血光的灾星，化作红色的花出现在我面前了。有时我真想从你身上将它抢过来，把它撕得粉碎扔掉。可是又一想，如果有一天南迪妮亲手把这种花束插在我的王冠上，那……

南迪妮　那将是什么？

幕后音　那也许我能很容易地死去。

南迪妮　有一个人，他爱红夹竹桃花胜过他的生命。为了纪念他，今天用这种花编成了耳形花束戴上了。

幕后音　那我要忠告你，这既是我的灾星，也同样是那个人的灾星。

南迪妮　哼，你为什么这么说呢？我走了！

幕后音　你走到哪里去？

南迪妮　就坐在你的城堡大门口旁边。

幕后音　为什么？

南迪妮　当伦金从那条路走来时，他将会看到我正坐在那里等候着他。

幕后音　如果我把伦金捏碎混在泥土里，那你再也不能认出他来了。

南迪妮　今天你怎么啦？为什么毫无道理地吓唬我？

幕后音　毫无道理地吓唬？你不知道我是可怕的吗？

南迪妮　为什么你突然有了这种情绪？难道你真高兴看到人们害怕你吗？当我们村子里表演罗摩本事剧时，西利耿特扮演罗刹。当他粉墨登场时，孩子们看到他后个个害怕得发抖，但是西利耿特却因此感到很高兴。你的情况也是如此。我感到怎么样，让我说出真话来吗？你不会生气吗？

幕后音　你想说什么，就说吧！

南迪妮　这里的人靠吓唬人谋生，所以他们把你围在网幕里，把你弄得奇形怪状。而你这样打扮成怪物却一点也不感到羞耻？

幕后音　你胡说什么，南迪妮？

南迪妮　多少日子以来，一直被你吓唬的那些人，他们总有一天会觉得害怕是耻辱。如果我的伦金在这里，他一定会当面嘲笑你，就是死也不会害怕的。

幕后音　你的冒险精神可不小。至今我所粉碎的一切东西，我真想把你放在那些东西堆成的山的顶尖，让你看到那一切，然后就……

南迪妮　然后就怎么样？

幕后音　然后就想进行我最后的一次破坏，就像我用十个指头捏碎一颗一颗的葡萄，在指头之间流出液汁那样，我用两只手把你……走吧，走吧，赶快从这里滚开吧，快！快！

南迪妮　不，我就站在这儿，你要怎么办就怎么办吧！别变得这么令人讨厌，大声嚷嚷了！

幕后音　我真想现在马上显示给你直接的证明，我是多么出奇地残酷无情。难道你从来没有听到过从我家里发出的呻吟吗？

南迪妮 我曾听见过，那是什么样的呻吟啊？

幕后音 我要破除造物主的高明的技巧，我希望夺取在宇宙深处所隐藏的一切，那呻吟就是那种被粉碎生命的哭泣。要从树里取火，就得烧掉那棵树。南迪妮，你的里面也有火，五颜六色的火，总有一天我要烧掉你的那种火，在此之前是得不到解脱的。

南迪妮 你为什么这么残忍呢？

幕后音 我要么是取得，要么是毁掉。我所不能得到的东西，对它我是不会怜惜的，把它破坏掉也是一种不错的取得。

南迪妮 这是什么？你为什么握紧拳头伸出手来？

幕后音 好吧，我缩回我的拳头！你走吧，就像母鸽看到鹰的影子那样逃走吧，快快滚开！

南迪妮 好吧，我走了，现在不惹你生气了！

幕后音 你听一下，别走，南迪妮！

南迪妮 你要说什么，说吧！

幕后音 在你的前面，你的脸上生命在嬉戏；而在你的后面，下垂的黑发却像无声的死亡的瀑布。那天，我的两手伸进你的乌黑头发里，得到了死亡的宁静。我从来没有尝到过这样的死亡的甜蜜，我真想把脸埋藏在你那乌黑头发的辫子中沉沉地睡去。你不知道，我是多么疲倦。

南迪妮 你从来不睡觉吗？

幕后音 我害怕睡觉。

南迪妮 那好，我把歌唱完，你听吧！

    我要爱，

    我要爱，

    笛子奏出了这种声音，

    海洋和陆地发出共鸣。

    在遥远的天际，谁的内心，

    那声调中响起了痛苦的心声？

在天的尽头，谁的美丽的双眼中，

眼泪像泉水似的涌流？

幕后音 别唱了，别唱了，停下来吧，你别唱了！

南迪妮 （继续唱）

就在那种声调中，海岸边，

海的堤岸已经打开，

内心深处的痛苦涌现。

就在那种声调中，无缘无故地

被遗忘了的歌者，在内心弹着

被遗忘了的悲泣的琴弦。

疯子大哥，国王抛下死青蛙逃走了，他害怕听人唱歌。

维休 他的胸膛里，一只衰老的青蛙避开任何声音待在那里，一听到歌声它就想死，所以国王才害怕。疯姑娘，我看到今天你的面孔上有一种光泽，你内心萌发了什么不安的情绪呢？不告诉我吗？

南迪妮 我内心接到一个信息，伦金今天一定会来。

维休 这确切的信息是从哪儿来的呢？

南迪妮 那我告诉你吧，请你听。在我的窗前，在一棵石榴树的枝头上，每天都有一只金丝雀飞来落在那里。每天一到傍晚，我朝北极星顶礼后就说：如果我的家里落下了金丝雀翅膀上的羽毛，那我便会理解为今天我的伦金就会来到。今天早上我一起来就看到，北风把一根羽毛吹落在我的床上了，你看，羽毛就在我的胸脯的内衣里。

维休 那好，正因为如此，该用番红花汁点上吉祥点。

南迪妮 见面的时候我还会把这片羽毛插在他的头巾上。

维休 人们说，金丝雀的羽毛是胜利的吉祥象征。

南迪妮 伦金的胜利进军是从我内心开始的。

维休 疯姑娘，现在你让我回去干活吧！

南迪妮 不，今天我不让你去干活！

维休 那你说我干什么呢？

南迪妮　唱歌。

维休　唱什么歌?

南迪妮　唱等待的歌。

维休　(唱)

　　　　　　　我以为几个世纪以来需要我的人,

　　　　　　　　他自那时起就坐在路上将我等待。

　　　　　　　啊,当我瞥见他一眼,

　　　　　　　为什么不时地回忆起那甜蜜的夜晚。

　　　　　　　　他自那时起就坐在路上将我等待,

　　　　　　　在月圆之夜的音乐中,他选择了月光,

　　　　　　　一个暗示,夜晚的黑色面纱就会揭开。

　　　　　　　在月光下,在那洁白的夜晚相会,

　　　　　　　网幕很快会移走,一点儿也不会拖延,

　　　　　　　他自那时起就坐在路上将我等待。

南迪妮　疯子大哥,当你唱歌时就使我感到,你原来希望从我这里得到很多东西,可是我却一点也没有能给你。

维休　我会将你那"一点也没有"作为吉祥痣涂在我的前额后走自己的路,用一点点代价我不会出卖自己。好吧,现在你到哪里去呢?

南迪妮　我会到伦金来的大路的路旁去,我会坐在那里仍然听你的歌。

　　　　　〔两人下。

　　　　　〔老爷和头人上。

老爷　不,决不能让伦金来到这个居民区里!

头人　为了使他离得远远的,我曾经带他到霹雳堡的地道里去干活。

老爷　后来又怎么样了呢?

头人　怎么也没有能制服他。他说,他没有服从命令干活的习惯。

老爷　就在那时让他弄成习惯有什么要紧?

头人　曾做过很大的努力。大头人还叫来了警官,但是他对什么也不感到害怕。还没有从嘴里说出管理的话,他就哈哈大笑起来。问他,他就说:严肃是蠢才的遮羞布,我早就想撕掉扔在一边了。

406

老爷　为什么没有让他和坑道里的工人冲突起来？

头人　试过。我们曾想，作为工人会便于受到控制，可是正好相反，工人们倒是失去控制了。我们进行了煽动，他却说，今天我们要跳挖掘舞。

老爷　挖掘舞？是什么意思？

头人　伦金开始唱歌。工人们说，从哪儿拿手鼓来呢？他说，没有小鼓算了，镐却有的是。于是按节拍敲打镐，一片混乱。大头人走到那里，亲自对他们说，这是什么方式，哪有这样干活的？伦金说，干活的束缚解除了，现在不需要喘气了，跳着舞一切都会自动进行的。

老爷　看来是个疯子！

头人　就是疯子。我说举镐干活吧！他说，如果拿来六弦琴，活会出得更多。

老爷　你们不是把他带到霹雳堡去了吗？那他为什么从那里到财神堡去了？

头人　老爷，谁知道。毕竟用门闩栓好了的，可是不久去看，他还是照旧。没有东西能够约束住他，而且他不时地改变服装，改变面貌，看到以后，真令人吃惊，如果他在这里待几天，那工人就控制不住了。

老爷　啊，那不是伦金在前面走吗？还一边唱着歌，拿着破旧的六弦琴，看他是多么大胆，也不屑于躲避一下。

头人　你看，他是什么时候从监管中出来的，也不知道。他大约知道魔法。

老爷　走，去把他立即抓住。还要注意，决不能让他和这个居民区的南迪妮见面。

头人　眼看着跟他的人越来越多，说不定有一天他甚至会开始指挥我们。

　　　　[小老爷上。

老爷　到哪儿去？

小老爷　去抓伦金。

老爷　你为什么去呢？二老爷在哪里？

小老爷　看到伦金后他陷入迷魂阵了。他不愿用手接触伦金的身体。

老爷　你注意，没有必要去捆绑他，把他送到国王的王宫里去吧！

小老爷　他不准备听国王的话。

老爷　给他说，国王已经把他的南迪妮收为奴仆了。

小老爷　但是，如果国王……

老爷　你没有必要去考虑，走吧，我也亲自去。

　　　　　[都下。

　　　　　[教师和考古学家上。

考古学家　里面发生了什么毁灭事件？你说，多么可怕的声音！

教师　国王也许在生自己的气，所以他在破坏自己亲手做的一切东西。

考古学家　使人感到好像巨大的柱子在倒塌。

教师　你在前面所看到的一座山，山下有一大湖。辛克尼河的河水注
　　入湖里。有一天湖的左方的石塔坍塌了，湖中的积水就像疯子一
　　样狂笑着奔流而出。这几天看到国王以后使人感到，他那蓄水的
　　湖的石头承受到了压力，它的底部已被磨损，变得脆弱了。

考古学家　你从哪儿把我带到这里？为什么带到这里来呢？

教师　世界上所有要知道的东西，国王知道以后就想占有它。他把我
　　研究物质的学问破坏无余了，现在他不时地生起气来，说：你的
　　学问是在墙上打洞破坏一堵墙，然后又去发现了另一堵墙。而作
　　为生命的人的居室又在哪里呢？因此我想，今后让他有几天的时
　　间陷入往世书的神话故事里才好。我的行囊已一无所有了。现在
　　让他去占有历史吧！你现在看前面，你知道前面走的是谁吗？

考古学家　是谁？那个穿浅绿色纱丽的姑娘？

教师　对，正是她，那个我们的南迪妮，她将大地所有生命的欢愉都
　　装进自己的身子在一步步走呢。在这夜叉城里，有老爷，有头人，
　　有金矿的工人，还有我们这种研究学问的人，有警官，有刽子手，
　　有抬尸体的人，所有的人中都有一种协调。不过，现在完全没有

协调，到处都是市场的喧闹，好像定了调子的四弦琴。曾经有一天，她离去时的风刮破了我那研究物质的网。后来，我那注意力像野鸟一样嗖的一声就从中飞走了。

考古学家 你说的是些什么啊！你那结实的骨头也是这样彼此不协调吗？

教师 实际上，心的引诱比起求知的引诱更甚。要抑制住逃学的顽固性是很困难的。

考古学家 现在你告诉我，什么地方能够见到你们的国王？

教师 见面是困难的，只能在那网幕的外边和他谈话。

考古学家 只能在网幕的外边？

教师 那当然。不过也不像是和戴着面纱的女人有风趣的交谈，而是标准的会谈。他的牧人的牛栏里的奶牛也许不产牛奶，直接产奶油。

考古学家 排除多余的成分，吸取实质的成分，正是学问家的本色。

教师 不过造物主却不是这么干的，造物主为了培植非真实的东西而创造了真实的东西。他尊重果核，但却爱果肉。

考古学家 最近我发现你的科学正朝着穿浅绿色的人飞奔而去。不过，老师，你是怎么忍受你那个国王的？

教师 我对你实说吗？我爱他。

考古学家 啊！

教师 你不知道他是这样伟大，连他的错误也摧垮不了他。

       [老爷上。

老爷 请你说说，研究物质的学问家，你不是经过一再选择，把他带来了吗？我们的国王一听到他研究的学问突然就生气了。

教师 那为什么？

老爷 国王说，世界上就根本没有叫作历史传说的东西，只有现时代的不断前进。

考古学家 如果没有历史传说，那怎么能还有其他的东西呢？如果没有后面，那前面能存在吗？

老爷　国王说，伟大的时间在前面照耀着新时代不断前进，而学者们却抹杀这一事实，他们说伟大的时间背负着古老的过去前进。

教师　国王在南迪妮的蓬勃青春的幻影里突然看到了新的金鹿①，但是他未能捉住它，所以他把他的全部愤怒发泄到了物质的研究上。

　　　　[南迪妮匆匆上。

南迪妮　老爷，老爷，你看，你看，那是什么？他们是些什么人？

老爷　南迪妮，你送给我的茉莉花环我将在深夜里戴上它。当在黑暗中我的外出模模糊糊的时候，也许你的花环在我的脖子上能够大放光彩。

南迪妮　你看，请睁开眼睛看一看，那儿是一幅多么可怕的景象呀！也许是地狱的大门打开了，和卫兵们一起走的是些什么人呢？你看，是从国王宫殿的后门走出来的呢，他们是些什么人？

老爷　我们把他们叫作"国王吃剩的东西"。

南迪妮　这是什么意思？

老爷　总有一天你也会明白是什么意思的，今天就算了吧！

南迪妮　但是你看一看他们的面孔吧，他们还是人吗？难道他们还剩下骨头、肌肉或生命吗？

老爷　可能没有剩下。

南迪妮　过去是不是曾经有过？

老爷　也许有过。

南迪妮　那现在到哪里去了呢？

老爷　老师，如果你能向她解释，就解释一下吧，我要走了。

　　　　[下。

南迪妮　这是什么？在那阴影中还出现了一些熟悉的面孔呢！对，对，那两个一定是阿奴巴和乌伯帕尤。老师，这两兄弟是我们邻村的居民，他们两人有一副高大魁梧而又匀称的身材，而且还有力气。大家都称他们为棕榈树，在夏季的划船比赛中两人一直夺魁。唉，

---

① 史诗《罗摩衍那》中十首王为了劫走悉多，曾派小妖化作金鹿引开罗摩。

今天是谁把他们搞成这一副样子？啊，还有谢格鲁，在比剑中是他脖子上首先戴上了胜利的花环。（大声呼喊）阿奴巴，谢格鲁，你们看看这里，我是你们的南迪妮，伊夏尼村的南迪妮，怎么没有抬头看一眼呢？老师，可怜他们的头永远低下去了。啊，还有耿谷，唉，这个孩子也像一截甘蔗一样被吸尽了汁液扔到一边了。可怜多么腼腆的孩子，每当我去码头取水的时候，他就坐在码头旁的斜坡上，我故意戏弄他，使他够受的。啊，耿谷，看这边，抬起你的眼睛望一望这里吧。唉，唉，我的一个暗示就能使其血液奔流，今天他听了我的呼唤后连理也不理。完了，完了，一切都完了，我们村子里的所有的灯都熄灭了。老师，铁已被腐蚀了，只剩下铁锈了，为什么会这样呢？

教师 南迪妮，今天你的目光落到的地方，都是灰烬。你也向火焰看一眼吧，你将会看到，火舌是多么闪闪发亮！

南迪妮 我不明白你说的什么。

教师 你不是看见过国王吗？听说看到他的形象后，你的心着迷了？

南迪妮 为什么不着迷呢？他的面孔是一副有着出奇力量的面孔。

教师 他那出奇力量是积累的钱财，而那可怕的景象都是他开支的项目。小人物燃烧成为灰烬，而他变得巨大，继续燃烧，像火焰那样闪闪发亮，这就是变得巨大的实质。

南迪妮 这是罗刹的实质。

教师 对实质表示愤慨是没有用的，它既不是好，也不是不好，它怎么样就是怎么样，反对它就是反对存在。

南迪妮 如果这就是人类存在的道路，那我就不希望这样的存在，我要跟那些已成阴影的一起走，你给我指出道路吧！

教师 指出道路的日子就会到来，那时就会指出道路的，在这之前根本就不存在道路这种不幸的东西。你看，考古学家早就慢慢地溜走了，他以为能够逃掉，挽救自己。但是逃不多远他就会明白，大网的包围已经从这里通过无数的柱杆捆扎得结结实实延伸几百里远。南迪妮，你在生气吧？今天你脸颊上的红夹竹桃的花束，显得好像是毁灭的黄昏那样昏暗。

南迪妮　（推着网幕的格子）听吧，请听一下吧！

教师　你在叫谁呢？

南迪妮　叫你们那被网幕覆盖的国王。

教师　里边的门已经关上了，他听不见你的叫唤了。

南迪妮　维休疯子，疯子大哥！

教师　你为什么叫他呢？

南迪妮　他到现在还没有回来，我有点害怕。

教师　刚才还看到他和你在一起的。

南迪妮　老爷说，为了识别伦金，要把维休叫去，我想跟他一起去，但没有得到允许。啊，这是谁在呻吟？

教师　也许是那个大力士。

南迪妮　那大力士是谁？

教师　就是那个举世闻名的格纠，他的弟弟帕金很自傲地来和国王比赛摔跤，后来连他身上三角裤的一根纱也看不见了。一气之下，格纠来挑战了。我一开始就对他说，如果想在这个王国里挖坑道，采黄金，那就来吧，再苦也还能活一些日子。如果要表现英雄气概的话，那一刻儿站住脚也是困难的。这里是很严酷的地方。

南迪妮　日日夜夜守候着捉人的罗网，他们这样做生活得幸福吗？

教师　其中幸福是根本没有的，只有生存。他们的生存已经发展到了这样可怕的程度，如果不让千千万万的人来负担这个重负，他们是负担不了的。因此，罗网越来越扩展了，那些要生存的人，他们得生存下去。

南迪妮　要生存，就能生存下去吗？如果要像人一样生存不得不去死，那又有什么过错呢？

教师　你又生气了，还是那红夹竹桃的促使。话是很美妙的，但是事实总是事实。"为了生存可以死"，如果说这种话感到幸福，那就说吧！但是生存的人是那些说"为了生存可以要人死"的人。你们反对，说这样有损于人道，但是你在愤怒中忘记了，这就是人

412

道。老虎不是吃老虎长大，只有人吃人之后才发展自己。

　　　　　[大力士上。

南迪妮　啊，你看，可怜他是如何摇摇晃晃地走来呀！大力士，你躺
　　　　在这儿吧。老师，你看，看他是哪儿受伤了？

教师　从外表上你是看不到伤痕的。

大力士　仁慈的大神啊，在我的一生中，让我再得到一次力量吧，仅
　　　　仅一天就行！

教师　老兄，为什么？

大力士　只为了扭断那位老爷的脖子。

教师　老爷把你的什么事情搞糟了？

大力士　什么没有搞糟呢？一切都是他的所作所为，我是不想比武的，
　　　　今天他到处宣扬是我的过错。

教师　为什么？其中他有什么私利呢？

大力士　他们要使全世界的人都没有力量，然后才会无忧无虑。仁慈
　　　　的大神啊，给我力量吧，使我在某一天能够挖出他的两只眼睛，
　　　　能够拔出他的舌头。

南迪妮　大力士，现在你自己感到怎么样？

大力士　我感到我的内部全都空了。这些人是罗刹，他们知道魔法，
　　　　他们不仅吸干了我的力量，而且把我内部的信念也吸走了。如果
　　　　在某种程度上再一次……啊，大神，如果一次，仅仅一次……
　　　　由于你的仁慈，还有什么不能的呢？如果有一次我能用我的牙齿
　　　　咬住老爷的胸膛！……

南迪妮　老师，把他扶起来吧！我们两人一起把他送回家吧！

教师　南迪妮，我没有胆量。根据这里的惯例，我们那是犯罪。

南迪妮　让一个人死去难道不是犯罪？

教师　凡是没有人给以惩罚的犯罪，它可能是罪过，但不算是犯罪。
　　　　南迪妮，你完全摆脱所有这一切事务吧！树用自己强有力的根作
　　　　舌头，吸收地下的汁液，在它开展掠夺和盘剥的地方，却不开花。
　　　　开花却开在树上的枝头，朝着天空。红夹竹桃啊，你懂了吗？在

我们这里地下正在进行着一些什么，你就别去打听了，你在上面的空气中打你的秋千吧，我们只热心看你的这种举动。看，老爷来了，我走了，他是不能忍受我和你谈话的。

南迪妮 他为什么生我这么大的气呢？

教师 根据推测我可以说，你在他的内心深处已经开始拨动他的心弦，声调越不协调，就越生硬刺耳。

　　　　[下。

　　　　[老爷上。

南迪妮 老爷！

老爷 南迪妮，古桑伊先生的眼睛在我的家里看到了那茉莉花环……你看，他自己就已经来了。师尊，向你敬礼，花环是南迪妮给我的。

　　　　[古桑伊上。

古桑伊 哈哈！洁白心灵的礼物，大神的洁白的茉莉花，就是落到好色的凡夫俗子的手里，它的洁白也不会被玷污。从中可以看出圣洁的力量和罪人得到拯救的希望。

南迪妮 古桑伊先生，请你安排一下吧，这个可怜的人快要死了，他又还能活多久啊！

古桑伊 从所有各方面考虑的结果，我们的老爷需要他活多久，就一定会让他活多久。但是，我的孩子，从你的口里谈论这一切听起来刺耳，我们是不感兴趣的。

南迪妮 在这个王国里，一个人活的限度大约都规定好了？

古桑伊 那为什么不规定好呢？这尘世的生活本来是有限度的，我们不得不据此按数进行分配。大神给我们这一阶层的人肩上加上了难以承受的责任，为了承担这个责任，生命的精华应该有相当大的部分属于我们。他们少活些日子也过得去了，因为我们活着是为了减轻他们的担子。对他们来说，难道这不是大的救援吗？

南迪妮 古桑伊先生，大神在你们身上加上了哪些人的什么成分的沉重负担呢？

古桑伊 对那些生命没有限度的人来说，给他们分配时谁和谁也没有你争我夺的必要。我们这些传道的人就是来给那些人指明道路的。如果他们对此满意的话，我们就是他们的朋友。

南迪妮　那这个人是不是带着自己有限的生命就这样半死不活地一直躺下去呢？

古桑伊　为什么一直躺下去？是不是，老爷？

老爷　当然，我们为什么让他一直躺下去呢？从现在起，他没有必要靠自己的力气走路了，我们有力气让他走路。喂，是不是，格纠？

大力士　什么事，主人？

古桑伊　大神真是无限伟大，你看到了吧，他的嗓子多么快就变得这么甜润了！现在也许还能吸收他参加歌颂圣名的队伍呢！

老爷　去，到"壬癸"区的头人家里去，那里为你安排好了。

南迪妮　这是怎么一回事，他怎么能走到那里去呢？

老爷　南迪妮，你可要注意，驱使人是我们的职业，我们知道，即便一个人来到这里后俯身倒下去了，狠狠地推他一把，他还是能够走一段路的，走吧，格纠！

大力士　遵命！

南迪妮　大力士，我也走到头人的家里去，在那儿没有人会照顾你。

大力士　不，不，你留在这里吧，老爷会生气的！

南迪妮　我不怕老爷生气！

大力士　我怕啊，大姐，求求你，请不要加剧我的危险了。

　　　　　［下。

南迪妮　老爷，你别走，告诉我，你把我的维休疯子带到哪里去了？

老爷　带走他，我算老几？！风把云给带走了，如果你认为这是一种错误，那你得去了解，是谁把风推动的吧！

南迪妮　这是一个多么要命的国家，先生！你难道不是人吗？被你们驱使的，他们也不是人吗？你们是风？他们是云？古桑伊先生，你一定知道我的维休疯子在哪里。

古桑伊　我肯定知道。不过一个人不管在哪儿，都有好处。

南迪妮　那对谁有好处呢？

古桑伊 这你是不会明白的，不过别管了，算了吧！这不是我的念珠吗，看，都已经断了。啊，老爷，你们把这个姑娘……

老爷 不知道这个姑娘是怎样钻进到我们这儿的法律空隙里来了，我们的国王亲自……

古桑伊 啊，看来她连我那印满神名的衣服都会撕破的，真是灾难，我这就走了。

　　　　[下。

南迪妮 老爷，你可得告诉我，你把我那维休疯子藏到哪里了？

老爷 他已经被传到法庭里去了，我不能告诉你比这更多的了。算了吧，我还有事！

南迪妮 我是妇女，是不是因此你就不怕我？因陀罗神①通过闪电发出自己的霹雳，我把那种霹雳带来了，它将把你统治的金庙击得粉碎。

老爷 要我把真话对你说？把维休投入危险境地的正是你。

南迪妮 是我！

老爷 对，是你。直到现在可怜的他一声不响地像爬虫一样在地下挖洞，是你给了他死亡的翅膀，教会了他飞，懂了吗？因陀罗神之火啊，你还会把更多的人拖向毁灭的极限，然后在你和我之间做出最后的决定，现在这个日子不会太远了。

南迪妮 唯愿如此，但是你还得告诉我，你允许我会见伦金吗？

老爷 不，决不！

南迪妮 决不？那好，我要看看你有多大的能耐。我一定要和他见面，而且就在今天，一定要见面。我也要看，你如何阻挡！（**老爷下**）（**撞击着网幕的格子**）听到了吧，国王，你听一听，你的法庭在哪里？我今天要打破你网幕的大门。那是谁？吉肖尔，吉肖尔，你告诉我，你知道不知道维休在哪里？

　　　　[吉肖尔上。

----

① 印度神话，因陀罗是神王，他也是雷电之神。

吉肖尔　是，我知道，南迪妮，现在你马上就会看见他了，你让你的心情静下来吧！不知道卫兵队长见到你的面孔后，为何对我产生了怜悯。他同意按我的要求将维休从这条道路带走。

南迪妮　卫兵队长？那难道……

吉肖尔　是，你看，他来了。

南迪妮　那是什么？手上有手铐，疯子大哥，这些人把你这样带到哪里去呢？

　　　　　[卫兵带维休上。

维休　不要害怕，疯姑娘，经过了多少日子，今天我解放了。

南迪妮　你在说什么啊，我一点儿也不懂。

维休　当过去不得不小心翼翼谨慎行动时，可以显得自由，但是比那自由更重要的也许是限制。

南迪妮　你是犯了什么罪，他们才把你抓起来的呢？

维休　经过了许多日子，今天说了真话。

南迪妮　这又有什么过错呢？

维休　没有过错。

南迪妮　那为什么把你逮捕起来？

维休　这又有什么要紧？实际上我获得了解放，这个束缚是我获得解放的真实证明。

南迪妮　这些人把你像牲口一样铐起来押着走，他们自己也不感到可耻。唉，他们也是人啊！

维休　他们内心有一头巨大的牲口盘踞着，受到人的侮辱他们的头不会低下来，而内心牲口的尾巴却会高兴地摇摆。

南迪妮　啊，他们还打了你？这是什么伤痕？

维休　他们用鞭子抽我，那鞭子是他们用来打狗的。他们做鞭子所用的绳子，同样也用来穿古桑伊他们的念珠。当他们以大神的名义数念珠的时候，他们会忘记这件事的，但是大神明白一切。

南迪妮　让他们把我也像你一样捆着和你一起带走。我的大哥，如果我不能分担一部分你受的拷打，那我从今天起就会吃不下饭了。

吉肖尔　维休大哥，如果我想办法给他们说，他们一定会允许我换你的。这样他们就带我走了，大哥允许我这样做吧！

维休　吉肖尔，你这是发疯吗！

吉肖尔　处罚我，我不会难过，我还年轻，我会高高兴兴地忍受这一切的。

南迪妮　不，吉肖尔，不要这么说！

吉肖尔　南迪妮，今天我没有去上工，这他们肯定知道。他们在我身后已经安置了猎狗。如果我替代了维休大哥，我就可以逃脱他们对我的侮辱了。

维休　不，吉肖尔，这样自投罗网不顶用。你现在需要做一件危险的事。伦金到这里来了，不管怎样，要把他救出来，这不是一件容易的事。

吉肖尔　南迪妮，那我就向你告辞了，和伦金见面时给你传什么话呢，你告诉我吧！

南迪妮　不要传什么话，替我把这一束红夹竹桃给他吧。这样他一切都会明白的。

　　　　　[吉肖尔下。

维休　现在你就要和伦金见面了。

南迪妮　会面也不会使我感到幸福，我永远不能忘记的是，我空着手和你告别。而吉肖尔这个孩子，我又能给他什么呢？

维休　你给他内心点燃的火，照亮了他内部的一切宝藏，还要什么呢？记得吗，他要把金丝雀的羽毛插在伦金的头巾中？

南迪妮　你看，还在我胸前呢！

维休　疯姑娘，你在听收割的歌吗？

南迪妮　我在听呢，不过我的心灵在哭泣。

维休　田野中的游戏已经结束了。田地的主人正把成熟的谷物运回家里。走吧，卫兵，不要拖延了！

　　　　（唱）兄弟啊，这是收获季节最后的作物，
　　　　　　　割吧，啊，快把稻穗收集起来。

　　　　　　遗留下的不要了，把它丢弃，

　　　　　　让它在泥土中化作泥土。

　　　[都下。

　　　[医生和老爷上。

医生　看到了吧，国王在生自己的气，这不是外表的毛病，而是内心
　　　的毛病。

老爷　有什么办法医治呢?

医生　应该狠狠地经受一次打击。要么和另外某一个国家开战，要么
　　　老百姓开始进行骚乱，这是唯一的医治办法。

医生　也就是说如果不让他损害别人，那他就伤害自己。

医生　他是大人物，也是大孩子，他经常做游戏，一种游戏如果玩腻
　　　之后，不及时指出另一种游戏的话，那他就动手破坏自己的玩具。
　　　但是，老爷，准备好，现在还不太晚。

老爷　看到征兆之后我早就做了准备了。但是，唉，这是多么痛苦的
　　　事! 我们的夜叉城富足得说也说不完，繁荣昌盛达到空前程度的
　　　时候，却……好吧，你走吧，让我好好想一想。

　　　[医生下。

　　　[一个头人上。

头人　老爷，是你传呼我来的吗? 我是"戊"居民区的头人。

老爷　你就是 321 号吗?

头人　主人真有惊人的记忆力，像我这样微不足道的小人物都没有忘
　　　记。

老爷　我的太太从老家回来，要到你们居民区换拉车的牲口，你尽快
　　　地把她送到这里来。

头人　我们区的奶牛、水牛都在遭瘟死亡，主人，没有拉车的小牛。
　　　不过没有什么关系，可以把矿上的工人套上车。

老爷　送到哪儿知道吗? 是在有花园的那栋房子里，今天在那儿有老
　　　爷们的宴会。

头人　遵命，不过我有一个请求，请大人注意。就是那个丁 69 号，

人们把他称作维休疯子的人，应该尽快地改掉他的疯狂性。

老爷 为什么？有什么事？是欺负了你们吗？

头人 说来没有关系，不过那副德行样子……

老爷 没有什么关系，别着急，懂得吗？

头人 懂得了。还有一件事，就是那个甲47号，他和丁69号勾结得太紧了。

老爷 我注意到了。

头人 大人的注意是可靠的。不过各个方面不得不小心点，可别出现差错。请看，还有一个我们的95号，从村子里的辈分来说是我的姑表丈人，他甚至准备用自己的肋骨给大人的清扫夫做鞋子穿。看到他的忠心耿耿，他的老婆都不好意思地低下了头。但是至今他还从来……

老爷 他的名字已经在总名册上登记了。

头人 那好，可怜的他长久以来的服务有了成效了。这个消息还得很小心地告诉他，他不是患有羊痫风吗？听了后要是……

老爷 好，行了，你快去吧！

头人 还有一个人的事要说一说。这个人虽然是我的舅子，但是自从他妈死后，就是我的妻子把他抚养成人。可是还没有侍侯主人……

老爷 他的事明天再说，你赶快去吧！

头人 二老爷要来了，请你为我跟他说一说。他对我的印象不太好。我想，老爷，当丁69号和老爷们在一起的时候，他对我……

老爷 没有，没有，他从来没有提到过你的名字。

头人 这就是他狡猾的地方。凡是有名的人物，不提他的名字就是扼杀他。采取各种手法暗示，在背后诽谤人是使人反感的。我们的那33号就有这种毛病，他没有其他什么事，成天就在主人的耳朵里说别人的坏话。人们都害怕，不知什么时候给谁编出什么来，这是没有一个准的。而他自己的情况呢，那……

老爷 今天没有时间了，你赶快去吧！

头人 那好，我向你行礼告别了，我这就走。（又走回来）还忘一件事。

我们那居民区的 88 号，一年多以前月工资三十卢比雇的，还不到两年的时间，包括外快在内他已挣了一千到一千五百卢比了。老爷们的心肠好，就像天神一样，一听到空洞的歌颂就高兴了。一看到有人表面上伏地顶礼就……

老爷 今天没有时间了，你赶快走吧!

头人 我也是以慈悲为本的，我不是说要打掉他的饭碗。但是，安排他在库房里到底恰不恰当，请老爷想一想看。我们的维湿奴德特知道他的一切，把他叫来……

老爷 我今天就要叫他来的，你走吧!

头人 老爷，我的第二个儿子已经长得有才干了，曾经来向大人请安，等了三天回去了，没有能见到大人，他心里很不好受。我那儿媳妇还亲手给大人做了杜果酱菜和……

老爷 那好，后天叫他来吧，我会见他的。

　　　　[头人下。

　　　　[二老爷上。

二老爷 乐师和舞女我都把他们打发到花园里去以后才来的。

老爷 把伦金怎么处理了?

二老爷 这些事情我都办不来，小老爷亲自承担了这项任务，到现在也许已经把他……

老爷 难道国王……

二老爷 国王一定不清楚，也许知道一点，不过，这样把国王蒙在鼓里，我认为不大妥当。

老爷 就是为了对国王负责，根据需要才把他蒙在鼓里的。这件事的责任由我来承担。不过，这一次对那位姑娘要尽快……

二老爷 别，别，这些事请别对我说。既然把这一任务交给了那位头人，而他又是能干的人，他是不会害怕干任何肮脏的事的。

老爷 古桑伊知道伦金的事吗?

二老爷 估计他是知道的，但是他不想都了解清楚。

老爷 为什么?

二老爷　因为他害怕万一堵住了他说"我不清楚"的路。

老爷　就是堵住了，又有什么？

二老爷　老爷，你还不懂得？我们只有一副面孔，就是老爷的面孔。但是他一方面又是婆罗门，另一方面又是老爷。他那印有圣名的外衣一揭开就都暴露了。所以，他不得不隐避地履行作为老爷的职责，这样在他歌颂大神的圣名时，内心才不会有太大的起伏。

老爷　放弃歌颂圣名又有什么呢？

二老爷　不管血液里是什么，但他从内心里来说，还有些畏惧宗教，所以公开地歌颂大神的圣名，而不公开地表现老爷气质，这样他才感到舒服。有他在，就使我们的神舒服一点，污点得以掩盖，要不，面目就会很难看。

老爷　不过就我看来，你的血液和作为老爷气质的血液也是不协调的。

二老爷　一旦血液干枯了，就再也不存在任何恐惧了。现在还是有希望的，不过到今天我也仍然不能忍受你的那个321号，用火钳远远地去接触一个人都感到恶心时，要在众目睽睽之下把他称为朋友，不得不和他拥抱，那即使到某一圣地的圣水中洗了澡，也打心底里不愿承认自己已经恢复了圣洁。你看，那边南迪妮走来了！

老爷　现在走吧，离开这里吧！

二老爷　为什么，有什么可怕的？

老爷　我不能相信你，我知道南迪妮已经迷住了你的眼睛。

二老爷　老爷不过你不知道，红夹竹桃的颜色和你职责的色彩也多多少少混在一起了，所以红色才变得这么可怕。

老爷　那也可能，心中的事连心也不知道。和我一起走吧！

　　　　〔俩人下。

　　　　〔南迪妮上。

南迪妮　眼看着绯红的云彩使得今天的黄昏也鲜艳起来了，这就是我团圆的色彩吗？我的发缝中间的朱砂好像扩散到整个天空了。（用

422

手拍打着网幕的窗格子）听着，听着，听着，只要你不听一听，那我日日夜夜就在这儿不走了。

　　　　[古桑伊上。

古桑伊　你是在唤谁啊？

南迪妮　我唤你们那条躲着吞食人的大蟒蛇。

古桑伊　天哪，天哪，当大神要消灭小人物的时候，他就让他们不自量力地夸下海口。你看，南迪妮，请你确信，我希望你幸福。

南迪妮　这样我不会幸福。

古桑伊　到我的庙里来吧，我歌颂大神的圣名给你听。

南迪妮　只有名字我能干什么呢？

古桑伊　心里会得到平静。

南迪妮　如果得到平静，那我就是可鄙的，可鄙。我要在这个门口一直静坐下去。

古桑伊　比起天神来，你更相信人？

南迪妮　你的神就是那持旗杆的神，他什么时候也不会变温和的。不过，那个隐藏在网幕后面的人难道永远会在网幕中吗？去，去，你去吧，你的职业就是把人的生命肢解之后用颂神的方法哄骗他们罢了。

　　　　[古桑伊下。

　　　　[帕古拉尔和金德拉上。

帕古拉尔　维休是和你一起来的，现在他在哪里？老实告诉我们吧！

南迪妮　他被人抓走了。

金德拉　你这女妖精，是你让人把他抓走的，你是他们的密探。

南迪妮　唉，唉，你的嘴里怎么说出这种话来呢？

金德拉　要不你是干什么的？就是你，到处笼络所有的人。

帕古拉尔　在这里，每一个人都怀疑其他的人。可是我还一直相信你，我打心底里对你……算了，不说它了。但是今天我的心里却有另外的想法。

南迪妮　那是可能的。也许因为他和我生活在一起，而陷入了困境。

他和你在一起的时候，是好好的，他自己也曾这样说过。

金德拉 那你为什么把他弄走，你这个害人精！

南迪妮 他曾经说过，他希望解放。

金德拉 你给了他好一个解放！

南迪妮 我对他的所有的话并不都理解，金德拉。他为什么对我说，陷入到危险的最深处就是解放？帕古拉尔，一个想从"安全的摧残"中得到解放的人，我怎么能救他呢？

金德拉 这一切我不懂，如果你不能把他弄回来，那你只有死。看到你的美貌我是不会受迷惑的。

帕古拉尔 金德拉，说这样一些无意义的废话有什么好处？走，我们到工人师傅的居住区把人组织起来，今天我们去打破监狱的大门。

南迪妮 我也和你们一起去。

帕古拉尔 你干吗去呢？

金德拉 算了，算了，你破坏够多了！你这骗子，害人精！

　　　　[戈古尔上。

戈古尔 首先要把这个女妖精活活烧死！

金德拉 烧死她？不，那算什么惩罚？先把她那用来毁灭所有人的面貌毁坏吧。就像用铲子铲草一样，把她的容貌铲掉。

戈古尔 这我能干。只要让我把这铲子挥舞一次……

帕古拉尔 小心点，如果有人碰了她，那……

戈古尔 帕古拉尔，你别作声。他是胆小鬼。他怕我，所以想害我。我不怕，他能干什么呢？你动手吧，你这胆小鬼。

戈古尔 帕古拉尔，现在你还没有清醒过来呀！你只把老爷当成你的仇人，那是你的事。但是我尊敬那容易辨别的仇人，而对你的这位甜言蜜语的美人……

南迪妮 你尊敬老爷，就像脚底板尊敬泥土。一个奴隶还能尊敬人吗？

帕古拉尔 戈古尔，现在你表现勇气的时候到了，但是不是表现在对这个姑娘身上。走，和我们一起走吧！

　　　　[帕古拉尔、金德拉、戈古尔下。

[一群人上。

南迪妮　你们到哪里去啊?

一个人　我们去送祭旗的祭品。

南迪妮　你们在什么地方见过伦金吗?

另一个人　四五天以前曾见过他一次,以后就没有见到他了。你问那些人吧,他们也许能告诉你。

南迪妮　他们是些什么人呢?

第三个人　花园里今天有老爷们的宴会,这些人是给老爷们送酒去的。

[众人下。

[另一群人上。

南迪妮　戴红帽子的人啊,请告诉我,你们见到过伦金吗?

一个人　有一天夜里,我们见他在辛普头人的家里。

南迪妮　他现在在哪里?

另一个人　问问那些为老爷们太太们的宴会运送菜肴的人,他们经常听到一些我们不能听到的话。

[众人下。

[第三群人上。

南迪妮　请听我说,那些人把伦金藏到哪儿了,你们知道吗?

一个人　别出声,别出声!

南迪妮　你们一定知道,你们得告诉我。

另一个人　我们听进耳朵的,不能用嘴说出来,因此我们才得以待下来,你问那些带武器走过来的人吧!

[众人下。

[第四群人上。

南迪妮　请听我说,请你们停一停,告诉我,伦金在哪里?

一个人　请听,我告诉你。吉庆的时候到了,为了祭旗,国王今天得走出来,你问他吧。我们只知道开头,结局我们并不知道。

[众人下。

南迪妮　(摇晃着网幕的窗格子)你听一听,时间到了,打开门吧!

幕后音　你又来找麻烦了，完全不合时宜，你走吧，赶快走吧！

南迪妮　我没有等待的时间了，你得听我讲的话。

幕后音　你要说什么，就在外边说完走吧！

南迪妮　在外边说，声音达不到你的耳朵里。

幕后音　今天是祭旗的日子，不要使我的心惶惶不安，要不会影响祭祀的。你走吧，马上就从这里滚开吧！

南迪妮　我已经没有什么要害怕的了，你不能这样把我赶走。要死，我也愿死，但是门不打开我决不从这里移动一步。

幕后音　你也许是想伦金吧？我给老爷说了，很快就会把他带来。我要去祭祀了，在我去祭祀的行进中别这样站在门口，你要注意，你又不得不面临危险。

南迪妮　天神们的时间是不少的，他们能够世世代代坐在那里等待人们膜拜自己。但是人做不到，人希望看到自己痛苦的尽头，他们的时间不多。

幕后音　我疲乏了，我感到非常疲乏。去参加祭旗，我将消除我的疲惫。别让我懦弱下去。如果你要制造障碍，你将被神车的车轮轧得粉碎。

南迪妮　让你的神车的车轮从我的胸膛上轧过去吧，我不会从这里移动一步的。

幕后音　南迪妮，我姑息了你，所以你不害怕我。而今天你得害怕我了。

南迪妮　我倒希望，正像你吓唬所有的人那样吓唬我，我憎恨你的姑息。

幕后音　憎恨吗？我要粉碎你的傲气，现在是我显露自己的时候了。

南迪妮　我一直等待着你显露自己，把门打开吧！（门敞开了）啊，这是什么？是谁躺在这里？好像是伦金！

国王　你说什么？伦金？决不可能！

南迪妮　是，是，是我的那个伦金啊！

国王　他为什么没有说出他的名字？他为什么挑战式地对抗我啊？

南迪妮　伦金，醒来吧，我来了，我是你的女友南迪妮啊！国王，他为什么不醒呢？

国王　　欺骗，他们欺骗了我！都被毁了！我自己的工具居然不服从我！把他叫来，把那位老爷捆来见我！

南迪妮　　国王，把伦金唤醒吧，大家都说，你知道魔法，你把他弄醒吧！

国王　　我向阎王学到了魔法，但我不能唤醒他。我只知道消除人的清醒的魔法，但不知道唤醒的魔法。

南迪妮　　那你让我也这样长眠吧，我忍受不了。你为什么干出这样毁灭的事来啊？

国王　　我毁灭了青春，长期以来我花了自己全部的力量去毁灭青春，被毁灭的青春的诅咒落到我的头上了。

南迪妮　　他没有提到我的名字吗？

国王　　他那样提到你的名字，使我受不了，忽然间我全身的血管都像着了火似的。

南迪妮　　（对伦金）我的英雄，你看，我把金丝雀的羽毛插在你的头巾上了。从今天起，你胜利的进军开始了，而我就是你胜利进军的传送者。唉，你手里还拿着红夹竹桃的花环，那你一定和吉肖尔会面了。他到哪里去了呢？那个少年现在在哪里呢？

国王　　哪个少年？

南迪妮　　就是那个把这花环给了伦金的那个少年。

国王　　那是一个很奇特的孩子，面孔长得像女孩，但是行为很放肆，说话很尖刻，他神气十足地向我挑战，攻击我。

南迪妮　　后来呢，他怎么样了？告诉我，他怎么样了？你要说出来，为什么不说话？你说呀，快点说！

国王　　他像气泡一样消失了。

南迪妮　　国王，现在是时候了。

国王　　什么时候？

南迪妮　　我用全部力量和你战斗的时候。

国王　　你要和我战斗？我马上可以置你于死地。

南迪妮　　然后，我的死亡每时每刻都将不断地要你的命，我没有什么武器，我的武器就是死亡。

国王　那到我这儿来，有胆量相信我吗？和我一起走吧，南迪妮，今天你把我变成你的伙伴吧！

南迪妮　到哪里去？

国王　为了和我战斗，不过得手牵着手来干，你还不懂吗？战斗已经开始了。这是我的旗帜，我来砍断它的旗杆，我来把旗帜撕破，把你的手和我的手联起来弄死我，把我杀死吧，把我完全杀死吧，那就是我的解放。

随从们　大王，你这是干什么？你这是一种什么样的疯狂！你把旗帜砍倒了！我们天神的旗帜，它的战无不胜的一端插进地底，另一端插入天堂。你竟把那神圣的旗杆砍倒了！在祭旗的日子这是多么大的罪恶！走，走，去报告老爷吧！

　　　　［下。

国王　现在还有很多东西要去破坏。南迪妮，你也和我一起去吧，你作为我毁灭的道路上的灯光！

南迪妮　好，我去！

　　　　［帕古拉尔上。

帕古拉尔　他们不释放维休，他们说，就是不放。这是谁，大约就是国王。南迪妮，你这个女妖精，你竟然和国王串通一气，你这个背信弃义的女人！

国王　你们这些人怎么了？你们出来是干什么的？

帕古拉尔　我们要去打破监狱的大门。我们宁可死，也决不返回。

国王　为什么返回！我也走上了破坏的道路！这是第一个证明，砍断了旗帜，我最后的荣誉的象征。

帕古拉尔　南迪妮，我不能准确理解，我们是头脑简单的人。可怜我们吧，不要欺骗我们了，你是我们家的姑娘啊！

南迪妮　帕古拉尔大哥，你们不是抱定死的决心吗？那还剩下什么值得害怕受骗上当的呢？

帕古拉尔　南迪妮，那你也跟着我们去吧！

南迪妮 这正是我还活着的目的。帕古拉尔，我曾希望伦金到你们中间来。你看，他来了，我的英雄，他已经藐视死亡后来了。

帕古拉尔 唉，唉，被毁灭了，那就是伦金吗？他像死去那样一声不响地躺着！

南迪妮 不是一声不响地躺着，从死亡中我听见他那战无不胜的声音。伦金会活过来，他决不会死。

帕古拉尔 唉，南迪妮，我美丽的姑娘，难道直到今天你一直待在我们这个黑暗地狱里就是这样等待着吗？

南迪妮 伦金会来，所以我一直在等待着，他现在来了。他还会来的，而我也还要再准备的，他会再来的。帕古拉尔，金德拉在哪里？

帕古拉尔 她带着戈古尔到老爷那里哭诉去了，他们对老爷非常信任。但是，大王，你大约不会错误地理解吧，我们是为了打破你的监狱而出来的。

国王 对，要打破我的监狱，我要和你们联合起来做这件事，单独去干是我的能力所不及的。

帕古拉尔 老爷一得到消息就会跑来阻拦我们。

国王 我们和他们要打一场战争，我们要战斗！

帕古拉尔 能打赢吗？

国王 我们能死，多少日子以来我感到死的意义了，我活了。

帕古拉尔 国王，你听到了吼声吗？

国王 对，我听到了。老爷正带军队来了，怎么这么快就开始行动了，一定是早就做了准备。只有我不知道，他们欺骗了我，他们用我的力量束缚住了我。

帕古拉尔 我的伙伴们到现在还没有来，大王。

国王 老爷一定包围了他们，他们不能到这里来了。

南迪妮 我心里想，他们也许会把维休疯子送到我身边来，难道现在这不可能吗？

国王 没有任何办法。在堵住出路方面，在使对手束手无策方面，没有人能够比得上老爷。

帕古拉尔　那么，南迪妮，走，我先把你送到一个安全的地方。以后发生了什么，那时再看。老爷一看到你，他是不会让你活着的。

南迪妮　单独给我一个人以安全放逐的处罚吗？帕古拉尔，老爷比起你们来还要好，他打开了我胜利进军的道路。老爷，老爷，看啊，他的长矛的顶尖挂着我的茉莉花环，我要用我自己胸口的鲜血去把它染成红夹竹桃的颜色。老爷他已经看见我了。胜利属于伦金！

　　　　［急下。

国王　南迪妮！

　　　　［下。

　　　　［教师上。

帕古拉尔　老师，你要逃到哪里去啊？

教师　有人刚才说，国王经过这么长的时间，获得生命最终的奥秘后出来了。我也抛开了我的书籍来追随他。

帕古拉尔　国王刚刚去准备死，他听见了南迪妮的呼唤。

教师　他的网幕破了。南迪妮在哪里？

帕古拉尔　她到最前面去了。今后她再也不会落到你手里了。

教师　这正好是抓住她的时候。她不能欺骗我们后走掉，我一定要抓住她。

　　　　［下。

　　　　［维休上。

维休　帕古拉尔，南迪妮在哪里？

帕古拉尔　你怎么来的？

维休　我们的工人师傅们打破了监狱。你看，大家都跑去了。南迪妮在哪里？

帕古拉尔　她走到最前面去了。

维休　在哪里？

帕古拉尔　为了最后的解脱。维休，你看，那儿是谁躺着在睡觉呢？

维休　那是伦金呀！

帕古拉尔　你看到泥土里的那条血痕吗？

430

维休　我明白了，这就是他们最后团圆的血色吉祥绳。现在我独自去走上最后旅程的时候已经到来了。也许她还会想听我的歌，我的疯姑娘，走啊，帕古拉尔，走，去进行战斗。

帕古拉尔　胜利属于南迪妮!

维休　胜利属于南迪妮!

帕古拉尔　你看，她那红夹竹桃编的手环还在泥土中滚动呢，是什么时候从她的右手腕上脱落下来的? 疯姑娘她自己也不知道，她让自己的手空无一物后去了。

维休　已经对她说过，我不会从她的手里要任何东西，现在我不得不要她这最后的礼物了。

　　　　〔下。

　　　　〔远处传来了歌声。

幕后　（唱）

　　　　　　来，来，来，秋天在向你呼唤，

　　　　　　怀着欢快的心情来吧!

　　　　　　已经充盈的谷仓更会填满，

　　　　　　我一再要为此把自己呈献。

一九二六年

图书在版编目（CIP）数据

花钏女：泰戈尔戏剧选 ／（印）泰戈尔著；倪培耕，
石真，刘安武译 . —上海：上海三联书店，2015.6
ISBN 978-7-5426-5142-6

Ⅰ.①花… Ⅱ.①泰… ②倪… ③石… ④刘… Ⅲ.
①戏剧文学－剧本－作品集－印度－现代 Ⅳ.
① I351.35

中国版本图书馆 CIP 数据核字（2015）第 057645 号

花钏女：泰戈尔戏剧选

著　　　者／〔印度〕泰戈尔
译　　　者／倪培耕　石　真　刘安武
总　策　划／贺鹏飞
策　　　划／乌尔沁　赵延召
责任编辑／陈启甸　顾文剑
特约编辑／梁清波
装帧设计／Metis 灵动视线　TEL·010-85983457
监　　　制／吴　昊
出版发行／上海三联书店
　　　　　（201199）中国上海市都市路 4855 号 2 座 10 楼
　　　　　http://www.sjpc1932.com
印　　　刷／北京鑫海达印刷有限公司
版　　　次／2015 年 6 月第 1 版
印　　　次／2015 年 6 月第 1 次印刷
开　　　本／640×960　　1/16
字　　　数／192 千字
印　　　张／28.25

ISBN 978-7-5426-5142-6/I·1012
定　价：39.80元

世界名著名译文库

柳鸣九主编

第一辑

第二辑

屠格涅夫集　王守仁编选

　　01 猎人笔记　张耳译

　　02 父与子　张铁夫　王英佳译

　　03 贵族之家　刘若译

　　04 烟　王金陵译

　　05 阿霞——屠格涅夫中篇小说选　安静　臧乐安译

奥斯丁集　朱虹编选

　　01 傲慢与偏见　孙致礼译

　　02 理智与情感　孙致礼译

　　03 爱玛　孙致礼译

　　04 沙地屯　常立　车振华译

福楼拜集　谭立德编选

　　01 包法利夫人　李健吾译

　　02 圣安东尼受试探　李平沤　李白萍译

　　03 一颗简单的心——福楼拜中短篇小说选　李健吾　郎维忠　胡宗泰译

茨威格集　韩耀成编选

　　01 一个陌生女人的来信——茨威格中篇小说选　韩耀成等译

　　02 一颗心的沦亡——茨威格短篇小说选　韩耀成等译

德莱塞集　董衡巽　郑土生编选

　　01 嘉莉妹妹　许汝祉译

　　02 天才　主万　西海译

　　03 美国的悲剧　许汝祉译

第三辑